W0244330

FANPRO

Michael H. Buchholz, geboren 1957 in Hannover, hat sich den Lesern der PERRY-RHODAN-Serie mit zwei ATLAN-Heftromanen vorgestellt. Sechs weitere Romane um ATLAN erschienen von ihm in der Atlan Fanzine Serie.
Im Bereich der Science Fiction hat William Voltz ihn am meisten beeindruckt. Auch schätzt er Hans Kneifel, Ray Bradbury, Bernd Kreimeier, den unvermeidlichen Philip K. Dick, Hans Joachim Alpers und Martin Caidin.
Als Verfechter einer »bodenständigen« Fantasy zählt er sich zu den vorbehaltlosen Bewunderern von J.R.R. Tolkien.

Michael H. Buchholz

Acht Tage Ewigkeit

Dritter Band des Rudyn-Zyklus

Originalausgabe

FanPro
Band 71008

Titelbild: Arndt Drechsler

Redaktion: Sabine Kropp
Lektorat: Helmut Ehls
Satz und Layout: Ralf Berszuck
Umschlaggestaltung: Ralf Berszuck
Druck und Bindung: CPI Moravia Books s.r.o., Pohorelice

Copyright © 2007 Pabel-Moewig Verlag KG, Rastatt
Copyright © 2007 dieser Ausgabe Fantasy Productions Verlags- und Medienvertriebs-GmbH, Erkrath
Besuchen Sie unsere Website *http://www.fanpro.com*

Atlan® und *Perry Rhodan*® sind eingetragene Warenzeichen der Pabel-Moewig Verlag KG.
http://www.atlan.de

Alle Rechte vorbehalten. Der Nachdruck, auch auszugsweise, die Verarbeitung und die Verbreitung des Werkes in jedweder Form, insbesondere zu Zwecken der Vervielfältigung auf fotomechanischem, digitalem oder sonstigem Weg, sowie die Nutzung im Internet dürfen nur mit schriftlicher Genehmigung des Verlags erfolgen.

Printed in the EU 2007

ISBN 978-389064-173-7

Danksagung

Inniglichen Dank – ganz ernsthaft – meiner Katze Maya, die mich auf dem langen Weg von Anfang bis Ende aufmerksam begleitet hat; stets lag sie neben mir, sobald ich den Computer einschaltete, lauschte dem mehr oder weniger erfolgreichen Tippen, und ihre klugen Augen wussten stets, wann ich besonderer Aufmerksamkeit bedurfte oder dringend eine Schaffenspause benötigte.
Sabine Kropp für ihren Langmut.
Meinem guten Freund Rüdiger Schäfer, der mir in unzähligen Telefonaten sein Ohr lieh und auch dann zur Stelle war, wenn ich selbst spät nachts noch meine verzweifelten Hilferufe aus Rudyns Bergwelt absetzte.
Seiner Schwester Gabi Schäfer, die mir einmal mehr wissenschaftlichen Beistand leistete, speziell was die Auswirkungen von bestimmten Größenverhältnissen bei gewissen Fluggeräten und -manövern betraf.
Sabine und Christopher für ihre Engelsgeduld. Hey, ich bin wieder da.

Michael H. Buchholz

Kleines Who is Who

Atlan – der Lordadmiral der USO auf der Jagd nach der Unsterblichkeit
Trilith Okt – die Psi-Kämpferin ist Atlans Gefährtin auf Zeit
Neife Varidis – die Geheimdienstchefin gerät von der Säure in die Lawine
Oderich Musek – der persönliche Berater der Kalfaktorin
Ponter Nastase – der Kalfaktor für Wissenschaften besitzt eine Handvoll Leben
Marco Fau – Kalfaktor für Kriegswesen und Verbündeter von Ponter Nastase
Ermid Güc – Kalfaktor für Flottenaufbau und Verbündeter von Ponter Nastase
Thereme Eisenstein – Kalfaktorin für Siedlungsexpansion
Akadie Holeste – Kalfaktorin für Wirtschaft und Entwicklung
Dhium Lavaré – Kalfaktorin für soziale Belange
Aquium Namastir – Kalfaktor für Bauwesen und amtierender Generalkalfaktor
Kikomo Akubari – Adjutant des Generalkalfaktors
Patty Ochomsova – die Müllpilotin bekommt Gesellschaft
Artur Lokwenadse – Pattys Empfehlung für besonders liebe Gäste
Ti Sun – dessen hübsche Tochter
Kan Yu – ein Heiler
Kala Bhairava – der Nallathu, das Oberhaupt der Santuasi
Kettat Pahal – der schwarzbärtige Dorfvorsteher, auch *Kaibunthu* genannt
Nayati Mahekara – dieser Santuas ist mit Vorsicht zu genießen
Derius Manitzke – ein Rudyner mit Ambitionen

Gregor Manitzke – Derius' Vater träumt still von Heldentaten im All

Dr. Vitali Vagansk – Arzt, Erotomane und Derius' Freund

Fjodir Ganow – Derius' Vorgesetzter ist ein Gauner

Shaef'al ben Rudir – ein USO-Spezialist auf Rudyn

Tingguely – ein verfrorener Matten-Willy als Ersatzdiplomat

Archotique – ein Roboter für alles

Gero Gurebeler – Regierungstreuer Reporter für GenSky

Vagabund – ein hilfreicher User

Lalia Bir – Triliths Gefährtin ist auf Gedeih und Verderb GAHENTEPE ausgeliefert

Pöör – ein Wabyren und bester Freund der Psi-Kämpferin

Prolog

Thereme Eisenstein hatte noch genau zweiundvierzig Sekunden zu leben. Die erste davon verbrachte sie damit, die nachmittägliche Gluthitze über Genzez zu verfluchen.

Im Freien und ohne Schirmreduktion herrschten 40 Grad im Schatten. Ephelegon hing wie das flammende Auge eines unbarmherzigen Sonnengottes über der 16-Millionen-Stadt. Allein der schwüle Wind, der vom Meer in die Bucht herwehte, machte das Atmen gerade noch erträglich. Die Kalfaktorin für Siedlungsexpansion und Verwaltung im Zentralgebiet der Union bereute bereits ihren Entschluss, die ausladende Terrasse, die zu ihren Arbeitsräumen im OPRAL gehörte, betreten zu haben.

So viel zum Thema frische Luft schnappen, dachte sie. Die Sitzung am Vormittag war erschöpfend gewesen – erschöpfend lang und erschöpfend ineffektiv. Ressourcen, die sie dringend für ihr Siedlungsprogramm benötigte, wurden insgeheim umgeleitet und landeten im Verfügungsbereich des Kalfaktats für Wissenschaften. Dort hockten lauter Unschuldslämmer, die behaupteten, sie seien Wabyren und wüssten von nichts. *Scheinheilige Bande!*

Sie forderte den Servoteil der Zimmerpositronik auf, einen Reduktorschirm über die Terrasse zu legen. Das polarisierende Feld stabilisierte sich binnen zweier Wimpernschläge.

Thereme war eine große, attraktive Frau in den Fünfzigern, die viel Wert auf ihre äußere Erscheinung legte und diesen Vorteil auch gezielt einzusetzen wusste. Sie gab sich offiziell gerne sanft, blieb hinter den Kulissen aber hart wie Stein. Wie ein eiserner Stein, witzelten die Angestellten ihres Kalfaktats hinter vorgehaltener Hand. Ihre Härte war mit ein Grund, weshalb sie die jüngste Kalfaktorin der derzeitigen Legislaturperiode war. Ein anderer war ihre völlige Skrupellosigkeit, wenn es darum ging, gewisse Details über gewisse Leute zu sammeln und ihr Wissen – ihr Schweigen – in die politische Waagschale zu werfen.

Das Reduktorfeld überspannte die Terrasse; die Hitze blieb, aber das Stechen Ephelegons auf ihrer makellosen Haut ließ unter dem modifizierten Prallschirm sofort nach. Alle Blendeffekte wurden weggefiltert, ebenso alle schädlichen Strahlungsfrequenzen. Sie öffnete den Kragen ihres Kleides und desaktivierte die Magnetstreifen darunter. In dem tiefen Ausschnitt zeigten sich wie Chegerra-Birnen geformte Brüste. Sie überlegte blitzartig, wer es an diesem Abend wohl wert sein würde, sie zu sehen. Ruord, dieser ausdauernde Hengst? Oder Mattroc, dem mehr verrückte Ideen einfielen und der sie umzusetzen verstand, als ihrem guten Ruf gut tat? Sie entschied, dass es viel zu heiß sei, um über Sex nachzudenken. Obwohl ...

»Servo! Luftaustausch! Aber schnell!«, verlangte sie matt und leckte sich die salzigen Lippen. »Bitte 24 Grad, verminderte Feuchtigkeit, mit Meeresaromen und einer Prise Amaryllis.«

Zu diesem Zeitpunkt waren schon dreizehn der zweiundvierzig Sekunden verstrichen. Luftumwälzer sprangen an.

Die Arbeitsräume und die begrünte Terrasse lagen am oberen Rand der Muschelschale des Ambar Popoludi, eines der sechs gleichartigen Trichtergebäude, die die schmale, zentrale Kegelpyramide umgaben und die mit ihr zusammen das OPRAL, den Sitz der Zentralgalaktischen Regierung bildeten.

Ihr offizieller *Kalfaktorischer Stuhl* stand ebenfalls in der Pyramide, oberhalb der Zal und inmitten des überladenen Prunks der repräsentativen Kalfaktorresidenzen, die sich in den rudynischen Himmel reckten. Welcher mickrige Mann hatte sich dieses kilometerhohe Phallussymbol nur ausgedacht? Sie hielt sich nur dort auf, wenn es sich nicht vermeiden ließ. Oder wenn Mattroc ...

Thereme blies sich eine Haarsträhne aus dem Gesicht.

Sie blickte von ihrer erhöhten Position aus versonnen an der Kegelwandung vorbei bis weit über die Dwadunaj hinweg, die an dieser Stelle ihres Deltas fast fünf Kilometer breit war; hinter schmalen Inselchen, zwischen denen weiße Boote verkehrten, konnte sie fern im Dunst gerade noch die baumartige Struktur des Urdhana-Großklinikums erkennen. Ein gewaltiger Stamm, mit nach allen Seiten spreizenden Ästen und Zweigen aus Plastbeton und Glassit, jedes der vielen tausend Blätter daran eine Zimmerflucht. Der Park, der den Stamm des Klinikums umgab, wirkte aus dieser Entfernung wie ein blaugrüner Schatten.

Noch ein Stamm, dachte sie belustigt, *der sich in den Himmel reckt.*

Thereme Eisenstein drehte sich von der sandfarbenen Balustrade der Terrasse weg. Geschmeidig drückte sie ihr Kreuz durch und wölbte ihren halbentblößten Busen einen Moment der kühlen Brise der Luftumwälzung entgegen. Mit einer beiläufigen Geste ordnete sie ihr naturblondes Haar.

Laus K beobachtete scharf jede Bewegung der schlanken, durchtrainierten Gestalt. »K« stand dabei für Koordination; »Laus« war die Kurzbezeichnung des Attentäterrobots, abgeleitet von seiner Mikrobauweise – er maß von den Optiken des Sensorkopfes bis zum Heck-Jetpak 1,5 Millimeter. Laus K hielt sich im Büro der Kalfaktorin auf. Er hockte, unscheinbar wie ein grauer Fussel, auf der Lehne des Schreibtischsessels, von wo aus er durch die geöffneten Flügeltüren Thereme Eisenstein gut erfassen konnte.

Er war nicht allein gekommen.

Seit dem Empfang des Rafferimpulses aus dem Orbit vor sieben Sekunden brachte er sein Team – die Light Assassin Unit Section – in Stellung.

Laus S – »S« stand für Sabotage – war nahe der Bildergalerie hinter dem protzigen Schreibtisch in Schussposition gegangen. Laus N – die Nanopositronik des Eingreifteams, – benötigte zwei weitere Sekunden, um den ursprünglichen

Einsatzplan zu modifizieren; es war nicht vorgesehen gewesen, die Kalfaktorin außerhalb ihres Büros zu liquidieren. Sie verharrte bewegungslos im Hintergrund, an einer Schlinge des hochflorigen Teppichs. Als das Ergebnis vorlag, informierte sie den Koordinationsrobot über die beste Vorgehensweise, wie die schlanke Frau wieder hereinzulocken sei.

Laus T hielt sich in Sprungbereitschaft; der klobigste Robot des vierköpfigen Teams kauerte im Schatten einer der kniehohen, blumenbestückten Vasen. Er verfügte über keinerlei Geruchsensoren, sonst hätte er den schweren Duft der zart grünblühenden Rudynliliengewächse über sich registriert.

Thereme Eisenstein ließ sich in einen Schwebesessel an einen Tisch auf der Terrasse fallen. Lasziv strich sie sich den Schweiß aus einer Braue. Sie orderte beim Servo ein großes Glas eisgekühlten Margellis-Saft mit einem Schuss *Ephelegon's Tears*. Die Zimmerpositronik bestätigte das gewünschte Mischungsverhältnis von 3 zu 1. Sie öffnete einen weiteren Magstreifen und entblößte ihre Haut bis über den Bauchnabel hinaus. Kühl strich der Luftstrom über den Schwebesessel hinweg. Sie räkelte sich angenehm in dem weichen Bezug, genoss die Vorfreude auf den Drink – und die kommende Nacht.

Nichts und niemand sollte sie in diesen wenigen, kostbaren Minuten der Ruhe stören. Der Nachmittag war noch lang und mit Terminen bis in den Abend vollgepfropft. Ihre Gedanken wanderten an der Kegelfläche der Pyramide hinauf und damit unweigerlich zu Mattroc zurück. Der verrückte Kerl hatte es wirklich gewagt, es mit ihr in dem winzigen Aussichtsraum unmittelbar unterhalb der Kegelspitze zu treiben. Es hatte sie die halbe Nacht gekostet, alle Aufzeichnungen in allen Sicherheitsprotokollen zu finden und kraft ihrer Hochrangbevollmächtigung zu löschen. Andererseits, es war das Risiko wert gewesen.

Hoch über dem Platz der Großen Einheit hatten sie sich in großartigster Weise vereinigt – das Erlebnis hatte ihr *den* Orgasmus ihres Lebens beschert. Sie schauderte wohlig. Sie spürte, wie sich die Aureolen ihrer Brustwarzen zusammenzogen.

In diesem Moment summte der Interkom. Eine rote Leuchte an der Kommunikationsleiste ihres Schreibtischs blinkte. Ein Gespräch aus dem Internnetz des OPRAL.

Laus K verwarf die Alternativausarbeitung und kehrte zum ursprünglichen Setting zurück.

Thereme Eisenstein erhob sich seufzend. »So viel zum Thema Mittagspause«, murmelte sie. Als sie die Strukturlükke des Reduktorschirms passierte, vernahm sie das typische leise Säuseln der ionisierten Luftpartikel.

Bis zum Schreibtisch brauchte sie sieben Schritte und ebenso viele Sekunden. Noch vier Atemzüge.

Laus K sprang an die Decke.

Saughaarhaftfüße und extrastarke Sprunggelenke versetzten seinen Körper in die Lage, sich ohne Triebwerke im Nahbereich fortzubewegen. Kaum sichtbare Insektenflügel bildeten ein redundantes System.

Laus S bestätigte die Zielerfassung.

Die kreuzpeilende Nanopositronik von Laus N genehmigte die korrelierten Vorhaltewinkel und die beiden anvisierten Parabelkurse.

Der Bildschirm wurde hell, als die Kalfaktorin »annehmen« sagte.

Sie klickte die Magstreifen ihres Kleides zu. Einatmen, ausatmen. Ein vehementes Kopfschütteln; es vertrieb alle Gedanken an Mattrocs hervorragendstes Attribut.

Laus K aktivierte das Jetpak, dessen gekapselte Bauweise die Geräuschemission unter die menschliche Hörschwelle drückte. Er verließ die Decke und schwebte einen Meter über der gestylten Frisur ihres *Targets*. Hätten es seine Programmroutinen erlaubt, wäre ihm vielleicht bewusst geworden, dass er die moderne Version eines Damoklesschwertes darstellte.

»Thereme?«, fragte die Gesprächspartnerin am anderen Ende der Verbindung. »Haben Sie das mit Ponter eben mitgekriegt? Auf der ZUIM gehen ziemlich merkwürdige Dinge vor.«

Ihre Stimme klang drängend und erklärte so den Verzicht auf Gruß und Höflichkeit. Die Anruferin war Nanny Dollingar, die graublonde Kalfaktorin für Technologie. Ihr Gesicht drückte höchstes Befremden aus.

Thereme setzte zu einer Antwort an.

Laus K gab den Terminalbefehl.

Laus S löste die Nanorakgeschosse aus. In einer steilen Parabel flogen die beiden 0,3 Millimeter großen Todesboten ihrem Ziel entgegen. Ihr Zischen war leiser als das Summen einer Sumpffliege.

Mit dem Ablauf der letzten der einunddreißig Sekunden erreichten sie die Hinterhauptregion. Winzige Desintegratorbündel am Kopf der Lenkwaffen bahnten den Raketen binnen Bruchteilen einen Weg bis ins Hirninnere. Nahe des Hypothalamus explodierten sie.

Nanny Dollingar sah fassungslos mit an, wie der Kopf ihrer Amtskollegin vor ihren Augen in eine Wolke von Milliarden organischer Fetzen zerbarst. Die Akustikeinheit ihrer Kom-Einheit übersteuerte.

Laus K erteilte den Abrückbefehl.

Laus T spaltete sich in zwei je einen halben Millimeter lange Funktionsteile auf. Zwischen ihnen bildete sich ein Transmitterbogen. Nacheinander flogen die Mitglieder der Light Assassin Unit Section in das schwarze Wallen hinein. Das Transportfeld erstarb. Ein Lichtpünktchen, nicht mehr als ein Reflex im hereinströmenden Sonnenlicht ... In einer Mikroexplosion verging Laus T.

Minimale Verluste bei maximaler Wirkung.

Das Team hatte seine Arbeit wieder einmal erledigt.

Der enthauptete Oberkörper der schönen Frau fiel auf den Schreibtisch. Ein nicht enden wollender Schwall Blut schoss aus dem Halsstumpf hervor und ertränkte die Optik des Interkoms.

Die Zimmerpositronik gab Alarm.

Neuigkeiten?

Pattevkaja Ochomsova; Gegenwart

Mit einem deutlich hörbaren Knall beendete der Müllfrachter RGC-06 das Andockmanöver in Schubsektor 3-A an Sphäre 4, dem äußeren Ring des Sphärenrads ZUIM.

»O klopf-et an, so wird euch auf-ge-tan«, sang eine schnarrende Stimme tief aus dem Inneren des Unterlichttransporters.

Die beständig zwischen der ZUIM und der Wiederaufbereitungsanlage auf Rudyn pendelnden Frachter wurden im Raumfahrerjargon Müllschuten genannt, offizielle Bezeichnung: RGC – *Recycling Garbage Carrier.* Die Registriernummer 06 trug den Eigennamen FIFFY.

Pattevkaja Ochomsova, eine stark übergewichtige Frau jenseits der siebzig, mit strähnigem graugelbem Haar, wälzte sich in ihrem Kontursessel herum, wischte sich die öligen Finger an ihrem blauen Overall ab und verdrehte ob der Sangeseinlage die Augen.

»Zum letzten Mal für lange Zeit«, murmelte sie. »Diese Fuhre noch, dann geht es ab in den Urlaub.«

Mit der Sicherheit von tausendmal vollzogenen Handgriffen koppelte sie die Müllschute an den Segment-Container des Schubsektors. Traktorklammern längs der Ladeflansche griffen.

Die Energiekupplungen meldeten Bereitschaft. Alle Stabilisierungs- und Lebenserhaltungskontrollfunktionen wurden dem Frachterpiloten übergeben. Beide Systeme verbanden sich damit zeitweilig zu einem größeren Ganzen. Bisher tote Bildschirme erwachten und zeigten ein Meer aus vorwiegend in Grünwerten spielenden Balkendiagrammen. Der stupsnasige Frachter war nun mit dem Huckepack genommenen Scheibensegment viermal so groß wie zuvor.

Die Pilotin fuhr sich durch das ungekämmte Haar und grinste.

Der Rumms war ihr persönliches Markenzeichen.

Selbstverständlich hätte sie den Anflug auf das Sphärenrad und die Andockroutine der Frachterpositronik überlassen können – genaugenommen *musste* sie das sogar, es war Vorschrift – aber sie kümmerte sich einen verkackten Gulmendreck darum. Sie steuerte ihren FIFFY per Hand. Sollten sich die Militär-Klugscheißer und wichtigtuerischen Beamten darüber aufregen, wenn sie wollten. Mehr als strafversetzen konnte man sie nicht, und was immer man ihr androhte, besser als Müllkutscherin zu sein war es allemal.

Der Rumms war ihre Form des Protestes gegen – ach, verdammt, gegen diesen ganzen verquirlten Kalfaktorenfilz. Vielleicht musste man in einer Gesellschaft erst ziemlich weit unten stehen, um zu erkennen, dass jeder Fisch vom Kopf her stank. Die Zentralgalaktische Union hatte gleich 21 Köpfe, und der Gestank war entsprechend. Die Pilotin sah sich nicht in der Lage, an den gegenwärtigen Umständen etwas zu verändern. Bis auf das, was sie sich selbst gegenüber das *auf den Gong schlagen* nannte. Nur eine Nuance zuwenig Bremskraft, nur eine Idee zuviel Impuls, und es reichte, um den Schubsektor und die angrenzenden Sektoren wie eine Glocke dröhnen zu lassen. Entsprechende Beulen im Heckbereich unterhalb der energetischen Klampenphalanx zeugten von einer lang zurückreichenden und akribisch ausgeübten Tradition dieser Form des Andockens.

Die Feldkrallen – starke Traktorblöcke beiderseits der Dokkingbucht – verankerten den Müllfrachter in Längsrichtung; im rechten Winkel dazu verlaufende Magnetschienen arretierten ihn in Querrichtung. Die Pilotin fuhr die Maschinen auf Parkposition herunter. Das Summen des Meilers tief in den Eingeweiden der FIFFY sackte unter die Hörschwelle.

»So, Mami ist wieder da«, grummelte Pattevkaja, die alle Welt nur Patty nannte. »Und wieder hat das Baby volle Windeln, wetten?«

Sie redete oft mit sich selbst. Lieber jedenfalls als mit dem Schrotthaufen Archotique, einem Haushaltsroboter, den sie im öffentlichen Datennetz Rudyns bei einer Versteigerung entdeckt und in einer sentimentalen Anwandlung für 50 Solar gekauft hatte. Die 50 Solar waren das Mindestgebot, und niemand außer Patty hatte den Roboter bis zum Ablauf der Versteigerung überhaupt zur Kenntnis genommen. Die Verkäuferin, eine ältere Frau aus Genzez, hatte glaubhaft versichert, er sei versiert in allen anfallenden Hausarbeiten und könne dazu über einhundert Gesellschaftsspiele zur Unterhaltung beisteuern. Patty hatte sich nur kurz im Innern des Müllfrachters umgesehen und spontan entschieden, dass ein Haushaltsroboter eine wahrlich dringende Anschaffung war. Die winzige Pilotenkanzel, die Aufenthaltsräume, die Nasszelle, selbst die Gänge des Müllfrachters waren in einem Zustand, der die Marken *unaufgeräumt* und *verwahrlost* längst überschritten hatte und dabei war, sich bedenklich in Richtung *seuchengefährdend* zu entwickeln. Dazu trug Pattys Abneigung, benutztes Geschirr zu entsorgen, ebenso bei wie ihre Neigung, den jeweils dritten oder vierten Teller ihrer Mahlzeit, den sie nicht mehr ganz leerte, einfach dort abzustellen, wo ihr Appetit sie im Stich ließ. Als die Fliegen und die Gulmen an Bord überhand nahmen, sah sich Patty – nörgelnd, aber notgedrungen – nach einer Abhilfe um. So fand sie Archotique im Angebot des rudynischen Datennetzes und schlug zu. Bei der nächsten Landung in Edbarsk, einem kleinen Frachtraumhafen in Genzez, machten die ältere Frau und Patty das Geschäft perfekt, und Archotique zog als neues, wenn auch inoffizielles Besatzungsmitglied in den Müllfrachter FIFFY ein.

Fortan wurde es an Bord bedeutend wohnlicher, und als willkommener Luxus fand Patty seitdem sogar frische Wäsche und gesäuberte Overalls vor, wenn sie welche benötigte. Der Bestand an Fliegen ging kaum, der an Gulmen spürbar zurück, ein Umstand, den Patty fast bedauerte, denn im Gulmenfangen hatte sie im Laufe der Jahre eine gewisse Meisterschaft entwickelt.

In Punkto Archotiques Haushaltsfunktionen hatte die Verkäuferin nicht übertrieben. Was die hundert Spiele anging, reduzierten sich Pattys Hoffnungen schnell auf ziemlich genau ein Prozent: Nur ein Spiel beherrschte er wirklich einwandfrei. Ausgerechnet Senet, ein Spiel, das Patty seit ihrer Jugend hasste. Es wurde mit Random-Würfeln auf einem Plastboard gespielt, und *per Hand* mussten Spielsteine bewegt werden. Keine Holotraks, keine Animation, nichts. Nur Archotiques meckerndes Gelächter, wenn er wieder einmal gewann. Er hatte häufig Grund zum Meckern. Eigentlich immer. Bisher hatte Patty jedes Spiel verloren. Scheißkerl, mechanischer.

Es waren vor allem die endlosen Wartezeiten, die ihr auf die Nerven gingen, mehr noch als Archotiques verschrobener positronischer Verstand. Oft musste sie stundenlang in einer der Schubsektor-Buchten ausharren, ehe das letzte bisschen Rechnerschrott, der letzte Klecks STOG-Säure oder anderes wiederverwertbares Zeug endlich im Schubsektor angelangt waren. Patty maß die Wartezeiten inzwischen nicht mehr nach Stunden, sondern nach Senet-Partien. Den Rekord hatte sie vor drei Wochen eingestellt: siebenundvierzig Partien hintereinander. Siebenundvierzig Mal blechernes Gemecker.

Seit kurzem hatte sie den Roboter im Verdacht, dass er sie nach Glas und Faser linkte. Aber sie würde ihm auf die Schliche kommen, weil ...

Das Funkgerät sprach an. Anstelle der üblichen Bestätigung der Ladeleitstelle hörte Patty nur ein genervtes Seufzen.

»Willkommen auf der ZUIM, Ms. Ochomsova.«

Patty erkannte den Funker an der honigsüßen Stimme, sie warf nicht einmal einen Blick auf den Schirm. Es war Mitty Kawolski, der Schichtleiter.

»Na, seid ihr wieder wach da oben, ja?«, krähte die Pilotin fröhlich.

»Nun, Ms. Ochomsova, Ihre Ankunft war schwer zu überhören. Ich darf Sie darauf hinweisen, dass dies Ihre zweihundertvierundachtzigste Kollision mit der ZUIM war. Ein Vermerk geht, wie Ihnen bekannt ist, Ihrer Personalakte zu. Ich bin angehalten ...«

»Ich auch, Mitty, ich auch, und zwar im Schubsektor 3-A. Und wenn es nach mir geht, bin ich auch gleich wieder weg. Also sparen wir uns den Sermon. Wie sieht's denn aus? Wann kann ich los? Ist der Segment-Container voll?« Sie wuchtete ihre Pfunde vor den Monitor und zwinkerte dem Schichtleiter der Ladeleitstelle zu. Die beiden kannten sich seit Jahren und waren so etwas wie gute Freunde, obwohl sie sich noch nie persönlich getroffen hatten. Den Müllfrachtleuten war es grundsätzlich verboten, an Bord der ZUIM zu kommen.

Jetzt war es an Kawolski zu grinsen. »Leider noch nicht ganz. Bedauerlicherweise kam es hier zu ... gewissen Funktionsstörungen.«

Für einen Moment war Patty sprachlos. »Funktionsstörungen? Hier auf der ZUIM? Im Stolz der glorreichen Zentralgalaktischen Unionsflotte? Willst du mich veralbern?«

Das Gesicht des Schichtleiters wirkte seltsam grau. Er beugte sich vor und sprach leiser. »Kriegst du denn gar nichts mit auf deiner Müllschleuder? Wir haben Teilalarm. Außerdem sehe ich hier gerade ... Moment. Ja, was ist denn?«

Kawolski drehte den Kopf zur Seite, und Patty hörte ihn mit jemandem sprechen, verstand aber kein Wort. Als er sich wieder der Pilotin zuwandte, sah sie die steile Stirnfalte über der Nasenwurzel.

»Verdammt noch mal, Patty, diesmal hast du den Bogen überspannt. Dein kleiner Schubs hat gleich mehrere der Sub-Controller geschlachtet. Vier von fünf Vitalscannern in 3-A sind ausgefallen. Ich müsste das eigentlich melden ...«

»Bekommt ihr das *unbürokratisch* wieder hin?«

»Das kostet dich wenigstens drei Familienpackungen mit Schokocreme gefüllter Teighörnchen«, antwortete Mitty Kawolski. »Fresko Balibari nimmt sich der Sache an, aber du schuldest ihm was, Patty.«

»In Ordnung. Bestell Fresko beste Grüße. Was kosten die Teigröllchen in dieser Woche?«

»Du kennst Fresko. Große Nachfrage. Sagen wir – ein halbes K?«

Damit waren 500 Solar gemeint. Kein Pappenstiel für ihren chronisch schmal bestückten Kreditchip, andererseits genug, um sicherzustellen, dass Mitty jede Meldung über die Beschädigung unterdrücken würde. Wahrscheinlich ging die Hälfte des Betrages an den Schichtleiter; wieviel letztlich Fresko erhielt und wieviel für weitere hilfreiche Hände bestimmt war, wollte sie gar nicht so genau wissen.

»Seit wann haben Teigröllchen Blattgoldauflagen?«, widersprach sie dennoch. Ein bisschen was war doch meistens drin. »Mann, Mitty, du kennst meinen Job. Sehe ich aus, als würde ich im Frachtraum Howalgonium stapeln?«

»Und du kennst die Vorschriften, Patty.« Wieder ruckte sein Kopf herum.

»Was? Wieso Schüsse? Moment!« hörte sie ihn zur Seite rufen. Dann war er wieder bei ihr.

»'tschuldigung, Patty. Hier quillt gerade richtig verpekter Gulmendreck über. Überleg dir's. Null komma vier. Mein letztes Wort. Haben wir einen Deal?«

Patty hob bestätigend die Hand. »Deal«, sagte sie und schaltete auf den Board-to-board-Data-Stream um. Sie rief ein Überweisungsmenu auf und transferierte die 400 Solar auf das Konto eines gewissen M. Kawolski, ZUIM, Ladeleitstelle, privat. Unter der Rubrik Verwendungszweck trug sie *Teigröllchen für Familienfeier* und *Herzlichen Glückwunsch* ein. Dann schaltete sie auf die Sichtsprechverbindung zur Ladeleitstelle zurück.

»Alles klar?«, fragte Patty, als sie auf den leeren Schirm starrte. Die Leitung stand noch, nur Mitty Kawolski saß nicht mehr auf seinem Sessel ...

»Sorry, da bin ich wieder«, rief er etwas atemlos. »Ich kann dir nicht sagen, wann du hier loskommst. Sieh dir den Mitschnitt an, dann weißt du warum.« Er überspielte ihr eine Datei; dann beugte er sich bis dicht vor die optische Erfassung und sagte leise: »Pass genau auf. Wenn es dir zu heiß wird, hau sofort ab. Stichwort Paradel-syntho-74-enimo-31-gamma-epsilon-09-maintrance. Hast du's? Und, wenn du unten auf Rudyn bist, schau dich bitte um, ob das stimmt, was er da sagt. Ich kann's einfach nicht glauben. Schick mir 'ne Taube, und du hast was gut bei mir.«

Der Schichtleiter schaltete ab.

Patty Ochomsova runzelte die Stirn. Eine *Taube* war eine inoffizielle Nachricht, die – als Mikroimpuls – an eine offizielle heimlich angehängt wurde. Dabei wurden Navigationsimpulse, Schleusenbefehle, Transponderkennungen, Funkbarkenbestätigungen und dergleichen genutzt, nie tatsächliche Telekomsendungen von oder zum Sphärenrad. Das Betriebs- und Wartungspersonal der ZUIM hielt sich so einen eigenen, von der Schiffsführung unkontrollierten Informationskanal offen, und die Piloten der Müllfrachterflotte waren Teil dieses zwar komplizierten, aber verlässlichen und glücklicherweise bisher nicht aufgeflogenen Nachrichtensystems.

Sie lehnte sich zurück und startete die überspielte Datei.

Nächstes Mal lande ich mit etwas weniger Bumms, nahm sie sich fest vor, während der Schirm hell wurde. Und sie wusste, sie würde sich doch nicht daran halten.

Dann blickte sie in das selbstherrlich lächelnde Gesicht eines Mannes, das sie von unzähligen TriVid-Sendungen her gut kannte.

»Bürger der Union! Hier spricht Kalfaktor Ponter Nastase«, dröhnte die tiefe Stimme des Politikers durch die enge Pilotenkanzel. »Die ZUIM ist mit sofortiger Wirkung in volle Gefechtsbereitschaft zu versetzen. Alle Offiziere begeben sich ohne Verzögerung auf ihre Posten. Sämtliche Freischichten sind bis auf Widerruf ausgesetzt. Es gibt unwiderlegbare Beweise dafür, dass Neife Varidis, die Erste Kalfaktorin des Geheimen Kalkulationskommandos, einen Sturz der rechtmäßig gewählten Regierung der Zentralgalaktischen Union geplant und vorbereitet hat. Auf Rudyn haben die fanatisierten Handlanger der Kalfaktorin bereits damit begonnen, die Saat des Bösen zu legen. Aus verschiedenen Stadtteilen in Genzez werden Explosionen gemeldet. Selbst vor einem Sturm auf das OPRAL schrecken die Umstürzler nicht zurück. Bürger der Union! Als Vertreter der Regierung versichere ich Ihnen, dass ich alles in meiner Macht Sstehende tun werde, um diese schändliche Tat zu sühnen und die Verräterin an den hohen Idealen der Union ihrer gerechten Strafe zuzuführen.«

Fassungslos starrte Patty auf den von einem flirrenden Metallkokon fast vollständig umgebenen Schädel. Violettrötliche Flecken verunzierten die Wangen.

Während der Wissenschafts-Kalfaktor weitersprach und sich in ein schier unerträgliches Pathos hineinsteigerte, verstand Patty plötzlich die kryptischen Andeutungen Kawolskis.

»... wir sehen einer schwierigen Zeit entgegen, und die kommenden Tage werden uns ein Höchstmaß an Vertrauen in die Werte unserer traditionsreichen Nation abverlangen.«

O du heilige Scheiße, dachte Patty. *Bloß weg hier! Und zwar hurtigen Schenkels.*

Sie gab den Kode ein, den ihr Mitty verraten hatte.

Paradel-syntho-74-enimo-31-gamma-epsilon-09-maintrance.

Damit öffneten sich die Feldkrallen der Schubsektorbucht.

Zumindest hätten sie sich öffnen sollen. Die Traktorblöcke außerhalb der Schute glühten stattdessen weiterhin in fahlem Blau.

Der Docking-Monitor zeigte *Access denied.*

Ponter Nastases Ansprache war zu Ende.

Ihre FIFFY rührte sich um keinen Millimeter.

Sie aktivierte mit fliegenden Fingern erneut die Verbindung zur Ladeleitstelle. »Mitty!«, rief sie erschrocken. »Mitty, was ...?«

Sie vergaß ihre Frage, als sich das Bild aufgebaut hatte. Sie sah einen leichenblassen Mitty Kawolski wie tot im Sessel liegen. Blut tropfte von seiner Stirn. Ein Strahlschuss hatte ihm einen Teil seiner Haare versengt. Ein langer Riss verlief quer über seine grauuniformierte Brust.

»Verschwinde«, keuchte er. »Überbrückung – jetzt!« Mit letzter Kraft ließ er seine Hand auf eine Sensorfläche fallen. Dann rutschte er aus dem Sessel und aus dem Erfassungsbereich der Verbindungskamera. Das *Access-denied*-Signal erlosch. Die Traktorblöcke in der Dockingbucht jenseits der Glassitkanzelfenster wurden stumpf.

Ob Mitty sein Leben verloren hatte, wusste Patty nicht.

Sie hatte ihres noch. Und sie wollte es verflucht nochmal behalten.

Scheißleben, biologisches.

Sie wischte eine Strähne ihres filzigen Haares aus der Stirn und aktivierte die Notstartsequenz. Der Meiler im unteren Teil des Müllfrachters erwachte brüllend zum Leben. Patty übernahm die Schute in Handsteuerung.

Mit einem Ruck zog RGC-06 das Scheiben-Segment des Containers aus der Dockingbucht. Metall kreischte, Spuren von gefrorener Atmosphäre und abgeriebenen Außenhautsplittern wirbelten im Licht der grellen Ladescheinwerfer der Schubsektorbucht davon.

Etwas fiel um und polterte dumpf im Inneren des Containers – Patty konnte die Vibrationen bis vorn in der Pilotenkanzel *spüren*.

Einer der Grünbalken wurde kürzer und wechselte seine stete Farbe zu nachhaltig blinkendem gelb.

»So eine dreimal verfluchte Scheiße!«, quetschte Patty Ochomsova aus dem Mundwinkel hervor.

Hinter dem Frachter blieb die ZUIM zurück.

Majestätisch langsam drehten sich die vier Ringe des Sphärenrades ineinander, ein verwirrender und zugleich ungemein schöner Anblick, dem Patty normalerweise eine halbe Stunde Aufmerksamkeit geschenkt hätte, obwohl sie ihn in der Woche dreimal sah. Jetzt warf sie nicht einen einzigen Blick auf den Heckbildschirm.

Die ZUIM – und das, was derzeit auf dem neuen Flaggschiff der Union vor sich ging – war nicht länger ihr Problem.

Sie kämpfte gegen entnervend gelbblinkende Balken.

Kontamination! stand daneben. *Schadenseskalation wahrscheinlich. Persönliche Inaugenscheinnahme dringend erforderlich.*

»Warnung!«, erklang die Stimme der Schiffspositronik. Mit einem Fluch schaltete die Pilotin die Internakustikfelder auf *Mute*.

»Archotique!«, brüllte sie nach hinten. »Bring mir meinen Raumanzug. Und zwar schnell.«

Sie programmierte einen Anflugkurs auf Rudyn, aktivierte den Autopilot und wuchtete sich schweratmend aus dem Pneumokontursessel.

Die Borduhr zeigte den 15. September 3102, 16:49:13 Standardzeit.

Nimm, was du hast und mach was draus

Atlan; Gegenwart
Die Minuten streckten sich zur Ewigkeit.

Wir warteten. Das Geräusch unseres Atems machte die Stille im Inneren des Segment-Containers nur noch intensiver. Und bedrückender. Wir warteten. Und keinem von uns fiel es leicht. Noch zitterten mir und gewiss auch den anderen die Muskeln von der gerade hinter uns liegenden Anstrengung. Noch schmerzten die Lungen von der Gluthitze des überstandenen Gefechts. Noch – seltsam genug – lebten wir. Und warteten.

Oderich Museks Atem kam stoßweise. Der durch den herabgefallenen Stahlträger verletzte Mann hielt sich die Rippen und lag ausgestreckt auf einem einigermaßen weichen Haufen aus Verpackungsmaterial. Über ihm glomm eine Art Notbeleuchtung an der Wand.

Wir anderen hockten neben Musek auf einer offenen, mehrere Meter durchmessenden Wanne, die mit losem Wartungsschrott bis an den Rand gefüllt war.

Graue Schatten waren wir, gestrandet auf einer Insel aus Kabelresten, ausgetauschten Ersatzteilen, defekten Synthetikfetzen, Metallspänen, eingerissenen Plastverkleidungen, Dämmfolien und anderem, größtenteils nicht identifizierbarem Techno-Gerümpel. Zu meinem Erstaunen erblickte ich zwischen fortgeworfenen Lesespulen in einer Ecke ein schmutziges Handtuch. Es war einmal hellblau gewesen und trug die merkwürdige eingestickte Inschrift *Verzage nie.*

Überall stapelten sich Fässer und Plastiktonnen undefinierbaren Inhalts, Metallkisten und sonstige Behältnisse aller Art. Daneben lagen defekte Roboterteile, fehlgeschweißte Metallplatten und verkrustete Farbsprühflaschen, vorwiegend in grau und dunkelrot. Es sprach für die Union, dass sie das Zeug nicht einfach in den Weltraum kippten, sondern auf Rudyn einer Verwertung zuführten.

Trilith Okt atmete gleichmäßig und tief. Sie hatte eine Sitzhaltung eingenommen, um *keshan'ma* zu absolvieren, eine Dagor-Atemübung zur raschen Regeneration.

Neife Varidis sog die Luft tief ein. Das lange, weite graue Kleid der Geheimdienstchefin verschmolz mit den Schatten ringsum zu einem konturlosen Fleck.

Sie streifte mich immer wieder mit ihrem Blick. Meine Gegenwart – die Anwesenheit des Lordadmirals der United Stars Organisation – in der Höhle des Löwen, im Zentrum der Zentralgalaktischen Union und damit im Hoheitsgebiet einer fremden, mehr oder weniger feindlich gesinnten Macht, hatte sie vor kurzem als immens hohes Risiko bezeichnet.

Sie nannte es ein gefährliches Spiel mit dem Feuer, präzisierte der Extrasinn. *Ihr seid euch ähnlich; sie neigt wie du zu Untertreibungen.*

Ich verzichtete auf eine Antwort. Es wäre sinnlos gewesen, die Wahrheit abzustreiten.

Falls man mich entdeckte und bloßstellte ... Die Nachricht hierüber würde durch die ganze Milchstraße eilen und in einigen Teilen für Schadenfreude und Heiterkeit, in anderen für Verärgerung, in den restlichen für Provokation sorgen. Perry Rhodan jedenfalls wäre nicht erfreut; das politische Erdbeben, das meine eigenmächtige Vorgehensweise zweifellos auslöste, würde etliche Friedensbestrebungen des Solaren Imperiums und nicht unerhebliche diplomatische Erfolge der terranischen Politik der letzten Monate zunichte machen.

Immerhin ... Neife Varidis hatte meine ohnehin dürftige Tarnung mit Leichtigkeit durchschaut – und mich nicht verraten. Es war ein Anfang einer Annäherung, wenn auch ein aus der brenzligen Situation heraus geborener und darum zerbrechlich dünner Beginn. Offiziell waren die USO und das Geheime Kalkulationskommando Gegner in einem kalten Krieg. Meine Spezialisten und ihre Mitarbeiter im Außendienst tanzten auf der galaktischen Bühne seit Jahren einen verwirrenden, teilweise absurden Reigen, dessen Schritte Belauerung, Übervorteilung, Zurückweisung und Irreführung hießen.

Auch wenn die USO seit ihrer Gründung eine überparteiliche Organisation darstellte und als eine Art überstaatliche Polizei jedem redlichen, potenziell Hilfesuchenden zur Seite sprang, so galt sie in den Augen von Männern wie Nos Vigeland, Runeme Shilter und Terser Frascati doch seit dem Zusammenbruch der Galaktischen Allianz als reiner Appendix des Solaren Imperiums; zumal die USO mit der Hälfte des Gewinns der irdischen General Cosmic Company finanziert wurde. Das alte Bild des loyalen Hundes: »Wes' Brot ich fress', des' Hand ich leck'.« Der normonische Diktator Shalmon Kirte Dabrifa bezeichnete mich deshalb in den Medien gern als den Bluthund und Speichellecker Rhodans, und in dasselbe Horn stieß seit einigen Jahren auch ein gewisser Ponter Nastase.

Man könnte zu dem Schluss kommen, wisperte der Extrasinn, *alle nichtterranischen Zellaktivatorträger verlören mit der Zeit den Verstand. Die einen früher, die anderen später. Ponter Nastase bestätigt diese Annahme ein weiteres Mal.*

Ich schüttelte den Kopf. *Du vergisst, dass auch ich ein Nichtterraner bin.*

Ich vergesse nie etwas, kam es mental zurück. *Hältst du deinen gegenwärtigen Aufenthaltsort etwa für das Ergebnis geistig klar getroffener Entschlüsse?*

Damit hatte mich der Logiksektor in der Zwickmühle. *Wenn ich ja sage,* habe *ich den Verstand verloren, richtig? Wenn ich nein sage, erklärst du mich für unzurechnungsfähig?*

Ein einfaches Narr *genügt vollauf,* lautete die Antwort.

Schön, der Narr bekennt sich schuldig im Sinne der Anklage; und was also rätst du mir?

Für einen Moment schwieg mein zweites Ich.

Besinne dich wieder mehr auf dich selbst, führte die wispernde Stimme den mentalen Dialog fort. *Bisher bestimmte Trilith Okt weitestgehend dein Handeln. Wie wenig du ihr dabei vertrauen kannst, sollten dir die letzten zwei Stunden deutlich vor Augen geführt haben. Sie ist unberechenbar. Und bar jeder Moral. Wie viele Tote willst du noch mitverantworten?*

Ich wollte diese Morde nicht, gab ich aufgebracht zurück. *Und du weißt das genau.*

Mitgehangen, mitgefangen, Arkonide. Davon abgesehen: Bring zunächst Neife Varidis heil aus dieser misslichen Lage heraus. Sie kann der kommende Garant einer gemäßigten, vielleicht sogar terrafreundlichen Politik einer zukünftigen ZGU-Regierung sein, eventuell sogar die neue Regierungschefin. Der Zellaktivator läuft dir nicht weg. Ponter Nastase kann es sich zu diesem Zeitpunkt nicht leisten, das Ephelegon-System zu verlassen. Seht zu, auf Rudyn ein geeignetes Versteck für die Frau zu finden, und dann mache dich daran, Nastase zu stellen. Und hüte dich vor Triliths Unberechenbarkeit.

Die Frist hingegen läuft.

Du hast Zeit genug, widersprach der Extrasinn. *Erst mit dem Ablauf des 22. September hat sich Nastases Körper auf die Zellaktivierungsschwingungen eingestellt, und erst dann verurteilst du ihn zum Tode, wenn du ihm den Aktivator abnimmst. Du hast mithin noch sieben Tage Zeit.*

Also ganz einfach. Ich würde nur einen Weg zurück zur ZUIM finden müssen. Vielleicht führte das Kalfaktat für Kriegswesen ja Besichtigungstouren ihres Flaggschiffs durch.

Mein beißender Spott ließ den Extrasinn kalt. *Neife Varidis wird dir helfen, wenn du ihr jetzt hilfst. Sie kennt sicher Mittel und Wege ...*

Die mentale Impulsfolge brach ab.

Ein durchdringendes Rumoren pflügte heran und verdrängte die Stille. So klangen nur Schiffsmeiler, die unter Extrembedingungen auf Volllast hochgefahren wurden. Aufkommende Vibrationen machten jede Verständigung unmöglich. Es schepperte und klapperte in den Kisten, Kästen und Kanistern, dass es in den Ohren wehtat.

Trilith sprang auf und griff unwillkürlich zu dem Vibromesser an ihrem Gürtel.

Auch ich erhob mich und behielt die runde Containeröffnung im Auge, durch die wir uns in das Innere gerettet hatten.

Neife Varidis beugte sich besorgt zu Oderich Musek hinunter. Ich sah, wie sie dem Mann eine Haarsträhne aus dem schmerzverzerrten Gesicht strich.

Ein metallisches Kreischen übertönte jäh alle anderen Geräusche. Etwas dröhnte dumpf; ich fühlte es mehr unter den Füßen als ich es hörte; dann fuhr ein Ruck durch den Müllfrachter, der mich und Trilith ins Schwanken brachte.

Die Andruckabsorber des Segment-Containers oder die des Müllfrachters gehören selbst verschrottet, schoss es mir durch den Sinn.

Die Chefin des GeKalKo richtete sich halb auf; dann erbleichten ihre Züge. Sie starrte schräg nach oben. Ich folgte ihrem Blick und wollte eine Warnung rufen; doch in dem infernalischen Lärm, wenn Metall über Metall schrammte, wäre sie untergegangen.

Auf einem der Stapel war durch die Vibrationen ein Fass ins Rutschen gekommen. Es tanzte auf seinem eigenen unteren Rand. In der Mitte dazwischen prangte das orangefarbene Symbol für ätzende Chemikalien.

Das etwa einen Meter hohe Metallfass neigte sich und fiel.

Ich befand mich zu weit fort, um noch rechtzeitig reagieren zu können. Trilith stand näher, doch sie rührte sich um keinen Zentimeter. Neife Varidis warf sich dem Fass schräg von unten entgegen. Aber weder der Winkel, in dem sie hochfuhr, noch die Kraft, die sie aus dieser Position heraus entfalten konnte, reichten aus, um die Gefahr vollständig zu bannen. Ihre Schulter traf etwa an der Stelle auf das Fass, an der das warnende Symbol auf der Reflexfolie schimmerte. Die Frau zog instinktiv den Kopf ein. Die Metalltonne änderte die Fallrichtung, rollte über ihren Rücken und krachte auf den Rand der Wanne.

Torkelnd polterte es auf den Boden und rollte bis zur Wand.

Es hatte keinen Deckel mehr. Und es war nicht leer.

Ein erster Schwall einer widerlich dunkelgelben Flüssigkeit schwappte aus dem Inneren, als Neifes Schulter die Tonne berührte; ein zweiter, mächtigerer folgte, als das Fass den Wannenrand traf. Die ätzende Substanz ergoss sich über den Wartungsschrott. Weißliche Schwaden zeigten die beginnende chemische Reaktion. Beißende Schärfe lag plötzlich in der Luft. Oderich Musek lag da wie versteinert – ihm war dank der schnellen Reaktion der Geheimdienstchefin nichts geschehen.

Neifes Gesicht war schmerzverzerrt.

Hören konnte ich noch immer nichts. Der Meiler wummerte weiterhin; das Kreischen brach endlich ab.

Sie hielt ihr Gesicht mit beiden Händen. Zwischen den Fingern dampfte es heraus. Handtellergroße Stellen an ihrem Kleid und der Unterwäsche hatten sich in Windeseile aufgelöst; offenbar reagierte der Fassinhalt extrem schnell mit den synthetischen Bestandteilen ihrer Kleidung. Ich sah rote Flecken auf der Haut ihrer teilweise entblößten Brust entstehen.

Sie sackte auf die Knie. Und schrie.

Ich langte nach dem schmuddeligen Handtuch und prüfte in aller Eile, ob es von der Säure benetzt worden war. Es war glücklicherweise trocken. Ich streifte meine Jacke herunter und wickelte mir die Ärmel als Handschutz um die Finger. Dann kniete ich mich neben die zitternde Frau und tupfte ihr soviel von der Chemikalie weg, wie es eben nur ging. Was sie am Oberkörper an Kleidungsresten noch trug, riss ich herunter und warf es fort. Als das Handtuch mir unter den umwickelten Händen zu zerfallen drohte, warf ich es hinterher.

Trilith stand hinter mir und beobachtete teilnahmslos, was ich tat.

»Du kannst dich nützlich machen«, fuhr ich sie an, immer noch wütend über den regelrechten Blutrausch, dem sie in der ZUIM verfallen war. »Hol Wasser, Trilith! Hier muss es irgendwelche Tanks oder eine Hygienezelle geben. Mach dich auf die Suche!«

Die Kämpferin wendete sich wortlos ab und verschwand hinter einem umgestürzten Stapel aussortierter Toilettenschüsseln.

»Damit werden Sie kein Glück haben ... Koramal«, hörte ich Oderich Musek gepresst sagen. »Diese Container haben zwar ein Minimallebenserhaltungssystem, aber keinerlei Komfort. Es gibt hier keine sanitären Anlagen, nicht mal einen Wasseranschluss. Nur künstliche Schwerkraft und Atemluft. Um an Wasser zu gelangen – und an ein Medopack – müssen Sie versuchen, mit dem Piloten des Frachters Kontakt aufzunehmen. Der Flug zurück nach Rudyn dauert Stunden. Solange hält es Neife ohne Hilfe nicht aus.«

Du aber auch nicht, dachte ich und kniff die Augen zusammen, als ich sein schweißnasses Gesicht sah. Sein fliegender Puls und die Blässe ließen mich mehr als nur Prellungen und Rippenbrüche befürchten. Das sah mir sehr nach inneren Blutungen aus. Musek brauchte einen Mediker mindestens so schnell wie Neife Varidis.

Es knackte und zischte in der Wanne, die den größten Teil der ätzenden Flüssigkeit aufgefangen hatte. Die kontaminierte Luft reizte die Atemwege. Ich unterdrückte ein Husten.

Trilith kam wieder zu uns und warf mir einen undefinierbaren Blick zu. Ihre Lippen hatten eine dunkelgrüne Färbung angenommen. Sie schüttelte stumm den Kopf.

Ich streckte die Hand aus. »Gib mir dein Messer.«

Mit einer einzigen Bewegung zog sie die Vibroklinge aus dem Gürtelfutteral. Ich schnitt die säuregetränkten Ärmel von meiner Jacke und warf sie zu den anderen Stoffresten; dann bedeckte ich mit dem ärmellosen Kleidungsstück Neifes zitternden Oberkörper. Ich reichte Trilith das Messer zurück. Neben einem defekten Roboterleib entdeckte ich eine leere Kabeltrommel. »Das runde Ding da – roll es mir bitte herüber.« Trilith tat wie geheißen; gemeinsam legten wir Neifes

Füße darauf hoch. Ein zusammengeballter Folienhaufen bildete ein improvisiertes Kissen.

Neife stand fraglos unter Schock. Ich streifte meinen Zellaktivator ab und legte ihn ihr vorsichtig auf die Brust. Obwohl das Geschenk der Superintelligenz ES ausschließlich auf meine Zellschwingungen geeicht war und es keinem anderen Träger die Unsterblichkeit verleihen konnte, erlaubte es mir die fremde Technik doch, dass ich es anderen zu Heilzwekken in zeitlich begrenzten Maßen aushändigen durfte. Ganz so, als wüsste das taubeneigroße Gerät, dass ich jemandem damit helfen wollte. Wie schon hunderte Male zuvor sandte der Zellaktivator auch jetzt verstärkt belebende Impulse aus, kaum dass er auf dem verletzten Körper ruhte. Ich spürte das pochende Pulsieren, als ich nach Neifes Pulsschlag tastete. Sie hörte auf zu schluchzen und biss sich stattdessen auf die Lippen. War das ein Zeichen der Besserung? Eher nicht. Ich richtete mich auf.

»Wir müssen hier raus«, sagte ich entschieden. »Hat jemand eine Idee, wie wir dem Piloten ein Zeichen geben können?«

»Versuchen Sie es mit einem SOS«, sagte Musek. Seine Stimme wurde mit jedem Wort matter. »Unsere Raumpiloten lernen es immer noch.«

»Was ist ein Esso ... es?«, fragte die Psi-Kämpferin.

»Ein altterranisches Klopfzeichen«, kürzte ich alle Erklärungen ab. »Ein Rhythmus: Kurz-kurz-kurz, Lang-lang-lang, Kurz-kurz-kurz.«

Trilith Okt griff sich ein zentimeterdickes Stahlrohr von anderthalb Metern Länge und ging wortlos hinüber zu der Mannschleuse, die der runden Öffnung, durch die wir gekommen waren, gegenüberlag.

Mit wuchtigen Schlägen hämmerte sie das wahrscheinlich lauteste Morsesignal des 32. Jahrhunderts in die sich rasch mit Beulen übersäende Schleusennische.

Erfolg durch Miteinander

Ponter Nastase; Gegenwart

Es war noch leichter gegangen als angenommen. Und, soweit es steuerbar war, nach Plan. Natürlich gab es Unsicherheitsfaktoren. Nur das Universum in seiner Gesamtheit erfüllte diesen letzten Grad an erhabener Perfektion; alle Einzelteile wiesen *per definitionem* Grenzwerte oder blinde Flecken auf, die immer nur eine Annäherung an das Ideal zuließen. Das Ganze war eben immer mehr als die Summe seiner Teile. Dennoch: Jeder Erfolg war letzten Endes die Folge sorgsamer Vorbereitung und Planung. Gute Szenaristen bezogen auch Unvorhersehbares in ihre Pläne mit ein. Dabei war es zweitrangig, zu wissen, was da unerwartet eintreten würde. Wichtig war allein, zu wissen, dass es eintreten konnte – und höchstwahrscheinlich auch würde. Wer dies erst einmal verinnerlicht hatte und danach handelte, dem gelangen selbst wirklich große Aufgaben mit fast spielerischer Leichtigkeit. Ponter Nastase saß hinter seinem Schreibtisch auf dem kolossalen Sessel, den seine Mitarbeiter hinter vorgehaltener Hand nur *Thron* nannten, und verzog verächtlich die Lippen.

Niemand, dachte er, *plant zu versagen, aber die meisten versagen beim Planen.* Deshalb gab es seiner Ansicht nach auch nur exakt zwei Klassen von Intelligenzwesen in diesem Universum: Jene, die die Dinge vorantrieben und jene, die sich treiben ließen. Meist von Angehörigen der ersten Gruppe. Nun, er hatte nicht versagt und beabsichtigte es auch weiterhin nicht. Und erst recht nicht, sich von wem auch immer irgendwohin treiben zu lassen. Das betraf auch ein Wieder-Vertreiben von der Alleinherrschaft über die Zentralgalaktische Union. Schon zum gegenwärtigen Zeitpunkt vermochte ihm niemand mehr diese Führungsrolle streitig zu machen. Alles war eben eine Folge umsichtiger und ergebnisorientierter Planung. Und des Mutes, diese Pläne zu verwirklichen.

Ponter Nastase hatte beides in die Waagschale geworfen.

Die Erfolgsmeldungen des *Krisenfalls Sturmwind* trafen ununterbrochen und chaotisch ein. Dank der Zuspielungen des Omniports kontrollierte der siebenundachtzigjährige Kalfaktor für Wissenschaften nahezu in Echtzeit, wie Deck um Deck, wie Sphäre um Sphäre der ZUIM in die Hände des Wissenschaftlichen Überwachungskorps fielen. An allen neuralgischen Punkten übernahmen vertrauenswürdige Offiziere des Wissenschaftlichen Korps den Befehl. Ganz selten zeigte sich Widerstand, und wenn, dann nur halbherzig, ein Aufbegehren, das von den Soldaten schnell niedergeschlagen wurde und meist sogar, ohne dass von den Waffen Gebrauch gemacht werden musste.

Allein die Bereiche, in denen Agenten des GeKalKo, des Geheimen Kalkulationskommandos, ihren Dienst verrichteten, waren etwas kritischer. Dies betraf in erster Linie die Beiboote, allen voran die Sphärendreher, die auf Neife Varidis' Anordnungen hin einen permanenten Beobachter des GeKalko an Bord hatten nehmen müssen; des weiteren die betroffenen Hangars, die Hochkantschleusen und die umliegenden Quartiere der Beibootbesatzungen in der vierten, der äußeren Sphäre. Da bis auf die TRADIUM alle Sphärendreher eingeschleust waren, bereitete der Zugriff auf die sogenannten Mitarbeiter im Außendienst keine nennenswerten Schwierigkeiten.

Einzig die acht Agenten, die für den persönlichen Schutz von Neife Varidis abkommandiert waren, hatten – wie erwartet – das Leben der Chefin des GeKalko ebenso mutig wie sinnlos mit ihrem eigenen zu verteidigen gesucht – und waren selbstverständlich gescheitert. Selbst die Beschädigungen innerhalb der ZUIM hatten im Laufe der Kampfhandlungen ein zu vertretendes Maß nie überschritten. Nur in Sphäre 4, wo man nahe der Schubsektoren die Geheimdienstchefin und ihre Regeleskorte gestellt hatte, herrschte vorübergehendes Chaos. Das Hauptdeck benötigte über vier Sektoren hin eine Generalüberholung. Aber auch das war eine Sache von Stunden, schlimmstenfalls von Tagen, die eine Hundertschaft Werftrobots erledigen würde.

Somit war auch hier alles glatt verlaufen. Alles bis auf den einen entscheidenden Fakt. Es gab keine Leichen. Zumindest nicht die eine, auf die es ankam. Genau der Körper fehlte, auf den er mit zornesbebendem Finger deuten konnte: »Seht her, hier liegt die Schuldige! Sie hat ihre gerechte Strafe erhalten.« Der fast zwei Meter große Mann in der Amtsrobe der Kalfaktoren stieß einen Fluch aus. Er wollte es immer noch nicht restlos glauben.

Wütend schaltete er den Kanal zu seinem Adjutanten frei.

»Was ist denn nun?«, bellte er. »Haben Sie irgendeine Spur der Varidis gefunden?«

In einem der Holofelder des Omniports erschien das Gesicht Kikomo Akubaris.

Der Asiat im Rang eines wissenschaftlichen Beraters verneigte sich. Er trug einen Raumanzug, dessen Helm im Nackenwulst zusammengefaltet war. Offensichtlich hatte er sich persönlich in die zerstörten Bereiche begeben, in denen immer noch eine mörderische Hitze vorherrschte. Akubari glättete sich mit der behandschuhten Hand die schwarzen Haare. »Ich bedauere außerordentlich, Sir. Leider nein. Ich habe die fraglichen Bereiche der ZUIM hermetisch verriegeln und anschließend jeden Korridor und jeden Raum mehrfach durchsuchen lassen. Weder von Neife Varidis noch von ihrem persönlichen Berater fand sich auch nur eine Spur. Jedenfalls keine, die größer ist als die von einzelnen Körperzellen. Mehrfach bestätigte DNA-Scans weisen zweifelsfrei aus, dass sich beide Personen im Bereich der Schubsektoren 5 bis 2 aufgehalten haben. Alle Bildaufzeichnungen des Handgemenges sind infolge der Kampfhandlungen ausgefallen, leider gleich zu Beginn – ein Schuss zerstörte eine Pufferdatenbank. Dennoch arbeiteten die Vitalscanner einwandfrei und lieferten bis Zeiteinheit 16:19 die Individualechos der kämpfenden

Parteien. Im nächsten Moment verschwanden vier der Echos von den Schirmen. Zu dieser Zeit wurden in Schubsektor 3-A Thermowaffen eingesetzt. Wir arbeiten noch an der Rekonstruktion, Sir, kommen aber nach der momentanen Sachlage zu dem Schluss, dass die Zielobjekte Varidis und Musek mit hoher Wahrscheinlichkeit mehreren direkten Thermostrahltreffern ausgesetzt waren.«

Damit, dachte Ponter Nastase, *hat sich das Problem Neife Varidis buchstäblich in heiße Luft aufgelöst.* Nicht unbedingt zufrieden, aber auch nicht unerfreut über das Ergebnis nickte er kurz. »Machen Sie den Idioten ausfindig, der die Freigabe für den Einsatz von Thermostrahlern an Bord erteilt hat«, verlangte er. »Lassen Sie ihn die nächstliegende Schleuse putzen – bei geschlossenem Innen- und offenem Außenschott.«

Kikomo Akubari verneigte sich abermals und verharrte in dieser Position, bis der Anrufer das Gespräch von sich aus beendete.

Nicht exakt *der Tod, den ich ihr zugedacht habe*, dachte der hagere Mann und tastete unbewusst nach der Erhebung auf seiner Brust. Andererseits – dem Tod war es völlig egal, in welcher Form er seine Ernte hielt. Bei Abstrahlleistungen von bis zu 250.000 Megawatt entstanden im Auftreffbereich thermische Werte, die um etwa das achtfache höher lagen als die Oberflächentemperatur einer Sonne des G-Typs. Mehrere direkte Treffer verdampften jede organische Materie zu einer Wolke aus glühendheißem Nichts. Kein Wunder, dass nur geringe DNA-Reste von der einstigen Geheimdienstchefin und ihrem ebenso aalglatten wie angegrauten Galan zurückgeblieben waren.

Ponter Nastase schaltete andere Kanäle seines Omniports frei und konzentrierte sich auf die rudynischen Einzelteile seines Machtergreifungspuzzles.

Die gelenkten Unruhen hatten in zwei Bombenanschlägen auf seinen eigenen Dienstsitz einen vorläufigen Höhepunkt gefunden. Ein Sprecher des Senders GenSky entrüstete sich über die Machenschaften einer Neife Varidis, die auch vor brutalem Terror nicht zurückschreckte. Bilder eines brennenden Gleiters und eines völlig verwüsteten Parkabschnitts untermalten den Bericht. Glücklicherweise, fuhr der Kommentator fort, sei das Ziel beider Anschläge, der Ehrenwerte Kalfaktor für Wissenschaften, Ponter Nastase, zum Zeitpunkt des feigen Attentats nicht im Ambar Temnyj, seinem Dienstsitz im OPRAL anwesend gewesen. Er habe vielmehr rasch gehandelt und die wichtigste Waffe der Union, das Sphärenrad ZUIM, vor dem Zugriff der machtbesessenen und inzwischen ihres Amtes enthobenen Geheimdienstchefin bewahren können.

»Unser aller Dank gilt wieder einmal Ponter Nastase, der sich auch in dieser Krise als der Mann der Stunde zeigte, und der sich vorbehaltlos und wie immer vorbildlich in den Dienst unserer Unionsgemeinschaft gestellt hat. – Bleiben Sie aufmerksam. Gero Gurebeler für GenSky.«

Dem hageren Mann in der im Orbit schwebenden ZUIM war der Name des Journalisten bisher unbekannt. Er nickte beifällig und machte sich eine Notiz.

Marco Fau, der Kalfaktor für Kriegswesen, meldete sich direkt aus dem OPRAL, dem Regierungssitz der Zentralgalaktischen Union. »Alle Dispositionen sind gesichert«, lautete sein Bericht. »Wie erwartet, widersetzten sich sechs der zwölf Kalfaktoren, die sich derzeit von mir abgesehen noch im OPRAL aufhalten. Mit ihrer Gegenwehr gestanden sie ihre Schuld und ihre Beteiligung an der geplanten Varidis-Verschwörung ein. Der Widerstand konnte erfolgreich niedergeschlagen werden.« Auf mehreren vor Nastases Augen schwebenden Holoflächen liefen die während der Zerschlagung eingefangenen Bildsequenzen ab. Er nickte; die meisten Aufnahmen waren propagandatauglich.

»Die sechs abtrünnigen Kalfaktoren starben bedauerlicherweise in den jeweiligen Feuergefechten, die sie selbst entfacht hatten. Damit sind namentlich tot: Thereme Eisenstein, Aola Birr, Ante Cihajic, Nuno Gaosch, Emente Zaro und Caryn Lassberg. Lediglich der Generalkalfaktor Aquium Namastir ergab sich den Sicherheitskräften.«

»Lasst ihn einige Stunden schmoren; dann bringt ihn zu mir.«

Fau bestätigte und kniff ein Auge zusammen. »Die fünf übrigen Kollegen stehen ebenfalls unter starkem Verdacht, an der Verschwörung mit beteiligt gewesen zu sein. Sie sind als potenzielle Hochverräter eingestuft worden. Oriens Malsaque, Reorg Raaderbrecht und Nanny Dollingar konnten leider entfliehen.« So, wie er das Wort leider betonte, machte er deutlich, dass die Flucht der drei Kalfaktoren gewollt und absichtlich inszeniert war – eben exakt nach Plan.

Auch wenn der Datenverkehr des Omniports aufgrund des aufgepfropften Netzwerks autark war und praktisch als abhörsicher galt – es war nie völlig auszuschließen, ob es nicht doch irgendwo einen heimlichen Mithörer oder Mitbeobachter gab. Gewiss, die Trägerwelle nutzte einen technisch bisher noch kaum erschlossenen Frequenzbereich und konnte selbst durch starke Störimpulse nicht überlagert werden. Alle gesendeten und empfangenen Daten passierten vier Chiffrierfilter mit im Mikrosekundenbereich wechselnden Identschlüsseln. Doch trotz des unglaublich hohen technischen Aufwands konnte man niemals völlig sicher sein. Und Ponter Nastase durfte diesen Fehler Marco Faus nicht ignorieren. Denn er bedeutete, dass Fau Fehler beging.

Er machte sich eine entsprechende Notiz.

»Die anderen zwei konnten entwaffnet und festgesetzt werden: Es handelt sich um die Kalfaktorinnen Dhium Lavaré und Angela Zaqwag.«

»Schärfste Sicherheitsverwahrung«, ordnete Nastase an. »Sie werden sich in einem Prozess vor den Bürgerinnen und Bürgern der Zentralgalaktischen Union verantworten müssen.«

»Das OPRAL ist umstellt«, meldete Fau weiter. »Die Sender der TriVid-Programme sind informiert und rufen die Massen auf, sich an der Suche nach den vier Geflohenen zu beteiligen. Beziehungsweise die Eliteeinheiten von Obhut und Flotte nach Kräften zu unterstützen.«

»Gut. Die Verantwortung der Stadt Genzez liegt derzeit und bis zu meiner Rückkehr in deinen Händen. Die Fortsetzung der Amtsgeschäfte übernehmen die bisherigen Vizekalfaktoren unter permanenter Beobachtung durch einen Beamten des Kriegswesens. Verfahre nach eigenem Ermessen.«

Das war das Kodewort für den Befehl, mit dem die sich noch auf freiem Fuß befindlichen Kalfaktoren nacheinander liquidiert werden sollten. Als offensichtliche Terrorakte des ARMs, einer Organisation, die angeblich der »Verschwörerin« Neife Varidis nahestand.

Marco Fau bestätigte und schaltete ab.

Ponter Nastase lehnte sich zufrieden zurück und legte seine rechte Hand auf den ovalen Gegenstand auf seiner Brust, der von dem wertvollen Stoff seiner Amtsrobe verdeckt wurde. Ein kaum vorhandenes Pochen schickte einen unaufhörlichen Strom an Lebensenergie in seinen Körper, aber das allein war es nicht: Es erfüllte ihn ein Gewahrsein von Kraft, von Gesundheit und erweiterter Wahrnehmungsfähigkeit, die ihn alle siebenundachtzig zuvor gelebten Jahre wie eine buchstäblich sinnlose Verschwendung vorkommen ließen.

Wie herrlich erfrischend jeder einzelne Atemzug für ihn war.

Wie intensiv alle Farben in den Gewebestoffen leuchteten. Wie scharf er alle Konturen sah, wie deutlich er selbst das kleinste Staubkorn erkennen konnte, wie klar er sogar in diffusen und halbdunklen Lichtumgebungen alle Gegenstände und Muster voneinander zu trennen vermochte.

Wie wunderbar alles schmeckte, was er trank und aß; welch ein Genuss im Kauen und Schmecken an sich verborgen lag und sich ihm nun offenbarte; selbst einfaches Wasser erfüllte seinen Gaumen mit einem Geschmackspektrum, von dem er bisher nicht einmal geahnt hatte, dass es überhaupt existierte.

Wenn er seine Hände über etwas gleiten ließ – die Karaffe vor ihm oder die glänzende Oberfläche seines Schreibtisches oder die geriffelte Außenhaut der Margellisfrucht, die er sich hatte bringen lassen – wenn er die Hand danach ausstreckte, dann ertastete er mehr als nur den Gegenstand an sich: Feinste Nuancen teilten sich ihm mit, er *begriff* plötzlich das Spiel von Material und Temperatur, von Feuchtigkeit und Biegsamkeit, von Härte und Weichheit auf bisher nie gekannte Weise.

Die mit so viel technischem Aufwand gereinigte, aufbereitete, von Pollen und Erregern befreite, von Keimen jeglicher Art gesäuberte und nach bestem Wissen und Gewissen der Atmosphärentechniker wieder atembar gemachte Luft des Sphärenrades enthielt dennoch überall Spuren, die ihn neugierig schnuppern oder die Nase rümpfen ließen.

Zum Beispiel war ganz ohne Zweifel schon vor über einer Stunde Tratjena Murga über den Flur vor seinen Räumlichkeiten gegangen, eine junge, dunkelrothaarige, laszive Offizierin des Wissenschaftlichen Überwachungskorps, deren Duft er mit Leichtigkeit identifizierte und immer noch in der Luft wahrnahm; und es war nicht das Parfüm, das er auch jetzt noch ahnte, sondern ein tieferer, innigerer, animalischerer Geruch, den er förmlich auf den Lippen zu schmecken meinte und der in ihm die Frage aufwarf, welche Reize sich wohl durch sein gesteigertes Tastempfinden auf der Haut der durchtrainierten, üppig geformten Rudynerin ergeben würden.

Er machte sich eine weitere Notiz.

Tratjena, dachte er. Ausgerechnet. Die Ähnlichkeit war ohne Frage verblüffend. Als wäre sie ihre Tochter.

Nein, verbesserte er sich, *ihre Wiedergeburt* ...

Albernes Zeug. Er schalt sich einen Narren. Aber ihr Aussehen, ihre Art, sich zu bewegen ... dazu der Namensanklang ... Er atmete tief ein. Wie lange hatte er nicht mehr an Jena gedacht?

Für einen Moment strich er gedankenverloren über die Armlehnen seines riesigen brihanischen Sessels. Dann riss er sich zusammen. Es gab mehr als genug zu tun. Auch jetzt, da seine ärgste Widersacherin Neife Varidis ausgeschaltet war.

Nein, gerade jetzt.

Etwas wie ein Lächeln huschte über seine von den Holos des Omniports in flackerndes Licht getauchten Züge.

Es galt, sich der Unsterblichkeit als würdig zu erweisen.

Er hatte eine Galaxis zu erobern. Aber langsam, ermahnte er sich, ruhig und geduldig, Schritt für Schritt. Und wie stets nach Plan.

Die meisten versagten beim Planen. Er, Ponter Nastase, plante stattdessen das Versagen der jetzt noch Mächtigen. Selbst das des *All-Mächtigen* Rhodan.

Mit der ZUIM ... heute war sie zu dem Ort geworden, an dem er seinen Thron errichtete. Das stärkste Schiff der ZGU. Sein Schlüssel zur Macht.

Mit dem Zellaktivator ... von heute an gehörte er dem Kreis der Unsterblichen an. Tage, Jahre, sogar Jahrzehnte hatten damit ihre Bedeutung verloren. Die Zeit selbst hatte vor ihm gleichsam kapituliert. Er lächelte. War so ein Gedanke größenwahnsinnig? Nein, nur konsequent. Das Ergebnis einer sachlichen Einschätzung. Ein Fakt, den zu begreifen und entsprechend zu handeln jedem offen gestanden hatte. Nur war er schneller gewesen. Konsequenter. Härter. Er allein hatte sich darum des Aktivators als würdig erwiesen. Und er würde es weiterhin tun. Zeit war der Machtfaktor schlechthin. Wie hatte es in diesem altterranischen Buch geheißen? »Wer nicht mit der Zeit geht, der geht mit der Zeit.« Er hatte ab jetzt alle Zeit der Welt und würde nicht nur mit der Zeit gehen, sondern sie begleiten. Alle anderen mussten vergehen, aber er würde sein und immer noch sein, wenn andere Wesen längst zu Staub verweht und ihre Namen längst von jedermann vergessen waren. Und er würde sein können, was immer er sein wollte. Vielleicht – ein Sternenkaiser?

Mit der Eroberung von Rudyn ... *das wird der Fels sein, auf dem ich mein Kaiserreich begründe.* Heute Rudyn – und morgen das ganze Weltall.

Er streckte die Hand nach der Margellisfrucht aus, wissend, dass dies zugleich der Griff nach den Sternen war. Die Obsthälfte war glitschig, rutschte ihm aus den Fingern und platschte auf den kunstvoll geknüpften Teppich.

Atlan; Gegenwart

Das Schott fuhr so überraschend auf, dass Trilith förmlich zurücktaumelte. Ein humanoider Roboter stand im Schleusenoval und stakste auf unverkleideten Beinen in den Ladebereich des Containers. Überhaupt fehlten an allen möglichen Stellen seines Körpers Verkleidungselemente, sodass sein Innenleben kein Geheimnis blieb. Seine Gelenkmotoren wimmerten bei jedem Schritt. Nach gut drei Metern blieb er stehen. Seine Optiken fokussierten uns. Jemand hatte sich einen Scherz erlaubt und die »Augen« der Maschine als Hohlspiegel mit aufgesetzten Glühlampen gestaltet. Ich war sicher, dass sich dahinter oder darunter miniaturisierte Kameraoptiken befanden. Befinden mussten. Niemand setzte einem Roboter nur Augenattrappen ein. Waffen schien er nicht zu besitzen.

Trilith und ich sahen uns ratlos an, während er unsere Anwesenheit zu verarbeiten suchte. Offenbar fand sein Programm keine für derartige Situationen passende Routine. Er breitete lediglich seine Arme aus, als ob er uns willkommen hieße, und verharrte etwas schief.

Ich wandte mich an den Robot: »Wird dieser Frachter automatisch gesteuert? Oder gibt es einen lebenden Piloten? Wir benötigen medizinische Hilfe ...«

»Archotique!«, donnerten in diesem Moment völlig übersteuerte Außenlautsprecher. Wir fuhren herum.

Niemand von uns hatte die Gestalt in dem voluminösen Raumanzug gesehen, die sich soeben durch die Schleuse zwängte. Auch die Gestalt bemerkte uns erst in diesem Augenblick. »Scheiße. Blinde Passagiere. Und das vor meinem Urlaub.« Die Lautsprecher des uralten Raumanzugs klirrten.

Sie zielte mit einem unterarmlangen Gegenstand auf uns. Ich hob die Hände. Trilith ließ die Stahlstange fallen und hielt ihre Hände deutlich weit von ihrem Körper und damit von der Vibroklinge entfernt.

Narr! Hat dir die Säure den Blick vernebelt? Sieh genauer hin!

Ich atmete auf. Was ich im ersten Moment für einen Strahler hielt, entpuppte sich auf den zweiten Blick als harmloses Messinstrument; farbige Skalen tanzten darauf herum und veränderten sich, je nachdem, in welche Richtung die Gestalt den Scanner hielt.

Sie warf einen letzten Blick auf ihr Messinstrument und hängte es sich an den Gürtel. Mit Rucken und zweimaligem Schlagen auf die Verschlüsse schaffte sie es, den Raumhelm nach hinten zu klappen. Das rundliche Gesicht einer etwa siebzigjährigen Frau kam zum Vorschein. Wirre graugelbe Haare umrahmten ein wütendes Antlitz. »Okay, die Luft ist atembar. Gerade noch so. Und was seid ihr jetzt für Vögel?«

Sie sah sich um und bemerkte das am Boden liegende Fass. »Ich nehme an, ihr seid für diese Schweinerei hier verantwortlich!«, fuhr sie Trilith, die ihr am nächsten stand, an. Warum habt ihr diese Scheiß-Protodo-Säure verschüttet? Fandet ihr sonst nichts zum Spielen?«

Trilith setzte zu einer Antwort an, aber ich drängte mich vor.

»Lassen Sie uns das bitte später klären. Wir benötigen Ihre Hilfe. Wir haben zwei Verletzte, einer wurde von dieser Protodo-Säure verätzt. Der andere hat höchstwahrscheinlich innere Blutungen. Wir brauchen dringend Wasser, Antischmerzmittel und neutralisierendes Gel, falls Ihr Medovorrat das hergibt.«

Die Frau begriff mit der Reaktionsgeschwindigkeit, die allen Piloten irgendwann zur zweiten Natur wird. »Ist alles vorn. Wir müssen die Verletzten in den eigentlichen Frachter bringen – können wir sie tragen?«

Ich schüttelte den Kopf. »Haben Sie eine Antigravliege oder etwas in der Art?«

»Reicht eine Plattform zum Stapelheben?«

»Passt sie durch die Schleuse?«

»Verflucht, nein. Aber warten Sie. Archotique, hol unseren Gepäckträger.«

»Mylady.« Der Robot stakste aus der Schleuse.

Die Pilotin löste die Handschuhe des klobigen Raumanzugs.

»Patty Ochomsova.« Ich schüttelte die ausgestreckte Hand. Sie hatte einen Griff wie ein Sumoringer.

»Koramal«, sagte ich. »Trilith, Neife, Oderich.«

Die Frau musterte die Brandflecken an unseren Uniformen und nickte verstehend. Sie deutete auf einen geschwärzten Streifen, der quer über meinen Oberschenkel verlief. »Stress mit Mr. Ich-werde-alles-in-meiner-Macht-stehende-tun, nehme ich an?«

»Er mag uns nicht«, ging ich auf den lockeren Tonfall der Pilotin ein. Patty Ochomsova grinste.

Trilith verschränkte die Arme vor der Brust. »Warum tragen Sie einen Raumanzug?«, fragte sie misstrauisch.

»Weil mir ein permanenter Sicherheitscheck diesen Raum als kontaminiert gemeldet hat, Schätzchen.«

Sie hustete trocken. Zum ersten Mal schien sie Triliths Knochenwulst zu bemerken, der rund um ihren Kopf verlief, das Feuermal um ihr rechtes Auge herum, das die Form einer neunarmigen Krake aufwies, die Muttermale im Gesicht ...

»Sie kommen aber von weiter her, was? – Und Sie, ein Arkonide? Hier im heiligsten Zentrum des Bollwerks gegen den degenerierten Rest der Galaxis?« Plötzlich riss sie die Augen auf: »Ach, du grüne Kacke! Ihr seid Agenten, stimmt's? Und seid aufgeflogen, als ihr das Sphärenrad ausspionieren wolltet! Ja, scheiß die Wand an! Konterunionistische Superspione in meiner Müllschute! Du fasst es nicht. Ihr wisst, dass ich euch melden müsste?«

»Und? Werden Sie es tun?« Trilith Okt trat zwei Schritte zur Seite, wie beiläufig. In Wahrheit versperrte sie der Pilotin den direkten Weg zur Mannschleuse. Und verschaffte sich Bewegungsspielraum für den Fall eines plötzlichen Angriffs.

Pattys Gesicht wurde schlagartig ernst. »Hängt ganz von euch ab, Leute. Habt ihr Mitty Kawolski auf dem Gewissen?«

»Wen?«

»Den Schichtleiter der Ladeleitstelle. Ich sah ihn blutüberströmt aus seinem Sessel sinken. Habt ihr gegen die Techniker der Schubsektoren-Kontrolle gekämpft?«

»Das müssen Nastases Soldaten gewesen sein«, erwiderte Oderich Musek von seiner provisorischen Liegestatt her. Seine Stimme klang wieder etwas kräftiger, verlor sich aber schon im Verlauf des Satzes zu einem Keuchen. »Es gab mehr als eine Gruppe. Wir ... wir waren nicht in der Sektoren-Kontrolle.«

»Okay, dann ...« Patty wurde von rhythmischem Gestampfe unterbrochen.

»Da bin ich wieder«, tönte es von der Schleuse her. Archotique erschien im Schottrahmen und schob eine schwebende, halbmeterbreite Trageplatte vor sich her.

»Die Frau zuerst«, sagte ich. Ich legte mir den Zellaktivator wieder um. Gemeinsam hoben wir Neife Varidis so vorsichtig wie möglich an und legten sie auf die Trage. Die Geheimdienstchefin hatte das Bewusstsein verloren. Als wir sie berührten, stöhnte sie, erwachte aber nicht. »In mein Quartier«, ordnete die Pilotin an.

Archotique schob die Plattform aus dem Segment-Container.

»Ich kann selbst gehen«, widersprach Musek, als ich ihn um etwas Geduld bat. »Wenn Sie mir nur Ihren Arm reichen wollen, Lor ... Koramal.«

»Kommen Sie, Mr. Musek.« Ich legte mir seinen Arm um die Schulter und geleitete ihn zur Schleuse.

»Einen Moment! Werden Sie uns melden?«, hakte Trilith nach.

Patty Ochomsova drehte sich langsam zu ihr um. »Sehe ich so aus? Ich meine, sehe ich so aus, als wollte ich mir den Folienkram wirklich antun? Ich bin eine Müllfrau, Süße. Die sind da oben ohnehin davon überzeugt, dass ich Dreck am Stecken habe. Ich soll mir tausendundeine eidesstattliche Versicherung in einundzwanzigfacher Vervielfältigung notariell beglaubigen lassen? Nur um sauber dazustehen? Nur um zu beweisen, dass ich mit eurer gequirlten Scheißspionage nichts zu tun habe? Nur damit ich meinen Gulmendreckjob behalte?« Damit rauschte sie erhobenen Hauptes aus der Schleuse und an mir und Musek vorbei.

Ich musste unwillkürlich schmunzeln. Trilith hatte Patty in ihrer Underdog-Ehre verletzt.

Trilith verließ als letzte den Container in der ihr eigenen, lauernden Gangart; es sah nicht nur so aus, als wolle sie unseren Rückzug decken.

Ihre hellroten Augen loderten, als sie zu mir und dem nur langsam vorankommenden Musek aufschloss. Doch sie enthielt sich eines Kommentars.

Die Doppelschleuse fuhr zischend zu. So schnell es ging, suchten wir das Quartier der Pilotin auf.

Derius Manitzke; Vergangenheit

»Fertig. Du kannst ihn ab sofort einschalten.« Dr. Vitali Vagansk hielt die Hände in ein Sterilisierfeld und nickte seinem Patienten aufmunternd zu.

Der Mediziner, ein fast fünfzigjähriger Mann, war dank eines immensen täglichen sportlichen Programms durchtrainiert und athletisch.. Er hatte zudem nie seinen jugendlichen Charme verloren – selbst Pessimisten schätzen ihn auf höchstens dreißig. Vitali Vagansk weckte ohne Zweifel Begehrlichkeiten bei Frauen aller Altersgruppen: Er sah mit seinen 192 Zentimetern, dem markant-männlichen Gesicht mit den tiefblauen Augen und seiner immer gebräunten Haut überaus attraktiv aus. Vitali galt als Frauenheld. Die gebrochenen Herzen des weiblichen medizinischen Personals des Urdhana-Großklinikums hätten, wären sie gesammelt und ausgestellt worden, mit Leichtigkeit einen kleineren Saal mit doppeltürigen Vitrinen gefüllt.

Derius Manitzke, vom Typ her das genaue Gegenteil, erhob sich langsam von der Untersuchungsliege, schwang die Beine über den Rand und richtete sich in eine sitzende Haltung auf. Er war um einen Kopf kleiner als der Arzt, schmächtig und wirkte ungelenk. Im Gegensatz zur vollen und lockigen schwarzen Haarpracht des Doktors waren Manitzkes Haare dünn, glatt, von einer undefinierbaren Farbe zwischen braun und dunkelblond, und bildeten so die perfekte Ergänzung zu seinem nichtssagenden Gesicht. Derius Manitzke war ein Mann, der in der Menge unterging.

Die beiden ungleichen Freunde hatten einander beim Studium an der Suniastra kennen gelernt, dem Universitätszentrum am Nordrand der rudynischen Metropole Genzez.

Nun war der große Moment also gekommen.

Es war soweit.

Er war soweit.

Derius blinzelte im Licht der hellen Lampen.

Zehn Jahre harter, heimlicher und oft entnervender Arbeit lagen hinter Derius und seinem Freund Vitali. Immer wieder hatte er sich im Laufe der Zeit vorzustellen versucht, wie es sein würde, wenn der Tag endlich da wäre, an dem er *ihn* aktivieren würde.

Heute war dieser Tag.

Sicher, es hatte Testläufe gegeben. Simulationen, die im Prinzip zeigten, wie es funktionierte; aber alle hatten an Modellen stattgefunden, an Dutzenden von Medodummies oder virtuell in ihrem Laborrechner, und eben ohne die mikro-hypertoyktische Humanverzahnung, auf die es letztlich ankam.

Zehn Jahre zuvor. Bei Ephangs Schatten, was für eine lange Zeit ...

Zuerst war es ein Witz gewesen, eine Schnapsidee, geboren beim sechsten oder siebten Glas Whiskey in einer der Kneipen, die sich rund um den Raumhafen Moltov Port gruppierten wie Staub, der von einem elektrostatischen Gegenstand angezogen wurde. Weihnachten, das Fest der Einheit, stand damals vor der Tür, daran erinnerte sich Derius noch genau. Wie immer hatte es zu dieser Jahreszeit in Genzez geregnet. Die Union verzichtete generell auf jegliche Wetterbeeinflussung, wie dies auf Terra und den Arkonplaneten und vielen anderen degenerierten Welten üblich war.

3092 ...

Derius war mal wieder an einem Punkt völliger Hoffnungslosigkeit angelangt.

Es waren im Prinzip die altbekannten Fragen, die ihn quälten: Wer bin ich? Wo komme ich her? Wohin gehe ich?

Auf sich gemünzt, fügte er noch ein paar hinzu: Was sollte das alles? Wofür plagte er sich den lieben langen Tag? Wofür strengte er sich an, wenn am Ende doch nur das verherrlichte Getue herauskam, was die Union als höchste Ideale ihrer zentralgalaktischen Bürger verkündete?

Es sind doch alles nur hohle Phrasen, dachte er in jenem Dezember, als er an dem regnerischen Tag nach einer langen und deprimierenden Büroschicht in der Raumhafenkneipe gelandet war, mit dem festen Vorsatz, seinen Kummergehörig runterzuspülen; auch damals waren die Parolen über die TriVid-Schirme geflimmert, die in einer Reihe über dem Tresen der langen Bar hingen. Nach jedem Werbeclip folgte einer dieser verlogenen und verhassten Motivationssprüche, eingerahmt von donnernden Fanfaren und intoniert von einschmeichelnden Mädchenstimmen.

Gong. Fanfare. »Auch Sie, Bürger, auch Sie, Bürgerin, tragen mit jedem Atemzug dazu bei, dass es uns allen besser und besser ergeht. Die Union ist mächtig, die Union ist stark, weil STÄRKE DURCH MACHT unsere Bestimmung ist.« Fanfare. Gong.

Ja, genau. Und was war mit denen, die keinerlei Macht besaßen, die, wie Derius, tun mussten, was man ihnen sagte? Die Antwort war simpel – sie blieben schwach. Weil ihre ganze Kraft von der Union vereinnahmt, geradezu verschlungen wurde. Sie blieben klein und unbedeutend, wie sein Vater, wie seine Mutter, wie er selbst.

Früher, als Kind, hatte Derius Manitzke noch anders empfunden. In der Schule berichteten die Lehrkräfte nur das Beste vom Besten über die Zentralgalaktische Union. Es war eine außerordentliche Ehre, ein Privileg, auf Rudyn geboren zu sein, dem zentralen Planeten eines mächtigen Sternenreichs, dem 288 weitere Planeten untertan und zu Tribut verpflichtet waren.

Der erste Satz, die er schreiben lernte, lautete: *Die ZGU, das bist du.* Heute wurde ihm übel, sobald er sich nur daran erinnerte.

Was waren seit seinen Kindertagen nicht schon alles für Sprüche gekommen, die den Bürgern unentwegt auf Hololeuchtschriften, in den TriVids, im *Hearas-Netz* und selbst auf den Rückenteilen der Kleidungsstücke ziviler Beamter begegneten, die ihnen rund um die Uhr förmlich eingehämmert wurden?

Deine größte Freiheit liegt darin, dich dem Ganzen ganz und gar anzuvertrauen.

Wenn du die Union liebst, dann liebt auch dich die Union.

Was wir alleine nicht schaffen, das schaffen wir alle zusammen.

Wir müssen geduldig sein, dann dauert es nicht mehr lang.

»Die Union will nur dein Bestes, Junge.« Wie aus weiter Ferne hörte Derius die Stimme seines Vaters in seinen Gedanken widerhallen.

Sein Vater, Gregor Manitzke – schon Derius' früheste Erinnerung zeigte ihn ihm als einen hageren, selten lächelnden Mann in der strengen grauen Uniform der Unionsflotte. Über dem Herzen prangten in einem Kreis die weinroten, ineinander verschnörkelten Buchstaben ZGU.

Eine Weile hatte Derius angenommen, sein Vater flöge morgens hinaus in die Weiten des Alls, rettete unzählige Intelligenzwesen und erlebte tausenderlei Abenteuer am Rande der Unendlichkeit, ehe er am Abend heimkehrte.

Stolz auf diesen Vater erfüllte seine Brust so sehr, dass er glaubte, beinahe platzen zu müssen vor Glück. Im Kinderhort berichtete er seinen Spielgefährten über die väterlichen Heldentaten. Und Derius sonnte sich in der Bewunderung, die ihm die anderen Kinder entgegenbrachten. Deren Väter waren bestenfalls Administrale und meistens nur mit Kontrollaufgaben versehene Werktätige.

Bis Derius mit fünf oder sechs erstmals mitbekam, dass Gregor Manitzke auf dem militärischen Abschnitt des Raumhafen Moltovs lediglich einfachen Bodendienst verrichtete, als Logistiker im Flottennachschub. Ein paar Kollegen von ihm waren eines Tages zu Besuch, und während sich die Erwachsenen zwanglos unterhielten, verstand Derius plötzlich, dass er einer Illusion aufgesessen war.

Als die Gäste fort waren, erlitt Derius einen Wutanfall. Nur mühsam konnte sein Vater ihn beruhigen; ihn zu besänftigen vermochte er nicht.

Er sorge dafür, hatte Gregor an jenem Abend dem kleinen enttäuschten Derius immer wieder erklärt, dass die wahren Helden der Union genug zu essen, genug zu trinken und immer frische Unterhosen und Strümpfe vorfänden, sobald sie von ihren gefährlichen Missionen im Dienst der ZGU in ihre Schiffe zurückkehrten.

»Gemeinsam sind wir alles«, hatte sein Vater lahm hinzugefügt. Derius kannte alle diese Doktrinen zur Genüge aus den TriVids. An diesem Abend zweifelte er zum ersten Mal an ihrer Richtigkeit.

In der folgenden Nacht weinte er sich in den Schlaf. Immer wieder schoss ihm ein Gedanke durch den Kopf, hart und stechend wie ein Eiszapfen auf Enmelen, dem nördlichen Polkontinent, und er krampfte sich zusammen, während er vor Wut in sein Kissen biss: *Mein Vater ist ein Unterhosenpilot!*

In dieser Nacht schwor er sich einen heiligen Eid: »Eines Tages werde ich, Derius Manitzke, etwas darstellen, worauf mein eigenes Kind stolz sein wird, so wahr mir die Union helfe!«

Was er seinem kleinen Sohn damals nicht hatte verständlich machen können und auch in den späteren Jahren nicht schaffte – in Wahrheit verzehrte sich Gregor Manitzke geradezu nach dem aktiven Raumdienst. Nur zu gern wäre er die Art Held gewesen, als den Derius ihn angesehen hatte. Nur zu gern hätte er ein eigenes Kommando gehabt, vielleicht einen Kreuzer befehligt oder wenigstens eine Space-Jet. Nur zu gern ... Aber als er vom Flottenhauptamt das Angebot bekam, die Raumakademie besuchen zu dürfen, war er auf den ebenso unerwarteten wie erbitterten Widerstand seiner Frau Esarja gestoßen.

»Das – oder ich!«, hatte sie ihn die halbe Nacht angeschrien. »Du willst zu den Sternen fliegen? Vergiss es! Die Raumakademie? Ha! Sie – oder ich.«

Gregor tat am Ende das, was er beim Flottennachschub bis zum Überdruss immer wieder durchexerziert hatte: Atmen. Atmen und die Schnauze halten.

Er bedauerte, das Angebot ablehnen zu müssen. Das Flottenhauptamt nahm es zur Kenntnis. Seine Personaldatei erhielt einen negativen Vermerk.

Als Derius heranwuchs, sah er den Kummer in den Augen seines Vaters. Häufig kam Gregor spät von seinen Schichten nach Hause, und wo er gewesen war, verriet er nicht. Esarja nörgelte etwas von Raumhafenschlampen, mit denen sich ihr Mann rumtrieb, aber das konnte er sich beim besten Willen nicht vorstellen. Es hätte eher zum Bild des Helden gepasst, sich mit strahlenden Schönheiten abzugeben, und ein Held – nicht einmal so ein Held – war Gregor Manitzke definitiv nicht.

Doch Derius' Neugierde war geweckt. So ging er seinem Vater eines Tages unbemerkt nach, als dieser seine Dienststelle abends verließ; und er beobachtete ihn heimlich dabei, wie er stundenlang auf einer Aussichtsterrasse stand und ohne sich zu bewegen den von Moltov aus startenden und landenden Schiffen zusah. Ephelegon ging längst blutrot an jenem Abend unter, doch die einsame Gestalt in der grauen Uniform blieb stehen, regungslos, freudlos – und hoffnungslos. Die Positionslichter der Raumer stiegen in einen immer dunkler werdenden Himmel hinauf, bis die Schiffe, hoch droben, ihre Antigravs abschalteten und die Impulstriebwerke zündeten. Leuchtspuren durchzuckten das sternenübersäte Firmament, letzte Grüße, ehe die Schiffe Rudyn verließen.

Als Gregor Manitzke endlich von der Terrasse fortging, verbarg sich Derius hinter einem Pflanzenkübel.

Esarja spürte den stummen Vorwurf, den ihr Gregor Manitzke machte, und sie litt darunter und fühlte sich ihrerseits missverstanden: Sie hatte doch nichts anderes gewollt als eine harmonische Familie, in der alle am Abend friedlich zusammensaßen, eine Familie, in der sie für ihren Sohn, besonders aber für ihren Mann sorgen konnte, ohne auf ihn monatelang warten zu müssen.

Seine Mutter, erkannte Derius eines Tages, war in fast unterwürfiger Weise obrigkeitshörig. Sie ging einer stupiden Tätigkeit als Robotikerin in einer Lebensmittelverteilerstelle nach. Und sie trug eine tiefsitzende Angst in sich, die sich auf alles erstreckte, was mit einer Behörde zu tun hatte. Da auf Rudyn jeder zweite irgendeine Art von Uniform trug, ging sie Tag für Tag erneut durch ihre ganz private Hölle. Sie grüßte selbst den Haustechniker 3. Klasse des Wohnblocks in seiner blauen Arbeitsmontur ehrfürchtig, wenn er unversehens aus einer Nische trat.

Mit nur etwas mehr Ehrgeiz und einem kleinen bisschen mehr Selbstvertrauen wäre Esarja eine begnadete Technikerin gewesen, hätte sie sich weitergebildet und studiert. Doch dazu fehlte ihr der Mut; sie tat beruflich lieber, was man ihr sagte und verbot sich selbst alle höheren Ambitionen. Das Grundwissen der Robotik erwarb sie sich durch das Zerlegen und Instandhalten der diversen Haushaltsrobots – und ab und zu denen der Nachbarschaft.

Als Derius zum Jugendlichen herangewachsen war, hatten sich die Eltern nicht mehr viel zu sagen. Außer, wenn sie stritten. Dann redete seine Mutter für beide, schrill und keifend. Sein Vater schloss jedes Mal ergeben die Augen, während sie ihn traktierte. Derius beobachtete ihn dabei: Tief holte er Luft und ließ sie nur langsam wieder entweichen, als beuge er sich nur notgedrungen dem Druck, der auf ihm lastete. Eine Geste, die er immer häufiger zeigte, je älter Derius wurde.

Gregor Manitzke atmete.

Er war ein ohnmächtiger Mann, aber er atmete. Er atmete und hielt die Schnauze.

Ohne es zu bemerken, übernahm Derius in diesen Jahren von seinem Vater den unbewussten Wunsch, eigene Entscheidungen treffen zu dürfen. Er entwickelte mit jedem weiteren Lebensjahr einen immer unbändigeren Freiheitsdrang. Je älter er wurde, desto schwerer konnte er sich als funktionierendes Kettenglied in der rudynischen Unionsgesellschaft einfinden. Zu seinem Traum, zu einer Art fixen Idee wurde es, irgendwie aus der namenlosen Masse herauszutreten und Bedeutung zu erlangen. Doch es blieb in ihm ein nagendes Gefühl der Zerrissenheit zurück. Was er selbst empfand und das, was seine Umwelt von ihm forderte – es ging und ging einfach nicht zusammen.

Das ständig gepriesene Miteinander war für Derius nur eine schillernde Ölspur auf der Oberfläche eines in Morast und innerer Dunkelheit erstickenden Tümpels; eines Sumpfes, in den er sich nicht hineinziehen lassen wollte und doch schon mit einem Bein steckte.

Von seiner Mutter erbte Derius schon früh das Talent der Improvisation in Bezug auf technische Basteleien. Er half ihr beim Zerlegen und dem Zusammenbauen der Robotkomponenten und entwickelte ein feines Gespür für technische Zusammenhänge. Im Gegenzug zu seiner Mutter lernte er gern und viel. Bald schon wusste er mehr über Programmierung als sie, und die Basteleien an den beschränkten Haushaltsrobots begannen ihn zu langweilen.

Mit zwanzig schrieb er sich an der Suniastra ein. Wo andere ein wildes Leben begannen oder sich mehr oder weniger extremen Gruppen anschlossen, die auf die eine oder andere Weise Rudyn unsicher machten, zog er sich nach den Vorlesungen oft zurück. Von den studentischen Gruppierungen hielt er nichts. Er wurde schnell zum Eigenbrötler, der zu wenig unter die Leute kam und zuviel Zeit in den Uniwerkstätten verbrachte. Sein Studium absolvierte er indes mit Hingabe. Er verließ im Jahr 3075 im Alter von 24 die Suniastra mit zwei Abschlüssen: Positronikprogrammierer 2. Klasse und Biotech-Interface-Konfigurator.

Im letzten Jahr an der Suniastra lernte er den so gänzlich anderen Vitali Vagansk kennen. Der junge angehende Humanmediker erstreckte seine Studien nicht nur theoretisch auf die Lesespulen und Virtuallehrprogramme seines Fachbereichs, sondern auch praktisch auf die reichlich – und in seinem Fall höchst willig – zur Verfügung stehenden Studentinnen sämtlicher Jahrgänge und Fakultäten. Freizeit-Anatomie lautete der von Vitali geprägte Begriff dafür. Für Derius herrschte auf diesem Gebiet eher Ebbe. Er kam während der gesamten Suniastrazeit über zwei schon im Ansatz zum Scheitern verurteilte Annäherungsversuche nicht hinaus.

Als Derius im Anschluss an sein Studium seine zwei Pflichtjahre bei der Unionsflotte verbrachte, verloren er und Vitali nicht den Kontakt. Was die zwei aneinander band, hätten sie selbst nicht einmal zu sagen vermocht; wahrscheinlich war es ein Effekt der sich wechselseitig anziehenden Gegensätze.

Während Derius an Bord des Unionskreuzers BARNAUL ging, um in den Tiefen des Alls zu verschwinden, schrieben sie einander Hyperkom-Messages. Derius berichtete von Neutrinosternen und irisierenden Staubnebeln im Bielzen-Sektor und zunehmender Langeweile an Bord.

Vitali Vagansk kam erst gar nicht aus der Hauptstadt Genzez heraus; über vorwiegend weibliche Kanäle war es ihm gelungen, seinen Pflichtdienst direkt in Moltov Port zu absolvieren.

Moltov, einst ein namenloser kleiner Frachthafen weit außerhalb der Industriegebiete und ursprünglich nur für den Transport von Getreide und anderen landwirtschaftlichen Gütern Rudyns bestimmt, wuchs seit etwa 2870 mit der zunehmenden Größe der Stadt Genzez zu einem ernsthaften Konkurrenten des bis dahin alles beherrschenden Genzez Port heran. Namensgeber des jüngeren Raumhafens wurde der damalige Generalkalfaktor Peter Vitulja Moltov; sein immens vorangetriebenes Flottenaufbauprogramm nach der innenpolitischen Krise von 2840 hatte den Grundstein der heutigen militärischen Macht der Union gelegt. Inzwischen beherbergte Moltov Port auch die Raumakademie der Unionsflotte und war Ausrüstungsbasis sowohl der Schnellen Ephelegonischen Kampfverbände wie auch der rudynischen Heimatschutzflotte.

Mit dem angekündigten und bald bevorstehenden Baubeginn des sogenannten Sphärenrades würde Moltov Port noch gigantischer werden und um vieles moderner sein als der in die Jahre gekommene Genzez Port. In Moltov liefen schon jetzt, Anfang des Jahres 3076, alle Fäden zusammen; von hier aus würde der Baufortschritt an der im Orbit entstehenden ZUIM, dem Prototyp des völlig neuartigen Schiffskonzepts, überwacht und gesteuert werden. Ganz klar, Moltov gehörte die Zukunft.

In den Monaten, in denen Derius entlang der Northside patrouillierte, arbeitete Vitali im Militärbereich des Raumhafens als Mitglied der Musterungskommission. Ein unter der Hand überaus einträglicher Nebenverdienst und ein sich stetig ausweitendes Netzwerk aufgrund diverser erwiesener Gefälligkeiten waren ihm damit gewiss.

Derweil erduldete Derius die zwei langweiligsten Jahre seines Lebens.

Alle seine Träume über Heldentaten im All zerplatzten vor der ernüchternden Erkenntnis, dass nichts so langweilig war wie der Patrouillendienst innerhalb der Flotte. Astronomische Messungen. Nachweis hyperstruktureller Anomalien im Überlappungsbereich von Doppelquasaren. Erfassung und Katalogisierung von möglichen Navigationsrisiken in der Übergangsregion zwischen Zentrum und der Northside der Galaxis. *Gäh'n wir es an ...* Der Satz wurde zum geflügelten Wort an Bord der BARNAUL.

Nachdem die BARNAUL wieder auf der Basis in Moltov gelandet war, kehrte Derius für kurze Zeit an die Suniastra zurück und erwarb sich 3081 einen dritten akademischen Grad 1. Klasse in Nanosensorik.

Mit 26 Jahren stand er damit wieder auf rudynischem Boden und wusste nicht, wie es weitergehen sollte. Was sollte er mit seinem Leben anfangen? Nie wieder Raumdienst, so viel war sicher.

Er besuchte seine Eltern, die immer noch in derselben Wohnung im Wohnturm im Stadtteil Orokanu lebten, und er erzählte seinem Vater von dem, was er erlebt oder besser nicht erlebt hatte; doch Gregor Manitzke verstand ihn nicht. »Wie konntest du so eine Chance nur mit Füßen treten«, war alles, was er zum Ausscheiden seines Sohnes aus dem aktiven Raumdienst sagte.

Auf dem Rückweg zur Universität stieß Derius auf dem Campus mit einem leidlich hübschen Mädchen zusammen und warf sowohl ihre Tasche mit Lesespulen als auch das Mädchen selbst in eine Pfütze. Es regnete in Strömen an diesem Tag, und die junge Frau heulte vor Wut. Sie sah aus wie durch den Schlamm gezogen und anschließend noch einmal hineingetaucht. Sie schimpfte in einem fort, bis er sie, fassungslos über sich selbst, einfach in den Arm nahm und ihren regennassen Mund mit einem Kuss zum Schweigen brachte. Von dem Moment an waren Zemla Ostrova und er ein Paar.

Im Überschwang einer sich unversehens auftuenden Lebensperspektive verloren beide, selig der Wirklichkeit entschwebend, den Boden unter den Füßen und heirateten noch im selben Jahr. Vitali wurde Trauzeuge; sein Verständnis für die Ehe war marginal.

Bald wurde Zemla Ostrova-Manitzke schwanger und brachte 3082 eine gesunde Tochter zur Welt, die den Namen Estonia erhielt.

Das Arbeitsbeschaffungsamt forderte, dass Derius unverzüglich eine Stelle antrat; als Familienvater habe er eine schwerwiegende Verpflichtung der Zentralgalaktischen Gesellschaft gegenüber.

Derius bewarb sich daraufhin beim Kalfaktat für Kriegswesen. Dort wurden Nanosensoriker für die Arbeit am 3077 begonnenen Bau des Sphärenrades gesucht. Ursprünglich hatte er an einen Job auf dem Sphärenrad selbst gedacht. Doch bedingt durch seine Eigenbrötlerei und seinen, wie es im

Gutachten hieß, »verbohrten Freiheitssinn«, der tendenziell als »unionskampfgruppenzersetzend und arbeitsmoralschädigend« eingestuft wurde, fiel er durch die psychologischen Tests und damit durch das Raster der linientreuen Gleichrichter.

Ein späterer Dienst auf der ZUIM kam damit für Derius nicht mehr in Frage, dort verrichteten nur Elitetechniker und -soldaten ihren Dienst; gleichwohl sprachen seine Kenntnisse für ihn, und er wurde zur Arbeit an unkritischen Fertigungsmodulen, vorwiegend im späteren Freizeitbereich des Sphärenrades eingesetzt. Sein Wunsch, irgendwann aus der Masse herauszutreten und eine wie auch immer geartete Bedeutung zu erlangen, wurde durch diese Zurückweisung erneut entfacht und brannte drängender denn je zuvor.

Aber seiner Frau und seinem Kind zuliebe schluckte er allen Ärger hinunter. In stillen Momenten fragte er sich allerdings, ob er nicht in Wahrheit nur das Schicksal seines Vaters wiederholte.

Zehn weitere zermürbende Jahre vergingen, in denen er sich mit subalternen Servokomponenten, Holosteuerungen, Blickschaltungen und Ähnlichem beschäftigen musste, alles zum Wohle des Volkes und der Glorie der Union.

Am 4. Dezember 3092, dem Todestag seines Vaters, der zwei Jahre zuvor völlig unerwartet gestorben war, verfiel Derius in eine tiefe Depression. Er schickte Zemla eine Nachricht, dass er erst später nach Hause kommen würde, und suchte den Kneipengürtel des Raumhafens auf.

Vitali fand ihn schließlich, am schwebenden Tresen des *Ephangs Shadow* sitzend, den Kopf schwer in der Hand und die Stirn düster umwölkt.

Ein besorgter Anruf von Zemla, die sich Derius' Verhalten nicht erklären konnte, hatte den Mediker zwar nicht alarmiert, aber doch beunruhigt. Er kannte die Stimmungsschwankungen seines Freundes nur zu gut.

Vitali ließ sich auf den Hocker neben Derius gleiten und winkte den Barmann herbei.

»Whiskey.«

»Terra? Lepso? Rudyn?«

»Rudyn. Den besten«, sagte Vitali und legte seinem Freund die Hand auf die Schulter. »So, wie's aussieht, haben wir heute guten Grund zum Weinen.«

Der Barmann nickte verstehend und stellte eine bernsteinfarbene Flasche Ephelegon's Tears vor sie hin. Sie tranken und sahen eine Weile gemeinsam der sinkenden Pegelmarke zu. Nebenbei verfolgten sie die Nachrichten, als der Barmann auf einen weiteren Wink Vitalis hin den TriVid-Kanal wechselte und ihnen, natürlich gegen Gebühr, ein Akustikdämpfungsfeld offerierte.

OMN sendete. Olymp Mega Net. Nicht verboten, aber auch nicht wirklich gern gesehen auf Rudyn.

Derius und Vitali grinsten sich an und tranken auf des fernen Kaisers Wohl.

News aus der Milchstraße.

Ein politisches Gipfeltreffen auf Plophos war das Tagesgespräch. Der olympische Berichterstatter hielt sich wohltuend zurück und ließ die Prominenz zu Wort kommen.

Der Großadministrator des Solaren Imperiums war – selbstverständlich – zugegen. Davor ein Haufen Journalisten. Kamerabots zoomten Perry Rhodans Gesicht heran. Die berühmteste kleine weiße Narbe der Galaxis kam groß ins Bild.

Der potenziell Unsterbliche äußerte Besorgnis über die zunehmende Militarisierung der menschlichen Sternenreiche, allen voran die des Imperium Dabrifas, aber natürlich auch die des Carsualschen Bundes, die der Ross-Koalition, die der ZGU und einiger anderer. Er verwies gezielt auf Plophos und wusste sich auf historischem Boden; er ging kurz auf das unsägliche Leid ein, das etwa mit dem Jahr 2326 in der Person des plophosischen Diktators und Zellaktivatorträgers, des Obmanns Iratio Hondro, seinen Anfang eben hier genommen und zwei Jahre später in einen Aufstand gegen das Solare Imperium gemündet habe. »Terraner schossen auf Terraner! Das, meine Damen und Herren, ist keine Phrase aus den Geschichtsbüchern – ich war dabei.« Gleiches, schloss Rhodan, gelte es für die Zukunft zu verhüten, wolle die Menschheit, an der Schwelle zu kosmischer Größe, nicht an sich selber scheitern. Verhaltener Applaus.

Szenenwechsel.

Der gerade zum zweiten Mal gewählte Kalfaktor für Wissenschaften. Vor der Botschaft der ZGU auf Plophos. Ein noch relativ unbekanntes Gesicht. Eines aus der zweiten Reihe. Ein hässliches obendrein. Die Regie hätte besser die Nahaufnahme unterlassen. Zu deutlich sah man mehrere bläulichviolette Flecken im Gesicht des Politikers. Sein Name wurde eingeblendet: Ponter Nastase. Der Kalfaktor zeigte sich seinerseits besorgt über Rhodans Besorgnis und verwies ebendiese ins Reich solarimperialer Großmachtsphantasien, wenn nicht gar in das der böswilligen, aber leider nur allzu gut bekannten terranischen Unterdrückungspropaganda. Er, Nastase, wolle Rhodans Machtgelüste und vor allem dessen skrupelloses Handeln, mit dem er die Mehrheit seines eigenen Kabinetts und weitere Mitarbeiter in lebenslange Abhängigkeit getrieben habe, nicht auch noch kommentieren. Aber es sei ein Fakt, dass Rhodan mit der Vergabe der Zellaktivatoren eine erschreckende Form des »Handels mit der Unsterblichkeit« gefunden und die Betroffenen dadurch zu »nur durch den Tod zu beendenden Frondiensten« gezwungen habe. »Rhodan ist ureigentlich der schlimmste Sklavenhändler aller Zeiten«, fügte Nastase hinzu. Der scheinheilige Terraner handle mit dem Leben an sich.

Begeisterung für Nastase. Buhrufe für Rhodan.

Bildwechsel.

Atlan da Gonozal. Der Lordadmiral der USO. Sein berühmtes Lächeln, in dem sich Stärke, Verantwortung und Pflichtgefühl, aber auch Verständnis und Fürsorge für die vielen Völker der Galaxis spiegelten. Er rief alle Anwesenden des Gipfeltreffens zur Besonnenheit auf und wies einmal mehr darauf hin, dass der größte Feind des Menschen der Mensch selbst sei. Und die Gefahren, die aus unbesonnenem

Verhalten erwüchsen, empfand er als ebenso zahlreich wie die Sterne.

Schnitt.

Werbung für ein weißes Lächeln, des dem das braungebrannten, gutaussehenden Lordadmirals nicht nur in nichts nachstand, sondern eines, dessen Wirkung dem geneigten TriVid-Zuschauer mit einem verblüffend ähnlichen Schauspieler (oder einem nicht so ähnlichen in einem Camouflage-Suit oder einem virtuellen Positronik-Avatar) sogleich bewiesen wurde: Mehrere unirdische Schönheiten sanken dem Ersatzarkoniden in die erwartungsfroh geweiteten Arme. Prompt verriet er das Geheimnis seiner umwerfenden Erscheinung: *»Wenn auch Sie mal einsam sind ... Benutzen Sie Mascarenol, das Zahngel mit der zeitlosen Wirkung.«* Trommelwirbel und Tusch.

Rückkehr nach Plophos.

»Na denn: Cheers«, sagte Derius, schon leicht nuschelnd, hob das Glas und trank dem Mann mit den schulterlangen Haaren und dem blendenden Lächeln auf dem TriVid-Monitor zu. Atlan nickte in diesem Moment, winkte und blickte direkt in die Kamera.

Abblendung. Bildwechsel.

Gong. Fanfare. *»Auch Sie, Bürger, auch Sie, Bürgerin, tragen mit jedem Handschlag dazu bei. ERFOLG ENTSTEHT DURCH DAS MITEINANDER.«* Fanfare. Gong.

Ende der Nachrichten.

Der Barmann hob das Dämpfungsfeld wieder auf. Die Geräusche des Ephangs Shadow drangen wie zuvor auf sie ein.

»Er hat's leicht«, meinte Vitali und füllte ihre Gläser neu.

Derius hob fragend die Augenbrauen.

»Atlan, meine ich. Er ist schließlich Arkonide.«

Derius sah den Freund immer noch verständnislos an.

Vitali machte eine drehende Geste mit dem Zeigefinger und deutete dann auf seinen Hinterkopf. »Er hat es leicht mit dem Erfolg. Mit dem Erfolg durch dieses Miteinander, verstehst du? Bei ihm ist es das Miteinander von Bewusstsein und Extrasinn. ARK SUMMIA. Die 5-D-Aktivierung. Arkonide müsste man eben sein. Mann, stell dir das nur mal vor: Du fragst dich, wie kriege ich dieses ultrascharfe Ding nur rum, und zack, verrät dir dein zweites Ich den ultimaten Anmachspruch.«

Derius winkte ab. »Denkst du eigentlich immer nur an das eine?«

»Ja. Und daran, wie ich es kriege.« Vitali grinste über das ganze Gesicht. Er sah einer rassigen Schönheit hinterher, genoss die sich obszön bewegenden Neon-Tattoos auf dem halb entblößten Po und wandte sich dann seufzend wieder Derius zu. »Im Ernst, man müsste Arkonide sein. Und so ein dämmerndes, aber aktivierbares Hirnfragment haben. Oder man müsste es kaufen können. Ich würde zwei Jahresgehälter dafür geben, was sage ich, zehn meinetwegen, könnte ich mir einen Extrasinn zulegen. Entdeckst du die Möglichkeiten? Mann, Deri, überleg nur mal ...«

»Du kannst keinen Extrasinn kaufen«, nuschelte Derius.

»Sag ich ja. Leider. Wär aber der Hammer.«

»Aber einen bauen.« Derius nickte vor sich hin.

»Was?« Vitali zog seinen Blick von einer Violetthäutigen ab.

»Wir könnten einen bauen. Einen künschdlichen Ekschtraschinn. Scheersch.«

Dr. Vitali Vagansk richtete seine dunkelblauen Augen auf seinen Freund und sah ihn lange an. »Ist das dein Ernst? Du könntest einen künstlichen Extrasinn bauen?«

Derius hob die Hand und wedelte mit dem Zeigefinger. »Nicht ich ... wir ... ZUSCHAMMEN SCHIND WIR STARK!?« Die einer Parole entnommenen Worte grölte er laut durch das künstliche Gewölbe des Ephangs Shadow. Dabei schwenkte er sein Glas so heftig im Kreis, dass Ephelegons Tränen den schmutzigen Boden der Bar benetzten.

Der Barmann brachte unaufgefordert die Rechnung.

Am schwierigsten und zeitaufwendigsten war die notwendige Verkleinerung der beteiligten Systembaugruppen gewesen.

Anfangs hatte ihnen auch die Beschaffung der Einzelteile Kopfzerbrechen bereitet. Doch nachdem Derius Manitzke erst einmal Feuer gefangen hatte, entwickelte er einen Ehrgeiz, der sich bis in seine Tätigkeit als Sensoriker hinein erstreckte. Als eines Tages eine Beförderung anstand, übertrug man Derius die Leitung seiner Abteilung.

Fortan kam er geradezu spielend leicht an die Materialien heran, die sie zur Konstruktion des künstlichen Extrasinns benötigten.

Als tragendes Element ihres Vorhabens erwies sich die Balpirol-Halbleiter-Technologie. Balpirole dienten der Umwandlung von Nervenimpulsen in technische Schaltimpulse und umgekehrt. Sie bestanden zum Teil aus biologisch lebender Materie, teils aus anorganisch-materiellen Stromleitern. Verwendung fanden solche Hybridleiter in Biopositroniken und Hyperinpotroniken, in der Medizin vor allem in Prothesen.

Genau hier setzten Vitalis Spezialkenntnisse an. Er war Facharzt für Implantate und organische sowie halborganische Kunstgliedmaße.

Im Fall des künstlichen Extrasinns galt es, Bioponblöcke so zu verkleinern, dass sie in subkutanen Arealen, vor allem im Kopfbereich einsetzbar, also unter der Haut und im Gewebe eines potenziellen Trägers verankerbar wurden. Die synthoorganischen Verbindungseinheiten zwischen mechanisch-elektrischen Steuerleitern und organischen Nervenbahnen bewirkten die sogenannte hypertoyktische Verzahnung, die Umwandlung von organischen Impulsen – normalerweise vom Bioplasma kommend – in technisch nutzbare Steuerschaltungen.

In ihrem Fall ersetzten sie die Bioplasma-Komponente durch die Hirnaktivität des Trägers. Die Steuerschaltungen bezogen sich auf hochauflösende Nanokameras, Richt- und Breitbandmikrofone, Wärmedetektoren, olfaktorische Sensoren und kinesthetische Berührungsareale. Eine Mikro-Biopositronik, das Kernstück des künstlichen Extrasinns, wertete einerseits die Sensordaten aus und lieferte andererseits die Ergebnisse über rückwirkende Balpirol-Leiter direkt an das Trommelfell des Trägers.

Derius brachte in das Projekt sein Wissen über Nanosensorik, Positronikprogrammierung und Biotech-Interface-Schaltungen ein; Vitali sorgte für die medizintechnische Implementierung der Komponenten.

Schon früh hatten sie entschieden, dass nur Derius als potenzieller Träger des künstlichen Extrasinns in Frage kam. So gern Vitali selbst von den zu erwartenden Einflüsterungen des »Extrasinns« profitiert hätte, so wenig konnte er die notwendigen Operationen an sich selbst durchführen und etwaige spätere Nebenwirkungen behandeln.

Sie hatten sich selbst höchste Geheimhaltung auferlegt. Was sie vorhatten, war vor dem Hintergrund der Zentralgalaktischen Rechtssprechung nicht direkt illegal; was sie im Zuge der Beschaffung indes taten, allerdings schon. Im Laufe der Zeit fälschte Derius Hunderte von Lagerbestandslisten; Vitali nutzte seinen Einfluss, über die Einrichtungen des Klinikums in vielfältiger Weise zu verfügen. Sich selbst gegenüber rechtfertigten sie ihr Tun mit dem späteren Vorteil, den sie dem gesamten Volk der Rudyner zukommen lassen würden.

Erst, wenn der Extrasinn fehlerfrei und zur vollen Zufriedenheit arbeitete, wollten sie damit an die Öffentlichkeit gehen; erst dann sollte ihr Produkt in Serie hergestellt werden. Dr. Vitali Vagansk rechnete sich hohe Chancen auf den Erhalt des ZGU-Preises für »Die Gemeinschaft stärkende Forschung« aus; und Derius Manitzke würde als der erste Rudyner, ja, als der erste Terraabkömmling überhaupt bekannt werden, der einen funktionstüchtigen künstlichen Extrasinn erhalten hatte.

Ihnen beiden war bewusst, was sie da anstrebten – keine Reaktivierung irgendeines biologischen Hirnfragments, sondern eine technisch-medizinische Meisterleistung.

Eine Leistung, die, auf breiter Front eingesetzt, die Menschen der Zentralgalaktischen Union weit über die übrigen

Sternenvölker der Galaxis hinausheben und die anderen förmlich in die Rückständigkeit katapultieren würde.

Vitali Vagansk war mit dem dann erzielten medizinischen Durchbruch vollauf zufrieden. Mit dem ZGU-Preis in der Kitteltasche würde man ihm früher oder später den Chefarztposten der Urdhana anbieten. Alle Ärztinnen und Medoassistentinnen würden ihm zu Füßen liegen. Was konnte ein Mann mehr wollen im Leben? Auf extrasinnbasierende Anmachsprüche brauchte er dann ohnehin nicht mehr zurückzugreifen.

Derius Manitzke träumte sich in schlaflosen Nächten dagegen weiter, viel weiter, während vor seinem geöffneten Fenster die Myriaden Sterne des nahen Zentrums blinkten. Es mochte gar sein, dass Rudyn dereinst einmal nicht nur das Zentrum der Union, sondern den Mittelpunkt der gesamten Galaxis darstellen würde. Hervorgebracht letztlich von einem Mann, der es wagte, aus der gleichförmigen Masse hervorzutreten und der gesamten Milchstraße eine neue, künstlich erweiterte »Stirn« zu bieten. Man würde ihm, Derius, ein Denkmal setzen. Er würde seine eigene Form von Unsterblichkeit erfahren.

Zehn Jahre, dachte Derius. *Und wenn das alles, wenn die ganze Plackerei umsonst war und es einfach nicht funktioniert? Wenn wir irgendetwas übersehen haben?*

Es gab nur einen Weg, das herauszufinden.

Er suchte den Augenkontakt zu Vitali. Der senkte beruhigend die für einen Mann auffallend langen und seidigen Wimpern; ein Trick, den er bei diversen Tête-à-têtes eingesetzt und perfektioniert hatte. Er funktionierte auch hier.

»Niemand wird etwas merken, Deri«, fügte er hinzu. »Die von mir ausgestellten Atteste weisen nach, dass alle vorgenommenen Implantate vom medizinischen Standpunkt her notwendig sind. Sie stabilisieren deine Gesundheit.« Er zwinkerte wie ein Schuljunge.

Auf Rudyn schrieb man, wie auf allen anderen von Menschen besiedelten Welten, den 11. August 3102 Standardzeit. Die Uhr über der Tür des Untersuchungsraumes zeigte 13:01.

Derius griff an sein Ohrläppchen und schaltete den Extrasinn ein.

Glaub mir, ich meine es gut mit dir

Trilith Okt; Vergangenheit

Sofort nach dem Aufwachen wusste sie, wo sie war. Und obwohl sie von völliger Dunkelheit umgeben war, hätte sie das leise Summen und das regelmäßige Zischen der positronisch-medizinischen Gerätschaften jederzeit und in jeder Lage wiedererkannt. Viele Stunden bangen Hoffens und Wartens hatte sie in der Medostation der GAHENTEPE am Bett ihrer Schicksalsgefährtin Lalia Bir verbracht, hatte dem steten Auf und Nieder des künstlichen Atemspenders zugesehen und sich gefragt, ob Lalia jemals wieder die Augen aus eigener Kraft würde öffnen können.

Dann ist das Schiff also doch noch gekommen und hat mich wieder aufgenommen, dachte Trilith Okt. *Und Lalia lebt noch!*

Im Hintergrund schwirrten jene unzähligen Mikrobots, die Lalias Leib umtanzten und unter anderem die Schlackestoffe aus ihrem Körper abtransportierten, die von spezialisierten Nanobots in den Gefäßen gesammelt und an die Hautoberfläche gebracht wurden. So jedenfalls war es gewesen, ehe die GAHENTEPE Trilith Okt zu ihrer abschließenden Prüfung auf Fauron abgesetzt – und ihr mit einem gezielten Schuss den linken Unterschenkel vom Körper abgetrennt hatte. Bis zu diesem Zeitpunkt hatte Lalia Bir im Wachkoma gelegen, ohne erkennbare Aussicht auf Besserung.

Dann fiel ihr ein, dass sie schon mindestens einmal nach ihrem Planetenaufenthalt in der GAHENTEPE zu sich gekommen war. Der Beinstumpf war nahezu verheilt, das Schiff hatte ihre Wunden versorgt gehabt, nicht nur die Amputationsnarbe, sondern auch die Hinteraugen, die Risse, Hautabschürfungen und Schrammen; mehr als fünfzehn Stunden hatte sie in totaler Erschöpfung geschlafen.

Mühsam drängte Trilith die aufkommenden Erinnerungen an ihren fast drei Tage währenden Prüfungsmarsch zurück. Die flüsternden Schmetterlinge, der reißende Strom ... Nur das letzte Bild wollte nicht verschwinden.

Noch krabbelten vor Triliths innerem Auge die käferartigen Tix an dem unförmig aufgedunsenen Leib Morchetes herum. Noch fraßen sie mit schier endloser Gier – und gieriger Endgültigkeit – das in sich hinein, was einst eine glücklose Patriarchin einer havarierten Springersippe gewesen war. Noch sah sie wie in Zeitlupe ihre Behelfskrücke zur Seite fallen, erlebte noch einmal ihr Schwanken und Stürzen mit und das erlösende Gefühl, doch nicht zu stürzen, sondern, von aller Anstrengung befreit, zu schweben.

Ja, in diesem Moment musste das Schiff gekommen sein und hat mich emporgetragen, dachte Trilith Okt erleichtert.

Mit der Erleichterung setzte das Zittern ein.

Eine Art Schüttelfrost überfiel die junge Frau, ein Zittern, das in ihrem linken Bein begann und sich binnen weniger Sekunden über ihren ganzen Körper ausbreitete. Wie Wellen liefen Beben um Beben hinauf und hinab, und in den Wellentälern sammelte sich ätzender Schmerz, der in ihren Adern explodierte. Kalter Schweiß drang aus allen Poren; und erst, als das Zittern abebbte und Trilith die klebenden Haare aus dem Gesicht streichen wollte, merkte sie, dass sie mit Händen und Füßen an das Bett gefesselt war.

Mit Händen und *Füßen!* Der Schock vertrieb die letzten Spasmen. Schwer atmend lag sie minutenlang bewegungslos da und starrte in die Dunkelheit der Medostation. Natürlich glaubte sie nur, an ihrem linken Bein einen Fuß zu spüren, wo in Wirklichkeit keiner war, wo in Wahrheit dicht unter ihrem Knie jene Zone begann, die vor kurzer Zeit noch zu ihrem Körper gehört hatte. Trilith hatte in den vergangenen vier Tagen reichlich Gelegenheit gehabt, mit den sogenannten Phantomschmerzen Bekanntschaft zu schließen, mit Schmerzen, die dort brandeten, wo einst ihr Bein gewesen war.

Ohne es zu wollen, sah sie ihn wieder vor sich liegen. Ihren abgetrennten Unterschenkel, die Haut wässrig braun und schrumpelig, Stunden nach der gewaltsamen Amputation; und auf und *in* ihm glitzernde Larven, Käfer oder Würmer, die sich an ihm gütlich taten. Plötzlich war der Ekel wieder da, nur um vieles stärker als vor vier Tagen, als sie mit dem Vibromesser das Hosenbein und den Stiefel entfernt hatte, sie hatte entfernen müssen, um daraus einen Verband zu improvisieren. Jetzt schaffte sie es nicht mehr, diesen Ekel hinunterzuschlucken. Sie warf den Kopf zur Seite und erbrach sich auf das Kissen.

Licht flimmerte auf und vertrieb die Schatten aus der Krankenstation. Ein Medobot schwebte summend herbei. Er desaktivierte die Kraftfeld-Manschetten an ihren Armen, half ihr, sich in eine sitzende Stellung aufzurichten, stützte sie mit einem seiner acht Greifarme und entfernte mit den übrigen das Erbrochene und die besudelte Kopfunterlage. Anschließend deponierte er ein neues Kissen und ließ den Oberkörper der Frau behutsam darauf zurücksinken.

»Danke«, sagte Trilith ermattet. Das Wort war nicht an den Medobot, sondern an die Schiffspositronik der GAHENTEPE gerichtet.

»Gern geschehen«, kam die prompte Antwort aus unsichtbaren Lautsprechern. »Dir geht es, den Umständen entsprechend, zufriedenstellend. Allerdings nicht gut, wie ich gezwungen bin zu bemerken. Insofern hast du deine Prüfung bestanden, aber mit Einschränkungen. Ein bisschen besser als durchschnittlich, könnte man sagen. Ehrlich gesagt, hätte ich dich erstens viel früher am Treffpunkt und zweitens in besserer Verfassung erwartet. Du hast sicher getan, was du konntest, nehme ich an. Und völlig versagt hast du ja nicht.«

Trilith spürte, wie ihr alter Freund, der unbändige Zorn, sich wieder bei ihr einfand. Sie schloss die Augen und hieß ihn willkommen.

Noch nicht, mein Lieber, dachte sie. *Noch ist es nicht so weit.* Dabei galt ihr Zorn nicht der Schiffspositronik. Das war eine

Maschine, die nur tat, was man sie programmiert hatte. Doch irgendjemand hatte es getan, hatte dafür gesorgt, dass das Schiff ihr zu einem bestimmten Zeitpunkt ein Bein abschießen und sie so verstümmeln würde.

Irgendjemand, der sie zeit ihres Lebens, seitdem sie denken konnte, immerfort gängelte, beeinflusste, unterwies, der sie absurden und fragwürdigen Situationen aussetzte und der sie Tag für Tag und Stück um Stück eben dieses Lebens beraubte, der sie in ihrer Ohnmacht – es gab nur dieses Wort – verhöhnte.

Diesem Unbekannten galt ihr ganzer Zorn. Wer immer ihr und Lalia Bir und den anderen dies antat, war bereits auf die grausamste und erschreckendste Weise tot, hingerichtet von ihrer, Triliths, eigener Hand und auf eine Art, die ihresgleichen im Universum suchte; er wusste es nur noch nicht. Man würde ein neues Wort für das erfinden müssen, was ihm Trilith Okt als Strafe zukommen lassen würde ...

Die junge Frau lächelte, als sie die Wut an ihrer Seite wusste und das Versprechen hörte, das er ihr gab. *Ja,* dachte sie.

»Die Leistung des Schülers«, gab sie kalt zurück, »ist der Spiegel der Leistungsfähigkeit des Lehrers.«

Es war eine der Phrasen, die ihr alter Lehrmeister Romeus Abrom, der legendäre Assassine, nicht müde geworden war zu zitieren.

»Mein ›durchschnittlich‹«, fuhr sie fort, »ist dein ›durchschnittlich‹, könnte man sagen. Warst nicht du für meine Ausbildung verantwortlich? Oder irre ich da? Vielleicht hätte es eine Hypnoschulung mehr in Sachen einbeinigem Hüpfen durch unwegsamen Dschungel ja getan, du Ausbund an positronischer Klugheit. Wenn du also enttäuscht bist, dann freue dich darüber, dass die Täuschung beendet ist.«

Noch ein Satz von Abrom, dachte Trilith grimmig. *Allmählich höre ich mich schon an wie er.* Vielleicht war auch er zu lange und zu intensiv von einer leidenschaftslosen Positronik ausgebildet worden, überlegte sie. Vielleicht wurde man an einem bestimmten Punkt, aus purem Selbstschutz unweigerlich zum Phrasendrescher, nutzte das Spiel der Worte als einen Ausweg, gedrechselt aus Spitzfindigkeiten und Pseudoweisheiten, nur um nicht durchzudrehen.

»Bestehen Einwände, mich vollends loszubinden?«, fragte Trilith.

»Wenn du einsichtig bist und noch eine Weile im Bett bleibst, nein.«

Trilith hatte gelernt, auf jedes Wort der Schiffspositronik zu achten.

»Einsichtig worin?«, fragte sie misstrauisch.

»Einsichtig in dem Umstand, dass du immer noch geschwächt bist. Einsichtig darin, dass dein Körper weiterhin Ruhe benötigt. Du bist erst seit siebenundzwanzig Stunden wieder an Bord. Dies ist deine zweite Wachphase. Mittlerweile habe ich alle Notfall- und Reinigungsmaßnahmen durchgeführt, derer du bedurftest.«

»Schon gut«, seufzte Trilith. »Löst du nun meine Beinfesseln?«

»Wenn du versprichst, im Bett zu bleiben – ja.«

»Aber wenigstens zur Hygienezelle gehen ... darf ich noch, ja?«

»Bei langsamer Gangart und unter Vermeidung allzu heftiger Seitwärtsbewegungen steht einem solchen Ansinnen nichts entgegen.«

»Ein einfaches Ja hätte auch gereicht. Also?« Trilith deutete in Richtung ihrer Beine.

»Also habe ich dich darauf hinzuweisen, dass du zur Zeit unter medikamentöser und nanobotischer Behandlung stehst. Eine Nebenwirkung sind plötzlich einsetzende Fieberschübe, verbunden mit unkontrollierbarem Zittern und Zucken aller Körpermuskeln, besonders der Extremitäten. Ein Vorgang, den die Nanobots in deinen Gefäßen schnell wieder zum Verschwinden bringen, aber die Reaktionszeit ist mitunter mehrere Minuten lang. Das war der Grund für deine Fesselung; die Manschetten dienten deinem Schutz.«

»Also?«

Im nächsten Moment zog sie die Stirn in Falten. »Warte. Weshalb diese neuerliche Behandlung?«

»Nun«, setzte die Schiffspositronik der GAHENTEPE an, »aufgrund bestimmter, schwer kalkulierbarer Akzeptanzprobleme im Schnittstellenbereich erschien mir diese Vorgehensweise angebracht zu sein.«

»Von was faselst du denn da?«

Der Medobot, der inzwischen seine Desinfektionsarbeiten fortgesetzt hatte, warf einen Saugaufsatz in einen Reinigungskubus und schwebte an das Krankenbett heran. Hinter ihm lag Lalia Bir bewegungslos unter einem leicht diffusen Sauerstofffeld im zweiten Bett der winzigen Krankenstation. Der Atemspender seufzte leise.

»An der chirurgischen Präzision war nichts auszusetzen«, hörte Trilith die modulierte Stimme fortfahren.

»Bei was?«, blaffte sie.

»Bei der Abtrennung deines Unterschenkels. Die vorherige Injektion der Nanobots in deinen Blutkreislauf hat eine Infektion wie vorausberechnet verhindert und alle Vorarbeit geleistet, um eine Neuanpassung vornehmen zu können.«

»Neuanpassung?«

Mit zweien seiner Greifarme schlug der Medobot die Decke am Fußende hoch und desaktivierte wie zuvor die Kraftfeld-Manschetten an beiden Seiten.

An beiden Seiten!

Trilith sah *zwei* Füße unter der Decke hervorlugen. Zwei Füße, die rechts wie links in einen Unterschenkel übergingen. Als der Medobot die Decke bis zu ihren Knien hochschlug, erkannte Trilith, dass sie eine Art Kittel trug, der ihre Beine verdeckte. Auch dieser wurde hochgeschoben. Sie blickte auf zwei vollständige Beine. Ihr rechter Schenkel war stark behaart und ein gewohnter Anblick. Ihr linker Schenkel allerdings wies diese Behaarung nur bis zum Knie auf; darunter verjüngte sich das Bein zu einem völlig haarlosen, aufgedunsenen, flammend roten Stück Fleisch, das in einen Fuß überging, dessen Zehen dunkelblau bis schwärzlich verfärbt waren.

»Wie ich eben erwähnte«, fuhr die künstliche Schiffsintelligenz fort, »an und für sich hätte es keine Probleme geben dürfen. Aber wir haben leider die besagten schwer kalkulierbaren Akzeptanzprobleme im Schnittstellenbereich.«

»Die was bedeuten?«

»Die bedeuten, dass dein Körper den neuen, für dich vorgesehenen Unterschenkel im Augenblick verweigert.«

Trilith Okt starrte die wie aufgepumpt wirkenden, prallen Hautpartien der Ersatzgliedmaße an und versuchte, die Zehen zu bewegen.

Ein Versuch, der kläglich scheiterte.

Doch er wurde beantwortet. Ein neuerlicher Anfall flutete aus ihrem linken Bein in ihren Körper hinein und warf sie in ihrem Bett hin und her. Der Medobot drückte Trilith mit sanfter Gewalt zurück und reaktivierte die Manschetten.

Wie vor Zorn bebend trommelten die Unterseiten ihres Körpers auf das Laken ein. Ein rasender, aufbegehrender Impuls nach dem anderen durchzuckte sie, bis sich der Krampf zusammen mit einem leisen Schrei aus ihrer Kehle löste.

Der Medobot verabreichte ihr die nächste Injektion.

Die Psi-Kämpferin fiel in einen tiefen Schlaf, in dem sie von brennenden Käfern träumte, die über ihr linkes Bein wimmelten, um es zu vertilgen.

Als Trilith das nächste Mal erwachte, hatte sie Orientierungsschwierigkeiten. Dabei war es nicht der Umstand, dass sie ihre Umgebung nicht einordnen konnte, der sie beunruhigte; als viel schlimmer empfand sie, dass ihre Sinne sie im Stich ließen.

Ihr normalerweise zu höchster Schärfe fähiger Blick blieb verschwommen. Hellere und dunklere Schemen tanzten vor ihren Pupillen, flossen ineinander, weigerten sich, Konturen zu bilden. An den hinteren Augen klebten die Lider aneinander, sie konnte sie nicht öffnen. Auch ihre Hörfähigkeit war ihr fast vollständig genommen; nur ein dumpfes, rhythmisches Rauschen und Pochen, das sie erst nach und nach als ihren eigenen, viel zu schnellen Pulsschlag erkannte, erfüllte ihre wie mit Watte verstopften Ohren. Jeder Atemzug schmerzte, und das, was sie mit der Luft einsog, stank mal nach bitteren Chemikalien, mal nach Vergorenem oder gar Verfaultem. Erst die Unbeweglichkeit ihrer Arme und Beine und das Material der Liege, das ihre Finger ertasteten, ergaben einen Bezugspunkt: Sie befand sich noch immer in der winzigen Medostation der GAHENTEPE.

Also lebte sie.

Lag Lalia Bir noch neben ihr? Sie erinnerte sich, dass sie eigentlich das Schwirren der Mikrobots hätte hören müssen, oder das Zischen des Atemspenders, vielleicht auch das Summen des schwebenden Medorobots – doch sie vernahm nur ein Gurgeln, dem Aufsteigen von Luftblasen nicht unähnlich, wenn man in ein tieferes Wasser eintauchte.

Dunkle Wasser. Wässrige Dunkelheit.

Trilith fühlte eine solche Müdigkeit in sich, dass sie nicht einmal den Versuch unternahm, mit der Schiffspositronik zu sprechen. Sie mochte eine Viertelstunde oder ein Vierteljahr dort liegen, es war ihr gleich. Dunkle Schemen. Helle Schemen. Sanft entschweben. Einen heben. Ewig leben. Augen kleben.

Gedanken kamen und entglitten ihr. *Wohin gehen Gedanken, wenn sie gedacht worden sind?* Sie nahm sich vor, dem nächsten Gedanken, der kommen würde, einfach zu folgen. Er würde ihr zeigen, wohin er ging, der Gauner. Ein Vouner.

Das, erkannte sie inmitten der steinschweren Stille der gurgelnden Gezeiten, war ein neuer Gedanke. Er gehörte nicht hierher. Oder doch? Was war ein Vouner?

Geh, dachte sie kraftlos, *du bist fremd hier. Dir will ich nicht folgen.*

Derdiedas Vouner blieb. Der Gedanke drehte sich in der Höhle ihres Geistes, sprang wie ein Irrwisch an die Wände, federte zurück und flog wie ein wirbelndes Blatt zwischen ihren Ohren dahin. Im nächsten Moment schwang er zurück und wieder vor, als hinge er von der Decke herab, ein Pendel an einer langen Kette. Vouner, wisperte er. *Vouner.* Dann lachte er, weil sie den Namen nicht erkannte.

Ein Name!, fiel es ihr ein. *Vouner ist ein Name.* Jemand heißt so. Oder hieß so. Hatte so geheißen. War gegangen, um ein Tau zu spleißen oder um am Speigatt zu scheißen ... War er einer der Piraten gewesen? Piraten verraten Oblaten zum Braten auf allen Fahrten ... Nein, nein. Nein! Piraten haben Glatzen, so glatt wie Hände. Hände wie Henker, Hände wie Hetkan, Hände wie Hendrik.

Hendrik Vouner. Ja. So lautete der vollständige Name. Der Irrwisch fuhr herab und starrte sie eierköpfig und neugierig an.

Dich kenne ich kenne dich nicht kenne ich dich.

Ein Mann. Ein Gesicht. Hager. Erschöpft. Erleichtert.

Nicht tot. Keine Kette am Hals. Am Leben. Das Leben hängt an einer Kette. Baumelt daran, wiegt sich wie ein Blatt im Wind. Hendrik Vouner legt es in eine Hand, das Leben.

Eine Handvoll Leben.

Trilith Okt seufzte. Jetzt erinnerte sie sich. Hendrik Vouner war ein Terraner gewesen, der erste, der einen Zellaktivator besessen – und ihn freiwillig an Perrry Rhodan abgegeben hatte.

Hypnoschulung. Vouners Geschichte war Teil einer der unzähligen Hypnoschulungen gewesen, die ihr die GAHENTEPE über die Entwicklung des Solaren Imperiums und die der anderen Machtgruppierungen innerhalb der Milchstraße verordnet hatte.

Wie hatten sie ihn damals genannt? Den Gehetzten von Aralon ...

Hendrik Vouner, der Gedanke, nickte und ging.

Trilith Okt war zu schwach, um ihm zu folgen.

Eine Mattheit, die sie sicherer an ihr Bett fesselte als es die Kraftfeld-Manschetten jemals vermocht hätten, schlug über ihr zusammen, färbte alles rot, machte alles tot, brachte alles ins Lot.

Vielleicht, dachte sie. Wie Leicht. Leichter. Tot.

Hendrik Vouner war längst tot, gestorben um das Jahr 2400 herum.

Vielleicht würde sie ihm doch folgen.

Nur die Augen schließen. Nicht mehr schießen.

Dann war nichts mehr.

Wie viele Stunden oder gar Tage sie in diesem Dämmerzustand verbrachte, vermochte Trilith nicht einmal zu ahnen. Helligkeitsphasen wechselten sich mit Dunkelzeiten ab, aber entweder gab es keinen erkennbaren Rhythmus in ihrem Wechsel, oder ihr Zeitempfinden war ebenso in Mitleidenschaft gezogen wie ihre Fähigkeit des klaren Denkens.

Manchmal sah sie, wenn sie während der hellen Phase erwachte, den Medorobot geschäftig hin- und herschweben; immer wieder kehrte er zu ihrem linken Bein zurück, tupfte, sprühte, schnitt, desinfizierte daran herum, alles, ohne dass sie dabei die Berührungen spürte; aber sie war zu schwach, auch nur den Kopf zu heben, und ihr Bein war bis zur Hüfte hinauf taub.

Die Schmerzen kamen meist in den Dunkelphasen, und dann war ihr, als zöge ihr jemand die Haut vom Fleisch. Sie wollte sich bei der Schiffspositronik beschweren, wollte aufstehen, wollte ihr Vibromesser nehmen und sich die künstliche Gliedmaße eigenhändig abtrennen, denn alles erschien ihr besser und erträglicher zu sein, selbst ein Weiterleben als verkrüppelter Schatten ihrer Selbst, wenn nur die Glutwellen endlich aufhörten, die ihr Körper generierte, um sich gegen das Fremde, das dem künstlichen Unterschenkel innewohnte, zu wehren.

Eines Nachts – sie interpretierte die Dunkelzeiten als Nacht, wenngleich keine zwei dieser Phasen gleich lang waren – erwachte sie von einem ekligen Gefühl der Nässe an ihrem linken Oberschenkel. Offenbar registrierte auch die GAHENTEPE eine Veränderung, denn kaum hatte Trilith sich gerührt, wurde die Krankenstation hell. Der Medorobot entfernte die Decke, schob den Kittel hoch, und sie sah, dass die Haut ihres linken Beins mit zentimetergroßen Blasen übersät war, in denen sich ein weißliches Sekret sammelte. Bei der geringsten Berührung platzten die Blasen auf und gaben das Sekret frei. Die zwischen den offenen Stellen verbliebene Haut leuchtete in brandigem Rot. Eine kleine Wolke von Mikrobots schwirrte heran. Die winzigen Maschinen begannen mit irgendwelchen Arbeiten; vielleicht war ihnen auch zu verdanken, dass die junge Frau in dieser Situation keine Schmerzen verspürte, obwohl ein großer Teil ihres Beines eine einzige offene Wunde darstellte. Dennoch: Das war die Stunde, in der Trilith Okt beschloss, zu sterben. Dies war kein Kampf, den sie gewinnen konnte. Sie wendete den Kopf ab und starrte wortlos an die Wand.

Vergingen Stunden?

Es war nicht länger wichtig. Nichts war mehr wichtig. Alles, was sie noch hatte, war die Hoffnung auf einen baldigen Tod. Es gab nichts mehr, für das sich noch zu kämpfen lohnte.

»Leben«, sagte eine matte Stimme neben ihr. Es war nur ein Hauchen, eine Einbildung ihrer überreizten Nerven.

Wahnvorstellungen, dachte Trilith und starrte weiter an die Wand.

»... will ... leben ...«

Nein, dachte Trilith, *das stimmt nicht. Ich will tot sein. Ich will nicht weiter dahinvegetieren.*

»Leben«, hauchte es abermals unmittelbar in ihrem Rükken, »... helfen ...«

Trilith riss die Augen auf – das hintere Augenpaar – und starrte zu der zweiten Krankenliege hinüber. Konnte es sein, dass ihre Gefährtin ausgerechnet jetzt aus dem Koma erwachte?

»Lalia«, krächzte sie und drehte sich mit äußerster Kraft zu der Freundin um. Sie streckte eine Hand aus und sah die andere junge Frau in einem Kegel aus blauen Licht friedlich auf ihrer Bettstatt liegen. Sie schlief wie immer. Wie immer? Nein. Ihre Lippen bewegten sich. Und sie schlug die Augen auf! Die Pupillen fuhren wie suchend umher; es gelang der

Schicksalsgefährtin nicht, ihren Blick zu fokussieren, noch nicht, aber ...

»Lalia!«, brachte Trilith lauter heraus. »Ich bin hier. Hörst du mich? Lalia?«

Trilith Okt beugte sich aller Schmerzen zum Trotz so weit aus ihrem Bett hinüber, wie sie es nur eben vermochte. Sie suchte die Hand ihrer Freundin und drückte sie zärtlich. Da! Ein kaum merkliches Zittern der völlig entkräfteten Finger in den ihren. Lalia hatte ihre Hand bewegt! Sie hatte auf den Druck reagiert. Sie hatte geantwortet! Sie war dabei, aus dem Koma zu erwachen.

Trilith ließ sich zurück in ihr Kissen sinken und spürte ein ihr ganz und gar fremdes Gefühl. Es war, als würde ihre Kehle enger und enger werden. Sie schluckte krampfhaft, schluckte abermals, doch die aufsteigenden Tränen waren stärker. Sie schluchzte vor Dankbarkeit; dann weinte sie still, und die Tränen liefen ihr die Wangen herab und am Hinterkopf entlang bis in ihren Nacken.

Lalia Bir würde genesen! Ihr sehnlichster Wunsch ging in Erfüllung. Sie beide würden gesund werden, und alles würde gut sein. Was immer dann kam, es würde ihr willkommen sein. Gemeinsam mit Lalia würde sie ihre Rache an dem Unbekannten *erleben*, der sie und Lalia seit ihrer Geburt manipulierte, quälte, verspottete und ihres freien Willens beraubte.

Tief atmete sie ein, ehe sie rief: »He, GAHENTEPE! Bist du blind und taub oder was? Lalia hat es geschafft! Hörst du? Lalia hat es geschafft!« Dann lachte sie und wischte sich die Tränen fort. Wann hatte sie beides zum letzten Mal getan? Gelacht? Geweint? Vor grenzenloser Erleichterung beides geschehen lassen und es nicht gewaltsam unterdrückt? Sie hätte tanzen mögen, mit zwei gesunden Beinen!

Es lag soweit zurück, dass sie sich nicht daran erinnerte.

Sie schlief erschöpft ein.

Die GAHENTEPE drosselte die Zufuhr des komastabilisierenden Sedativs weiter und regelte die übrigen Biowerte

Lalia Birs so, dass deren Erwachen aus dem Koma kontrolliert erfolgen konnte.

Eine Woche später ging es beiden Frauen bedeutend besser. Die Haut an Triliths Bein beruhigte sich zusehends, die Schmerzen verschwanden, und die Verfärbungen der lebenden Prothese gingen zurück. Lalia Bir blieb schwach und völlig immobil, aber sie erkannte ihre Freundin und nickte, wenn Trilith mit ihr sprach.

Am Ende der zweiten Woche humpelte Trilith schon durch die GAHENTEPE. Die Abstoßungsreaktion ihres Körpers wandelte sich in ein allmähliches Akzeptieren der fremden Gliedmaße. Nach drei Wochen begann sie ein leichtes Training. Nach der fünften Woche nahm sie ihre früheren All-Kampf-Übungen wieder auf. Der neue Unterschenkel gehorchte ihr inzwischen so, wie es der leibhaftige getan hatte. Einzig ein ab und zu auftretender Juckreiz störte sie; das Kratzen an ihrer linken Wade wurde zu einer zigfach am Tag erfolgenden Zwangshandlung. Sie würde sich daran gewöhnen.

In jeder freien Minute saß sie geduldig am Bett ihrer Gefährtin, hielt deren Hand und sprach der immer noch sehr geschwächten Lalia Mut und Zuversicht zu. Gemeinsam schmiedeten die beiden Frauen Pläne, Trilith voller Eifer, Lalia verhalten lächelnd.

Am Tag, als Trilith ihre frühere Topform wieder erreicht hatte, stoppte die GAHENTEPE die Entwicklung. Ohne dass Trilith dies äußerlich erkennen konnte, änderte das Schiffsgehirn abermals die Zusammensetzung der Medikamentation.

Lalia Bir fiel von einem Moment zum anderen ins Koma zurück.

Als Trilith nach einer anstrengenden Trainingssequenz duschte, sich neu ankleidete und in die Medostation ging, wo sie die Freundin in ihrem früheren Zustand vorfand, umgeben von der Wolke der unermüdlichen Mikrobots, eingehüllt in ein schwachleuchtendes Diagnostikfeld, ohne Bewusstsein, während sich ihre Brust im Takt des Atemspenders hob und senkte, da begriff Trilith Okt, was schon so oft geschehen war und jetzt abermals geschah: Der Unbekannte nahm – über das Schiffsgehirn – sein altes Spiel wieder auf. Die GAHENTEPE hielt Lalia Bir aus ihr unbekannten Gründen im Koma gefangen. Nur um ihre eigene Selbstheilungskräfte und ihren Überlebenswillen zu aktivieren, hatte das Schiff Lalia aus ihrem passiven Zustand geholt.

Sie hat mich angefüttert!, dachte Trilith schockiert. *Sie hat mich wie ein zu dressierendes Tier genau dahin gelockt, wohin sie mich haben wollte.*

Der Wutanfall, der sie daraufhin ansprang wie ein waidwundes Wild, das in die äußerste Enge getrieben die größten Kräfte entfesselt, war noch stärker als jener, den sie am ersten Tag ihrer Anwesenheit an Bord der GAHENTEPE erlitten hatte. Stundenlang fuhr sie durch das Schiff wie eine Furie. Sie schlug mit bloßen Fäusten auf alles ein, was in ihre Reichweite geriet. Sie stieß und stach mit dem Vibromesser um sich, sie trat und tobte, und ihr alter Freund, der Zorn, er war an ihrer Seite, und gemeinsam demolierten und malträtierten sie, was ihnen vor die Fäuste kam.

Denn Schatten fielen, aber sie starben nicht.

Irgendwann sackte Trilith Okt in einem Winkel des Schiffs zu Boden, presste die Beine an die Brust und lag einfach nur noch da, zusammengekrümmt wie ein Embryo, ein Kind der Willkür, hilflos und zerschunden, während Instandsetzungs- und Reinigungsrobots ausschwärmten, um die Spur des Zorns zu tilgen.

Alles halb so schlimm

Atlan; Gegenwart

Die Kabine der Pilotin war in einen Schlaf- und in einen Wohnbereich unterteilt. Eine Nasszelle hatten die Ingenieure des Frachters zwar nicht vergessen, aber wohl beinahe – das winzige Hygieneabteil wirkte, als habe man es erst in letzter Sekunde in eine Falte zwischen Pilotenkanzel und Aufenthaltsräume gequetscht. Über allem lag der leicht muffige Geruch eines Menschen, der zuviel alleine lebte und zu wenig Gründe sah, sich einer Körperpflege zu befleißigen.

Der Roboter hatte die Plattform mit der Geheimdienstchefin in der Mitte des Raumes geparkt. Während sich Patty draußen im Gang mit Archotiques Hilfe aus dem Raumanzug schälte, führte ich Musek zu einem Sessel. Trilith lehnte an der Wand, ein Knie lässig angezogen, den Fuß an die senkrechte Fläche gestützt. Sie schnupperte und rümpfte die Nase. Ihr deutlich ausgeprägter Kehlkopf tanzte auf und nieder. Das wie ein Adamsapfel geformte Knorpelgebilde machte den Eindruck, als besäße es ein Eigenleben; es verriet eine Unruhe, die der äußerlich zur Schau gestellten Gelassenheit der jungen Frau den Boden entzog. Die eine Hand der Psi-Kämpferin ruhte auf dem Griff ihres Messers, die andere kratzte den an die Wand gestemmten Unterschenkel unmittelbar über dem Stiefelsaum. »Also schön – und was jetzt?« Sie sprach bewusst mich alleine an, ignorierte die verletzen Rudyner, erst recht die neugierig hereinsehende Müllfrachterpilotin.

Archotique schleppte die schwere und unförmige Raummontur fort.

Ich blickte mich in dem einigermaßen aufgeräumten Quartier um. Auf einem Tisch standen unbenutzte Gläser und eine Plastikflasche mit Synthofruchtsaft. Zwei Fliegen krabbelten daran herum. Daneben erblickte ich ein Brettspiel, das mich entfernt an das altterranische Backgammon erinnerte, die grauen und blauen Spielsteine aufgestellt zur nächsten Partie.

Neben einer weiteren Sitzgelegenheit, einem gestreckten, zweischenkligen Eckpolster aus grauem Durplexlederimitat, wies die Kabine auch eine Nische auf, in der eine fest eingelassene Kunststoffplatte einen Schreibtischersatz bildete. Über dem engen, kaum einen Meter breiten Arbeitsplatz füllte ein Bildschirm die Wandfläche aus. Die Platte enthielt einen Zugang zur Schiffspositronik und stellte wohl auch Pattys Version einer Werkbank dar: Zerlegte elektronische Bauteile bildeten mit einem Sammelsurium aller möglichen Werkzeuge ein Stillleben der besonderen Art. Unter der Platte zog ich das hervor, was ich brauchte: Einen Plastikeimer mit allerlei Abfällen.

Es war die abermalige Bestätigung der goldenen Regel: Auf jedem Raumschiff gab es – neben einer mehr oder weniger stark ausgeprägten Gulmenplage – wenigstens einen Anachronismus.

Ich goss den Saft aus der Plastikflasche und spülte sie in der Nasszelle mehrfach aus, ehe ich sie mit Wasser befüllte und meine eigenen Hände gründlich reinigte; dann bedeutete ich Trilith, den Abfallbehälter irgendwo zu entleeren und ihn mir dann zu bringen. Sie nahm das Gefäß, überlegte und schüttete den Inhalt kurzerhand gerade dort aus, wo sie stand. »Bitte sehr.«

Ich seufzte. »Danke. Jetzt schräg halten. Unter ihren Kopf. Ja, so.« Ich kniete mich neben die Schwebetrage und betrachtete sorgfältig die Gesichtsverletzungen der Geheimdienstchefin. Die Säure hatte vor allem das Kinn und die linke Wange getroffen; die Haut war an diesen Stellen wellig oder ganz verschwunden, und das offene Fleisch trat zutage. Die Augen sahen verquollen, aber unverletzt aus. Die Rötung konnte von der Verkrampfung des Schocks herrühren. Mit dem Wasser aus der Flasche spülte ich die verätzten Stellen so sorgfältig aus, wie ich es eben vermochte; dabei goss ich stets von der Nase her und achtete peinlich darauf, dass die ablaufende Flüssigkeit, die immer noch Spuren der Säure enthielt, nicht in Neifes Augen geriet. Trilith fing mit dem Eimer das von der Nase über die Wange abtropfende Wasser-Säuregemisch auf. Ich spülte auch die Augen selbst aus: Mit zwei Fingern hielt ich die Lider zurück und ließ das Wasser in die inneren Augenwinkel fließen.

Neife stöhnte und erwachte davon.

Sie wollte auffahren. Ich drückte sie auf die Unterlage zurück. Mehrfach musste ich sie ansprechen, bis sie mich verstand. »Ich weiß, das ist unangenehm, aber tun Sie bitte, was ich sage. Bitte bewegen Sie Ihre Augen unablässig, solange ich das Wasser über Ihr Gesicht fließen lasse. Ja, genau so ist es richtig.« Ich sah, wie schwer es ihr fiel, doch sie verdrehte ihre Augen hin und her, während ich die Spülung wenigstens zehn Minuten lang fortsetzte. Danach entfernte ich meine Uniformjacke und behandelte in gleicher Weise ihren verätzten Oberkörper.

Patty Ochomsova füllte die Flasche zwischendurch immer wieder neu.

Dann reichte sie mir das Medpack aus der Pilotenkanzel. Es war nur für absolute Notfälle gedacht und enthielt einen Hochdruckinjektor, eine Gewebesprühpistole, ein paar Medikamente und antiseptische Verbände herkömmlicher Form. Ich trug einen Belag aus Neutro-Biomolplast an den verätzten Hautpartien auf; der aus lebendem Gewebe bestehende Gelfilm war mit säureneutralisierenden Substanzen angereichert und beugte zugleich Infektionen vor. Die Augen erhielten weiche Kompressen. Ich fand ein Breitbandmedikament, das kreislaufstabilisierend und zudem schmerzstillend wirkte. Ich erklärte Neife, was ich tat und dass sie nicht erschrecken möge. Sie nickte, tastete, durch die Kompressen blind, nach meiner Hand und drückte sie. Ich nahm den Zellaktivator erneut ab und legte ihn Neife auf die Brust. Anschließend entfaltete ich eine Securdecke aus dünner Metallfolie und deckte

Neife damit zu. Mehr gab das Notfall-Medpack nicht mehr her. Dann nahm ich den Injektor zur Hand. Während die Hochdruckspritze zischte, suchte ich den Blick Museks.

»Was ist mit Ihnen? Haben Sie starke Schmerzen?«

Der persönliche Berater winkte ab. »Ich halte es schon noch aus, bis wir in Genzez sind.« Sein gequältes Lächeln sprach seinen Worten Hohn.

Ich atmete tief ein, füllte die Hochdruckkammer neu und verabreichte auch ihm eine Dosis des Medikaments. »Ich fürchte, das wird ein Problem, Mr. Musek. Glauben Sie, man wird Sie einfach so in Genzez aussteigen und in das nächste Hospital spazieren lassen?«

Er sah mir erschrocken in die Augen. Doch schon im nächsten Moment fasste er sich. »Sie haben Recht, Koramal. Ich ... ich werde mich wohl erst noch an unseren neuen Status als Flüchtlinge gewöhnen müssen.« Er sah die Pilotin an. »Kann ich bitte ein Glas Wasser bekommen?«

Patty Ochomsova stemmte die Hände in die gut gepolsterten Hüften. »Ja klar, und das Buffet eröffnet um neun.« Dennoch nahm sie eines der Gläser, füllte es und reichte es dem schwarzhaarigen Mann. Als sie sich aufrichtete, sah sie uns alle der Reihe nach an.

»So, Leute, jetzt macht mal halblang, ja? Kann mir erst mal einer erklären, was eigentlich abgeht bei eurer Party?«

Trilith nahm schweigend ihren Posten an der Wand wieder ein. Sie kratzte sich hingebungsvoll unterhalb des linken Kniegelenks und ignorierte die Pilotin. Musek und ich wechselten hingegen einen Blick des Einverständnisses.

»Ms. Ochomsova, wir sind in einer mehr als nur misslichen Lage«, begann ich. »Sie wissen, wir sind auf der Flucht. Wie Sie schon richtig erkannt haben, haben wir – nun ja, gewisse Differenzen mit dem Kalfaktor Ponter Nastase. Ich darf Ihnen versichern: Sie und Ihr Schiff waren unsere letzte Rettung. Nur aufgrund eines glücklichen Ausfalls einiger Vitalscanner haben wir Zuflucht in Ihrem Segment-Container finden können – und das buchstäblich im letzten Moment.

Andernfalls wären wir längst verhaftet oder, sehr viel wahrscheinlicher, tot. Haben Sie mitbekommen, was in der ZUIM unmittelbar vor Ihrem Start geschehen ist?«

»Mitty schickte eine Nachricht«, antwortete die Pilotin dumpf. »Ich sah Nastases Bonzenansprache. Die Die-Varidis-ist-an-allem-schuld-Version. Die eine Krähe hackt der anderen gerade beide Augen aus, was?«

»Ein leider nur zu sehr die wahren Zustände treffendes Bild, Ms. Ochomsova«, ließ Musek sich aus seinem Sessel vernehmen. »Die Krähe mit den ausgehackten Augen befindet sich gegenwärtig in Ihrem Quartier. Ich bin Oderich Musek, der persönliche Berater der Kalfaktorin für Aufklärung.«

»Das ist Neife Varidis?«, entfuhr es Patty. »Die Kalfaktorin? Ohne Scheiß?«

»Ich bedauere sehr, dass wir Ihnen Unannehmlichkeiten bereiten, Ms. Ochomsova.« Musek neigte den Kopf und bat allein mit seinem Blick um Verständnis.

Welchen Posten er im Gefolge der Kalfaktorin auch immer bekleiden mochte – der persönliche Berater war der geborene Diplomat. Trotz seiner Verletzungen nahm er Fühlung mit der Pilotin auf. Ich sah, wie er seine Blinzelfrequenz der ihren anpasste, wie er in ihrem Atemrhythmus zu atmen begann, wie er schluckte, als sie es tat, wie er jede noch so kleine mimische Veränderung in ihrem Gesicht registrierte und sofort seinerseits zum Ausdruck brachte. Selbst das flimmernde Zukken der rechten Augenbraue, das plötzlich in Pattys Gesicht entstand, imitierte er für sie unmerklich. Ohne den Extrasinn und ohne Kenntnis dieser Form der subtilen Beeinflussung wären auch mir diese Zeichen entgangen. Er spiegelte ihr ihren eigenen Zustand zurück, sendete eine Fülle unterschwelliger Signale, die nur eins zum Inhalt hatten: Schau her, ich bin dir ähnlich, von deiner Art, ich bin ganz so wie du, ich bin deshalb kein Feind, sondern jemand, dem du vertrauen kannst.

Der Mann verstand etwas von seinem Handwerk. Unter anderen Umständen hätte ich ihn ohne Zögern in den diplomatischen Dienst der USO geholt – mit einem Gehalt zu seinen Bedingungen. Patty ahnte nicht einmal, was er mit ihren Gefühlen machte, aber sie spürte, wie sich etwas in ihr veränderte.

»Wartet, Leute. Langsam. Eine alte Frau ist keine Space-Jet. Ich denke, sie ...« Patty richtete einen ihrer wulstigen Finger auf die Schwebetrage. »Ich meine, es hieß doch, Ms. Varidis hat den Sturz der Regierung geplant und durchgeführt und was nicht alles. Wieso ist sie ... sie müsste doch ... er hat doch gesagt ...« Patty verlor den Faden und verstummte.

»Sehen Sie sie an und sagen Sie mir dann, ob so eine erfolgreiche Umstürzlerin aussieht.«

Musek richtete sich in seinem Sessel so weit auf, wie es seine Verletzungen zuließen.

»Ich kann es Ihnen nicht beweisen. Ich kann Sie nur bitten, mir zu vertrauen. Ja, es ist wahr. Wir erleben soeben einen Umsturz in der Union. Aber keinen, den Neife zu verantworten hat. Er macht sie zum Sündenbock. Es waren seine Soldaten, die uns jagten und zu Ihnen an Bord trieben. Es ist sein Putsch, den wir erleben. Und irgendwie überleben müssen, wollen wir ihm Einhalt gebieten. Ms. Ochomsova – Patty, nicht wahr? – ich bitte Sie: Helfen Sie uns auch weiterhin. Bringen Sie uns heil hinunter nach Rudyn ...«

Ich sah ihn langsam nicken und erkannte, dass Patty inzwischen fest in seinem Netz hing. Sie begann ebenso langsam zu nicken wie er; er hatte sie soweit, dass sie unbewusst danach strebte, nunmehr seine Mimik nachzuahmen. Und nicht nur die.

»Ja?«, fragte er freundlich.

»Ja«, antwortete sie automatisch.

Er hatte gewonnen. Sie vertraute ihm und damit uns. Mit einem raschen Seitenblick bedeutete er mir, dass ich das Gespräch weiterführen solle. Mit einem nur für ihn wahrnehmbaren Neigen meines Kopfes drückte ich ihm meinen Respekt für die erbrachte Leistung aus. Er schürzte die Lippen und lehnte sich zurück.

»Sie dürfen von Ihrer gewöhnlichen Prozedur auf keinen Fall abweichen«, sagte ich. »Dieser Flug muss so normal verlaufen wie nur irgendeiner. Jede Kursänderung würde beobachtet und interpretiert werden. Wohin verfrachten Sie den Müll, Patty?«

»Zur Zeit nach Leskyt, Rudyns zweitgrößter Stadt.«

Leskyt, informierte mich der Logiksektor, befand sich auf einem anderen Kontinent als Genzez. Die beiden ungleich großen Landmassen waren durch eine hochgebirgige Landbrücke miteinander verbunden.

Die Hauptstadt mit ihren 16 Millionen Einwohnern war an der Küste auf dem größeren Kontinent Snavala im Süden erbaut worden; Genzez war zugleich die älteste Stadt auf dem Planeten. Leskyt mit seinem gemäßigteren Klima lag gut fünfhundert Kilometer nördlich des Gebirges auf Babovka, dem Schmetterlingskontinent. Sechs weitere Landmassen verteilten sich gleichmäßig über Rudyn; die zwischen ihnen liegenden Meere waren, mit den irdischen Ozeanen verglichen, eher schmal – manche maßen nur wenige hundert Kilometer an Breite, erstreckten sich dafür aber über Tausende von Kilometern in der Länge. Nur der temnyjännische oder finstere Ozean – mit 36,4 Millionen Quadratkilometern Fläche zwar nur halb so groß, dafür mit 24.000 Metern aber dreimal so tief wie der Indische Ozean – verdiente diesen Namen zu Recht.

»Zabirath, nördlich von Leskyt, ist die modernste Wiederaufbereitungsanlage der Union«, erklärte Patty. »Mit eigenem kleinem Raumhafen und vollrobotisierter Materialtrennung. Ein schmaler Landekorridor aus dem Orbit ist eigens für den Mülltransport reserviert.«

»Wie ist der Korridor angelegt? Senkrecht?«

»Paraboloid. Er führt über das Holoi-Gebirge hinweg, direkt auf Leskyt zu, umgeht die bewohnten Stadtgebiete aber und neigt sich erst spät auf Zabirath zu.«

»Wie weit abseits von Leskyt hält er sich?«

»Rund hundert Kilometer.«

»Wie hoch sind Sie dann noch, wenn Sie Leskyt tangieren?«

»Zirka 3000 Meter.«

Willst du etwa abspringen, Arkonide?

»Wie entladen Sie die Segment-Container?«

»Es gibt auch in Zabirath Dockingbuchten, im Prinzip wie auf dem Sphärenrad. Die Scheiben werden direkt in den Verarbeitungsring geschoben.«

»Das heißt, im Grunde landen Sie nicht?«

»Anfliegen, andocken, absetzen, abhauen. Sie haben's erfasst, Bruder. Meine nächste erlaubte Zwischenlandung ist in Edbarsk, einem Stadtteil von Genzez.«

»Das bedeutet, sobald Sie das Segment in den Verarbeitungsring schieben, sind wir wieder im Tastbereich von Vitalscannern, richtig?«

»Yep.« Patty hob die wulstigen Schultern und verzog das Gesicht, als sie mein Stirnrunzeln sah. »Hey, ich sag doch nur, wie der Wabyren kriecht hierzulande.«

Slangausdruck. Bedeutet sinngemäß »wie der Hase läuft«.

»Schon gut, Patty. Vielen Dank. Ich muss nachdenken. Eines steht jedenfalls schon jetzt fest. Bis zur Fabrik nach Zabirath dürfen wir nicht an Bord bleiben.«

»Warum fliegen wir nicht einfach zur GAHENTEPE zurück?« Trilith hatte dem Zwiegespräch mit wachsender Ungeduld zugehört.

Ich schüttelte den Kopf. »Ms. Varidis und Mr. Musek sind auf möglichst baldige, intensive medizinische Hilfe angewiesen. Deine Medostation ist jetzt schon zu 50 Prozent belegt. Dazu kommt – selbst wenn es uns gelingen sollte, uns vor den Geschützen der Union zu drücken und irgendwie unbemerkt die GAHENTEPE zu erreichen – Patty könnte ihre Kursabweichung niemals erklären und müsste bei uns bleiben, da sie sonst einer harten Strafe entgegensähe. Dein Schiff würde aus allen Nähten platzen; es ist zudem völlig ungewiss, ob die GAHENTEPE den beiden überhaupt medizinische Hilfe leisten würde, und gewonnen hätten wir nichts außer einer Atempause. Wir müssten schon bald erneut aufbrechen, um wieder in Nastases Nähe zu kommen. Da ist mir Rudyn vorerst lieber.«

»Ich halte es für falsch.«

»Das sei dir unbenommen.«

»Und wenn ich mich weigere?«

»Deine Wahl. Ich vermute nur, die Zahl deiner Optionen bleibt sehr überschaubar.«

»Was also hast du vor, du edler ... *Kordadmiral?*«

Ich hob die Brauen.

Das letzte Wort enthielt vordergründig beißenden Spott über den ihrer Ansicht nach überflüssigen Tarnnamen Koramal, drückte hintergründig aber ihre Verachtung für meine in ihren Augen zu vorsichtige Vorgehensweise aus. Eine Kordel war ein terranischer Seemannsausdruck für ein Schmucktau; ein Admiral ursprünglich ein maritimer Rang. Der in seinem eigenen Edelmut und seinem Adel gebundene Lordadmiral ... Indem sie alle drei Aspekte, zusammen mit einem Anklang an meinen Tarnnamen, fast spielerisch leicht zu einem einzigen Wort verband, verriet sie damit ein weitaus innigeres Sprachverständnis, als ihr dies ihrem holprigen Interkosmo nach möglich sein sollte. Täuschte sie ihre Umwelt auch darin? Was war an dem, was ich von ihr kennengelernt hatte, wahrhaftig und echt? Wo begann bei Trilith Okt Verlässlichkeit? Wo endete sie? Die kaltblütige Folter und der ebenso kaltblütige Mord an Oberst Melvin Alachaim zeigten deutlich auf, dass es eine Ethik für Trilith Okt in der mir vertrauten Form nicht gab. Sie würde sich jederzeit über das hinwegsetzen, was mir wichtige und unverrückbare Werte waren. Es lagen Welten zwischen uns.

Ein akustisches Signal unterbrach meinen Gedankengang.

Ein Funkspruch rief Patty Ochomsova in die Pilotenkanzel. Sie hob die Hände und eilte nach vorn, um das Gespräch entgegenzunehmen.

Ich sah Trilith an. Ihre hellroten Augen funkelten.

»Weniger mit dem Messer denken, dafür mehr mit dem Verstand kämpfen«, antwortete ich kalt.

Es wurde offensichtlich: Unsere Freundschaft – nein, das war es nie gewesen – unsere Zweckgemeinschaft stand kurz davor zu zerbrechen. Oder sie war schon entzweit.

Und wir wussten es nur noch nicht.

Triliths Lippen liefen bläulich an und wechselten in ein dunkles, lehmfarbenes gelb. Ihr Kehlkopf hüpfte. Sie gab dem immer noch in der Kabine liegenden Müllhaufen einen Tritt und warf sich in den Stuhl vor dem Arbeitstisch, dass er quietschte.

Oderich Musek schloss schicksalsergeben die Augen.

Das Knistern der Securfolie blieb für Minuten das einzige Geräusch in der Kabine.

Der Interkomruf aktivierte den Schirm über dem Arbeitstisch. Patty verzog das Gesicht, als habe sie Zahnschmerzen.

»Koramal – genau, was wir jetzt brauchen: Schwierigkeiten. Sind Sie einen Augenblick abkömmlich?«

Die Pilotin wartete eine Antwort gar nicht erst ab. Der Schirm wurde dunkel. Ich erhob mich von der Durplexcouch und folgte dem Hauptkorridor nach vorn.

Die Kanzel befand sich am Bug der Schute, in einer Art Schnabelfortsatz des eigentlichen Frachters. Zwei große Glassitfenster umrahmten ein doppelt angelegtes Steuerpult, vor dem zwei Pneumokontursitze dem Piloten und einem Kopiloten Platz boten. Das ganze Arrangement erinnerte an die primitiven Flugzeugkanzeln der prä-rhodanschen Zeit, war aber in etwa zweimal so breit und tief wie das Cockpit des damals größten Flugzeugs, der russischen Antonow. Verglichen mit der Polkanzel einer Space-Jet war das Platzangebot in der Müllschute allerdings immer noch verdammt eng.

Voraus leuchtete Rudyn in weiß, braun und blau, eine riesige Scheibe, der Erde bis auf den Verlauf der Küstenlinien überaus ähnlich. Sein Durchmesser betrug 13.408 Kilometer. Die Schwerkraft lag mit 1,07 Gravos nur schwach über der irdischen Norm. Die Tage waren mit 22,7 Stunden etwas kürzer. Ich sah Poleiskappen auf den beiden polaren Kontinenten, aber Dicke und Ausdehnung waren geringer als auf Terra; die Durchschnittstemperatur lag bei 27 Grad Celsius. Die entsprechenden Werte wurden von der Schiffspositronik angezeigt. Wir näherten uns Rudyn in einem allmählich absinkenden Orbit in Südnord-Richtung. Ein Tasterbild zeigte, dass Rudyn wie auch Terra oder Arkon von einem unüberschaubaren Schwarm von Satelliten umgeben war. Einige größere Punkte stellten Raumdocks, Wachforts und Verkehrskontrollzentren dar.

Patty winkte mich auf den Sitz des Kopiloten.

»Ein Kontrollanruf von RAS 4, der militärischen Rudynaußenstation. Die ZUIM lässt fragen, ob ich Passagiere an Bord hätte.«

»Und, haben Sie?«

»Zu meinem tiefsten Bedauern: nein.«

»Aber?«

»Aber ich werde nach Moltov Port umgeleitet. Zwecks außerplanmäßiger Inspektion. Landung direkt auf einem abgeriegelten Feld der Ausrüstungsbasis der Schnellen Ephelegonischen Kampfverbände.«

»Mist.«

»Sie sagen es, Bruder. Ich nehme an, das bringt Ihren Plan gehörig ins Wanken?«

Ich wiegte zweifelnd meinen Kopf. »Wieso nehmen Sie an, ich verfüge über einen Plan?«

»Na, kommen Sie. Ihr Agenten habt doch immer einen Plan in petto. Und einen etwaigen anderen. Wie nennt ihr das gleich? Plan E.«

»Plan B.«

»Na bitte, sag ich doch.«

»Ich wäre froh, ich hätte einen.«

»Es gibt immer eine Lösung«, sagte sie mit einer Zuversicht, die ich gern geteilt hätte. »Sie sind doch der Agent. Greifen Sie in Ihre Trickkiste.«

»Woran denken Sie?«

Patty machte eine abwägende Handbewegung. »Ich hab hier oben viel Zeit, wissen Sie. Ich schau mir gern die uralten

Schinken an. Agenten-TriVids, Sie wissen schon. Die Abteilung III. Die Spezialisten der USO. Die SolAb. Sie kennen die einschlägigen Filme doch auch, oder?«

Sie beugte sich zu mir herüber und stieß mir ihren fleischigen Ellbogen in die Seite. Mit tiefer Stimme imitierte sie: »Mein Name ist Aboyer, Emilio Alberto Aboyer. – Na? Nicht? Nun kommen Sie schon. Die Dritte Waffe? Voltzowskis Meisterwerk? In der Regie von Wokatschel? Ist doch immer noch der Brüller, oder was?«

»Ich erinnere mich«, sagte ich. »Ist allerdings schon Jahre her. Wie hieß noch gleich dieser alkoholverrückte Matten-Willy?«

Sie nickte begeistert. Und hob die Schultern.

»Keine Ahnung. Aber die Spezialeffekte waren großartig – für die damalige Zeit. Das müssen Sie zugeben. Überhaupt: So übel war Terra damals gar nicht, denke ich.«

»Aber heute schon?«

Patty seufzte und deutete mit dem Daumen achteraus. »Wenn Sie Ihrem speziellen Freund in der ZUIM Glauben schenken, ist Terra heute die sprichwörtliche Ausgeburt der Hölle. Ich kann's mir allerdings nicht vorstellen. Auch dort leben Menschen, die Nachkommen unserer Vorfahren, mit ihren Sorgen und Nöten. Ich meine, auch auf Terra werfen sie den Müll nicht einfach auf die Straße, oder? Auch dort haben sie Werte, auch sie nehmen ihre Verantwortung für die Gemeinschaft wahr und wichtig. Sie kümmern sich umeinander. Und das kann so schlecht nicht sein, denke ich. Waren Sie schon mal auf Terra?«

»Ab und zu«, erwiderte ich und unterdrückte ein Grinsen. »Mal kürzer, mal länger. Man kann sie mögen lernen, die Terraner.«

Patty grinste. »Das sagen gerade Sie, als hochwohlgeborener Arkonide?«

Ich zog die Stirn in Falten. »Nicht alle Arkoniden sind arrogant, falls Sie das meinen.«

»Nicht alle Rudyner sind Feinde Terras oder Arkons.«

»Also?«, fragte ich.

»Also habe ich den Kontaminationsalarm gegenüber der Rudynaußenstation erwähnt und zum Beweis die Scannerwerte gefunkt, samt Bestätigung der Schiffspositronik. Ich meldete zerknirscht, ich sei beim Ablegen ziemlich unsanft mit der Seitenwand der Dockingbucht der ZUIM kollidiert. Ein Fass Protodo-Säure sei umgekippt und fräße sich langsam, aber sicher durch die Außenhülle. Mir wurde dringlich empfohlen, doch wie ursprünglich vorgesehen nach Zabirath zu fliegen.«

Ich lachte schallend auf. »Sie sind ein Schatz, Patty. Doch worin besteht das Problem?«

»Das Problem besteht darin, dass man mir von Leskyt aus Begleitschutz entgegenschickt. Zu meiner Sicherheit und der der Bürger von Rudyn. Auf gut Interkosmo: Bis zum Eintreffen der Jagdmaschinen müssen Sie und Ihre Freunde von Bord sein. Und zwar in genau ...«, sie blickte auf die Borduhr, »78 Minuten. Ab dann stehen wir unter direkter Beobachtung. Bis dahin muss uns etwas einfallen. Sonst weiß ich genau, wie der Wabyren kriecht. Sie werden uns spätestens in Zabirath einbuchten. Oder vorher abschießen, falls wir aus dem Anflugkorridor ausscheren.«

Für das »uns« hätte ich sie am liebsten küssen mögen. Gulmendreckspuren am Kragen ihres Overalls hin oder her.

Als Geheimagent hatte ich immerhin einen Ruf zu verteidigen …

»Kennen Sie eine Klinik, die Musek und Varidis aufnehmen würde?«

Pattys verneinende Geste kam noch während meines Satzes.

»Ohne gefälschte ID-Karten? Keine Chance. Und keine gute Idee. Ich glaube nicht, dass sich die Kalfaktorin und ihr Gefolgsmann unter ihren richtigen Namen einweisen lassen wollen, oder? Vergessen Sie die Kliniken.«

»Gibt es inoffiziell tätige Mediker, die unter der Hand etwas dazuverdienen wollen?«

»Sie denken an Hinterhofärzte? Klar gibt es die. Aber Sie müssten erst einen finden und den Doc dann zu den beiden bringen. Und das dürfte Ihnen schwerfallen. In einem öffentlichen Taxi können Sie keine Schwerverletzten transportieren. Die Obhutler wären Ihnen binnen drei Minuten auf den Fersen.«

»Wir brauchen also«, fasste ich zusammen, »einen Ort, an dem wir uns verstecken können, dort verfügbare medizinische Unterstützung, eine Chance, diesen Ort zu erreichen, und das alles innerhalb der nächsten 78 Minuten.«

Falsch. Es sind nur noch 75 Minuten.

»Haben Sie noch weitere Raumanzüge an Bord, Patty? Es wird Zeit, Ihren Frachter zu verlassen.«

»Wie kommen Sie darauf? Ich bin schon froh, dass ich Wäsche zum Wechseln habe. Aber, da Sie abhauen *müssen* – sonst sitzen wir alle bald sowas von in der Scheiße – meinetwegen. Sie können den U-Schweber nehmen.«

»Den U-Schweber? Sie meinen, Sie verfügen über ein Beiboot?«

Das war das Letzte, das ich erwartet hatte.

»Kein Beiboot. Einen Paragleiter. Nach dieser Fuhre beginnt mein Urlaub. Nur deshalb habe ich das Ding gemietet und vor dem letzten Start mit an Bord genommen. Ich hatte vor, mir an der Grünen Küste ein paar schöne Tage zu machen.«

»Das werden Sie auch, Patty«, sagte ich. »Wir sorgen dafür, dass der Gleiter per Autopilot an einem Ihnen genehmen Ziel auf Sie wartet. Kommen Sie. Wir haben einiges vorzubereiten. Es wird höchste Zeit.«

Patty wuchtete sich aus dem Pneumositz. Wir verließen die Kanzel. Sie führte mich zur Bodenschleuse des Frachters. Der U-Schweber entpuppte sich als betagter, schwarzgelber Vier-Personen-Paragleiter mit zwei seitlichen und achterausragenden Atmosphären-Triebwerken, die dem Gefährt seinen Namen gaben. Es würde eng werden – besonders Neife konnte nicht liegen – aber es würde gehen.

»Was können Sie an Ausrüstung entbehren, Patty? Vor allem die Kalfaktorin braucht neue Kleidung. Dazu Nahrungsmittel, damit wir uns bis zur nächsten Stadt durchschlagen können. Was liegt am nächsten? Leskyt?«

»Nein, zu weit. Sie müssen noch vor dem Holoi-Gebirge ausschleusen und sofort landen. Ich meine das so: sofort. Jeder unangemeldete Flug über längere Strecken würde automatisch eine Kontrolle nach sich ziehen.«

»Dann hat es wenig Sinn, Ihren Schweber bei uns zu behalten. Wir landen und schicken den Gleiter sofort zu Ihnen zurück.

»Negativ. Ich werde schon genug Mühe haben, zu erklären, was sich da während des Anflugs von meiner Schute gelöst hat.« Sie legte den Zeigefinger unter ihr linkes Auge und klopfte an ihre Wange.

»Tja, irgendwas wird sich bei der Kollision im All gelockert haben, vermute ich mal. Vergessen Sie nicht, Koramal, wir sind ständig im Tasterbereich der Flugkontrolle. Dass mal was rauspurzelt, lässt sich noch erklären. Besonders, wenn der Prallschirm wieder diese Aussetzer hat, wenn Sie verstehen, was ich meine.«

Sie lachte.

Ich verstand, was sie meinte.

»Dass was reinpurzelt, glaubt uns dagegen keiner. Landen Sie unauffällig und verbergen Sie das Ding. Und dann Schwamm drüber, Koramal. Ich werde mir irgendeine Geschichte zusammenreimen müssen, was den Schweber betrifft. Mann – meinen geplanten Urlaub kann ich damit in die Tonne treten. Und was das Nachschicken per Autopilot anbelangt ... das verdrängen Sie mal ganz schnell wieder. Auch dieser Flug müsste ordnungsgemäß bei der Zivilkontrolle angemeldet und genehmigt werden. Und, selbst wenn Ihnen das gelänge: Wie wollen Sie erklären, wie der Schweber zuvor ins Gebirge gekommen ist? Fünf Minuten nach Ihrem Funkanruf wären Sie schon verhaftet. Wer hat Sie eigentlich für Ihren Rudyn-Einsatz gebrieft? Hierzulande kriecht nun mal der Wab... O Scheiße, was bin ich bekloppt! Artur! Den hab ich völlig vergessen. Ich habe tatsächlich nicht an Artur gedacht! Ich werde alt.«

»Moment. Heißt Ihr Roboter nicht Archotique?«

»Quatsch, den mein' ich nicht. Ich rede von Artur Lokwenadse. Artur ist – war mein – , ich, meine, er hat mit mir gedient und so. Pflichtjahre bei der Flotte. Is' Lichtjahre her. Er schuldet mir noch einen Gefallen. Er wohnt im Holoi-Gebirge. Bei diesen ... naja. An ihn müssen Sie sich halten. Er wird auch einen Weg finden, mir den Schweber zurückzuschicken. Warten Sie. Wie heißt das Kaff gleich wieder, in dem er jetzt haust? Gyll ... Gynt .. Gympmost. Richtig. Gympmost. Bei den Santuasi. Dort finden Sie Artur.« Sie nickte, als behage ihr der Gedanke immer mehr.

»Und wie finden wir die Santuasi – wer immer das ist?«

Patty kniff ein Auge zusammen.

»Keine Sorge. Die Santuasi sind eure Rettung. Und wenn ihr sie verfehlt – *die* finden euch bestimmt.« Sie legte mir die fleischige Rechte auf die Schulter, drückte sie und grinste. Dann schlug sie sich mit der flachen Hand vor die Stirn. »Entschuldigen Sie, in dem ganzen Durcheinander ... ich werde wirklich alt. Ich hätte eher dran denken müssen. Gympmost. Kommen Sie, wir holen Ihre Kameraden.«

Wir verließen die Schleusenkammer und kehrten in ihr Quartier zurück. Uns blieben noch siebzig Minuten bis zum Eintreffen der Begleitschutzstaffel. Patty feixte triumphierend.

Mit Archotiques Hilfe bugsierten wir die Schwebeplattform in die Bodenschleuse. Die Pilotin trennte sich von einem Sweatshirt und einer Iso-Kombination, die für Notlandungen in Polregionen zur Ausrüstung des Frachters gehörte. Beides streiften wir Neife vorsichtig über; da wir im höheren Gebirge landen würden, mussten wir mit erheblicher Kälte rechnen. Zur Kombi gehörte auch ein Satz Stiefel, die der Kalfaktorin um zwei Nummern zu groß waren; aber das war immer noch besser als die Schuhe, die sie an Bord der ZUIM getragen hatte. Oderich behauptete, er würde mit der Securdecke auskommen. Ich selbst trug nur noch das zur grauen Uniform gehörende Hemd über der Hose; meine Jacke war durch die Säurereste inzwischen unbrauchbar geworden. Patty reichte mir eine blaue Uniformjacke, die ich mir fast zweimal um den Leib wickeln konnte; aber etwas anderes ließ sich nicht finden, und so hatte ich eben mit dem vorlieb zu nehmen, was vorhanden war.

Die Frachterpilotin rief die Koordinaten der Santuasi-Siedlung Gympmost in der Bordpositronik des Schwebers auf. Der Ort lag weit abseits aller rudynischen Städte; er drängte sich auf einem Bergvorsprung zusammen, der aus dem Holoi-Gebirge herausragte und der sich wie ein gekrümmter Finger nach Süden bog. Mit seiner Höhe von etwa 3000 Meter würden uns nicht nur Kälte, sondern auch dünne Luft erwarten. Etwa 500 Menschen lebten in Gympmost, schätzte Patty.

»Wie viele dieser Santuasi gibt es insgesamt?«, fragte ich.

»An die 6000. Über das ganze Holoi-Gebirge verstreut. Vielleicht zehn, zwölf Siedlungen.«

»Wer sind diese Leute?«

Patty seufzte. »Schwer zu sagen. Ich war nur einmal bei ihnen. Die einen meinen, es sind hauptsächlich an der Union Gescheiterte. Menschen, die selbst das einfachste Leben außerhalb jeglicher Zivilisation dem uniformen Gehorsam in den Städten vorziehen. Sie halten sich aus allem raus, interessieren sich einen feuchten Kehricht für die Scheiß-Politik. Berg-Rudyner eben. Die anderen sagen, es sind allesamt Aussteiger, Systemverweigerer, Glaubenseiferer, Sich-selbst-Suchende und andere Arbeitsscheue. Da Artur bei ihnen lebt, neige ich zur letzteren Ansicht.« Sie lachte auf. »Das würde glatt zu ihm passen. Den ganzen Tag faul in einer Hängematte liegen, dieses Haidumkraut rauchen und den Generalkalfaktor einen guten Mann sein lassen.«

Meinen Glückwunsch!, mäkelte der Extrasinn. *Du bist auf dem Weg zur hiesigen Hippie-Kolonie. Denke daran, dir eine Blume ins Haar zu stecken.*

Der Grundgedanke der terranischen Hippie-Bewegung war Frieden, versetzte ich. *Frieden und Freiheit. Nicht das Schlechteste, was Rudyn derzeit passieren könnte.*

Aber das Unwahrscheinlichste, das passieren wird.

Trilith und Oderich mussten sich die hinteren Sitze teilen. Neife benötigte den meisten Platz und erhielt den vorderen Beifahrersessel. Patty instruierte mich in der Handhabung der Steuerelemente. Ungewohnt waren allein die unförmigen Jetbooster und der vergleichsweise schwach ausgelegte Antigrav, der auch die Andruckneutralisatoren speiste. Extreme Manöver würden deutlich zu spüren sein. In Bodennähe verzichtete der Schweber auf die Booster und nutzte ein Prallfeldkissen. Die maximale Operationshöhe betrug 9000 Meter.

Bis da hinunter mussten wir.

Patty nestelte an ihrem Hals und förderte eine Kette mit einer Medaille zutage. Sie reichte sie mir und trug mir auf, sie Artur zu zeigen. Und ihn dabei an Perendez IV zu erinnern. Die Plakette war ein Verdienstabzeichen 1. Klasse für besondere Einsätze der Unionsflotte. Ich legte mir die Kette um den Hals. Die Medaille klimperte am Gehäuse des Zellaktivators, den ich wieder an mich genommen hatte.

»Danke – für alles«, sagte ich. »Ich werde dafür sorgen, dass Sie Ihre Hilfe nicht zu bereuen brauchen.«

»Tritt ihnen einfach in den Arsch.« Sie winkte und schloss die Tür des Schwebers. Sie sagte noch etwas, ich las es von ihren Lippen ab. *Ich komme schon klar.* Dann drehte sie sich um und verließ die Schleusenkammer.

Minuten später meldete sie sich per Interkom aus der Pilotenkanzel.

»Seid ihr soweit? Schweber, bitte TORB.«

»Treibstoff, Oxygen, Radio, Batterie ... okay«, las ich ab.

»Bitte ABBA.«

»Andruckabsorber, Booster, Bremsumkehr, Antigrav ... okay.«

»Noch etwa zwei Minuten«, kam es zurück. »Wir unterschreiten gerade die Fünfzehn-Kilometer-Marke. Ich simuliere ab jetzt sporadischen Prallschirmausfall. – He, Leute, das da kommt gerade rein.«

Sie schaltete um. Ihr Mondgesicht verschwand. Dafür erschien ein mir unbekannter Mann im TriVid-Monitor, offenbar der Kommentator einer Nachrichtensendung.

Ein Ruck traf den Frachter. Wir wurden gehörig durchgeschüttelt. Patty hatte den Prallschirm desaktiviert. Ich schaltete die energetischen Gurtfelder der Sitze ein. Wir wurden sanft in die Konturschalen gepresst.

»... noch immer ist im Regierungsviertel die Ruhe nicht wieder eingekehrt. Schwerbewaffnete Soldaten patrouillieren, weite Bereiche des OPRALS sind abgesperrt. Alles wartet auf die Rückkehr geordneter Verhältnisse. Die verhafteten Kalfaktoren hoffen, so sagte ein Sprecher Ponter Nastases, auf einen gewaltsamen Befreiungsversuch der Neife Varidis nahestehenden Terrorgruppe ARM, des so genannten Anti-Reaktionären Machtmonopols. Natürlich ist diese irrwitzige Hoffnung ein Ausdruck tiefgreifender Verzweiflung, nach dem gescheiterten Putsch der ehemaligen Geheimdienstchefin doch noch irgendwo einen Silberstreif am Horizont zu erblicken.«

Das Schütteln hörte schlagartig auf. Offenbar »funktionierte« der Prallschirm wieder – für den Moment.

»... doch es bestehe keinerlei Anlass mehr zur Sorge, ließ der Kalfaktor für Wissenschaften verlauten. Seine ihm treuen Kollegen, sowohl er als auch die gut geschulten Kräfte des Wissenschaftlichen Überwachungskorps haben die Lage unter Kontrolle. Neife Varidis ist ohne jeden Zweifel tot. Die von ihr geleiteten Terrorzellen sind entweder ausgeschaltet oder identifiziert; mit weiteren, zeitnahen Verhaftungen ist daher glücklicherweise zu rechnen.«

»Glücklicherweise?« Es war seit längerem das erste Wort, das Trilith sprach.

»Zum Ruhm und Glanz der Union«, murmelte ich.

»Das ist der Grund, weshalb sie scheitern werden. Sie belügen sich selbst.«

Das Rütteln kehrte verstärkt zurück. Die dichteren Luftschichten machten sich mit heftigen Vibrationen bemerkbar. Neife Varidis stöhnte leise. Oderich Musek konzentrierte sich völlig auf die TriVidsendung. Der Kommentator sprach nun in Großaufnahme zum Publikum. Sein Lächeln drückte Optimismus und Stolz aus, als erfülle ihn Vorfreude auf das, was er zu verkünden hatte.

»Von einer Gefährdung des Fortbestands der Regierung kann hingegen zum gegenwärtigen Zeitpunkt keine Rede mehr sein. Auch die Gefahr für die Bevölkerung ist definitiv vorüber. Dank des schnellen und entschlossenen Eingreifens Nastases können wir wieder aufatmen. Erfolg durch das Miteinander – Ponter Nastase hat die Wahrheit dieser Maxime einmal mehr und das mehr als eindrucksvoll bewiesen. Indes: *Der ARM der Neife reicht weit* – dieser Slogan fasst die Stimmung in Worte, die derzeit in Genzez und anderen Städten Rudyns die Gemüter noch immer bewegt. Aber halten wir fest: Ohne Ponter Nastase gäbe es vielleicht keine Zukunft mehr, in die wir nun getrost und gemeinsam, vor allem aber befreit und hoffnungsvoll blicken können. Bleiben Sie aufmerksam. Gero Gurebeler für GenSky.«

Das Bild wechselte zur Pilotenkanzel zurück.

»Was für eine verquirlte Scheiße«, hörten wir Pattys Stimme noch.

Dann zischte die Schleuse auf, und der Wind übertönte jedes andere Geräusch. Patty tippte einen Gruß an eine imaginäre Uniformmütze. Ein umgepoltes Traktorfeld schob uns aus der Schleuse.

Um uns herrschte tiefste Nacht.

Ohne Antrieb fielen wir in sie hinein wie ein Stein.

Uns mehrfach überschlagend, trudelten wir der Planetenoberfläche entgegen.

Im Gleichschritt – Marsch

Marco Fau; Gegenwart

»Kalfaktor!«

Der kleine Mann in der golddurchwirkten Regierungsamtsrobe verhielt seufzend mitten im Schritt. Sein Tross, dem zwei zivile Beamte der Unionsadministration, drei hochrangige Militärs, deren Adjutanten, sein persönlicher Referent, sechs schwerbewaffnete Baryaner und eine Staatssekretärin angehörten, tat es ihm nach und stoppte wie auf ein unhörbares Kommando hin. Nur seine Leibwächter, allesamt Elitesoldaten des Freikorps Barya Awangard, schwärmten aus und bildeten einen Kreis um Marco Fau und seine Begleiter, die Kombistrahler vorgestreckt und entsichert. Noch war der Sicherheitsalarm nicht aufgehoben. Attentäter des Anti-Reaktionären Machtmonopols konnten noch überall lauern. Vor kurzem erst waren vor dem Gebäude zwei Bomben detoniert, glücklicherweise, ohne Opfer zu fordern.

Der diensteifrige Mann in der grauen Leutnantsuniform sprang, mehrere Stufen auf einmal nehmend, die breite, schwarze Marmortreppe hinunter, deren geschwungene Eleganz die ganze Wandelhalle des Ambar Temnyj durchzog. Er eilte im Laufschritt über die silbern und dunkelrot schimmernden Intarsien, die das Symbol der ZGU bildeten: Eine stilisierte, sechsarmige Spiralgalaxis, in deren Zentrum ein Kegelriss dominierte. Saul Puskasz blieb endlich vor dem Kalfaktor stehen und salutierte. Der junge Ordonanzoffizier mühte sich, seinen Atem unter Kontrolle zu bringen; seine Gesichtszüge, vom schnellen Lauf gerötet, drückten höchste Dringlichkeit aus. Ein kugelrunder Kommunikationsrobot schwebte wie ein antennenbewehrter Fußball an seiner Seite.

»Mr. Puskasz.« Faus schmales Gesicht mit den hochgezogenen Brauen zeigte deutliche Anzeichen von Ungeduld. Nervös klopfte er mit dem Paar Zierhandschuhe, das zu seinem Ornat gehörte, gegen seinen Oberschenkel. Es war normalerweise das offizielle Ende eines langen und anstrengenden Tages. Doch nicht für diesen Tag und nicht für ihn. Ein Arbeitsessen würde noch folgen, desgleichen eine Rede vor dem Sicherheitsausschuss des Geheimdienstes, um die mittleren Chargen des Geheimen Kalkulationskommandos über den bedauerlichen Tod von Neife Varidis zu beruhigen, und um über eine Interimslösung, was dessen Leitung betraf, zu befinden. Die gesamte Führungsspitze des GeKalKo, vom Stellvertreter der Varidis bis hin zu den Ressortdirektoren, war im Laufe des Tages verhaftet oder, bei geringstem Widerstand, erschossen worden; der Rest der Mammutbehörde schmorte in Ungewissheit vor sich hin.

Immerhin, wenn er Glück hatte, konnte er gegen Mitternacht zu Hause sein. Fau hoffte es inständig. Er benötigte dringend ein paar Stunden Schlaf. Er war jetzt seit 21 Stunden auf den Beinen.

Ephelegon sank schnell auf der geographischen Breite von Genzez. Goldene und purpurrote Lichtbahnen fielen durch hohe Glassitfenster fast waagerecht in die Halle. Sie zauberten ein bernsteinfarbenes Feuerwerk an die Wände des trichterförmigen Bauwerks, das an eine auf dem Boden liegende Austernschale erinnerte. Sechs dieser Muschelarchitekturen umgaben den zentralen Kegelbau, der mit 1000 Metern Höhe die Trichterbauten noch einmal um vier Fünftel überragte. Zusammen bildeten die sieben Gebäude das als OPRAL deklarierte Regierungsviertel.

Ambarin, Speicher, wurden die Muscheln seltsamerweise genannt; schon während ihres Baus, lange vor dem Festlegen ihrer letztendlichen Funktion, hatte es sich eingebürgert, sie der Reihe nach, im Nordosten beginnend, mit dem Fortschreiten des Sonnenlaufs zu bezeichnen; diese Namen wurden, gleichwohl sie wenig Aufschluss über die sich darin vollziehenden Tätigkeiten gaben, bis heute beibehalten. Ambar Utro, der frühe Speicher, eröffnete den Reigen; danach kamen Ambar Zawtra und Ambar Popoludi, die Speicher des Morgens und des Nachmittags, ihnen folgten Ambar Wöwörom und Ambar Pozdno, die Speicher des Abends und der späte Speicher; Ambar Temnyj, der Speicher der Nacht, machte den Abschluss. In den Muscheltrichtern befanden sich die Ministerien und Kalfaktate sowie alle Zentralgalaktischen Unionshauptämter. In dem Kegelgebäude residierten die Kalfaktoren mit ihren Repräsentationsräumlichkeiten, über der gewaltigen Zal, der Versammlungshalle, in der die Delegierten der 288 zur Union zugehörigen Planeten in regelmäßigen Abständen tagten.

Marco Fau blinzelte im bernsteinfarbenen Licht und sehnte sich nach nur zehn Minuten Ruhe und einem gepflegten Glas Ephelegon's Tears. Selbstverständlich pur, ohne Eis oder sonstige Verfälschungen des unvergleichlichen Genusses. Allenfalls mit einem winzigen Schuss Wasser verdünnt, aber nur, wenn das Wasser nachweislich aus derselben Quelle stammte wie das des Whiskeys. Alles andere verdarb den Geschmack.

Seufzend sah er zu dem baumlangen Ordonanzleutnant hinauf.

»Nun, was kann Ihrer Ansicht nach nicht bis nach dem Abendessen warten?«

»Entschuldigen Sie, Mr. Fau, Sir. Ein Anruf von der KONTER. Mr. Güc persönlich. Ihre Anweisung für diesen Fall lautet ...«

Fau winkte ärgerlich ab. Er kannte schließlich seine eigenen Bestimmungen. Unter anderem die, ihn per Boten und nicht per Komsignal von eintreffenden Gesprächen von der KONTER oder der ZUIM zu benachrichtigen. Alle Gespräche mit Nastase oder Güc hatten über die speziell programmierten Kommunikationsrobots zu laufen und nicht über die gewöhnlichen Netze. Raoul Puskasz, dieser Grünschnabel von der Raumakademie, brauchte ihn nicht daran zu erinnern. Fau stieß den Atem aus. Frisch auf Hochglanz polierte

Stiefel allein machten eben noch keinen fähigen Stabsoffizier aus.

Ja, Güc durfte ihn selbstverständlich jederzeit stören. Leider. Es war nicht zu vermeiden. Was nicht bedeutete, dass er mit dem Kalfaktor für Flottenaufbau und damit dem Chef der gesamten Unionsflotte gerne sprach. Der fettleibige Oberbefehlshaber der Streitkräfte war nach Faus Ansicht ein ungehobelter Kerl, ein politischer Betonkopf obendrein und ebenso frei von Skrupeln wie von Manieren. Marco Fau, der nicht nur im OPRAL als Schöngeist verschrien war, empfand Gücs ganzes Gebaren als eine Beleidigung all dessen, was dem Amt eines Kalfaktors und damit der Würde eines Regierungsmitglieds an Respekt zustand.

Allein Gücs maßlose Völlerei machte den asketisch lebenden Fau schier krank. Politische Empfänge, an denen Güc teilnahm, waren Fau ein Gräuel – nicht selten arteten sie in ein handfestes Saufgelage aus, die der Kalfaktor für Kriegswesen möglichst frühzeitig und diskret unter irgendeinem Vorwand verließ. Gücs mit den Jahren immer weiter aufquellende Gestalt ekelte ihn an. Sie bedeutete an sich schon eine Qual für ein nach idealen Linien und gefälligen Proportionen Ausschau haltendes Auge; ihn gar in seiner engen Uniform zu sehen – ertragen zu müssen – war das lächerlichste und peinlichste, was Fau jemals begegnet war. Im Gegensatz zum Grau der Union bevorzugte Güc zudem eine auffällige dunkelrote Jacke. Flottenintern nannten die Soldaten ihn seit Jahren *die rote Bombe* oder *die letzte Kugel der Union*. Bezeichnungen, die dem Ansehen der Regierung erheblichen Schaden zufügten, wenn man Fau fragte. Aber man fragte ihn nicht.

Denn Ermid Güc war ein militärisches Organisationsgenie.

Sein Flottenaufbauprogramm hatte binnen zehn Jahren aus einer eher tranig-trägen Truppe eine schlagkräftige, den galaktischen Standards in nichts nachstehende Armee geformt. Der Ausbildungs- und Trainingsstand der Flottenangehörigen war nachgerade vorbildlich. Sämtliche Schiffe der ZGU zeigten sich in bestmöglichem Zustand. Allen voran glänzten die Schlachtkreuzer der EPHANG-Klasse, 400-Meter-Kugelriesen aus Rudynit, die das Rückgrat der Flotte bildeten, mit Werten, die Staatsmarschall Bull im fernen Imperium-Alpha ein regelmäßiges Magengrimmen bescherten. Sie waren hochmoderne Erzeugnisse der Dorogojwerft, die auf Batalo, dem fünften Planeten, angesiedelt war. Die Kreuzer kamen mit einer Besatzung von nur 600 Personen aus und waren mit einer speziellen rudynischen Modifikation, einem schweren Zwillingstransformgeschütz in der oberen Polkuppel, bewaffnet. In Schnelligkeit, Reichweite, Effizienz, Defensiveigenschaften und Schlagkraft würden sie sich im Ernstfall jedem 500-Meter-Schlachtkreuzer der Solaren Flotte gegenüber mehr als ebenbürtig erweisen.

Verstärkend hinzu trat die völlig neue Technologie, die beim Bau des Sphärenrades erstmalig eingesetzt wurde und die eine Revolution, wenn nicht gar den Bruch mit der jahrhundertelangen Abhängigkeit von terranisch-arkonidischen Bauplänen bedeutete. Alles Projekte, die Ermid Gücs unverwechselbaren Stempel trugen.

Güc hatte, um seine hochfliegenden Pläne zu verwirklichen, im Kreis seiner Amtskollegen harte Kämpfe um immer höhere Etats auszufechten gehabt. In Ponter Nastase hatte er schließlich genau den Mann gefunden, der die neue Technik mit Ehrgeiz, Leidenschaft und Scharfsinn vorantrieb und ihm, Güc, im Kabinett der 21 Kalfaktoren in allen Flottenangelegenheiten den Rücken stärkte. Fau war als Dritter in diese Allianz eingetreten, denn er vermochte *Stärke durch Macht* zu erkennen, wenn er sie sah; als Kalfaktor für das Kriegswesen konnte er von den Aktivitäten der beiden Amtskollegen nur profitieren.

Fau unterdrückte seitdem seinen Widerwillen gegen Güc, wohl wissend, dass er sich persönliche Animositäten in seiner herausragenden Position nicht länger leisten konnte und durfte; gleichwohl nahm er sich vor Güc in acht; er sah dessen Bauernschläue in der Vergangenheit wie auch in der gegenwärtigen Situation zwar als hilfreich, aber auch als brandgefährlich an. Er misstraute dem siebzigjährigen Bonvivant zutiefst, hütete sich aber wohlweislich, das zu zeigen. Und er gedachte nicht, den schwergewichtigen Mann mit den listigen Schweinsäuglein auch nur eine Sekunde lang zu unterschätzen.

Das Flaggschiff der Unionsflotte stand nach der letzten Positionsbestätigung im rudynnahen Raum, etwa 100.000 Kilometer von der ZUIM entfernt.

Fau nickte. Per Blickschaltung signalisierte er dem Kommunikationsrobot seine Empfangsbereitschaft. In der Zehntelsekunde, in der der Robot Faus Netzhaut scannte und seine Zellkernstrahlung mit den gespeicherten Werten abglich, baute er auch die Verbindung zum Schlachtkreuzer KONTER auf und schaltete die Chiffrierfilter der vier Kanäle zu, die unabhängig voneinander einzelne Datenpakete mit ständig wechselnden Indentschlüsseln versahen. Erst auf dem Flaggschiff sortierte ein entsprechender Kommunikationsrobot die millionenfach zerhackten und über die vier Leitungen versendeten Impulse und brachte sie in ihre ursprüngliche Reihenfolge zurück. Gücs Antworten nahmen den umgekehrten Weg. Beide konnten sicher sein, mit dem jeweils echten Gesprächspartner am anderen Ende verbunden zu sein.

Die Angehörigen seiner Gruppe traten geduldig einen Schritt zur Seite. Der Robot breitete ein milchiges Isokomfeld über Fau aus: Eine zweieinhalb Meter durchmessende Kuppel aus schallisolierender und blickdichter Energie, die von innen als Projektionsfläche diente. Für den Kalfaktor wirkte die Darstellung, als befände er sich persönlich in der Zentrale der KONTER. Die Kugel des Kommunikationsrobots schwebte am Scheitelpunkt der Energieglocke über Fau. Ein grünes Licht zeigte an, dass sich auch Güc unter einem Isokomfeld befand. Für ihre jeweiligen Gesprächspartner wurden sowohl die Felder als auch die Kugelgestalten der Robots positronisch weggefiltert; sowie Fau die Zentrale und die Besatzungsmitglieder der KONTER sah, erblickte Güc seinerseits das Foyer des Ambar Temnyj in Genzez und die dort wartende Menschengruppe.

Die massige Gestalt des Flottenoberbefehlshabers schwang ihren Kontursitz herum. Güc hob launig die Hand zum Gruß.

Natürlich sitzt er, während ich stehe!, dachte Fau wütend.

Lächelnd neigte er den Kopf.

»Du hast hoffentlich inzwischen einen ganzen Strauß Triumphe zu vermelden«, kam es von der KONTER.

»Danke«, antwortete er, als wäre die Stichelei des Dicken ein Glückwunsch gewesen. »Es verläuft alles wie vorgesehen, wenn auch übereilt.«

Fau spielte auf den vorgezogenen Zeitpunkt an, zu dem Ponter Nastase das Zeichen zum Zuschlagen gegeben hatte. In dieser Hinsicht waren sich die beiden Strategen ausnahmsweise einig: Der Startschuss war zu früh erfolgt; der ursprünglich vereinbarte Zeitplan war eindeutig mit weniger Risiken behaftet gewesen. Aufgrund des vorverlegten Zugriffs befanden sich noch einige Kalfaktoren in Freiheit, die eigentlich zeitgleich mit anderen hätten ausgeschaltet werden sollen. Das Argument, die Anwesenheit der GeKalKo-Chefin auf dem Sphärenrad nutzen zu wollen, um diesen gefährlichsten aller Gegner leichter eliminieren zu können, war äußerst dünn. Beide Männer argwöhnten seit den Mittagsstunden, dass ihnen Ponter Nastase wichtige Informationen vorenthielt. Vertrauen war eine persönliche Sache, Wissen allein war Macht. Stärke entstand durch Macht – und geriet ins Wanken durch Wissenslücken. Es war eine Frage des Selbstschutzes, solche Lücken zu füllen. Für beide. Marco Fau wusste das ebenso wie Ermid Güc.

»Auffällige Meldungen von der ZUIM?«, fragte er.

Der Mann in der roten Uniformjacke machte eine zweifelnde Geste. »Er verbreitet zwar, Varidis sei tot, aber sie haben bisher keine Leiche gefunden. Mein Gewährsmann im Wissenschaftlichen Überwachungskorps spricht von Wunschdenken und Schönfärberei, solange keine Fakten vorliegen.«

»Dann ist sie noch an Bord?«

Güc hob kurz die Schultern.

»Wenn sie noch lebt – ja. Wir haben den rudynnahen Orbitalbereich ununterbrochen in der Tastung. Es gab keinen Beibootverkehr von und zur ZUIM seit Ausrufen des Teilalarms. Nur eine Müllschute legte in der fraglichen Zeit ab, aber die sind durch Vitalscanner vor jedem unerlaubten Zutritt gesichert. Dort kommt keine Maus durch.«

»Könnte Varidis etwas daran gedreht haben?«

Güc lachte. »Wie denn? Sie stand unter ganz erheblichem Beschuss. Mein letztes Feuergefecht ist zwar schon eine Weile her, aber in der Gluthitze noch mal eben zwischendurch mit Spezialwerkzeug hantieren – ich weiß nicht. Sie mag ja gut gewesen sein, aber so gut ...?«

»Ihre Eskorte bestand immerhin aus den besten ihrer Agenten«, gab Fau zu bedenken.

»Von denen keiner überlebte.«

Fau schüttelte den Kopf. »Wir wissen also, dass wir nichts wissen. Das gefällt mir nicht. Kann dein Gewährsmann inoffiziell weiter nachforschen, ob sich die Varidis noch irgendwo an Bord versteckt?«

»Schon angewiesen. Ich halte dich auf dem Laufenden. Was ich eigentlich fragen wollte: Gibt es Abweichungen vom Zugriff in dieser Nacht?«

»Alles wie vereinbart. Nur um achtundvierzig Stunden zu früh.«

»Dennoch gute Jagd«, wünschte Güc.

»Guten Appetit«, versetzte Marco Fau. Er wusste, dass Güc sein Alibi während der Zeit des Zugriffs mit einem Gelage im Kreis seiner Offiziere feiern würde. *Hoffentlich werden deine Zeugen sich später überhaupt noch an dich erinnern können,* dachte er.

Fau trennte die Verbindung. Das Isokomfeld erlosch. »Danke, Mr. Puskasz. Sie können wegtreten. Das heißt, nein – warten Sie.«

Der Kalfaktor wies den Robot an, eine zweite abhörsichere Verbindung herzustellen. Wieder senkte sich das milchige

Feld um ihn herab. Einer seiner vier persönlichen Referenten meldete sich.

Der Mann mit dem nichtssagenden Gesicht gehörte erst seit zwei Wochen zu Faus Stab, und doch hatte er sich in den vergangenen vierzehn Tagen als äußerst begabter Spürhund erwiesen. Mit ebenso überraschenden wie überragenden Ergebnissen. Zwei Dutzend neben seiner eigentlichen Arbeit fast beiläufig aufgedeckte Fälle von Korruption, Sabotage, Geheimnisverrat und Mord konnte er für sich verbuchen.

Fau schilderte ihm kurz die Zweifel, die ihn betreffs Varidis' Tod beschlichen. Sein Sonderermittler versprach, sich darum zu kümmern.

Damit gab Fau den Kommunikationsrobot frei.

Der Ordonanzleutnant salutierte erneut, drehte sich auf dem Absatz um und verschwand mit dem Robot im Innern einer Flucht von Fluren.

Fau und sein Tross verließen das *Ambar Temnyj* und setzten ihren begonnenen Weg in eines der besten Restaurants der Stadt fort.

Der Zugriff war für den Hauptgang gegen 21 Uhr geplant. Es würde ein vorzügliches dorolemisches Sarentgnu-Kalb geben, mager, wohlschmeckend und proteinreich. Serviert mit erschütternden Nachrichten aus dem TriVid-Netz. Wieder würde ein Regierungsmitglied zu Tode gekommen sein. Aber irgendetwas war ja immer.

Akadie Holeste; Gegenwart

Der Regierungskreuzer AKQUIS kehrte auf die Minute pünktlich ins Ephelegon-System zurück. Dennoch hatte Akadie Holeste seit dem Aufbruch aus dem Narus-System das Gefühl, um Stunden zu spät zu sein.

Die Kalfaktorin für Wirtschaft und Entwicklung trommelte mit den neongelb lackierten Fingernägeln auf der Lehne des Kontursessels, während sie auf die Funkverbindung zur ZUIM wartete. Sie saß in der Gästelounge der Zentrale und beobachtete die eingespielte Besatzung, die das Schiff in

Höhe der Bahn des fünften Planeten aus dem Linearraum brachte. Mit 40 Prozent Unterlicht schwenkte die AKQUIS anschließend auf Rudyns Koordinaten ein.

Akadie Holeste nagte an ihrer gleichfalls neongelb geschminkten Unterlippe. Einfach alles dauerte ihr an diesem Tag viel zu lange. Zähes Vorankommen war ihr persönlicher Fluch dieser Tage.

Erst war es das Treffen mit den Hohen Nestdelegierten der Zynngs auf Tanverlondere gewesen; einen Termin, den ausgerechnet sie selbst in den letzten Wochen immer wieder wegen mangelnder Lösungsansätze hatte verschieben müssen.

Dann, nach Stunden mühseligen Hyperkom-Debattierens mit den zuständigen Gremien im OPRAL, die unerwartete Weigerung der Ornithoiden, sich das aktuelle Angebot der Union überhaupt anzuhören. Die Zynngs klapperten nur kurz mit den unterarmlangen Schnäbeln, mauerten darüber hinaus aber, was das Zeug hielt – nicht aus rationalen oder wirtschaftlichen Gründen, sondern weil sie sich durch die mehrmalige Terminverlegung in ihrer Ehre gekränkt fühlten.

Heilige Einheit!, dachte Akadie. *Als wäre es meine Schuld gewesen!*

»Captain Molensk! Haben Sie endlich Anjelka Ziemann erreicht?«

Der bärenhafte Kommandant der AKQUIS wechselte via Interkomschirm einen Blick mit dem Leiter der Funkzentrale. Der zuckte mit den Schultern: *Leider nein.*

Akadie Holeste bestellte sich beim Loungeservo einen weiteren Kaffee ohne Milch, Zucker oder euphorisierenden Trilpiktgelee. Ihr war nicht nach rosaroten Realitätsvernebelungen.

Es war ihre fünfte Tasse in der letzten Stunde – und zugleich eine Geste, die ihre innere Anspannung nur allzu deutlich verriet. In der spiegelnden Verkleidung des Gästebereichs musterte sie kurz ihre äußere Erscheinung. Das schulterlange, pechschwarze Haar saß perfekt; das sich den wechselnden

Lichtverhältnissen anpassende Make-up überdeckte die tiefen Spuren des Zynngsproblems, die sich mit den vergangenen Tagen in ihr Gesicht eingegraben hatten.

Gottlob!, dachte sie. *Gott zum Lobe! Dass ich nicht lache!* Es gab ihrer Ansicht nach weder einen Gott noch auch nur einen Verdacht, es könne einen geben. Das Universum brachte allenfalls höhere Wesen hervor, einverstanden. Wie diesen ES zum Beispiel. Den feigen Schleimbeutel, der sich nicht traute, ER oder SIE zu sein. Und der-die-das bei der ersten besten eingebildeten Krise Fersengeld gegeben hatte, falls ER-SIE-ES überhaupt wusste, was eine Ferse war.

Überwesen. Ha!

Akadie Holeste trank einen heftigen Schluck des heißen Kaffees und verbrühte sich prompt die Unterlippe. Noch immer hatte sie sich nicht an deren neue, kosmetisch korrigierte Form gewöhnt. Derzeit war Herzmund auf Rudyn die große Mode. Wer schön sein wollte, musste eben leiden. Sie pustete, doch der Schmerz ebbte nur langsam ab.

»Captain? Was ist denn jetzt?« Ihre Stimme klang zu schrill, zu übermüdet und zu sehr nach beginnender Hysterie. Unbefriedigt, so würde es Thereme Eisenstein wohl nennen. Mit einer gewissen Berechtigung. Seit über einem Jahr hatte sie weder Zeit noch Lust gehabt, sich mit einem Mann einzulassen. Das gottverfluchte Projekt ging vor.

Sie winkte ab, als Molensk, der neben dem Piloten stand, zu einem Kopfschütteln ansetzte. »Setzen Sie diese eingebildete Sphärenrad-Elite gehörig unter Druck! Sonst lasse ich Sie rädern! Wir haben nicht ewig Zeit, falls das da drüben einer denken sollte, Herrgottnochmal!«

Ich muss mir diese Theodismen abgewöhnen, ermahnte sie sich.

»Machen Sie diesen ZUIM-Deppen gefälligst Dampf, Mann!«

Captain Molensk salutierte in stoischer Ruhe. Er hatte als Kommandant mehrerer Regierungskreuzer schon jeden Kalfaktor dieser und der vorangegangenen Legislaturperiode durch die Galaxis befördert. Er war daher Kummer reichlich gewohnt. Kalfaktoren kamen und gingen, das war seine Devise, Magengeschwüre blieben. Es sei denn, man ließ sich wie er jeden Tag eine heimliche Dosis Genuin injizieren. Das Zeug war seit kurzem verboten, warum, wussten die Raumteufel. Captain Molensk schaltete sich in die Funkverbindung ein und machte den Schnösel von der Gegenstelle zur Schnecke.

Die bisher jüngste Kalfaktorin in der Geschichte der Union schlug die bemerkenswerten Beine in der grauen Uniform übereinander und nippte – diesmal vorsichtiger – an ihrem Kaffee. Sie sehnte sich dringend nach Urlaub: von der Politik, ihrem Amt, vor allem von den Zynngs.

Tanverlondere war ein erst im vergangenen Jahr entdeckter Planet.

Mit 785 Lichtjahren Entfernung lag er zwar praktisch vor der rudynischen Haustür, war aber bisher den Erkundungsschiffen der ZGU aus unerfindlichen Gründen entgangen. Zur Überraschung der Vermessungsingenieure entpuppte sich Tanverlondere dann auch noch als ein wahres *El Howalgonio*. Ganz ohne Zweifel lagerten unter den Dschungeln des Planeten mehr Schwingquarzreserven als im übrigen Gebiet der Zentralgalaktischen Union zusammen. Tanverlondere stellte einen schier unermesslichen Reichtum dar. Für die Raumfahrtindustrie der ZGU. Und, Gott bewahre, für andere.

Eilige Pläne wurden entworfen.

Die Unionsflotte schickte eine Flottille der Schnellen Kampfverbände voraus, um das System der roten Sonne Narus abzuriegeln. Es gab genug neugierige Nasen, die überall herumschnüffelten, ob sie nun in den gierigen Gesichtern unabhängiger Prospektoren, in den Fratzen umherstreunender Piraten wie der Bastarde um Tipa Riordan oder in den Antlitzen anderer Mächte saßen.

Howalgonium, dachte Akadie Holeste, *verströmt einen Duft, den allzu viele riechen. Und den sie so sicher wittern wie die Flugkatzen der sandigen Sinton-Einöde noch in neunzig Kilo-*

meter Entfernung den süßlichen Duft verendender Torrbyren erschnuppern.

Je eher also die Union Tanverlondere in Besitz nahm, desto besser.

Kartographen verzeichneten die ausgedehnten Howalgoniumfelder. Markierten die aussichtsreichsten Abbaustellen. Wiesen auf geeignete Standorte hin.

Robots schlugen eine erste Lichtung auf einem Hochplateau inmitten eines der planetenweiten Urwälder. Bauten eine Minenarbeitersiedlung in Rekordzeit. Gossen ein kleines Landefeld aus.

Das Kalfaktat für Wirtschaft und Entwicklung stellte modernstes Bohr- und Abraumequipment bereit und setzte es in Spezialraumern von Rudyn aus in Marsch.

Personalbeschaffungsoffiziere rekrutierten zeitgleich Bergbaumannschaften auf vielen Welten der Union. Dies mit einem unüblich niedrigen Prozentsatz von unter zehn an politischen und kriminellen Häftlingen. Die Norm lag bei 60 Prozent.

Das Kalfaktat für Innere Sicherheit verlegte eine Division hundertfach gesiebter Obhutskräfte nach Tanverlondere, um die nach und nach eintreffenden Minenarbeiter an allen Schlüsselstellen des Abbauprozesses lückenlos zu überwachen – Howalgoniumschmuggel zahlte sich aus, auch in geringen Mengen. Arbin Kobmeyer persönlich verbürgte sich für deren Zuverlässigkeit. Indes hielt es Akadie Holeste mit einer bewährten Unionsdirektive. Ihrem Kalfaktat oblag immerhin die Verantwortung für das Gesamtprojekt. Kontrolle war gut, strenge Kontrolle war ungleich besser. Aber selbst strengste doppelte Kontrollen waren allenfalls suboptimal.

Eine Schar von Agenten des GeKalKo übernahm deshalb die Überwachung der Obhutsleute. Soweit verlief alles nach Plan.

Bis die ersten Bergbauschiffe landeten und die Arbeiter mit schweren Desintegratoren ihre Probestollen in die Planetenkruste trieben ... Die Bohrmannschaften trafen in den Urwäldern auf flugunfähige Riesenlaufvögel. Und identifizierten sie als hochintelligent. Die Schnabelwesen bezeichneten sich selbst als Zynngs.

Tanverlondere – bis dahin ZGU/exp/403 – erwies sich damit als bewohnt. Die Fremdweltanalysten hatten einmal mehr versagt.

Das erste Zusammentreffen verlief friedlich.

Wie es sich herausstellte, *verzichteten* die Zynngs freiwillig auf eine technologiebasierende Zivilisation und lebten stattdessen eine Existenz als Philosophen. Sie wohnten entweder in familiären Gruppen in sogenannten Wölbnestern zusammen oder zogen es vor, einsam in den ewigen Wäldern zu wandern und über die Natur und die Schöpfung zu sinnieren.

Sie entsandten eine Abordnung – die Hohe Nestdelegation – und baten die Unionisten freundlich, aber bestimmt, Tanverlondere wieder zu verlassen.

Dies bitte bald. Und endgültig. Basta.

Der zynngs'sche Ausdruck dafür lautete *lapaque*. Eine Position, die nicht verhandelbar war.

Angesichts der gewaltigen Howalgoniumvorräte unter den tanverlondereischen Dschungeln? Ein Ding der Unmöglichkeit.

So dachte damals Akadie Holeste. Das dachten damals alle im OPRAL. Die Angelegenheit wurde Oriens Malsaque als zuständigem Kalfaktor für Fremdwesenverfügung übergeben, der sie auf dem üblichen Weg regeln sollte.

Als die Deportierungskommandos anrückten, um die Zynngs umzusiedeln – ein gebräuchliches Verfahren bei erwiesener Uneinsichtigkeit Eingeborener in die Belange der Union – zeigte es sich, dass die Zynngs in vollständiger Einheit mit der übrigen Fauna und Flora Tanverlonderes lebten. Nicht nur die Zynngs, nein, der ganze Planet lehnte sich auf, von der größten Baumschlange bis zur winzigsten Mikrobe, von den himmelhohen Mammutbäumen bis zu den kleinsten Chlorophyllzellen.

Tanverlondere schlug zurück. Mit aller Macht.

Was beißen konnte, biss. Was stechen konnte, stach. Was würgen, schlitzen, vergiften konnte, stürzte sich auf die Minenarbeiter und tötete jeden, der nicht rechtzeitig hinter hermetischen Schiffswandungen oder Schutzschirmen in Dekkung ging.

Fortan waren Bohrarbeiten nur noch unter Schirmkuppeln durchführbar. Für kurze Zeit. Dann sickerten Mikroben durch das Erdreich in die scheinbar geschützten Zonen ein. Allen Sicherheitsmaßnahmen zum Trotz traten täglich neue, tödliche Infektionen auf. Krankheiten, deren Verlauf die Koloniemediker bald zu kennen und abwenden zu können glaubten, änderten von einem Tag auf den anderen ihr Erscheinungsbild und wüteten umso heftiger.

Binnen weniger Wochen starben Tausende.

Die Ratlosigkeit der Minenleitung wurde nur noch von der Hilflosigkeit der nach einem Ausweg suchenden Politiker übertroffen.

Unter den Neuankommenden machte bald der Begriff der *Grünen Hölle von Tanverlondere* die Runde. In der Schürfkolonie wagte es niemand mehr, »gemeinsam sind wir stark« zu murmeln. Der Planet zeigte ihnen unmissverständlich, was wahre Gemeinsamkeit, was wahre Stärke, was wahre Einheit war. Die Schürfarbeiten gerieten ins Stocken. Die Plateausiedlung glich bald einem Krankenlager. Dann einem Massengrab. Nichts verlief mehr nach Plan.

Im OPRAL erwog man den Abbruch der Schürfarbeiten. Eine andere Fraktion schlug deren Aussetzung und die völlig Vernichtung der gesamten Biomasse des Planeten vor. Die technischen Voraussetzungen dazu bestanden.

Eine dritte Gruppe, darunter Akadie Holeste, setzte auf Verhandlungen mit den Planetariern. Zu unkalkulierbar war der Einsatz von Massenvernichtungswaffen. Kontaminiertes Howalgonium brauchte niemand.

Die Kalfaktorin bat die Zynngs um ein neuerliches Treffen. Die Hohe Nestdelegation willigte ein. Ein Termin wurde anberaumt – und mehrfach verschoben. Weil die unfähigen Fremdrassenpsychologen in Oriens Malsaques Kalfaktat mit keinem Vorschlag aufwarteten, was man den Zynngs denn anbieten konnte, um die Schürfgenehmigung für das Howalgonium zu erhalten. Am Ende kam Akadie Holeste mit leeren Händen und allein dem Gedanken im Gepäck, den sie den Zynngs um des lieben Friedens willen unterbreiten wollte: *Ihr lasst uns das Howalgonium abbauen, wir geben euch dafür, was immer ihr verlangt.* Der in der Planetenkruste verborgene Reichtum war jeden Preis wert. Und jedes Versprechen. Oder Verbrechen, als unausgesprochene Alternative einer Nichteinigung.

Die Zynngs hatten sie nicht einmal angehört.

Ihr habt uns warten lassen. Wer andere warten lässt, respektiert nicht den Wert des Lebens. Denn verlorene Zeit ist verlorenes Leben.

Damit waren dann die hochbeinigen Ornithoiden davongestakst.

Gottverfluchte Bande!, hatte Akadie Holeste gedacht. *Und was ist mit den verlorenen Leben der vielen tausend Minenarbeiter?*

Sie stellte fest, dass sie Vögel zunehmend hasste.

Während all der niederschmetternden Nachrichten traf zu allem Überfluss auch noch die Botschaft von Anjelka Ziemann ein, ihrer persönlichen Referentin. Neife Varidis hatte sich im Rahmen einer sogenannten ökonomischen Initiative weit über ihre Kompetenzen als Geheimdienstchefin hinausgewagt und gleich mehrere ausländische Handelsdelegationen an Bord des Sphärenrades eingeladen. Ein Affront sondergleichen. Eine klare Kampfansage. Ein Komplott?

Wahrscheinlich steckte sie mit Ponter Nastase unter einer Decke, der als Wissenschaftskalfaktor ebenfalls seit Jahren in fremden Gewässern fischte. Der technologieverrückte Politiker hatte förmlich einen Narren an der raumfahrttechnischen Neuentwicklung der Unionsflotte gefressen. Er tat alles, um die ZUIM, den Glanz der Union, gebührend vor jedermann herauszustreichen. Es sah ganz danach aus, als sei die durchtriebene Kalfaktorin für Aufklärung auf seinen abhebenden Gleiter aufgesprungen. Oder zu ihm ins Bett, wer wusste das schon so genau.

Akadie Holeste beschloss, die verfahrene Zynngs-Situation auf Tanverlondere und das Narus-System zunächst zu verlassen und nach Rudyn zurückzueilen, um Neife Varidis in die Schranken zu weisen.

Das Sphärenrad stand wie gewohnt im Orbit um Rudyn. Eine Vergrößerung zeigte die vier sich ineinander drehenden Ringe.

Es war an sich eine Kleinigkeit, eine Verbindung mit der ZUIM herzustellen. Es erwies sich als bedeutend schwerer, dort Anjelka Ziemann zu erreichen.

Zuerst wurden sie völlig unüblich immer wieder hin und her verbunden. Am Ende landete der Funker der AKQUIS seltsamerweise bei einem der Referenten des Wissenschaftlichen Kalfaktors, einem Mann namens Kikomo Akubari.

»Ms. Ziemann«, sagte der Asiat mit einem bedauernden Lächeln, »hält sich gegenwärtig nicht mehr an Bord des Sphärenrades auf. Nach allem, was ich weiß, ist sie unlängst nach Genzez in den *Ambar Zawtra* zurückbeordert worden. Leider kann ich Ihnen nicht weiterhelfen. Meine Empfehlung an die Ehrenwerte Kalfaktorin.«

Zurückbeordert? Von wem? Ein Anruf bei ihrem Vertrauten Limar Ostrau in Genzez erbrachte, dass die Gesuchte noch nicht im OPRAL angekommen war.

Akadie Holeste runzelte die Stirn und befahl dem Kommandanten, schnellstens in Moltov Port zu landen.

Sie wurde bereits erwartet.

Sie trugen weder Rangabzeichen noch Uniform. Die vier Mitglieder des Freikorps Barya Awangard waren auftragsgemäß in Zivilkleidung in den Einsatz gegangen: einfache Hosen, so weiß wie die Pullover und die Jacken mit den vielen Cargotaschen, in denen sie ihre Ausrüstung verwahrten. Dazu helle Urbanstiefel. Enganliegende Funkkapuzen verdeckten die Haare, ständig ihre Form verändernde Gallertmasken die Gesichter. Über allem trugen sie weiße Roben, wie es sich für Chan-Kitsune gehörte. Als Kitsune, Füchse, bezeichnete die Tarey-Bruderschaft ihre Diplomaten.

Der Einfachheit halber hatten sie Farben als Kennungen ausgewählt. Namen blieben im Einsatz stets tabu. Rot war ihr Kommandoführer; Gelb der Zielschütze; Grün und Orange teilten sich Kom- und Technosupport.

Sie warteten zwischen Häuserschluchten in einem zivilen Gleiter, der sich weisungsgemäß bis zu einer dubiosen Adresse würde zurückverfolgen lassen. Zu dieser Adresse gehörte eine vorbereitete Legende: Das ehemalige Lagerhaus würde sich als geheimer Stützpunkt des ARM herausstellen, des Anti-Reaktionären Machtmonopols, einer angeblich Neife Varidis nahestehenden militanten Terroreinheit. Der Gleiter war in das strahlende Weiß der Bruderschaft umgefärbt und mit den Insignien der Chan-Botschaft von Chonosso versehen worden.

Grün verfolgte unentwegt per Komhack den Schiffsverkehr. Endlich gab er ein Zeichen. Die AKQUIS setzte zum Landeanflug an.

Rot startete und nahm Kurs auf Arkanum Ost.

Orange reichte dem Pförtnerrobot am Zuflugsportal des Raumhafens ein perfekt gefälschtes Permitt: Vier Chan-Kitsune der Tarey-Bruderschaft auf dem Weg zu ihrer Raumjacht INARI. Der Gleiter durfte anstandslos das östliche, zweihundert Meter hohe Moltov Port Arkanum passieren, das spitzbogenförmige Tor zum eigentlichen Raumlandefeld. Beim Durchfliegen erklang wie stets die Nationalhymne der ZGU.

Die INARI existierte wirklich; sie parkte seit Wochen ganz am Rand des öffentlichen Landefeldes und damit dort, wo die Landezone der Regierungsschiffe begann.

Die AKQUIS, ein 400-Meter-Kreuzer der EPHANG-Klasse, schwebte auf dem ihm zugewiesenen Landefeld ein, während das FBA-Team Kurs auf die unweit davon geparkte INARI nahm.

Akadie Holeste hasste nicht nur Vögel, sondern auch Transmitter. Während viele Besatzungsmitglieder die AKQUIS bequem über den Bordtransmitter verlassen würden, orderte sie einen Regierungsgleiter, der sie ins OPRAL bringen sollte.

Allein die Vorstellung, als nichtstofflicher, rein energetischer Impuls abgestrahlt zu werden, versetzte sie in Panik. Auch wenn die galaxienweiten Statistiken Transmitter als die sichersten Verkehrsmittel aller Zeiten priesen – wenn es sich vermeiden ließ, nahm die Kalfaktorin lieber etwas, in oder auf dem sie sitzen oder zumindest stehen konnte. Ihre Phobie war nicht nur im OPRAL bekannt, sondern bot auch in den Medien immer wieder Anlass zu beißendem Spott. Ihr war es egal – abgestrahlt, nein danke. Dann lieber noch ein paar Minuten warten. Herrgottnochmal, wo steckte nur Anjelka Ziemann?

Der graue Regierungsgleiter erreichte die AKQUIS fast zur selben Minute wie das getarnte FBA-Team die INARI. Ganz wie erwartet und im Rahmen des vorausberechneten Zeitfensters.

Rot nickte seinen Leuten zu. Orange nahm über eine mobile Spezialpositronik Netzkontakt mit der Fuhrparkkontrolle des Regierungsviertels auf. Bestimmte, ihnen zugänglich gemachte Passwörter schalteten streng geschützte Kanäle frei.

Grün schickte eine Staubdrohne zur Ringwulstschleuse des Unionskreuzers hinauf. Gemeinsam mit dem grauen Gleiter wurde sie eingeschleust.

Die Bilder, die sie aus der Schleuse sendete, waren perfekt: dreidimensional und scharf. Grün holte Akadie Holeste ins Bild, die mit ihrem Stab sichtlich nervös in der Schleusenkammer wartete. Ein Biometrie- und -spektralabgleich bestätigte die optische Identifikation.

Limar Ostrau entstieg dem Zawtra-Gleiter und begrüßte die zurückgekehrte Delegation. Die Kalfaktorin und ihr Vertrauter umarmten einander kurz.

Sieben Personen stiegen wieder ein. Die Staubdrohne heftete sich mit Mikrosaugfüßen an die Außenwand des Regierungsfahrzeugs, als es abhob und über den oberen Ringwulstrand wieder ins Freie steuerte.

Sechs pfeilschnelle Eskortroboter des Typs COMBAT-IV nahmen den Gleiter in die Mitte: Zwei deckten die Flanken, einer flog voraus, ein weiterer setzte sich ans Heck, die restlichen beiden sicherten den Luftraum ober- und unterhalb der Maschine.

Die Kalfaktorin im Innern der Fahrgastzelle gestikulierte. Ihr Zeigefinger drohte; sie schüttelte mehrfach hektisch den Kopf; die schwarzen Haare flogen nur so.

Rot warf Orange einen fragenden Blick zu. Der hob die Hand. *Ich bin drin,* hieß das. Damit lag die Kontrolle des Gleiters in ihren Händen. Ebenso die der COMBAT-Eskorte. Rot startete das angebliche tareysche Botschaftsfahrzeug erneut. Er fädelte sich in dieselbe Verkehrsebene ein wie der große Regierungsgleiter. Beide Fahrzeuge flogen nun in geringem Abstand hintereinander, fädelten sich in den dichten Gleiterverkehr ein, der zwischen den gelandeten Raumschiffen, den Abfertigungsgebäuden und den Raumhafentoren herrschte.

Die in flirrende HÜ-Schirme gehüllten COMBATS empfingen von Grün ein gültiges Transpondersignal, mit dem sich der Attentätergleiter ihnen als zusätzliches, befugtes Begleitschutzfahrzeug identifizierte. Ein zweiter Befehl sperrte die positronische Eigeninitiative.

Grün formte aus Daumen und Mittelfinger einen Kreis: OK.

Der Rest war ein Kinderspiel.

Gelb signalisierte Schussbereitschaft.

Orange blockierte die Steuerfunktionen des vorausfliegenden Gefährts. Zeitgleich erstarb der Paratronschirm des Regierungsgleiters.

Rot gab den Terminierungsbefehl.

Das unter dem zivilen Gleiter angebrachte Thermozwillingsgeschütz röhrte auf. Zwei glutheiße Energiebahnen fraßen sich von hinten durch Plastmetall und Glassit, schnitten es förmlich entzwei.

Grün startete die Maldrohne.

Die Schüsse trafen den Konverter des Regierungsfahrzeugs mit einer Minimalabweichung von 0,2 Grad. Im Freikorps-Jargon nannten sie das *präzise*.

Rot aktivierte den fahrzeugeigenen Schutzschirm. In einer sonnenhellen, kugelförmigen Explosion verging der graue Gleiter vor ihnen mit allem, was in ihm war. Oder an ihm haftete. Die Eskortroboter flogen davon, als sei nichts geschehen.

Rot drückte den Botschaftsgleiter durch die Glutwolke nach unten und landete außerhalb der herabprasselnden Trümmer. Das Team flankte aus den Türen. Rollende Echos der Explosion ließen, von Schiffswand zu Schiffswand der gelandeten Raumer springend, die Luft vibrieren. Brennende Gleiterteile lagen weit über den Platz verstreut.

Orange und Grün rissen den kompakten Absetztransmitter aus dem Gepäckabteil. Das nach Plänen des akonischen Energiekommandos konzipierte Gerät kalibrierte sich selbsttätig; binnen Sekundenbruchteilen stand der Transportbogen. Die Gegenstation war empfangsbereit.

Orange schritt als erster in das schwarze Wallen. Gelb folgte. Grün wartete, bis die Maldrohne den Boden des Raumhafens erreichte, dann sprang auch er.

Rot meldete per Richtfunk die Erfüllung des Auftrags an die dubiose Adresse, wohl wissend, dass der Impuls aufgefangen und entschlüsselt werden würde.

Inzwischen herrschte Hochalarm. Gewaltige Schirmglokken zuckten aus in Bunkern verborgenen Emittern über Moltov Port in den Himmel, wölbten sich zu einer undurchdringlichen energetischen Kuppel. Rot aktivierte an seinem Kom einen vorbereiteten Rafferkode; die Befehlsfolge schaltete einen Strukturriss in der Schirmstaffel frei. Rot trat durch das Transmitterfeld und verschwand.

Zurück blieb die Maldrohne, die ihre Arbeit ungeachtet der heraneilenden Obhutskräfte fortsetzte.

In zwei Meter großen Buchstaben sprühte sie einen Satz neben dem vermeintlichen Botschaftsgleiter auf die Plastbetonfläche.

Als der Punkt hinter dem Satz gesetzt war, vernichtete die Selbstzerstörungsautomatik des Transmitters auch die Maldrohne.

Der verwaiste Gleiter blieb unbeschädigt.

Als die schwerbewaffneten Obhutsleute aus ihren Fahrzeugen sprangen, leuchtete es ihnen in Neongrün entgegen.

Der ARM der Neife reicht weit.

Der kommandierende Obhut-Offizier nickte düster.

Er hatte mit nichts anderem gerechnet. Nicht an diesem Tag. Nicht an diesem 15. September nach Standardzeit. Am Tag, an dem die Kalfaktoren starben wie die Fliegen.

Derius Manitzke; Vergangenheit

»Na? – Und?«

Vitali sah seinen Freund erwartungsvoll an. Seine blauen Augen leuchteten.

Derius schüttelte den Kopf. Lauschte in sich hinein. Verneinte wieder. Definitiv keine Stimme im Ohr.

Der künstliche Extrasinn blieb stumm.

»Nichts. Bist du sicher, dass du alles ...«

»Aber ja.« Vitali überflog erneut alle Einblendungen. Keine Fehlfunktion. Der Extrasinn arbeitete, genauer: verarbeitete. Trotz der augenblicklichen Schweigephase.

»Was soll sie dir denn hier auch sagen, Deri? Geh raus unter die Leute, geh nach Hause, geh meinetwegen zur Arbeit, wenn du deinen letzten Urlaubstag damit vergeuden willst. Auf jeden Fall *mach etwas.* Wir haben alle deine Wünsche, Vorlieben, Abneigungen, Sehnsüchte, selbst unspezifische Ziele und allgemeine Neigungen der Biopositronik deines neuen Partners eingegeben. Sie *wird* dir zur rechten Zeit sagen, was Sache ist.« Er sah auf die Uhr. »Nun hau schon ab. Die nächste OP wartet.«

Wenig später stand Derius Manitzke auf der Straße.

Das Urdhana-Großklinikum stand inmitten eines ausgedehnten Parks. Das ganze Gelände lag auf einer Halbinsel, die weit in das Mündungsdelta der Dwadunaj hineinragte. Auf der anderen Stromseite konnte Derius das OPRAL im Dunst erkennen; die Spitze des Kegelturms steckte in einer der wenigen Wolken, die vom Meer herantrieben, die sechs darum gruppierten Ambarin wirkten aus der Ferne wie perlmuttglitzernde Hügel.

Ein lauer Seewind fuhr durch seine dünnen Haare und brachte wenigstens etwas Kühlung; die Temperaturen kletterten um diese Jahreszeit gegen Mittag auf 40 Grad und mehr. Selbst die Schatten der hartblättrigen Caluth-Bäume mäßigten Ephelegons Einfluss nur dürftig; Derius war froh, als er den Tunnel zur subplanetaren Pneumobahn erreichte und der Gluthitze an der Oberfläche für kurze Zeit entrinnen konnte.

Mit der Bahn dauerte die Fahrt unter der fünf Kilometer breiten Dwadunaj nur wenige Minuten; Derius stieg schon an der nächsten Station wieder aus. Er nahm eines der Transportbänder und ließ sich bis zum Rand des Platzes der Großen Einheit befördern. In der Nähe des Kanalufers sprang er ab und verspürte plötzlich starken Hunger.

Derius schnupperte und wirklich, halb unter Bäumen verborgen, entdeckte er einen Burger-Verkaufsstand. Die Schlange davor war zwar lang, aber der Stand an sich war nicht hoffnungslos überfüllt; er stellte sich hinter einer Gruppe grauuniformierter Administralen an, die wahrscheinlich im OPRAL ihren Dienst versahen und ihre Mittagspause im Freien verbrachten.

Der Duft des gebratenen Fleisches ließ ihm das Wasser im Munde zusammenlaufen.

Achtung! Völlig unerwartet traf ihn die wohlmodulierte Frauenstimme, die er aus unzähligen Simulationen so gut kannte und die ihn in diesem Augenblick dennoch erschreckte. Vitali hatte der Stimme des künstlichen Extrasinns eine stark erotische, fast schon gurrende Klangfärbung gegeben;

seiner Überzeugung nach reagierte ein Mann tatsächlich am stärksten auf ein derart verlockendes Timbre.

Warnung!, säuselte die Stimme weiter. *Der Betreiber arbeitet mit einer Wahrscheinlichkeit von über 84 Prozent mit unerlaubten Aromaausschüttern! Die Menge des gebratenen Fleisches steht im krassen Missverhältnis zur Stärke des wahrnehmbaren Duftes. Ich vermute versteckte Aromaspender im Umkreis von zweihundert Metern. Nach dem Unionseinzelhandelsgesetz ist dies illegal. Zuwiderhandlungen werden mit ...*

»Danke, Cary«, murmelte Derius. »Ich habe verstanden.«

Die Stimme schwieg. Natürlich war es Vitali gewesen, der dem weiblichen Extrasinn den Eigennamen Cary gegeben hatte.

Sarent's Burger wurde von einem blauuniformierten Gastroarbeiter betrieben; ihm standen vier Robotköche und vier Servierbots zur Seite. Die Gruppe der Administralen war schnell bedient, und Derius kam an die Reihe.

Er suchte sich einen doppelt belegten Gnu-Burger aus, zahlte mit seinem Kreditchip und ging hinüber zu einer Bank, um die schnelle Mahlzeit im Schatten einer Arkonyalinde zu verspeisen. Der erste Bissen war wie immer der höchste Genuss. Er kaute mit Vergnügen, schluckte und nahm einen Schluck von der violett schimmernden Rudyncola.

Du solltest das lieber nicht essen, raunte die weibliche Stimme.

»Warum nicht?«, sagte Derius leicht schmatzend. »Wegen des illegalen Duftmarketings?«

Das wäre ein Punkt. Ein zweiter ist die Zusammensetzung. Nach meiner Analyse enthält dein Gnu-Burger exakt 0,0 Prozent Gnufleisch. Dafür geben mir gewisse Regelmäßigkeiten in der Faserstruktur Grund zu der Annahme, dass es sich zur Hälfte um minderwertigstes Syntho-Fleisch handelt; der Rest sind mit Dopamin versetzte Pseudofette, die dir ein Wohlgefühl vermitteln, mit Spuren von moleküldesignten Gen-Destabilisiatoren, die als Geschmacksverstärker getarnt sind, und langwirkende Neurosuchtpeptide, die dir in spätestens drei Tagen den innig-

lichen Wunsch suggerieren, wieder einen Gnu-Burger essen zu wollen. Der Nährwert ist kaum der Rede wert; dafür schädigt die Zusammenstellung der einzelnen Komponenten direkt die Magenschleimhaut und deine Galle.

»Aber es schmeckt doch fantastisch«, meinte Derius und hielt sich den angebissenen Gnu-Burger zweifelnd vor das Gesicht.

Eine Schar Kinder lief lärmend auf den Fast-Food-Stand zu, begleitet von einer blauuniformierten Betreuerin und einer Robot-Nanny. Geschrei und Gerangel, wer zuerst bestellen durfte, drang über die Hecke.

Das ist doch der Trick an der Sache, flüsterte Cary. *Übrigens: Nicht mal das Salatblatt und die Dorolemgurke sind echt. Bei beiden handelt es sich um genumstrukturiertes Galympgras. Kostengünstig und – ungesund.*

»Gras?« Derius klappte den Burger auf, sah in das mehrschichtige Innere und schüttelte sich. Galympgras wuchs fast überall auf Rudyn.

»Die Soße?«

Enthält hochkonzentrierten Trilpiktgelee.

Also auch noch ein Euphorisiakum. Zur Zeit war Trilpiktgelee bei Rudyns Kaffeetrinkern in Mode. So machte er nicht nur munter, sondern auch glücklich.

»Und das Brötchen?«

Du willst es nicht wissen, antwortete der künstliche Extrasinn.

Derius warf den Rest seiner Mahlzeit in einen öffentlichen Konverter. Und einen bösen Blick in Richtung des hinter einer Hecke aufragenden Burger-Standes mit dem rotgelben S, das sich auf dem Dach drehte.

»Was meinst du – soll ich den Betreiber anzeigen?«, fragte er leise.

Würde das etwas bringen, wenn es mehrere, vielleicht sogar viele dieser Stände gibt?

»Das ist ein Argument«, murmelte Derius. »Und es lässt sich nachprüfen.«

Wie nahezu jeder Rudyner besaß auch Derius Manitzke ein *Hearas*. Das waren kleine, preiswerte Geräte, die man seit ungefähr zwei Jahren überall kaufen und sich ans Ohr klemmen konnte. Sie eröffneten dem Träger den Zugang zum Hearas-Netz, einer nichtstaatlichen, Rudyn umspannenden Community von Usern, die jede gewünschte Information lieferten, sofern sie in irgend einer Weise zugänglich war. Die Geräte waren Wegwerfprodukte; emsiger Gebrauch erschöpfte die Energiereserven schon nach etwa drei Tagen. Am vierten Tag zersetzten sich die vorwiegend aus organischen Materialien bestehenden Bauteile. Die Hardware zerschmolz zu einem Brei aus Zucker und Eiweißen und Mineraliengrieß. Die verwendeten Komponenten waren somit hundertprozentig abbaubar und ungiftig. Die Software mit Kennworten, Dialog- und Zerhacker-Programmen, Einlogg-Routinen und die gespeicherten Informationen blieben auf einer transparenten Trägerfolie erhalten, die in Form eines Hautpflasters überall am Körper getragen werden konnte. Der Datentransfer erfolgte über die Leitfähigkeit der Epidermis.

Derius loggte sich im Hearas-Netz ein. Ein handgroßes Holofeld baute sich etwa dreißig Zentimeter vor seinem Gesicht auf. Seine erste Anfrage erbrachte, dass es allein in Genzez fünfundsechzig Sarent's-Filialen gab; zweihundertachtundneunzig waren es auf Rudyn insgesamt.

Suche nach gehäuften Erkrankungen von Magenschleimhaut und Galle, riet Cary.

Derius ließ die neue Frage kursieren.

Irgendjemand im Netz namens *Abort's Flame* hatte Zugriff auf die statistischen Daten der Urdhana und scheute sich nicht, sie der Allgemeinheit zur Verfügung zu stellen. Ein Abgleich der Adressen derart erkrankter Patienten mit den Standorten von Sarent's ergab bei einem angenommenen Einzugsradius von vier Kilometern eine Häufung gegenüber dem statistischen Mittel um 23 Prozent.

Das ist signifikant, kommentierte Cary. Die Stimme des künstlichen Extrasinns klang zufrieden.

»Was jetzt?«

Die Neuropeptide weisen eine gewisse Ähnlichkeit mit bestimmten illegalen Ara-Drogen auf.

»Woher weißt du das denn?«, fragte Derius verblüfft.

Vitali hat mich während der Testphasen zu Auswertungs- und Vergleichszwecken mit einigen medizinischen Standardbibliotheken ausgestattet. Die suchterzeugenden Peptidketten könnten diesen Quellen zufolge von Aralon stammen. Damit erheben sich zwei Fragen. Erstens: Gibt es eine Verbindung zwischen den Sarent's-Filialen und Aralon? Zweitens: Wem gehört das Unternehmen überhaupt?

Derius gab die zweite Frage zuerst ins Netz. Er wurde unmittelbar weiterverlinkt und erhielt Zugriff auf eine Datei eines Rudyners, der sich selbst als einen *merkantilen Historiker* bezeichnete. Hier waren alle Unternehmen, die jemals auf Rudyn Fuß gefasst hatten, chronologisch aufgeführt. Ganz am Ende, mit der Jahreskennung von 3097, fand Derius unter dem Stichwort *Sarent's* als Eigentümer die Firma Sarbur Inc. genannt. Mit Geschäftssitz auf Rudyn, Genzez, Edbarsk.

Sarbur Inc. hielt laut den Angaben einhundert Prozent der Anteile an Sarent's und an Sarbur Pharmaceuticals.

Als Geschäftszweige von Sarbur Inc. waren der Vertrieb von Fleischerzeugnissen und der Handel mit Medikamenten angegeben.

Die Firmenleitung lag in den Händen einer Frau namens Leonida Mariah Treskowa. Die Eigentumsverhältnisse an Sarbur Inc. gestalteten sich im Verhältnis 80 zu 20. Achtzig Prozent der Anteile gehörten Leonida Mariah Treskowa selbst, die restlichen zwanzig einer außerplanetarischen Investorengruppe.

»Hilft uns das weiter?« Derius staunte in diesem Moment über sich selbst, wie schnell er sich an die Gegenwart der raunenden Stimme in seinem Ohr gewöhnen konnte.

Vielleicht. Mit welchen Medikamenten handelt Sarbur Pharma?

Derius schaltete das Hearas aus und aktivierte dafür sein Multikom-Armband. Über seinem linken Unterarm baute sich gleichfalls ein Holofeld auf, das ihn mit dem staatlichen Kom-Netz verband. Eine Suchabfrage nach Produkten der Firma Sarbur Pharmaceuticals nannte nur einen Namen: Genuin. Dabei handelte es sich nach Herstellerangabe um ein *Biodrone*, ein auf molekularer Ebene programmiertes und damit semiintelligentes Medikament gegen Erkrankungen im Magen-Darm-Bereich, die vornehmlich auf Veränderungen im Erbgut basierten.

Derius versetzte das Armband in den Passiv-Modus.

Lass mich raten, umfloss Carys samtene Stimme sein Innenohr. *Es wird zur Therapie eben jener Patienten eingesetzt, die zufällig zu häufig zufriedene Kunden bei Sarent's sind.*

Derius aktivierte sein Hearas erneut und loggte sich in dieselbe Urdhana-Datei wie vorhin ein. Leider kam er bei Abort's Flame nicht weiter. Aber ein mithörender Hearas-User kannte einen, der jemanden kannte, der bei der Materialwirtschaft des Großklinikums arbeitete. Wenig später lag die Bestätigung vor: Seit 3098 lieferte Sarbur Pharmaceuticals bedeutende Mengen an Genuin in die Klinik.

»Mit anderen Worten«, fasste Derius kopfschüttelnd ihre Recherche zusammen, »Sarbur Inc. verursacht über die Burger von Sarent's eben genau die Gen-Destabilisierungen, die Sarbur Pharmaceuticals mit Hilfe des Biodrones Genuin zu bekämpfen weiß.«

Exakt, mein Lieber, schnurrte Cary. *Und der Clou daran ist: Die Neuropeptide, die den suchtähnlichen Heißhunger auf Sarent-Burger auslösen, bleiben unangefochten wirksam. Du wirst also nicht nur Stammkunde im Burgershop, sondern auch Langzeitpatient in Sachen Genuin-Therapie. Einmal infizieren – doppelt kassieren. Schlichtweg genial.*

»Verfluchter Dreck. Bin ich schon süchtig nach dem Zeug?«

Auf keinen Fall, beruhigte ihn der weibliche Extrasinn. *Der kleine Bissen reicht nicht für die beabsichtigte Wirkung aus.*

»Wer ist diese Leondingsda?«

Leonida Mariah Treskowa. Starte einen Suchlauf.

Derius ließ den Namen im Hearas-Netz kursieren.

Es gab vierzehn Leonida Treskowas in Genzez, einhundertacht auf Rudyn, neuntausendneunhundertelf insgesamt innerhalb der ZGU.

Konzentriere dich auf die Rudynerinnen, riet Cary.

Von den einhundertacht Frauen hatten nur vier den Doppelnamen Leonida Mariah. Eine lebte in Leskyt; eine in Brihan, einer kleinen Küstenstadt am Südmeer; die beiden anderen waren Genzezer Bürgerinnen. Die erste dieser beiden betrieb Zentral-G, einen bekannten Nachtklub, die andere arbeitete als Ärztin, und das ausgerechnet in der Urdhana.

Die Frau aus Brihan diente der Gemeinschaft als Meeresbiologin. Die Leskyterin stellte sich als Leiterin der Wiederaufbereitungsanlage in Zabirath heraus.

»Ich tippe auf die Ärztin«, meinte Derius. »Oder die Biologin.«

Von den Berufen her sind beide naheliegend. Aber um ein illegales Geschäft in dieser Größenordnung aufzuziehen, bedarf es weitreichender Verbindungen. Und die hat meiner Ansicht nach keine der vier.

»Also Ende der Antenne?«

Nicht ganz. Was passiert, wenn du das H in Mariah weglässt?

»Wieso?«

Früher schrieb man Maria meist ohne H. Das angeblich unabsichtliche Weglassen eines unverfänglichen Buchstabens ist eine gute Tarnung in den Datennetzen. Probier's einfach.

Tatsächlich gab es einen Treffer auf Leonida Maria Treskowa.

Sie war die persönliche Referentin von Lymenthia Straggeney, der Kalfaktorin für Volksgesundheit.

Sehr gut, säuselte Cary. *Wenn nicht sie, wer dann?*

»Also schön. Aber wir haben noch keinen Beweis, dass sie in die Sache verwickelt ist.«

Überprüfe ihre Dienstreisen vor 3098.

Über sein Multikom-Armband richtete Derius eine Anfrage an das Orientierungsdepot von Lymenthia Straggeney. Von 3096 bis 3097 fanden drei Dienstreisen der Kalfaktorin nach Aralon statt. Als Verantwortliche für die Volksgesundheit war das nicht weiter ungewöhnlich. Ihre persönliche Referentin Treskowa absolvierte in derselben Zeitspanne hingegen *vierunddreißig* Flüge in das System der Galaktischen Mediziner. Kein Beweis, aber ein Indiz, das nach Aralon deutete. Ein Indiz, das mit den bisherigen Fakten eine zumindest verdächtige Kette ergab.

Das nächste Gespräch führte Derius Manitzke über das Hearas-Netz mit einem Typen, der sich unter dem Nicknamen *Vagabund* eingeloggt hatte. Ob er Daten über Aralon habe, fragte Derius.

»Klar«, sagte Vagabund.

»Es geht um Eigentumsverhältnisse.«

»Nicht das geringste Problem.«

»Um Firmenbeteiligungen.«

»Selbstverständlich.«

»Aralonische Beteiligungen an rudynischen Holdings. Genauer gesagt an einer Holding namens Sarbur Inc.«

»Geh' einen Kaffee holen.«

Derius wartete. Er verzichtete wohlweislich auf den Kaffee. Zumindest auf einen, den er bei Sarent's hinter der Hecke hätte kaufen können. Ob mit Trilpiktgelee oder ohne. Er sah auf das Wasser hinaus und den öffentlichen Tragflächenbooten zu, die wie überdimensionale Schwäne auf dem gewundenen Ugorh-Kanal verkehrten, der ganz Genzez durchzog.

Als Vagabund sich wieder meldete, zuckte Derius zusammen.

»Bei mir liegst du richtig, Mann«, sagte der anonyme User. »Ein Typ namens Ektan-Nhis hält zwanzig Stücke von deinem Sarbur-Kuchen. Brauchst du Daten über den Knaben?«

Derius bejahte und bekam ein Kurzdossier über Ektan-Nhis überspielt. Der Ara war seines Zeichens Chefbiologe einer privaten Beratungsfirma für progressives Bereitschaftsmarketing. Unter anderem gehörte der Firma das Patent an einem Wirkstoff namens Genuin und etliche Beteiligungen, darunter an einem Labor, in dem Grundlagenforschung zur Steuerung von Zwangsverhaltensmustern betrieben wurde.

Derius lud den Sarbur-Datenblock in sein Armband herunter und schaltete das Hearas ab.

Danach ließ er sich mit dem Ambar Utro und dort mit dem zuständigen Obhutsoffizier verbinden. Das Gespräch dauerte zwanzig Minuten. Der Offizier erhielt den Datenblock und Derius' ID, fragte mehrmals nach und nickte dann grimmig. Er bedankte sich im Namen der Union und lobte Derius als vorbildlichen, aufmerksamen Bürger.

Noch während Derius zur Anlegestelle am Kanal hinüberschlenderte und ungefähr zehn Minuten auf das Anlegen des nächsten Tragflächenbootes wartete, landete ein grauer Obhutsgleiter neben der Sarent's-Filiale. Bewaffnete schwärmten aus. Der Stand wurde geschlossen.

Derius nahm es als sicher an, dass dies zeitgleich auch an den anderen 297 Standorten auf Rudyn geschah.

Im Ambar Wöwöröm wurde Leonida Maria Treskowa noch zur selben Stunde direkt an ihrem Schreibtisch verhaftet.

Wie Derius erst später erfuhr, befand man die persönliche Referentin der Kalfaktorin für Volksgesundheit in allen Punkten für schuldig. Sie landete in Plechtang, dem berüchtigten Gefängnis für Staatsfeindliche Umtriebe.

Ihr ergaunertes Vermögen wurde den Staatsfinanzen zugesprochen.

Die persönliche Führungsakte eines gewissen Derius Manitzke erhielt eine offizielle Sonderbelobigung der Kalfaktats für Innere Sicherheit.

Die Wahrheit, mit der wir leben

Atlan; Gegenwart

Der Recycling Garbage Carrier 06 – eben noch ein unförmiges Monstrum, das die angeflanschte Scheibe des Segment-Containers durch die nächtliche Atmosphäre schleppte, ein gewaltiger Schatten vor dem sternenübersäten Himmel – wirbelte scheinbar davon.

In Wirklichkeit stürzten wir, uns überschlagend, aus 12.000 Metern Höhe dem Erdboden entgegen. Die Gurtfelder drückten uns fest in die Sitze. Mein Extrasinn half mir, die verwirrenden Sinneseindrücke zu ordnen und das Gefühl für oben und unten nicht zu verlieren; zudem kompensierte der Logiksektor die panikauslösenden Innenohrimpulse, die das Gleichgewicht suchten und nicht fanden. Ein rascher Seitenblick zeigte mir Oderichs kalkweißes Gesicht; Neife krallte sich mit den Händen in ihrem Sitz fest, den Mund weit aufgerissen; allein Trilith erwiderte meinen Blick ruhig und fast gelangweilt, so als säße sie zweimal am Tag in einem Fluggefährt, das wie ein Stein abstürzte.

Bis auf die Kabinenversorgung, den Bordrechner und die Standby-Kontrollen war der Schweber energetisch tot: Ich wagte es noch nicht, mehr als das Notwendigste an Energieverbrauchern zuzuschalten. Der Antigrav und damit die Andruckabsorber blieben aus, solange wir uns im Sinkkorridor und damit im Permanenterfassungsbereich der Taster befanden. Für einen fernen Beobachter mochte es vielleicht wirklich so aussehen, als sei durch den defekten Prallschirm des Frachters ein Stück seiner Außenhülle abgerissen worden.

Ich ließ den Höhenmesser nicht aus den Augen. Bei 10.000 Metern erfassten uns erste Wolkenfelder. Wir wurden immer schneller. Die Wolkendichte nahm zu. Blind stürzten wir durch formloses Grau. Die relativ einfältige Bordpositronik wies stur darauf hin, dass wir uns außerhalb der maximalen Operationshöhe befanden und forderte monoton zur Umkehr auf.

»Ich bin dabei«, quetschte ich zwischen den zusammengebissenen Zähnen hervor.

Bei 9000 Metern bewegte ich versuchsweise die Höhen- und Seitenruder. Ohne Erfolg. Sie griffen erst unterhalb von 8500 Metern. Ich hob die Nase des Schwebers allmählich an. Aus dem freien Fall wurde ein zunächst steiler, dann allmählich flacher werdender Winkel, bis wir in einen annähernd waagerechten Sinkflug übergingen. Bei 7000 Metern hatte ich den Kurs halbwegs stabilisiert; wir schossen auf das vor uns aufragende Holoi-Massiv zu. Die Positronik blendete den Konturverlauf der Gipfel in die Frontscheibe ein; zu sehen war in der stockdunklen Nacht nichts außer vorbeiwirbelnden Wolkenfetzen und ein ineinander übergehendes Grau und Schwarz. Weit rechts und links erahnten wir anhand eines Schimmerns den ungefähren Verlauf der Küstenlinien.

Die Booster!, erinnerte mich der Extrasinn.

Er hatte Recht. Wir wurden langsamer. Zu langsam. Die Nase des Schwebers senkte sich wieder der Planetenoberfläche entgegen. Der Bordrechner warnte vor dem drohenden Strömungsabriss.

Ich schaltete die Jet-Triebwerke zu. Der Schweber war zwar betagt, aber verlässlich. Die beiden Booster sprangen an, kaum dass ich die Sensorflächen dafür berührt hatte. Dennoch: Ein donnerndes, gerade eben noch erträgliches Dröhnen erfüllte den Schweber. Auf Terra hätte die mangelnde Geräuschdämmung die sofortige Stilllegung des Fahrzeugs nach sich gezogen. Auf Arkon die Zwangsverschrottung. Auf Lepso hätte sich niemand dafür interessiert. Oder sie hätten das Ding einfach abgeschossen.

Ich drehte eine weite Schleife über dem nachtdunklen Land. Als wir tiefer gingen und langsamer wurden, gab ich auch dem Antigrav grünes Licht. Mit nur noch knapp 250

Stundenkilometern flogen wir unterhalb der Gipfel an den Steilwänden entlang. Gympmost lag, den Koordinaten der Positronik zufolge, in östlicher Richtung etwa vierzig Kilometer entfernt voraus. Deutlich – in der Kontureinblendung der Frontscheibe – schob sich der Bergvorsprung aus der Flanke des Gebirges heraus. Vereinzelte weiße Flächen reflektierten das Licht unserer Landescheinwerfer: Schneefelder, die sich in tiefen Einschnitten gesammelt hatten; Ausläufer eines Gletschers; dann wieder nur hellaufleuchtendes Gestein, karg und vegetationslos; ein gefrorener See.

Ich sah in der positronisch aufbereiteten und ins Fenster gespiegelten Tagdarstellung weder gebahnte Wege noch andere Spuren menschlicher Besiedelung, keinen Feuerschein, keine Hausdächer, nichts. Nur unberührtes, felsiges, karstiges Gebirge, tiefe Schluchten, in denen Wasserläufe mäanderten, mit Geröll gefüllte Cañons, ganz selten spärlich wachsendes Gras. Dafür wucherte, selbst an den unmöglichsten Stellen, ein strunkiges Kraut; es schien sogar an senkrechten Wänden Halt zu finden und bedeckte weite Flächen mit einer Mischung aus bräunlichem Grün und violetten Tönen. Die Baumgrenze lag in diesen Breiten bei 3000 Metern; die Siedlung Gympmost, auf derselben Höhe gelegen, befand sich also im äußersten Bereich, an dem Menschen leben konnten, die auf Feuerholz angewiesen waren.

»Wo willst du landen?«

»Nicht direkt auf dem Dorfplatz«, beantwortete ich Triliths Frage. »Wir wissen nicht, ob wir willkommen sind.«

Auch wenn ich annahm, dass einzelne Funkgeräte in Gympmost vorhanden und betriebsbereit waren, so hütete ich mich, die Funkanlage des Schwebers zu benutzen, um unsere Ankunft zu melden und um Landeerlaubnis zu bitten. Mit Sicherheit würden alle Frequenzen durch die rudynischen Sicherheitsorgane abgehört werden. Wir hätten ebenso gut gleich eine Grußbotschaft nach Genzez senden können.

Zehn Minuten später schaltete ich die beidseitigen Booster ab. Das Getöse erstarb. Die plötzliche Stille klang als Klirren in den Ohren fort, zu dem sich das jähe Aufwimmern des Antigravs gesellte. Ich reduzierte die Geschwindigkeit, bis wir, leicht im Hangwind schwankend, auf der Stelle schwebten. Ich drehte den Paragleiter einmal um sich selbst. Deutlich sahen wir den gewaltigen Felsvorsprung, der wie der Bug eines Seeschiffes nach Süden ragte und sich in vagen Tiefen verlor. Das Plateau, ein dreieckiger Platz mit einer Kantenlänge von vielleicht zweihundert Metern, war mit teils buckligen, teils spitzen Gesteinsblöcken übersät. Auch hier sah ich keine Häuser im eigentlichen Sinn, dafür an den Felsen haftende, kugel- oder tropfenähnliche Gebilde aus einem mir unbekannten, an Leder erinnernden Material.

Unterhalb dieser Siedlung, wenn es denn das Dorf war, das ich erblickte, schmälerte sich, ebenfalls wie bei einem Schiffssteven, der Fels. Beide Seiten strebten y-förmig aufeinander zu und fielen dann, scharfkantig wie der Rücken eines in den Planetengrund gerammten Dolches, mehr als einen Kilometer lotrecht ab, ehe das schrundige Gestein in den gekrümmten Bergausläufer überging, der aussah, als ob ein Riese unter dem Gebirge schlafe und seine zur Faust geballte Hand unter der Bettdecke hervorstreckte, um mit dem Zeigefinger auf die mehr als 800 Kilometer entfernte Hauptstadt Genzez zu deuten.

Nur mit dem Antigrav landete ich den U-Schweber außerhalb des Dreiecks dicht an der Bergflanke – auf einem freien Schneefeld unweit dessen, was, den Koordinaten nach, Gympmost sein musste.

Der Ortszeit nach war es wenige Minuten nach Mitternacht.

Auf Terra und den anderen, nach Standardzeit rechnenden Welten schrieb man den 15. September, 22:33.

Ponter Nastases erster Tag als potenziell Unsterblicher neigte sich dem Ende entgegen.

Und ich hatte nicht die leiseste Ahnung davon, ob Lemy Danger überhaupt noch lebte.

Das leicht abschüssige Schneefeld befand sich unterhalb einer überhängenden Steilwand. Es handelte sich keineswegs um frisch gefallenen Schnee, sondern um die Reste des in dieser Höhe noch nicht allzu lang zurückliegenden Winters. Wind pfiff uns um die Köpfe, als wir die Türen des Schwebers öffneten. Der harsche Schnee knirschte unter unseren Schuhen, als Trilith und ich nacheinander zuerst Oderich Musek und dann Neife Varidis dicht an die Felswand heranführten oder, in Neifes Fall, trugen.

Unmittelbar an der Wand entdeckten wir einen häufig begangenen Trampelpfad, der höchstwahrscheinlich rechter Hand vom Dorf herführte und sich nach links längs der Felsen in die Höhen zog. Er war kaum einen halben Meter breit, dafür frei von Geröll. Obwohl der Wind hier weit weniger Angriffsfläche als auf dem offenen Schneefeld fand, wirbelte Oderichs Securfoliendecke um seine Schultern. Er hatte Mühe, sie einigermaßen festzuhalten. Wir ließen die beiden Verletzten auf dem Weg und im Schutz der überhängenden Wand zurück und machten uns daran, unser spärliches Gepäck aus dem Schweber zu holen. Der Paragleiter ruhte immer noch auf seinem Prallfeldkissen, die Innenbeleuchtung war eingeschaltet, die Landescheinwerfer tauchten die Strecke bis zur Felswand, vielleicht zwölf, fünfzehn Meter weit, in gleißendes Licht. Durch die harschige Oberfläche brachen unsere Bordstiefel, die zur ZGU-Uniform gehörten, immer wieder in weichere Schneelöcher ein und erschwerten das Stapfen.

Der Wind fiel in schneidenden Böen vom Berg herab. Die Verletzten bedurften der Ruhe und vor allem der Wärme; wir mussten sehen, dass wir so schnell wie möglich Gympmost erreichten und dort Aufnahme fanden.

»Das auch?«, unterbrach Trilith meinen Gedankengang. Sie deutete auf die kleine Nadlertasche, die Neife Varidis gehörte und die sie normalerweise unter ihrem Kleid am linken Oberschenkel trug. Als wir ihr die Iso-Kombination angezogen hatten, war die Tasche im Weg gewesen; jetzt lag das Holster mit der Waffe darin auf dem Beifahrersitz.

Trilith trug das Energiegewehr, das sie einem Soldaten abgenommen hatte, geschultert. Sie griff sich auf mein Nicken hin auch den Nadler, schnappte sich das Paket mit Konzentratriegeln, das uns Patty überlassen hatte, hängte sich die zwei Feldlampen an den Gürtel, die zur Ausrüstung des Gleiters gehörten, und marschierte zum Trampelpfad zurück.

Ich desaktivierte das Prallfeldkissen. Der U-Schweber sackte in den Schnee. Nacheinander löschte ich die Scheinwerfer und schaltete alle Kontrollen offline. Damit war der Paragleiter energetisch wieder vollständig tot. Das Schneefeld schimmerte nun grau; alles andere erstarb zu undurchdringlichem Schwarz.

Ich kletterte aus dem Sitz und schloss die Tür. Der Kodegeber verriegelte das Gefährt. Der Schweber hatte uns wohlbehalten zur Planetenoberfläche gebracht. Ich würde zusehen, dass die Frachterpilotin ihn zurückerhielt. Ich drehte mich um, sah in den wolkenverhangenen Himmel hinauf. Einmal mehr dankte ich im Stillen Patty Ochomsova, weil sie uns aus einer großen Verlegenheit herausgeholfen hatte. Die USO würde sich ihr gegenüber erkenntlich zeigen. In einer sentimentalen Anwandlung klopfte ich auf den Schweber.

Das schneidend-scharfe Impulsbündel des Extrasinns bohrte sich in mein Bewusstsein, noch während ich das Gleichgewicht verlor.

Narr! Das Schneebrett! Es löst sich! Flieh! JETZT!

Die Warnung kam zu spät. Es war, als ob jemand mir einen Teppich unter den Füßen wegzöge. Ich schwankte und sah Trilith vor mir wanken. Sie fiel mit dem Gesicht in den plötzlich welligen Schnee. Schneestaub wirbelte auf und begrub die wild mit den Armen rudernde Frau. Ein Schaben und Scharren ... das gesamte Schneefeld setzte sich mit allem, was sich darauf befand, knackend und brechend in Bewegung.

Der geparkte Schweber, Trilith, ich – wir rutschten erbarmungslos in Richtung der Bergkante, wurden von den Schneemassen unweigerlich immer näher an den Rand des Felsabrisses geschoben. Von dort, wo ich neben dem Paragleiter gestanden hatte, bis zu dem Punkt, von dem aus es nur noch in bodenlose Tiefen hinunterging, waren es vielleicht zwanzig Meter gewesen. Jetzt nur noch zehn Meter, acht, sechs ...

Trilith rang wesentlich näher am schneefreien und festen Weg um ihr Überleben. Ihr Kopf tauchte aus den Schneemassen auf. Mit einem gewaltigen Hechtsprung schnellte sich die Kämpferin aus dem brodelndem Weiß, erreichte sicheren Grund und warf sich herum. Unsere Blicke trafen sich. Ungläubig starrte sie mich kurz an. Dann schob sich der Paragleiter zwischen uns. Ich warf einen Blick über die Schulter. Deutlich sah ich den Schnee an der rasend schnell näherkommenden Kante abbrechen. In großen Brocken sackte der zusammengepresste Schnee in die Tiefe. An der Kante entstand ein glitzerndes Wallen. Ich stemmte die Füße so tief wie möglich in das unaufhaltsam talwärts gleitende, jede Haftung verloren habende Gemisch aus Eis und wildwabernden Kristallen, suchte irgendwie festen Grund oder auch nur einen noch so geringen Widerstand zu bekommen – vergeblich. Ich vermochte weder zu rennen noch mich überhaupt in Richtung der Gefährten zu bewegen. Der Gleiter drehte sich weiter und schob mich mit seiner Masse vor sich her. Vier Meter, drei, zwei – die Kante war da! Ich glitt darüber hinweg, flog durch das glitzernde Wallen und spürte, wie ich in die haltlose Dunkelheit fiel.

Unter mir gähnte der Abgrund.

Eintausend Meter freier Fall.

Danach kam blanker Fels. Und danach – nichts mehr.

Ein harter Schlag traf meine rechte Schulter. Der U-Schweber drückte mich mit seinem ganzen Gewicht in die Tiefe. Was der Boden von mir noch übrig ließ, würde der Paragleiter zerquetschen. Wenn ich bis eben noch gehofft hatte, mir die viel zu weite Jacke herunterreißen zu können, um sie als Sturzbremse zu verwenden ... ein Quadratmeter Stoff verlangsamte einen Körper im freien Fall um gut zwanzig Prozent ... die Jacke war auf Pattys Körpermaße zugeschnitten und mochte gut anderthalb Quadratmeter Fläche bieten ... nicht genug, um den Sturz heil zu überleben, allenfalls verletzt, doch immerhin ... mit dem Gleiter über mir war selbst dieser irrsinnige Gedanke zum Scheitern verurteilt.

Der Kodegeber!, schrie der Extrasinn in höchster Not.

Erst jetzt wurde mir bewusst, dass ich das kleine Gerät die ganze Zeit über in meiner Faust umklammert gehalten hatte. Ich krallte mich mit der Linken am Gehäuse des Schwebers fest. Meine offene, weite Jacke knatterte im Fallwind wie ein im Sturm gelöstes Segel. Nahm mir die Sicht. Machte mich blind und taub.

Ein Druck auf den Kodegeber öffnete die Türverriegelung. Ein zweiter Druck ließ die Tür aufgleiten. Ohne zu denken, ohne zu zögern, nur noch von einem einzigen Wunsch beseelt, zog ich mich ins Innere, brachte die Beine herein, schlug auf den Hauptenergieschalter, sah die Kontrollen zum Leben erwachen. *»Antigrav!«,* brüllte ich. *»Aktivmodus! Notfallprogramm!«* Ein mir nur zu bekanntes Aufwimmern zeigte, dass die Positronik verstand – und reagierte. Der Schweber, eben noch mit dem Bug voran stürzend, richtete sich mühsam auf. Der Luftsog wollte mich wieder aus der Türöffnung ziehen. Im nächsten Moment wurde ich hart in den Sitz gepresst. Der schwache Antigrav brauchte jedes Quant seiner Energiereserven, um mit Höchstlast den Fall des tonnenschweren Geräts aufzufangen. Für die Andruckabsorber blieb nichts mehr übrig.

Nur wenige Meter über dem zerklüfteten Boden kam das Absacken zum Stillstand. Der Antigrav summte schrill. Der Gleiter drehte sich ohne Steuerung um sich selbst. Mir zitterten Arme und Beine. Im Schweber stank es nach verschmorter Isolation und ionisierter Luft.

Das war mehr als nur knapp, Arkonide, kam der vorwurfsvolle Impuls des Extrasinns. *Entgegen aller Wahrscheinlichkeit hast du es überlebt. Wieder einmal. Dein Leichtsinn erreicht neue Dimensionen.*

Mein Leichtsinn?, fragte ich verständnislos.

Du hast weder an das plötzliche Gewicht des Schwebers gedacht noch daran, dass lautes Klopfen Lawinen auszulösen vermag. Da Gonozals neueste Narretei im Gebirge. Es werden nicht deine Feinde sein, die dich eines Tages umbringen. Das schaffst du ganz allein mit deinen Sentimentalitäten.

Auch dir ist das entgangen, gab ich den Vorwurf zurück. *Oder irre ich wesentlich?*

Der Extrasinn schwieg verblüfft. Ich rieb mir die schmerzende Schulter. Dann schaltete ich die Scheinwerfer wieder ein. Langsam ließ ich den Schweber an der Wand emporsteigen. Immer noch rieselten weiße Bröckchen von der Abbruchkante. Als ich den Hang erreichte, der das Schneebrett getragen hatte, sah ich, dass der felsige Grund darunter um einige Grad steiler war als die Oberfläche des Schnees, auf der wir gelandet waren. So nah wie möglich am Weg brachte ich den Paragleiter in eine gerade noch stabile Parkposition. Diesmal aktivierte ich die in den Aufsetzkufen integrierten Traktorklammern. Die gebündelten Mikrofelder würden den Schweber gegen jedes Verrutschen schützen. Dann kletterte ich aus dem Schweber. Trilith kam mir entgegen. Sie reichte mir die Hand, zog mich auf immer noch wackeligen Beinen zu den anderen.

»Das war grässlich«, flüsterte Oderich Musek entsetzt, als ich mich neben ihm zu Boden sinken ließ. »Das Fürchterlichste, was ich je ... Ich ... Wir dachten, Sie wären tot. Wir sahen Sie nur für einen Augenblick. Dann war der Schnee auf einmal fort, und Sie auch ... Nie habe ich eine fürchterlichere Stille gehört ... wir warteten nur auf den Aufprall des Gleiters ... Der Schöpfung sei Dank, Sie haben es geschafft! Wenn ich mir auch nicht vorstellen kann, wie!«

Sein Mitgefühl war echt. Er hatte wirklich um mein Leben gebangt. Ich nickte und drückte sanft seine Schulter.

»Das eben war verdammt knapp. Viel zu knapp, Oderich! Mein Verlangen nach Aufregung ist für heute mehr als nur gestillt. Ich sehne mich nach einem Bett und etwas Heißem. Was ist mit Ihnen? Können Sie aufstehen? Werden Sie es bis zum Dorf hinüber schaffen?«

»Ich denke ja. Wir müssen Neife ins Warme bringen. Trilith? Können Sie mir auf ...«

»Wagen Sie nicht einmal, sich zu bewegen!«, donnerte eine Stimme in diesem Augenblick. Mehrere Lichtbahnen kreuzten sich dort, wo wir uns befanden. Flimmernde Abstrahlmündungen glühten in der Düsternis des Weges, der vom Dorf heran führte. Jemand pfiff. Langsame Schritte von wenigstens fünf Personen näherten sich.

Die Santuasi hatten uns gefunden.

Jetzt wird alles besser

Ponter Nastase; Gegenwart

Kikomo Akubaris Hologramm verbeugte sich und meldete die Ankunft des Kalfaktors für Bauwesen. Aquium Namastir war der derzeit amtierende Generalkalfaktor der Zentralgalaktischen Union.

Nastase winkte zustimmend.

Akubari führte den hoch aufragenden Hundertelfjährigen in das geräumige Arbeitszimmer. Zwei Soldaten postierten sich links und rechts des Eingangsschotts. In geziemendem Abstand zu dem riesigen, leeren Schreibtisch und dem dahinter befindlichen Thron blieben die beiden Besucher stehen.

Ponter Nastase stand hinter seinem wuchtigen Sessel und wendete den beiden den Rücken zu. Er verfolgte im Fensterholorama scheinbar interessiert das Annäherungsmanöver eines Zubringerbootes, das elegant zwischen den Ringen des Sphärenrades hindurchtauchte und seinen Flug in einer der Schleusen von Sphäre 3 beendete. In Wahrheit musterte er eine fingernagelgroße Nahaufnahme, die ihm sein Hefien über verborgene Deckenkameras von Namastirs Gesicht einspielte.

Er genoss die Verunsicherung des älteren Politikers. Eine Regung, die sichtlich zugenommen hatte, seitdem der Kalfaktor für Bauwesen an Bord der ZUIM eingetroffen war. Aquium Namastir hatte sich in den langen Jahren seiner Laufbahn in erster Linie als akribischer und völlig fantasieloser Bürokrat hervorgetan. In Nastases Augen war er ein Schwächling, der mit einer Unmenge an Fachwissen das kompensierte, was ihm an Persönlichkeit fehlte. Namastir war ein Funktionär reinsten Wassers, ein Listenführer, ein rationaler Architekt, ein Baumeister, dem Winkel und Maße mehr bedeuteten als

Winkelzüge und Maßregelungen. Ein Mann, der auf einem der machtvollen Kalfaktorenstühle im Grunde nichts verloren hatte, der sich nur deshalb im Amt halten konnte, weil er die ihm übertragenen Aufgaben stets hundertzehnprozentig erfüllte.

Das war auch der Grund, weshalb er noch lebte. Jedenfalls, soweit es Nastase betraf.

Der Asiat verbeugte sich abermals – und blieb in der tief gebückten Haltung stehen, obwohl sich der Kalfaktor für Wissenschaften noch immer nicht umdrehte.

Nastase beobachtete in einem Holo die fahrigen Hände, die verlegen den Stoff der Robe glätteten, registrierte die winzigen Schweißperlen, die auf Namastirs Stirn erschienen.

»Ein halbes Jahr«, sagte Nastase so plötzlich, dass Namastir zusammenzuckte, »dauert jedes Generalkalfaktat. Eine kurze Zeit, wenn alles gut läuft. Eine lange Zeit, wenn Fehler passieren. Eine endlose Zeit, wenn eklatante Fehler direkt durch den Generalkalfaktor begangen werden. Ausgerechnet Ihre Amtsperiode steht unter gar keinem guten Stern. Was, meinen Sie, wird wohl in den Geschichtsdateien über Sie stehen?«

Nastase drehte sich ruckartig um.

Spöttisch lächelnd verfolgte er das abermalige Erschrecken im Gesicht des Älteren. Auf ein Nicken hin richtete Kikomo Akubari sich auf und trat einen Schritt zurück.

»Man wird es Ihrer Amtszeit anlasten, nicht wahr?« Nastase setzte sich und bot Namastir keinen Platz an. Nervös blieb der Bauwesenkalfaktor auf dem teuren Teppich stehen. »Man wird Ihnen die Schuld geben, fürchte ich.«

»Die Schuld?« Die Worte kamen krächzend heraus.

»Die Schuld am Zusammenbruch der Union. Man wird Sie als den Mann nennen und kennen, der ein Sternenreich auf dem Gewissen hat.«

»Aber – was habe ich denn ...«

»Getan?« Nastase stand auf und kam langsam um seinen Schreibtisch herum. »Das ist ja das Schlimme – *nichts* haben Sie getan. *Gar nichts.* Sie haben die Union durch Untätigkeit und Arglosigkeit auf dem Gewissen. Sie waren es, der Neife Varidis im Rat ermutigt und unterstützt hat. Sie waren es, der meinen Empfehlungen, eine militärisch starke Union zu formen, immer wieder mit Bedenken gegenübertrat. Sie waren es, der *dieser Frau* – «, er brüllte die letzten Worte in Namastirs entsetztes Gesicht und deutete dabei zornesbebend auf ein Holo, das Neife Varidis in Lebensgröße zeigte, » – der es *dieser Frau* in seiner politischen Blindheit überhaupt erst ermöglicht hat, einen Putschversuch zu unternehmen!«

»Ich ...«

»Einen Putschversuch, den ich glücklicherweise und im allerletzten Moment verhindern konnte. Mehr als die Hälfte der ach so ehrenwerten Kalfaktoren hat *diese Frau* für ihre Absichten vereinnahmen können. Ohne meine Wachsamkeit, die Sie verabsäumt haben, und ohne mein hartes Durchgreifen, das Ihre Aufgabe gewesen wäre, wären Sie und ich, Männer wie Güc und Fau jetzt glühende Teilchen im Inneren irgend eines Konverters. Ist Ihnen das klar?« Die Gläser in der reichhaltig bestückten Bar klirrten leise.

Der Kalfaktor für Bauwesen schien mit jedem Wort zu schrumpfen. Namastir duckte sich förmlich unter der Wucht der stahlhart hereinbrechenden Vorwürfe. Nastase sah an den eingespielten Biometriewerten, die verborgene Deckenscanner ertasteten, dass das Herz des älteren Mannes zu rasen begann.

»Ich habe mich«, fuhr Nastase ruhig fort, dessen plötzlicher Umschwang Namastir noch mehr verwirrte, »allerdings davon überzeugen können, dass Sie persönlich nicht mit den Verrätern paktierten. Doch Sie haben durch Ihre Nachlässigkeit den Umsturzversuch erst ermöglicht. Sie haben ein Sternenreich an den Rand des Abgrunds geführt. Vor der galaktischen Öffentlichkeit haben Sie Ihr Gesicht verloren. Sie haben auf der ganzen Linie versagt, Aquium. Sie tun mir leid, alter Mann. Sie sind am Ende.«

Das Neife-Varidis-Holo erstarb.

Ponter Nastase legte die Hände auf den Rücken.

Er schwieg und ließ den Generalkalfaktor nicht aus den Augen.

»Ich ... ich weiß wirklich nicht«, stotterte Namastir in das bedrohliche Schweigen hinein.

»Nein, Sie wissen nicht. Natürlich wissen Sie nicht. Wieder einmal sind Sie ahnungslos. Wie immer.

Lassen Sie mich Ihr Wissen auffrischen.

Thereme Eisenstein ist tot – ermordet durch ein Killerkommando des Anti-Reaktionären Machtmonopols, hinter dem niemand anderes als Varidis steckte.

Akadie Holeste ist tot – gleichfalls getötet durch Terroristen des *ARMs der Neife*.

Aola Birr, Ante Cihajic, Nuno Gaosch, Emente Zaro und Caryn Lassberg – sie werden nie mehr auf ihren Kalfaktorischen Stühlen sitzen. Wegen Ihnen.

Ich sage Ihnen: Als Verantwortlicher sehen Sie einem Prozess entgegen, in dem man Sie der Fahrlässigkeit überführen wird. Einem Prozess, wie ihn die Union bis dahin noch nicht gesehen hat. Ich will und kann gar nicht anders, ich muss Sie unter Arrest stellen und der Gerichtsbarkeit ausliefern ...«

»Aber, wer hätte denn gedacht ...«

»Sie jedenfalls nicht!«

Ponter Nastase winkte die Soldaten heran. »Abführen! Hochsicherheitsverwahrung in Plechtang.«

Aquium Namastir griff sich an die Brust; eine Geste, die Nastase beinahe laut auflachen ließ.

Er spürte das gleichmäßige, vibrierende Pulsieren, das ihn mit jedem Atemzug reinigte, kräftigte, von Grund auf erneuerte.

Die Soldaten packten Namastir an den Ellenbogen, bugsierten ihn zum Eingangsschott. Sein verzweifeltes Gesicht war eine Studie absoluter Fassungslosigkeit.

»Es sei denn«, sagte Ponter Nastase mit leiser Stimme, »es sei denn, Sie kommen endlich Ihrer Verantwortung nach und tun den einzig Ihnen noch verbleibenden richtigen Schritt.«

Namastirs Kopf fuhr herum. »Was meinen Sie?«

Nastase winkte die Soldaten zurück.

Kikomo Akubari trat an den Schreibtisch. Der Adjutant breitete einen vorbereiteten Satz Folien aus.

»Sie unterschreiben diese Erklärung. In wenigen Minuten, hier und live vor laufenden Kameras. Dabei erklären Sie der Öffentlichkeit Ihren Rücktritt und die Übertragung aller Amtsgewalten im Rahmen der Notstandgesetze der Union auf mich. Angesichts der innenpolitischen Krise, der inzwischen ...«

»... der inzwischen acht Kalfaktoren zum Opfer gefallen sind und in die offenbar insgesamt vierzehn der Regierungsmitglieder in verbrecherischer Weise verwickelt sind, erkläre ich meinen sofortigen Rücktritt von allen Ämtern«, sagte Aquium Namastir eine Dreiviertelstunde später im Rahmen einer eiligst einberufenen Pressekonferenz an Bord der ZUIM.

Sein eingefallenes Gesicht unter den stumpfgrauen Haaren spiegelte die Schwere der Krise, von der er sprach.

»Als meinen Nachfolger bestimme ich meinen Kollegen Ponter Nastase. Als letzte Amtshandlung rufe ich hiermit den sofortigen Notstand der Union aus und lege das Generalkalfaktat ebenso vertrauens- wie hoffnungsvoll in seine Hände. Das Ratsgremium der einundzwanzig Kalfaktoren ist unter dem Umstand von acht Todesfällen, zwei Verhaftungen und vier fahnenflüchtigen Regierungsmitgliedern nicht mehr beschluss- und handlungsfähig. Die Notstandsregelung und damit die alleinige Befehlsgewalt eines außerordentlichen Generalkalfaktors gilt verfassungsgemäß für ein halbes Jahr von heute an. Möge diese Frist Ponter Nastase die Gelegenheit geben, die Geschicke der Zentralgalaktischen Union wieder auf ein sicheres Podest zu führen. Ich glaube fest daran, dass ihm dies in der ihm eigenen umsichtigen Art gelingen wird. Ich schenke ihm mein vollstes Vertrauen und wünsche ihm für die vor uns liegenden Aufgaben jeden nur erdenklichen Erfolg. Meine Damen und Herren – bitte erheben Sie sich zur Vereidigung des Außerordentlichen Generalkalfaktors Ponter Nastase!«

Vierzehn Minuten später war der Rat der 21 Kalfaktoren aufgelöst.

Für ein halbes Jahr lag damit alle Macht in den Händen eines Mannes.

Ein halbes Jahr ... oder eine halbe Ewigkeit. Es machte keinen Unterschied. Erst in diesem Augenblick, als ihm der purpurrote Ehrenmantel um die Schultern gelegt wurde, begriff er in voller Konsequenz, was Männer wie Dabrifa, Frascati, Shilter und Vigeland aus der Masse hervorhob und immer hervorheben würde: Es war das Wissen um die Nichtigkeit der Anliegen bedeutungsloser Sterblicher.

Hochaufgerichtet nahm Ponter Nastase auf dem Podium die Glückwünsche der Anwesenden entgegen.

Er ließ seinen Blick über die Versammlung schweifen, nahm mit seinen gesteigerten Sinnen jede Einzelheit, jede noch so kleine Geste auf.

Seine gekrümmte Haltung, die er sonst zeigte, war völlig verschwunden. Geblieben war seine körperlich spürbare Präsenz, die den Konferenzsaal an Bord der ZUIM vollständig ausfüllte. Hinzugetreten war eine seltsame Aura von Macht, eine Ausstrahlung, die nicht länger auf kleinliche Ämter und zeitlich befristete Würden angewiesen war.

Es war etwas Grundlegenderes, Umfassenderes, Unfasslicheres.

Ponter Nastase erkannte es an den Augen Tratjena Murgas, der dunkelrothaarigen Offizierin des Wissenschaftlichen Überwachungskorps, die inmitten der Menge der Gratulanten stand und ihn anstarrte.

Er brauchte sie spät in der Nacht nicht erst zu sich zu rufen.

Sie kam von allein.

Atlan; Gegenwart

Sie waren zu siebt.

Vier Männer, drei Frauen. Die Männer hielten altertümliche Strahlenkarabiner in den Händen, deren Läufe unmissverständlich in unsere Richtung wiesen. Die Frauen führten Tiere an etwas, das ich im blendenden Licht der Lampen zunächst für dünne Leinen hielt; dann sah ich, dass sie die Schwänze der etwa fünf Meter langen Wesen umklammerten.

Die im ersten Moment an Riesenschlangen oder überdimensionale Würmer gemahnenden Wesen besaßen acht Stummelbeine, die in breiten Pfoten endeten; ihr »Gang« war eine Mischung aus Schlängeln, Kriechen und dackelartigem Tapsen. Der Kopf war annähernd kugelförmig; feinste Härchen umgaben einen kreisrunden Mund, aus dem eine lange Zunge wie bei Eidechsen immer wieder hervorzuckte. Offenbar witterten die Tiere damit. Je zwei große Augen unter schweren ledrigen Lidern blickten aufmerksam zu uns herüber. Oberhalb fuhren zwei an Schnecken erinnernde Fühler aus und ein. Anstelle einer Nase besaßen sie zwei Riechöffnungen, wie ich sie von terranischen Seelöwen her kannte. Die breiteste Stelle des Körpers war der etwa fünfzehn Zentimeter durchmessende, kugelige Kopf; dahinter verjüngte sich der Leib, bis er in Schwänzen von nur noch Daumenstärke auslief. Die Wesen trugen weder Fell noch Schuppen, sondern eine wie nass schimmernde, rötliche Haut.

Die Santuasi – ich war sicher, dass es sich bei den Ankömmlingen um die gesuchten Berg-Rudyner handelte – waren in unterschiedlich geschnittene Kleidungsstücke aus Leder gehüllt: Stiefel, Hosen, gepolsterte Jacken, Beutel und Taschen, die sie an ihren Gürteln trugen – alles bestand aus demselben hellbraunen Material.

Die Frauen waren unbewaffnet, soweit ich es erkennen konnte. Allerdings mochten die wurmähnlichen Tiere an ihrer Seite weitaus gefährlicher sein als die abgenutzten Karabiner der Männer.

»Verschwinden Sie!«, befahl dieselbe Stimme, die zuvor gesprochen hatte. Sie gehörte einem kleinen, schmalbrüstigen Mann mit einem dichten, pechschwarzen Vollbart. »Nehmen

Sie Ihr verdammtes Vehikel und machen Sie, dass Sie fortkommen! Stehen Sie auf – aber langsam. Einer nach dem anderen. Steigen Sie ein, Rogiwnizu, starten Sie – und lassen Sie sich hier nie wieder blicken!«

Er hätte nicht erst auszuspucken brauchen, um uns seine Verachtung zu verdeutlichen. Eines der Wurmähnlichen fauchte leise. Die beiden anderen scharrten mit den Pfoten. Die übrigen Männer und Frauen blickten grimmig drein. Ihre Gesichter waren von einem dunklen Braun, in das sich zahlreiche Falten eingegraben hatten. Ich warf Trilith, die mir den Rücken zuwandte, einen warnenden Blick zu und schüttelte kaum merklich den Kopf. *Halt dich zurück!* Ich war mir sicher, dass sie mich aus ihren Hinteraugen unter den wehenden Haaren hervor genau beobachtete. Ihre Hand, die sich zum Vibromesser vortastete, verhielt in der Bewegung, entspannte sich aber nicht.

Er hält euch für Unionssoldaten, wisperte der Extrasinn. *Auch wenn ihr ramponiert ausseht – er weiß, wann er eine ZGU-Uniform vor sich hat.* Rogiwnizu *könnte eine Wortschöpfung aus dem indisch-russischen Sprachraum sein. Ihrer Physiognomie nach könnte der Genpool der Santuasi indische Wurzeln haben. Rogi heißt im Hindi »krank«, wnizu im russischen »unten« oder »unterhalb«; also könnte er mit Rogiwnizu »kranke Unterweltler« meinen, als Sammelbezeichnung für alle, die nicht im Holoi-Gebirge leben. Um deine Mutmaßung von vorhin zu beantworten: Ihr seid hier definitiv nicht willkommen.*

»Wir gehören nicht zur Union«, sagte ich langsam und so ruhig wie möglich. »Wir sind auf der Flucht. Wir brauchen Ihre Hilfe.«

Der Schwarzbärtige richtete seinen Karabiner gezielt auf mich. Seine kohlenschwarzen Augen verengten sich.

»Drei Gründe, um noch schneller von hier zu verschwinden, Rogiwniz. Erstens: Sie tragen Uniform, also sagen Sie die Unwahrheit. Zweitens: Wenn Sie tatsächlich auf der Flucht sind, locken Sie Ihre Verfolger hierher. Und wenn Sie verfolgt werden, haben Sie etwas angestellt. Keine Empfehlung für

Sie. Drittens: Wenn Sie unsere Hilfe tatsächlich brauchen, ziehen Sie uns mit in das hinein, was Sie angestellt haben. Hauen Sie ab, Mann.«

»Mehrabani se«, sagte ich auf Hindi. Ich deutete auf Neife und Oderich. »Bitte überzeugen Sie sich – die Frau und der Mann hier sind schwer verletzt. Sie benötigen dringend medizinische Versorgung. *Maaf ḳarije* – entschuldigen Sie, dass wir unangemeldet hier erschienen sind. Wir kommen direkt aus dem Orbit ...«

»Mit dem Ding da? – Ja, sicher.« Er lachte schallend und wurde im nächsten Moment todernst. »Sie lügen, wenn Sie den Mund aufmachen, Rogiwniz. Genug jetzt! Verschwinden Sie!« Er hielt mir die flimmernde Abstrahlmündung des Karabiners direkt vor das Gesicht.

Der Mann tat zwar martialisch, war aber alles andere als ein Kämpfer. Zwei schnelle Bewegungen hätten genügt, ihm die Waffe zu entwinden und ihn als Körperschild zu benutzen, ungeachtet der Tatsache, dass ich auf dem Boden saß und er vor mir stand.

Eine der Frauen, die jüngste der drei, richtete ihre Lampe auf Neife, beugte sich dann zu ihr hinunter. »Kettat, warte!«, sagte sie. »Die Frau hier ist wirklich verletzt.« Sie wandte sich an mich. »Was ist mit ihr geschehen?«

»Sie wurde einer starken Säure ausgesetzt. Wir konnten ihr nur notdürftig helfen.«

»Warum sind Sie gerade hierher geflogen?«

»Eine Freundin empfahl uns an einen der Ihrigen. Aus bestimmten Gründen können wir kein öffentliches Krankenhaus aufsuchen. Der Freund unserer Freundin ist sozusagen unsere letzte Hoffnung.«

Die Frau sah mir tief in die Augen, als suche sie darin nach der Wahrheit. Ihre Gesichtsfarbe hatte einen eher goldbraunen Ton; ihre leicht schräg stehenden, olivbraunen Augen verrieten wenigstens einen ostasiatischen Vorfahren. »Wie lautet der Name dieses Freundes?«

»Artur Lokwenadse.«

Die Frau und der Schwarzbärtige, der auf den Namen Kettat hörte, blickten sich an. Sein Gesicht wurde zu einer starren Maske der Ablehnung. Sie hob die Schultern, ließ sie wieder fallen.

»Artur«, seufzte die Frau und wandte sich mir wieder zu. »Wer auch sonst. Damit, Fremder, fürchte ich, haben Sie die schlechteste Empfehlung erhalten, die Sie auf diesem Planeten bekommen konnten.«

Sie nickte langsam; Kettat gab den anderen, wenn auch widerwillig, ein Zeichen. Die Läufe der Strahlenkarabiner senkten sich zögernd; die Abstrahlfelder erloschen. Triliths Hand entspannte sich.

»Und gleichzeitig die beste, die Sie sich nur vorstellen können«, meinte sie lächelnd. Sie reichte mir die Hand.

»Namaste«, sagte sie. »Willkommen bei den Santuasi. Ich bin Ti Sun, Arturs Tochter. Wir werden Ihnen helfen.«

»Mein Name ist Koramal«, antwortete ich und bedauerte jetzt schon, die junge Frau belügen zu müssen. Ihre mandelförmigen Augen zuckten zusammen, als sie diesen arkonidischen Namen hörte. Sie richtete sich auf und gab ihren Leuten halblaute Anweisungen. Kettat und die anderen Männer nahmen die beiden Verletzten vorsichtig auf und trugen sie über den Trampelpfad voran. Trilith und ich gingen hinterdrein. Die Frauen und ihre Wurmtiere machten den Abschluss.

Wenig später erreichten wir Gympmost.

Der kalte Wind pfiff über die scharfkantigen Steine. Das inmitten der Felsentrümmer liegende Dorf war eine seltsame Anordnung von Gebäuden. Was vorhin vom Schweber aus wie Kugeln oder wie Tropfen gewirkt hatte, erwies sich nun als etwa zehn Meter durchmessende Gebilde, die an gigantische Wespennester erinnerten, ein Eindruck, den die aufgesetzten Dachflächen noch verstärkten.

Im Prinzip bestand jedes Haus aus einem ballonartigen Wandumbau, dessen kreisrunder Eingangsschacht sich dort befand, wo bei einem Heißluftballon über dem Heizkörper die Hülle begann. Geflochtene Leitern mit hölzernen Holmen führten in die sich in unterschiedlicher Höhe über dem Boden befindlichen Eingangslöcher, wie überhaupt jedes Haus seine individuelle Höhenposition einnahm, offenbar ganz nach Belieben der jeweiligen Bewohner. Womit die Häuser gestützt wurden, konnte ich im schwankenden Licht der Lampen nicht erkennen.

Nachdem wir an mehreren, teils zwanzig Meter und höher aufragenden Steinblöcken vorübergegangen waren, neigte ich dazu, anzunehmen, dass die Häuser an den wild durcheinandergeworfenen Felsen auf irgendeine Weise klebten, denn ich sah weder Haltetaue noch Netze oder Ähnliches.

Über den »Ballonhüllen« ragten Dachflächen hinaus, die einen etwas größeren Durchmesser hatten als die Wandumbauten und eine gewisse Ähnlichkeit mit riesenhaften Pfannkuchen hatten.

Die Wandumbauten wie auch die fladenförmigen Dächer bestanden aus demselben hellbraunen Material, aus dem auch die Kleidung der Santuasi bestand und das ich für Leder hielt, wenn ich mir auch kein Tier vorzustellen vermochte, das derart große Lederhäute abwarf; erst im Abstand von fünf oder sechs Metern voneinander erkannte ich an den gewölbten Flächen feine Überlappungsnarben, von denen ich annahm, es handele sich um Nähte.

Rund hundertfünfzig dieser »Wespennester« hingen in unterschiedlichen Höhen und Lagen auf-, neben- und übereinander. Manche waren durch schwankende Bohlenwege in einem verwirrenden Geflecht aus Leinen in schwindelnder Höhe miteinander verbunden; die schon erwähnten Holmenleitern führten in Kehren hinauf und hinunter auf den eigentlichen Boden des Dorfes, der aus festgestampftem Lehm und hier und da ein paar Grasflächen bestand.

Licht sickerte an einigen wenigen Spalten hervor; stärkerer Widerschein drang unter den Dachfladen und aus den kreisrunden Eingangsöffnungen von fünf oder sechs Häusern heraus; es roch nach Holzfeuern und verbrennendem Harz.

Es gab nur ein einziges, zu ebener Erde liegendes Haus: Bei ihm war die Hülle in eine Mulde im Boden versenkt, der Muldenfreiraum war also durch eine darin versenkte Hülle ausgenutzt worden, und der Eingang befand sich an der Stelle der breitesten Ausdehnung der Kuppel.

Ein waagerechter Bohlengang führte wie eine Brücke über den beginnenden Muldengrund zu einem knapp mannshohen, kreisförmigen Schlupfloch, das mit beiderseits zurückgeschlagenen Häuten verschlossen werden konnte. Ein Lichtkeil fiel aus diesem *Kaibun* – wie die Santuasi ihre Behausungen nannten.

Kettat und seine Männer trugen die Verletzten hinein und legten sie auf niedrige Betten, einfache, hölzerne Rahmen mit dicken Fellen. Wir befanden uns im zweiten und mittleren von insgesamt drei Stockwerken, die das Innere des Kaibuns bildeten. Die Zwischenböden bestanden aus rohen Brettern. Steiglöcher führten über Holmenleitern hinunter und bis nach oben. In der Mitte unserer Etage befand sich ein weiteres, gut anderthalb Meter durchmessendes Loch, in dem eine Art Rost befestigt war. Dort brannte ein Feuer, dessen Asche von einer Schale aufgefangen wurde, die darunter hing. Der Rauch zog durch ein entsprechendes Loch im Stockwerk darüber ab.

Es war überraschend warm im Inneren des Kaibuns.

Ti Sun entzündete mehrere Öllampen; dann bat sie Kettat und seine Männer hinaus. Gemeinsam schälten die drei Frauen Neife vorsichtig aus der Iso-Kombination. Als sie die Verätzungen an Brust und Halsbeuge sahen, holte Ti Sun tief Luft. Sie flüsterte etwas zu einer der beiden anderen und schickte die ältere fort. Dann richtete sie sich auf, ging zum zweiten Bett und beugte sich über Oderich Musek.

»Wir sind vorerst in Sicherheit, Oderich«, sagte ich.

»Was ist mit Ihnen passiert?«, fragte die junge Santuas.

»Ein Zusammenstoß mit einem Stahlträger«, antwortete Oderich gepresst. »Die Rippen ... das Atmen tut weh ... fällt mir immer schwerer.«

»Lassen Sie mich bitte sehen.« Ti Sun nahm die Securdecke fort, entfernte ihm behutsam Jacke und Hemd und begann, Oderichs Rippen abzutasten. Dabei schloss sie die Augen, konzentrierte sich ganz auf ihre Fingerspitzen. Endlich nickte sie und deckte Oderichs Oberkörper mit der Felldecke zu. »Vier benachbarte Rippen sind gebrochen. Nach dem, was ich hören konnte, hat eine zu geringfügigen inneren Blutungen geführt. Keine Verletzung der Lunge, glücklicherweise. Auch das jeweilige Nervenbündel unter jeder Rippe scheint unverletzt zu sein. Sie haben gehöriges Glück gehabt – Oderich, nicht wahr?«

Der persönliche Berater nickte. Ti Sun lächelte, wie es nur Terranerinnen eurasischer Herkunft konnten.

Du meinst Rudynerinnen mit kaukasisch-asiatischen Eltern, korrigierte mich der Extrasinn.

»Sie haben das *gehört?*«, fragte ich.

»Ich nenne es so. Es ist, als ob ich mit den Fingerspitzen hören kann – wie soll ich es erklären? Feinste Vibrationen verraten mehr als das Auge je sehen kann. Die Art, wie das Herz schlägt, wie das Blut strömt, wie die Luft durch die Lunge streicht ... all dies kann ich auf diese Weise ertasten. Es ist wie bei einem Summen. Sie können es hören und fühlen. Wo beginnt das Fühlen, wo endet das Hören?«

Ti Sun neige den Kopf und strich Oderich das verschwitzte Haar aus der Stirn.

»Liegen Sie bitte so entspannt wie möglich. Ihre Schmerzen werden gleich verschwunden sein.«

»Sind Sie Ärztin?«, fragte ich.

»Nicht in dem Sinn, was Sie darunter verstehen.« Sie kniff die Lippen zusammen und schüttelte den Kopf. »Ich bin eine Heilerin oder, weit richtiger: ich bin dabei, es zu werden. Ich weiß noch sehr wenig. Deshalb habe ich auch nach Kan Yu geschickt. Er ist der größte Heiler in den Bergen. Er wird Ihrer Freundin helfen können. Sie haben Glück, dass er ausgerechnet heute in Gympmost weilt. Was ich vermag, ist wenig genug.«

Sie nestelte an einem länglichen Futteral und zog eine Flöte heraus.

Es handelte sich um eine wunderschöne, handgeschnitzte Flöte. Auch ich hatte einst eine ähnliche besessen – ein Geschenk meines Freundes und Lehrmeisters Miyomoto Musashi. Musashi war *der* überragende Schwertkämpfer im Japan der Shogun-Ära gewesen …

Musashi ist lange tot, und sein Geschenk ist während des Dolan-Angriffs auf die Erde 2437 im Museum in Terrania verbrannt!, unterbrach der Extrasinn meine Erinnerungen. *Kümmere dich lieber um den Augenblick! Hat dir nicht gerade Musashi immer wieder eingebläut, ganz im Hier und Jetzt zu sein?*

Ti Sun setzte die Flöte an die wohlgeformten Lippen, konzentrierte sich kurz und begann zu spielen.

Oderich Musek seufzte, schloss die Augen und schlief lächelnd ein.

Als Kan Yu, der Heiler, wenige Minuten später eintraf, kam er nicht allein. Kettat Pahal war bei ihm, der schwarzbärtige *Kaibunthu*, der Dorfvorsteher des Ortes, wie mir Ti Sun inzwischen erklärt hatte. Zwei weitere Männer begleiteten ihn: ein großer, hagerer, graubärtiger Älterer und ein jüngerer, breitschultriger, völlig kahler Mensch, dem ich den Leibwächter auf den ersten Blick ansah. Beide trugen leuchtend grüne Tücher über ihren Schultern. So asketisch schmal der eine war, so muskelbepackt war der andere. Der Bärtige machte einen fast entrückten, in sich gekehrten Eindruck; etwas wie kaum gebändigter Eifer glühte in seinen Augen.

Der Heiler war über hundertdreißig Jahre alt. Sein wallendes weißes Haar war mit grauen Fäden durchsetzt; der kurze Bart war jedoch pechschwarz. Er trug einen bis zu den Waden reichenden Mantel mit langen, weiten Ärmeln.

Der Graubärtige drängte den Heiler beiseite. Er musterte uns mit unverhohlenem Abscheu. Er nickte bestätigend zu Kettat hinüber, ehe er sich kurz über die beiden Verletzten beugte. Als er sich wieder aufrichtete, mied er es, mich anzusehen.

Der Kahlköpfige, der nach der Art der Dorfbewohner in Hose und lange Jacke gekleidet war, verschränkte seine Arme vor der Brust und stellte sich stumm neben dem Eingang auf; seine Augen nahmen jede Kleinigkeit auf und blieben einen Moment länger an Trilith hängen als an mir; seine Körperspannung verriet, dass er bereit war, binnen eines Sekundenbruchteils zu reagieren. Ein Dolch, noch länger als Triliths Vibroklinge, steckte in seinem Gürtel.

Der Ältere, der in seinem weiten Gewand etwas von einem ägyptischen Priester an sich hatte, trug nur einen langen, kunstvoll verzierten Stab, auf den er sich stützte. Kettat, der Dorfvorsteher, trat ans Feuer und vertiefte sich scheinbar ganz in den Anblick der Flammen. Ganz konnte er allerdings das Grinsen in seinem Gesicht nicht verbergen. Woher die Abneigung der beiden Männer rührte, blieb mir zunächst ein Rätsel.

Ti Sun, die wieder bei Neife kniete und die Verätzungen der Kalfaktorin mit einem wassergetränkten Tuch kühlte, unterbrach ihre Tätigkeit und verneigte sich.

»Nallathu«, sagte sie, zu dem Graubärtigen gewandt. »Du bringst unerwartete Ehre in unser Dawakaibun.«

Dawa hieß auf Hindi Medizin oder Heilung; wir befanden uns also im örtlichen Genesungshaus.

Der Begriff Nallathu *könnte aus dem Tamilischen stammen,* ergänzte der Extrasinn. *Es gibt ein gleichlautendes Wort in dieser Sprache mit der Bedeutung »gut«, hier wahrscheinlich als Titel gebraucht.*

»Und du beschmutzt es, wie ich sehen muss!«, fuhr sie der Graubärtige an. »Wie kannst du es wagen, diese Rogiwnizu hierher zu führen?«

»Seit wann ist es ein Wagnis, bedrohten Menschen zu helfen?«, fragte Ti Sun zurück. Sie warf ihr schwarzes Haar über die Schulter.

»Sie sind Rogiwnizu; ihnen ist nicht zu trauen.«

»Sie hatten Verletzte bei sich; die Pflicht zu helfen gebot es mir.«

»Sie werden Schuld auf sich geladen haben; niemand wird ohne Grund verfolgt.«

»Sagst gerade du nicht stets: Wer schuldlos ist, der werfe den ersten Stein?«

Die beiden standen sich inzwischen Auge in Auge gegenüber.

Rede und Wechselrede waren so schnell aufeinander eingeprasselt, dass ich annahm, dieser Disput sei nur die Fortsetzung eines anderen, früher geführten Streitgesprächs, in dem es gar nicht vordringlich um uns, sondern um eine grundlegende Meinungsverschiedenheit ging.

Kan Yu räusperte sich. Mehr nicht. Doch diese Äußerung genügte, die Aufmerksamkeit aller auf ihn zu lenken.

»Jegliches Leid gemahnt an den Eid«, sagte er leise. »Ihr vergesst euch.« Er wandte sich Trilith und mir zu. »Wir werden später reden. Eure Gefährten haben Vorrang.« Er warf dem Hageren einen tadelnden Blick zu. »Auch vor dir, Kala. Was geschieht, folgt der Großen Absicht. Muss ich etwa *dich* daran erinnern? Nimm deine Männer und erwarte uns im Gästekaibun.«

Ohne sich weiter um den Nallathu und die beiden anderen Männer zu kümmern, legte er seinen weiten Mantel ab, kniete an der Bettstatt nieder und konzentrierte sich ganz auf Neife Varidis.

Vorsichtig entfernte er die Kompressen von ihren Augen.

Seine Fingerkuppen berührten dabei kaum die Haut der Kalfaktorin. Wie zuvor auch Ti Sun lauschte er in sich hinein; dann fuhr er mit der Hand nacheinander an ihren Scheitel, an die Stirn, den Hals, das Brustbein, den Unterleib. Dabei vermied er jeden Hautkontakt, seine Hand schwebte immer etwa einen Zentimeter über Neifes Körper.

Die Chakren!, interpretierte der Extrasinn. *Er fühlt in ihre Chi-Zentren hinein.*

Chi, Qi oder Ki war die Bezeichnung der Lebensenergie. Nach den alten, in Indien, China und Japan praktizierten Heilmethoden kam dem geheimnisvollen Energiefluss des

Körpers bei jeder Form der Heilung eine höhere Bedeutung zu als alle biochemischen und biophysikalischen Prozesse zusammen, einfach deshalb, wie die letztgenannten die Wirkung, die erstgenannten die Ursache darstellten. Vieles an dem, was mir vor über zehntausend Jahren Fartuloon beim Studium des Dagor beigebracht hatte, fand seine Entsprechung in terranischen Lehren wie der des Ayurveda oder der chinesischen Heilkunst. Alle Meditation des Zen oder des Dyana, die Kampfkünste des Wushu der Shaolin, die Übungen des Qigong ... sie alle gingen, wie auch sämtliche Formen des arkonidischen Dagor, auf die eine Grundwahrheit zurück: Finde und wahre die Harmonie von Körper und Geist.

Am Ende seiner Untersuchung tastete er Neifes Puls, doch zu meiner Verwunderung spürte er dem Herzschlag mit jedem seiner Finger einzeln nach, als fühle er mit dem Zeigefinger etwas anderes als mit dem Ringfinger. So nahm er Neife achtmal den Puls, nur seine Daumen setzte er nicht ein.

Endlich richtete er sich auf.

»Das Gift sitzt tief«, sagte er. »Die Säure ist ins Blut gewandert. Wir müssen ihre Eigenschwingung anheben. Kräutersalben und Tinkturen helfen hier nur oberflächlich. – Was meinst du, Ti Sun: *Raga Pranayama?*«

Ti Sun nickte. Wieder holte sie ihre Flöte hervor. Kan Yu griff in seine Umhängetasche und tat es ihr nach.

Beide Santuasi schlossen die Augen, konzentrierten sich. Wie auf ein Kommando holten beide zugleich Luft – und begannen zu spielen.

Hatte mich das vorherige Lied schon so berührt, dass mir das salzige Sekret, mit dem Arkoniden auf starke Erregung reagierten, aus den Augenwinkeln getreten war, so nahmen mir die nun erklingenden Töne schlicht den Atem. Etwas wie silbernes Licht erfüllte den Kaibun. Jede Note schien wie eine Schneeflocke im Raum zu tanzen. Wenn es denn Schönheit gab, die sich in Tönen manifestieren konnte, dann wurde ich in jener Nacht Zeuge davon.

Als die beiden Santuasi die Flöten absetzten, klang die Melodie in den Ohren und im Geiste nach.

Neife schlief tief und fest.

Ich wischte mir die Augen frei.

Und ertappte Trilith dabei, wie sie das gleiche machte.

Derius Manitzke; Vergangenheit

Der 54 Kilometer lange Ugorh-Kanal wand sich durch Genzez, führte in düsteren Tunneln unter mittelalterlich anmutenden Burggebäuden hindurch, schlängelte sich entlang des Platzes der Großen Einheit, fand seinen Weg zwischen den gläsernen Citybauten ebenso wie zu den archaischen Wohnvierteln der ersten Siedlungswelle. Der größtenteils beidseitig begrünte Ugorh-Kanal verband alle Stadtteile der 16-Millionen-Stadt miteinander. Seine Wasser entstammten der Dwadunaj, die über ein Schleusensystem vom Kanal aus erreichbar war.

An keiner Stelle war die Wasserfläche des Ugorh weniger als zweihundert Meter breit, mit seinen bepflanzten Uferstreifen sogar an die vierhundert Meter. Die Genzezer liebten ihn und seine Tragflächenboote, die in ihrem Design an Schwäne erinnerten. Sie waren langsam, umständlich und zweifelsohne anachronistisch. Sie bildeten die verkehrstechnische Entsprechung des architektonischen Stilwirrwarrs, der auch die Straßenzüge der Hauptstadt beherrschte.

Neben ultramodernen Wohntürmen und Zweckbauten wie dem Urdhana-Großklinikum fanden sich künstlich aufgeschüttete Hügel, auf deren steilen Felsenklippen steinerne Wehrburgen hinter moosbewachsenen Mauernzinnen imaginären Feinden trotzen. Unter Touristen kursierte nachhaltig der Witz, in Genzez stünden nur deshalb so viele mittelalterliche Burgen, weil die Regierung einen abnormen Bedarf an Verliesen, Folterkellern und Zwangskerkern habe.

Die sich der Anlagestelle nähernde Ugorh-Fähre trug den Eigennamen WANKEL. Das Tragflächenboot sank erst kurz vor der Mole auf seinen Rumpf herab. Die Bugwellen schlugen klatschend ans Ufer. Die Brücke des Bootes befand sich im »Schwanenkopf«; über eine sich wie ein Flügel ausbreitende Gangway verließen und betraten die Passagiere den Körper des stählernen Vogels.

Derius Manitzke schloss sich den an Bord gehenden Menschen an. Die Benutzung der Fähren war frei; keinem Bürger sollte das Vergnügen der archaischen Fahrt vorenthalten sein. Derius suchte sich einen Sitzplatz unter der transparenten Glassitdecke. Schräg vor ihm ragte der schlanke Schwanenhals empor. Ein Vibrieren steigerte sich im Heckbereich zu einem satten Brummen – die Turbine sprang an. Ein Gong ertönte. Der Gangway-Flügel faltete sich wieder zusammen.

»Herzlich willkommen an Bord der WANKEL«, erklang eine weibliche, wohlmodulierte Lautsprecherstimme, als das Tragflächenboot wieder ablegte und Fahrt aufnahm. »Die Ugorh-Fähren wünschen Ihnen einen angenehmen Aufenthalt. Gemeinsam sind wir stark – diesem Motto verpflichten sich auch Kapitän Plawath und seine Crew. Eine der größten Leistungen der Union ...«

Derius schaltete innerlich ab.

Die WANKEL beschleunigte weiter.

Der Rumpf erhob sich aus dem Wasser, bis nur noch die unter dem Boot befindlichen Tragflächen und die Heckturbine die Oberfläche berührten. Kinder schrien juchzend auf, als der Kapitän das Boot in eine gewagte Kurve legte; danach ging es mit voller Fahrt in einen Tunnel hinein. Die gewölbten Wände zuckten im Licht der Innenbeleuchtung und warfen das Brummen der Turbine mit röhrendem Echo zurück.

Als das Tragflächenboot aus dem Tunnel hervorschoss, befand es sich mitten im Finanzdistrikt der Stadt. Eine Schlucht aus himmelwärts strebenden Fassaden, deren Höhe nur zu ahnen war, hüllte den Ugorh-Kanal in tiefe Schatten. Schon nahte die nächste Kurve. Heller Sonnenschein flutete das Innere der Fähre; Passanten winkten aus den Parkanlagen zu beiden Ufern.

Ein längeres, fast schnurgerades Stück Kanal öffnete sich nach einer weiteren Kurve vor ihnen. Kapitän Plawath gab Vollgas. Die WANKEL flog nur so über das flirrende Wasser. Das Brummen kletterte höher und wurde zu einem feinen Singen. Weit voraus sah Derius den weißen Punkt einer anderen Fähre. Eine Brücke schwang sich über den Kanal. Der Finanzdistrikt blieb hinter ihnen zurück. An einigen Leuchtreklamen sah Derius, dass sie entlang der Randbereiche von Sambacha fuhren. Hinter dem Ende der geraden Strecke begann ein Wohnviertel, das nur aus baumbestandenen Burghügeln und darauf dräuenden Wehrtürmen bestand.

Achtung! Fremdvibrationen!, hörte Derius in diesem Moment eine Stimme sagen, und er brauchte einen Atemzug, um sich an Cary zu erinnern.

»Hier vibriert doch alles!«, gab Derius zurück.

Die normale Eigenakustik der Fähre kann ich ausfiltern, sagte die Stimme in seinem Ohr. *Was ich zudem wahrnehme, sind schlagende Geräusche unterhalb des Rumpfes, etwa mittschiffs.*

Derius lauschte, aber alles, was er mit *seinen* Sinnen vernahm, war das Brausen und Zischen des Wassers unter dem Boot und das Heulen des Fahrtwindes, der um den Schwanenhals strich. »Bist du sicher, dass es nicht doch typische Fährengeräusche sind?«

Absolut. Dieses unrhythmische Schlagen begleitet uns erst seit Verlassen des Tunnels.

»Was kann das sein?«

Ich attestiere einen länglichen Fremdkörper, der sich unterbords an einer der Tragflächen verfangen hat. Vermutlich ein in den Tunnel getriebenes Stück Ast oder sperriger Müll. Etwas in der Art. Du solltest den Kapitän warnen.

»Der wird mich wahrscheinlich auslachen.«

Der weiße Fleck der entgegenkommenden Fähre wirkte wie ein perfektes Spiegelbild der WANKEL. Auch der Rumpf des sich schnell nähernden Bootes stand hoch auf seinen Tragflächen. Es ähnelte in dieser Position umso mehr einem gerade auf dem Wasser aufsetzenden Schwan. Die mitlaufende Bugwelle davor sah im Sonnenlicht aus wie eine Wand aus grünweißem Zuckerguss.

Vielleicht. Sicher wird er nicht mehr lachen, wenn sich das Stück vom Unterschiff plötzlich löst und in die Turbine gerissen wird.

»Wie hoch ist die Wahrscheinlichkeit?«

Bei der Geschwindigkeit? Das kann jeden Augenblick passieren.

»Mit welchen Folgen?«

Möchtest du die entstehenden Kerntemperaturen wissen oder reicht es, wenn ich schlicht das Boot explodiert *sage? Beeil dich!*

Derius stand auf und winkte einem der blauuniformierten Bordtechniker.

»Verlangsamen Sie das Tempo«, rief er ihm zu. »Unter dem Rumpf befindet sich ein Fremdkörper.«

Der erfahrene Bootsmaat lächelte.

Schon wieder ein ängstlicher Passagier!

Das stand so deutlich in seinem Gesicht geschrieben, dass Derius jede weitere Diskussion als absolut sinnlos erachtete. Er drängte sich an dem Maat vorbei und lief auf die Tür zu, die den Zugang zum Schwanenhals bildete.

»He!«, hörte er den Mann hinter sich rufen. »Das Betreten der Brücke ist verboten!«

Doch Derius war schon in dem aufwärts gepolten Antigravfeld, das ihn längs des Halses schräg nach oben trug und in dem winzigen Kommandoraum absetzte.

Zwei Personen hielten sich im Schwanenkopf auf: eine brünette Frau, die steuerte, und ein Mann, der sich in dem zweiten Sitz lümmelte und eine Tasse Kaffee trank. Der ebenso süßliche wie aufdringliche Trilpiktduft erfüllte die ganze Brücke.

Derius klopfte der Frau an den Kontrollen auf die Schulter. »Runter mit der Geschwindigkeit!«, brüllte er sie an. »Kapitän Plawath! Werden Sie sofort langsamer, oder das Boot explodiert!«

Die etwa vierzigjährige Frau drehte langsam den Kopf und musterte Derius mit ungläubigem Blick.

»Er ist der Käpt'n«, sagte sie mit einem Augenaufschlag, der unter anderen Umständen *das* Ereignis seines Tages hätte sein können. »Und schnell fahren ist irre geil, Süßer.«

Aus den Glassitfenstern sah Derius die entgegenkommende Fähre herannahen. Beide Boote dröhnten mit einer addierten Geschwindigkeit von rund 240 Stundenkilometern aufeinander zu. Beide Steuerleute schienen sich einen Spaß daraus zu machen, möglichst eng aneinander vorbeifahren zu wollen.

Schnell!, drängte die Stimme des künstlichen Extrasinns. *Wenn die Welle der zweiten Fähre den Rumpf unseres Bootes erreicht, ist es zu spät!*

Der Kapitän bedeutete ihm, die Brücke unverzüglich zu verlassen. Er tat dies, indem er mit der freien Hand wedelte. Mit der anderen führte er seelenruhig die Tasse zum Mund.

Derius' Blick flog über die Kontrollen.

Noch nie hatte er sich in einer Fährenbrücke befunden. Noch nie hatte er überhaupt ein maritimes Gefährt gesteuert. Noch nie war er sich so hilflos vorgekommen.

Er suchte nach einer Positronik, nach intelligenten Schaltsystemen, nach *irgendwas*, mit dem er etwas anfangen konnte.

Nichts.

Die Tragflächenboote waren durchgängig anachronistisch.

Keine Servos, keine Sensoren, keine Audiobefehlseingabe.

Es waren einfache Boote, wie sie eben vor Jahrhunderten gebaut wurden, ohne irgendeine Form von Hightech. Dafür zwei Dutzend Hebel. Diverse Rundinstrumente mit *Zeigern*. Du lieber Himmel. Positionsradar. Speedometer. Joysticksteuerung.

Gebaut für Männer und Frauen, die wussten, wie man damit umgeht.

Derius wusste es nicht.

»Sag mir was!«, flüsterte er verzweifelt.

Die Brünette hörte sein Flüstern und zwinkerte ihm zu.

Ihm blieben vielleicht noch zehn Sekunden.

Unten rechts, neben dem doppelten Bildschirm, der einzelne Knopf unter dem Display.

Ein simpler, kleiner, runder Knopf zum *Drücken*.

Derius zwängte sich an der immer noch schäkernden Frau vorbei und presste den roten Plastknopf in die Vertiefung.

Das winzige Display darüber flammte auf: AUS.

Das helle Singen der Turbine brach ab.

Die WANKEL verlor sofort an Geschwindigkeit und sackte Sekunden später aufplatschend in ihr nasses Element zurück. Der Kopf des Schwans neigte sich gefährlich weit nach vorn.

Derius wurde gegen die Rückenlehne der Steuerfrau gepresst.

Die grünlichen Wasser des Ugorh-Kanals schäumten.

Das entgegenkommende Tragflächenboot röhrte an Backbord vorüber. Der dortige Kapitän ließ die Schiffsirene aufheulen. Schwer klatschte die Bugwelle gegen den Rumpf der WANKEL.

»Sind Sie wahnsinnig geworden?« Der Kapitän stellte seinen leeren Kaffeebecher ab. Der euphorisierende Inhalt hatte sich über seine blaue Uniform ergossen. »Das hat ein verdammtes Nachspiel, Mann!«

Derius lehnte sich schwer gegen eines der Rundum-Glassitfenster. Sein Blick fiel achteraus zur Steuerbordseite. Ein gut drei Meter langer, unterarmdicker Ast mit etlichen Blättern daran schaute, halb losgerissen, unter dem Heckteil des Rumpfes hervor.

»Das da«, sagte Derius matt und wischte sich die Haare aus der Stirn, »das da hätte Ihr schönes Boot zerrissen, wenn wir weitergefahren und in die Gegenwelle geraten wären.«

Kapitän Plawath starrte auf das Wasser hinunter und vergaß darüber seine klitschnasse Uniform.

»Schönen Tag noch«, sagte Derius, drehte sich um und schwebte den Schwanenhals hinab.

Unten erwartete ihn ein finster dreinblickender Bootsmaat, der versuchte, das Chaos unter den Passagieren zu beseitigen. Über sein Multiarmband rief Derius zum zweiten Mal an diesem Nachmittag die Obhutskräfte des Ambar Utro. Er erreichte denselben Offizier wie eine Stunde zuvor. Er schilderte ihm den Vorfall und bat darum, die Besatzung der FELIX WANKEL auf übermäßigen Trilpiktgenuss zu untersuchen. Das gezeigte Verhalten des Kapitäns und seiner Crew bedeutete eine erhebliche Gefährdung der öffentlichen Sicherheit.

Der Offizier mustere ihn nachdenklich.

»Wie haben Sie eigentlich den Ast unter dem Boot bemerkt?«

»Ich saß günstig, nehme ich an«, antwortete Derius. »Ich spürte das Schlagen des Holzes am Rumpf. Schon eine Sitzreihe weiter war es nicht mehr zu vernehmen. Jeder andere auf meinem Platz hätte es gewiss auch gehört ...«

»Und hätte selbstverständlich ebenfalls die richtigen Schlüsse gezogen.«

Derius neigte den Kopf. »Ich folgte wohl ... meiner Intuition, Sir. Leider blieb keine Zeit für lange Erklärungen – die hohe Geschwindigkeit – Sie verstehen ... Sonst mische ich mich nicht in die beruflichen Kompetenzen anderer Bürger ein.«

»Ich verstehe, Mr. Manitzke. Offenbar sind Sie ein ausgemachtes Musterbeispiel eines pflichtbewussten Bürgers. Abermals bedanke ich mich im Namen der Obhutskräfte für Ihre Unterstützung.«

»Gern geschehen.«

»Natürlich werden wir den Fall untersuchen. Mr. Manitzke?«

»Sir?«

»Anscheinend erleben Sie heute Ihren ganz besonderen Tag. Meinen Glückwunsch dazu. Sagen Sie – Sie haben nicht zufällig vor, heute nach dem Abendessen noch weitere Heldentaten zu begehen? Vielleicht Rudyn vor dem Untergang zu bewahren?«

»Nicht nach dem Abendessen, Sir.«

Der Offizier lachte und drohte ihm spielerisch mit dem Zeigefinger, ehe er das Gespräch beendete. Das Holo über dem Armband erlosch.

Die FELIX WANKEL fuhr mit langsamer Kraft zur nächsten Anlegestelle. Graue Obhutsleute erwarteten die Fähre bereits.

Wie alle anderen Passagiere stieg auch Derius aus.

Er durfte den Kordon aus Absperrrobots passieren, durchquerte den Park und nahm eine Pneumobahn hinaus zum Moltov Port, wo er in einem der neueren Raumhafengebäude arbeitete.

Er wollte noch auf einen Sprung bei Fjodir Ganow vorbeischauen; seinem Vorgesetzten, dem etwas recht zu machen schier unmöglich war.

Zeigen Sie endlich mehr Einsatz, Manitzke! Das verstand Ganow unter Motivation. Nun, Derius würde Einsatz zeigen. Er wollte Ganow darum seine morgige Rückkehr während des letzten Urlaubstages sogar persönlich ankündigen.

Falls Derius geglaubt hatte, Ganow damit gnädiger stimmen zu können, so sah er sich getäuscht. Ganow besaß kein Verständnis für das, was er in den zwei Obhutsberichten lesen musste, die ihm das Kalfaktat für Innere Sicherheit in Kopie unmittelbar vor Derius' Ankunft hatte zukommen lassen.

Atlan; Gegenwart

Ti Sun löschte alle Lampen bis auf eine. Die bisher stumm im Hintergrund gebliebene Frau, die ihr anfangs geholfen hatte, übernahm die Krankenwache.

Kan Yu griff seinen Mantel auf und bat uns, ihm in das Gästehaus des Dorfes zu folgen. Wir traten nacheinander ins Freie. Hinter der Muldenbrücke ging es zwischen den Felsblöcken mal rechts, mal links entlang.

»Wo sind Ihre Tiere?«, fragte ich.

Ti Sun machte eine Geste, die Sorglosigkeit ausdrücken sollte. »Die Wabyren? Irgendwo im Dorf. Sie spielen gern, wenn sie nicht schlafen.«

Da wir uns zu ebener Erde bewegten, schritten wir größtenteils unter den Kaibuns hindurch. Ich fragte die angehende Heilerin nach dem Nallathu. Er war, so erfuhr ich, das gewählte Oberhaupt aller Santuasi. Die Stellung des Nallathu beinhaltete die politische und geistliche Führung: Er war dabei kein Priester, eher ein Bewahrer der Tradition und der darauf basierenden Lehre.

Die Berg-Rudyner bewohnten etwa 2000 Quadratkilometer Fläche beiderseits der Gipfel des Holoi. Neben Gympmost gab es weitere Dörfer, die teilweise Hunderte von Kilometern auseinanderlagen und nur über schmale Bergpfade miteinander verbunden waren. Kan Yu und der Nallathu Kala Bhairava stammten aus einem zwei Tagesreisen entfernten Ort namens Shushna, der so etwas wie das geistige Zentrum darstellte. Sie befanden sich auf dem Weg zum heiligen Berg Dokailasa, dessen Zwillingsgipfel sich etwa eine Tagesreise von Gympmost entfernt in den Himmel streckten.

»Bald feiern wir Sahaja, das Fest der Wahrheit«, erklärte Ti Sun. »Die Pilgerreise des Nallathu zum Berg Dokailasa gehört zum Ritual, das dem Fest vorauszugehen hat. Schon morgen früh wird Kala Bhairavas Gruppe weiterziehen. Es ist, wie Sie sagen, ein echter Zufall, dass ausgerechnet heute, wo Sie seiner Hilfe am dringendsten bedürfen, Kan Yu als Gast in Gympmost weilt.«

Der Heiler, der an meiner anderen Seite ging, hatte Ti Suns Worte gehört. »Wir Santuasi glauben nicht an den Zufall. Wir sind dagegen überzeugt, dass hinter allem, was geschieht, eine große Absicht steht. Auch wenn sie sich unserem Verständnis zuweilen entzieht. Ist es ein Zufall, dass ich heute hier bin? Nein. Ich bin heute hier, weil das Sahaja-Fest bevorsteht. Ist das Fest ein Zufall? Nein, es wurde vor etwa vierhundert Jahren, als die ersten Santuasi in den Bergen zu siedeln begannen, begründet, um den Wert der Wahrheit und der natürlichen Ordnung zu betonen und uns jährlich erneut in Erinnerung zu rufen. War es Zufall, dass die ersten Santuasi dies für notwendig hielten? Nein. Sie erkannten die Fehler im System der

Union, sie sahen, wohin der Weg der totalen Technikhörigkeit führen, welchen geistigen Nebel die Verleugnung der Individualität hervorbringen würde. Kam es zufällig dazu? Nein. Es kam dazu, weil Terraner einst beschlossen, auf Rudyn zu leben und die Zentralgalaktische Union zu gründen.«

»Ich verstehe, was Sie meinen, Kan Yu«, sagte ich. »Die Terraner konnten nach Rudyn gelangen, weil ein gewisser Perry Rhodan auf dem Erdmond auf ein Schiff meines Volkes traf. Das konnte nur geschehen, weil der arkonidische Forschungskreuzer havarierte, und das geschah ... wir könnten ewig so weitermachen. Es gibt immer Wirkungen, die ihre Ursache haben, und diese haben ihre Ursache und so fort. Es gibt hinter jedem Ereignis solche Ketten, die Sie im Extrem immer bis zum Urknall zurückverfolgen können. Doch erklärt dies meiner Ansicht nach nicht die Außergewöhnlichkeit unseres hiesigen Zusammentreffens.«

Kan Yu hielt mich an der Schulter zurück und sah mir tief in die Augen. »Nicht? Aber Sie *spüren* die Besonderheit dieses Ereignisses, nicht wahr?«

»Ja, schon, nur ...«

»Dann betrachten wir kurz Ihre Anwesenheit ...« Er sah mich fragend an.

»Koramal.«

Der Heiler neigte den Kopf und lächelte wissend; ganz so, als sei er ein Großvater, der einen Enkel beim heimlichen Stibitzen einer Süßigkeit ertappt hatte, aber dabei so tat, als bemerke er es nicht. »Was, meinen Sie, hat Sie hierher geführt, Koramal?«

»Die Empfehlung einer Frau, die uns an einen Mann aus Gympmost verwies.«

»Woher kennt diese Frau den Mann?«

»Sie hat mit ihm in der Unionsflotte gedient – vor vielen Jahren.«

»So wären Sie ohne das damalige Kennenlernen dieser beiden Menschen heute nicht hier, richtig?«, fragte er aufmerksam. »Wie trafen Sie mit der Frau zusammen?«

»Es war Rettung in höchster Not. Wir standen unter Beschuss. Es gab keinen anderen Ausweg – wir flohen auf ihr Schiff und ...«

»So haben sehr viele Ereignisketten anderer Menschen in der Summe letztlich dazu geführt, dass Sie sich exakt in dem Schiff genau der Frau wiederfanden, die als einzige Ihnen den Weg zu mir weisen konnte. Merken Sie, wie schon vor Stunden, Tagen, Jahren und Jahrzehnten alles auf diesen einen Punkt zusteuerte? Gemäß der natürlichen Ordnung ist es Ihnen bestimmt, heute hier in Gympmost zu sein. Wo sich, seltsam genug, aber aus einer übergeordneten Warte völlig jenseits allen Zufalls, ausgerechnet jemand aufhält, der Ihnen weiterhelfen kann – und Ihnen diesen merkwürdigen Vortrag hält.«

Er legte den Kopf in den Nacken und deutete in den Nachthimmel hinauf. »Wir Santuasi verehren und respektieren die überragende Intelligenz, die all diese Ereignisse miteinander vernetzt«, sagte er leise. »Wir nennen es *Sahaja*, die natürliche Ordnung der Dinge. In Sahaja liegt alle Wahrheit.«

Er schloss die Augen und verhielt in einem Moment andächtiger Stille.

Erst wenn du bereit bist, erscheint der Lehrer, spöttelte der Extrasinn. *Die Religions-Philosophie der Santuasi besteht zweifellos aus verschiedenen Elementen und Strömungen, die überwiegend aus den Kulturkreisen des alten Indiens, Tibets, Chinas und Japans stammen. Die ersten Berg-Rudyner werden in diesen Gegenden Terras ihre Wurzeln gehabt haben. Dafür spricht auch die Physiognomie der bisher bekannten Gesichter.*

Kan Yu setzte sich wieder in Bewegung.

Wenige Minuten später hielten wir vor einem von außen hell erleuchteten Kaibun. Man hatte Fackeln entzündet und in den Boden gerammt; ihre Flammen rauschten schwer im Wind der Nacht.

Kettat erwartete uns am Fuß einer Leiter, die zu dem Eingang über unseren Köpfen führte. Auch an der Felswand brannten Fackeln, an der die Hülle des Kaibuns lehnte oder klebte. Trilith machte mich mit einem Wink auf zwei abseits im Schatten stehende Männer aufmerksam: Es waren zwei der Bewaffneten, die uns am U-Schweber aufgegriffen hatten. Sie trugen ihre Strahlenkarabiner geschultert und hatten wohl den Auftrag, den Zugang des Gästehauses zu bewachen.

Ti Sun stieg voran. Trilith und ich kletterten hinterdrein. Der Heiler folgte. Kettat, der Kaibunthu, machte den Abschluss.

Wenn ich etwa ein Wirtshaus erwartet hatte, so sah ich mich getäuscht. Das untere Stockwerk des Kaibuns war nichts anderes als ein geräumiger Vorratsraum, in dem etliche Säcke standen, gefüllte Körbe und Kisten, dazu Tongefäße unterschiedlichster Größe, die römischen Amphoren recht ähnlich sahen. An den Wänden – eigentlich der *einen* kreisrunden Wand – hingen Netze, an denen wiederum allerlei baumelte: Gerätschaften des täglichen Gebrauchs, Kleidungsstücke und andere Dinge, deren Zweck ich im Halbdunkel nur erahnen konnte. Wir stiegen in das zweite Stockwerk hinauf, das sich als ein einziger großer Aufenthaltsraum entpuppte. Eine Rundbank zog sich längs der Wand, in der Mitte flackerte auf dem zentralen Rost ein Feuer. Auf kleinen Tischen standen Schalen mit Obst, auf anderen Krüge und tönerne Flaschen.

Der Nallathu unterhielt sich lebhaft mit einigen Anwesenden. Er unterbrach das Gespräch sofort, als wir die Leiter heraufgeklettert kamen. Fünf in weite Gewänder gekleidete Männer umstanden ihn und sahen uns misstrauisch an. Auch sie trugen grüne Tücher über den Schultern und unterschieden sich damit von den anderen Santuasi, die ich bisher in Gympmost gesehen hatte; ich vermutete, dass sie die erwähnte Reisegruppe des Nallathu waren. Dass diese Leute, wie auch Kan Yu, nicht aus dem hiesigen Dorf stammten, sondern sich auf der Durchreise befanden, nahm ich nach dem Vorhergesagten als gegeben an. Der kahlköpfige Leibwächter, der bisher auf einer der Bänke gesessen hatte, stand auf und stellte sich demonstrativ vor das Steigloch, kaum dass Kettat den Aufenthaltsraum betreten hatte. Trilith wandte ihm, scheinbar gelangweilt, den Rücken zu. Sie behielt ihn aufmerksam in ihren Hinteraugen.

»Jetzt«, sagte Kan Yu, »ist der Zeitpunkt gekommen – lasst uns miteinander reden. Koramal, das ist Nallathu Kala Bhairava, das Oberhaupt aller Santuasi. Kala, das ist Koramal, ein Arkonide. Wie ich es verstanden habe, sind er und seine Gruppe von Soldaten der Union angegriffen worden. Ihre Flucht hat sie zu uns geführt. Sie brauchen Hilfe, und wir können ihnen helfen.«

»Helfen, ja?« Bhairava deutete auf mich. »Wie naiv bist du eigentlich, Kan? Merkst du nicht, dass wir getäuscht werden sollen? Ein Arkonide in der Uniform der Union, eine ...«, er funkelte Trilith an, »...eine *Ichweißnichtwas* an seiner Seite, dazu zwei angeblich Verletzte, die an unser Mitleid appellieren sollen ...«

»Ihre Verletzungen sind echt«, warf der Heiler ein.

»Aber sicher sind sie das. Wir würden es ja sofort merken, wenn es nicht so wäre. Gerade deshalb sind sie doch jetzt mitten unter uns, und niemand weiß, welche geheimen Absichten sie hegen. Wir kennen ihre Pläne nicht. Du weißt so gut wie ich, welchen Dorn im Fleisch der Union wir darstellen. Wir stören sie, weil es uns gibt, ich habe es dir wieder und immer wieder gesagt. Das hier ...«

Er heftete seinen Blick auf mich, sein bebender Zeigefinger schnellte vor.

»Das hier ist der Mann, der unsere Freiheit einreißen und unsere Gemeinschaft zersprengen soll. Sieh ihn dir genau an, Kan. Spürst du nicht die Falschheit, die ihn umweht wie ein übler Brodem? Er gibt sich sanft und freundlich, aber ich durchschaue ihn! In ihm ist eine Kraft gegenwärtig, die mir widerwärtig ist. Er verströmt eine Aura, die mich schaudern macht. Ich sage dir: Er ist nicht, was er zu sein vorgibt. Oder ich reiche meinen Stab als Nallathu zurück. Er ist – gefährlich, Kan. Höchstwahrscheinlich hat ihn der Geheimdienst geschickt. Ich habe dem Wort der Schlange Varidis nie getraut! Aber unsere Zeit ist noch nicht gekommen. Nicht, wenn ich es verhindern kann! Das schwöre ich bei allem, was mir heilig ist! Ich will, dass diese Leute sofort wieder verschwinden!«

Bhairava hatte sich in Rage geredet. Kan Yu wich vor dem wild gestikulierenden Mann zurück.

Er reagiert auf dein Charisma, wisperte der Extrasinn. *Du kannst dich tarnen wie du willst, zehntausend Jahre Lebenserfahrung lassen sich nicht hinter einer Maske verbergen. Er spürt dein Charisma. Wahrscheinlich obendrein die Schwingungen des Zellaktivators. In diesem Fall ...*

Was sollte ihn daran stören?, fragte ich zurück.

Die Wirkung der Leihgabe von ES ist in höchstem Maße unnatürlich, kommentierte der Logiksektor. *Deine Unsterblichkeit – die Unsterblichkeit an sich – ist ein Phänomen außerhalb der natürlichen Ordnung. Es widerspricht dem, was den Santuasi heilig ist: Sahaja. Er spürt einfach deine Andersartigkeit. Du stehst gleichsam außerhalb der Zeit ... er weiß nichts Genaues, aber für ihn bist du dennoch die gestaltgewordene Bedrohung all dessen, wofür er kraft seines Amtes steht. Du machst ihm Angst. Rechne mit irrationalem Verhalten.*

Was rätst du mir?

Er hat dem Wort der Schlange Varidis nie getraut ... besteht vielleicht ein Abkommen zwischen Neife und den Santuasi? Leben sie nur deshalb noch in verhältnismäßiger Freiheit, weil Neife ihnen den Rücken deckt? Da er sie vorhin nicht erkannt hat, sind sie sich nie persönlich begegnet. Hier böte sich ein eventueller Ansatzpunkt.

»Kala, du solltest ...«

»Schweig!«, donnerte der Nallathu. »Wenn du zu blind bist, um zu sehen, dann sind meine Ohren zu taub für deine Worte!«

»Gilt das auch für meine?«, fragte ich bewusst leise.

Bhairava fuhr herum. Trilith drehte sich langsamer zu uns hin. Sie nahm eine wachsame, lauernde Haltung ein. Ihre Lippenfarbe wechselte von violett auf weiß.

»Auch wenn Sie Neife Varidis nicht trauen«, sagte ich, »die Kalfaktorin traut Ihnen dafür umso mehr, Nallathu.«

»Dann geben Sie also zu, mir ihr im Bunde zu sein!«

»Ich habe es nie abgestritten. Ja, ich bin mit ihr im Bunde, wie Sie es nennen, obwohl wir uns erst wenige Stunden kennen. Und ihr Vertrauen in Ihre Redlichkeit ist so groß, dass sie sich in ihrer Not an die Hilfe der Santuasi wendet.«

Das war – wieder einmal – nicht die ganze Wahrheit. Die Kalfaktorin hatte unsere Entscheidungen hingenommen; ich wusste nicht einmal, ob ihr überhaupt bewusst war, wo sie sich derzeit befand. Ich wandte mich an Kan Yu. »Sie haben sie vorhin behandelt. Sie hat sich in Ihre Hände begeben. Neife Varidis ist die Frau, die in Ihrem Dawakaibun liegt.«

»Sie lügen, Arkon-Mann!« Bhairava wischte meine Bemerkung mit einer energischen Armbewegung fort.

»Lass uns Sahaja fragen«, sagte Kan Yu.

Der Heiler legte seine Handfläche auf meine Schulter. Er schloss die Augen. »Sagen Sie das bitte noch einmal.«

Ich blickte fragend zu Ti Sun hinüber. Sie nickte mir auffordernd zu. Ich wiederholte also: »Neife Varidis ist die Frau, die in Ihrem Dawakaibun liegt.«

Kan Yu öffnete wieder die Augen, suchte mit seinem Blick erst mich, dann Kala Bhairava. »Der Mann spricht die Wahrheit. Es *ist* Neife Varidis.«

Der Nallathu wich einen Schritt zurück.

Die Konsequenzen dieser Entwicklung waren offenbar unabsehbar.

Er starrte zu mir herüber. »Kan magst du täuschen«, zischte er mich an. »Mich nicht. Ich spüre, dass du ihn, mich, uns alle, die Zeit selbst betrügst.«

»Er sagt die Wahrheit, Kala«, versuchte der Heiler ihn zu besänftigen.

»Vielleicht die Wahrheit über die Kalfaktorin. Das wird sich zeigen. Er selbst aber ist eine einzige Lüge. Mir jedenfalls ist es offenbar.« Damit raffte er sein Gewand zusammen, griff seinen Stab und stieg ohne ein weiteres Wort die Leiter in das obere Stockwerk hinauf. Alle Grüntuchträger folgten. Der

Leibwächter gab den Weg nach unten frei, baute sich aber sogleich vor der nach oben führenden Leiter auf.

Trilith tat es ihm gleich und deckte unseren Rückzug, während Ti Sun, Kan Yu und ich nach unten kletterten. Trilith kletterte nicht – sie sprang einfach durch das Steigloch hinterher. Sie kam fast lautlos und mit einer Geschmeidigkeit auf, die jeder Katze Bewunderung abgenötigt hätte.

Schweigend kehrten wir auf dem Weg zurück, den wir gekommen waren. Trilith und mir wurden im oberen Dawakaibun Betten angeboten; wir beschlossen, abwechselnd zu wachen. Ich wollte die erste Wache übernehmen, doch Trilith setzte sich wortlos mit untergeschlagenen Beinen neben die aus dem Steigloch herausragenden Holme der Leiter. Ich streckte mich auf dem Fellbett aus. Von unten hörten wir Ti Sun und Kan Yu leise miteinander sprechen.

Mein Zellaktivator sandte kräftigende und beruhigende Impulse durch meinen Körper; ich unterstützte ihn mit einer Atemübung, die ich bei den hawaiianischen Kahunas kennengelernt hatte.

Man benötigte dabei genau vier Atemzüge, um einzuschlafen.

Die Nase – der Leib – das Herz – das Sein.

Das Feuer knisterte leise.

Der Wind heulte in den Bergen.

Vielleicht waren es aber auch Truc und Asser, die stählernen Wölfe, die mich in meinem Traum verfolgten.

Derius Manitzke; Vergangenheit

Fjodir Ganows überwiegend mürrische Stimmung war in allen Abteilungen, die mit der Endfertigung der ZUIM-Komponenten beauftragt waren, ebenso bekannt wie berüchtigt. Sein bevorzugter Tonfall war laut, sein Tenor vorwurfsvoll, sein Führungsstil despotisch.

An guten Tagen.

Jeglicher Umgang mit ihm gestaltete sich für seine Mitarbeiter bestenfalls problematisch. In aller Regel bedeutete unter ihm zu arbeiten noch nicht die Hölle auf Rudyn, es war aber auch nicht mehr sehr weit davon entfernt.

Seine Laune an diesem 11. August war aufgrund der gerade eingegangenen Obhutsberichte noch schlechter als gewöhnlich. Der Fraktaldirektor des Entwicklungsbereichs »Virtuelle Habitatslogistik« schäumte geradezu, kaum dass ihm die Ankunft seines Abteilungsleiters für Nanosensorik gemeldet wurde.

»Sonderbelobigung? In Arbin Kobmeyers Namen?«, belferte er anstelle einer Begrüßung. »Ich habe Ihren Urlaub nicht bewilligt, damit Sie da draußen den einsamen Helden spielen!«

Derius nahm vorsichtshalber Haltung an.

Selbstverständlich hatten die Behörden Fjodir Ganow als Derius' Vorgesetzten über die Ereignisse des Nachmittags informiert. Seltsam war nur, weshalb sich Ganow darüber so erboste. Derius hatte mit seinem Verhalten schließlich die Gemeinschaft gestärkt. Hatte sich als guter Bürger betätigt. Hatte Einsatz gezeigt.

Fjodir Ganow stemmte beide Fäuste auf seinen Schreibtisch.

»Seit wann beschäftigen Sie sich in Ihrer Freizeit als ziviler Obhutsmann? Sind Sie jetzt von allen guten Raumgeistern verlassen, oder was?«

Sein Donnerwetter wurde von einem feinen Sprühregen an Speichelspritzern begleitet, die Derius mehrfach an Kinn und Wange trafen.

Wenn Ganow tobte, war jede Antwort vergeblich. Derius schwieg. Was bei Stimmungslagen wie dieser nahezu immer folgte, war Ganows fünfminütiges Traktat über die ehernen Pflichten eines leitenden Technikers im Kalfaktat für Kriegswesen, speziell im Fraktal »Virtuelle Habitatslogistik«. Derius kannte es auswendig.

Atmen, dachte er.

»Ich erwarte«, schloss Ganow, rotwangig und heiser, »dass Sie fortan Ihre gesamte Aufmerksamkeit ausschließlich Ihrer

Abteilung und Ihrer Aufgabe widmen. Lassen Sie sich das ein für alle Mal gesagt sein, Manitzke! Die Stärke jeder Gemeinschaft erwächst aus der Konzentration jedes Einzelnen auf das Wesentliche! Wenn *Sie* meinen, nicht ausgelastet zu sein – *das* können wir ändern! Und zwar jetzt gleich! Ihr Resturlaub ist hiermit aufgehoben. Sie begeben sich *sofort* an Ihren Arbeitsplatz zurück!«

Derius holte die blaue Reserveuniform aus dem Schrank und zog sich um. Er verfluchte seinen spontanen Entschluss, sich bei Ganow zurückzumelden, schaltete immer noch fluchend sein Terminal ein und ging grummelnd den Schriftverkehr der vergangenen Woche durch.

»Möchtest du eine Auswertung?, flüsterte Carys verführerische Stimme in seinem Ohr.

»Wovon?«, murmelte Derius.

Von Ganows Reaktion.

»Was war daran besonders?«

Gewisse Frequenzabweichungen in der Grundlautbildung sind stimmanalytische Angstmarker. Ganow zeigte sie in signifikant hoher Anzahl. Mit anderen Worten: Er spielte dir eine Show vor. In Wahrheit empfindet er erhebliche Angst.

»Angst? Wovor? Vor mir?« Derius lachte humorlos.

Wenn ich die Unlogik seines Verhaltens in die Rechnung mit einbeziehe ...

»Welche Unlogik?«

Einer seiner Mitarbeiter hat sich um die Gemeinschaft verdient gemacht. Lobenswert verdient. Dieses Lob sollte auch auf ihn abfärben, sollte man meinen. Er hätte dir gratulieren und sich sogar öffentlich als begnadeten Mentor deiner selbst herausstellen können. Stattdessen bläst er dir den Marsch. Wenn ich das mit einbeziehe, komme ich nur zu einem Schluss: Er hat Angst davor, dass deine neu erlangte Bedeutung ihm schadet.

»Wie könnte ihm das denn schaden?«

Du bist in Kontakt zu den Obhutskräften getreten – in guten Kontakt sogar. Vielleicht fürchtet er, die Obhutler vom Ambar

Utro könnten sich nicht nur für dich, sondern in dem Zusammenhang auch für ihn interessieren?

»Ja, und?«

Es gibt nur einen Grund, weshalb ihm das Angst einflößen könnte.

»Du meinst, er hat etwas zu verbergen?«

Richtig. Und zwar keine Kleinigkeit, sonst wäre seine Angst nicht so ausgeprägt.

»Du denkst an eine kriminelle Unregelmäßigkeit?«

So lautet meine Auswertung. Mit einer Wahrscheinlichkeit von über 90 Prozent.

Derius lächelte matt.

Ganow, ein Gauner.

Das musste er erst einmal verdauen.

Mit gestiegenem Interesse las er sich durch die Reports der vergangenen Woche. Und danach durch die des vergangenen Monats. Des vergangenen Vierteljahres ...

So, wie sich seine eigene Abteilung mit Servoeinrichtungen, Blickschaltungen und Holosteuerungen beschäftigte, die in der ZUIM eingesetzt und in den nachfolgenden Sphärenrädern verbaut werden sollten, so entwickelte und fertigte das Fraktale Direktorat für Virtuelle Habitatslogistik insgesamt alles, von Nanoanwendungen bis hin zu autonom arbeitenden Komponenten, was in den neuen Raumern in deren Sicherheits- und Steuerungstechnik zum Einsatz kam.

Derius quälte sich durch alle Statistiken, prüfte vor allem jene Vorgänge, die von Ganow persönlich abgezeichnet waren.

Stunden vergingen.

Die Kollegen traten ihren Feierabend an. Ganow ging als Letzter. Er grinste, als er Derius immer noch bei er Arbeit sah. Die Nachtschicht kam. Derius ignorierte die verwunderten Blicke durch das Glassitfenster seines Büros, schickte Zemla eine Nachricht, dass er später käme, und machte weiter.

Ermüdende Berichte, Bestellbestätigungen, Auftragsrückfragen, Fehlermeldungen, Reklamatonsbearbeitungen.

»Siebenundfünfzigmal taucht der Name Ganow auf«, seufzte Derius irgendwann. Es war, ohne dass er es bemerkt hatte, Abend geworden. Ephelegon tauchte hinter dem Raumhafen unter. Die gelandeten Schiffe warfen lange, scharfe Schatten. Auf ihren Umrissen tanzten glutrote Flammen. Derius holte sich ein Glas Wasser.

Konzentriere dich auf die Schreiben, in denen Ganow Änderungen gegenüber dem normalen Ablauf vorgenommen hat, flüsterte Cary.

Derius nickte müde. Tatsächlich fand er davon insgesamt vier.

Im ersten wies Ganow eine Eingabe eines Technikers zurück, in der dieser davor warnte, die Scanbreite der Dendrimer-Fühler einzuschränken.

Im zweiten Schreiben änderte er die vorgegebene Fülldichte des Initiatorkerns von fünf auf drei.

Im dritten umging er das Protokoll für Sicherheitsfragen im Rahmen der Verwendung von SubControllern und stufte die Reaktionszeit um 25 Prozent zurück.

Im vierten ersetzte der Fraktaldirektor dauerhaft die Lieferung von Nanoquellsubstanzen der Qualitätsebene Vier durch solche der Ebene Drei.

Alltägliche Korrespondenz, wie sie unverfänglicher nicht sein konnte.

Keine Verschlüsselung, kein Passwortschutz. Nichts, was in irgendeiner Form die Aufmerksamkeit darauf lenkte. Techno-Babel, das in der schieren Menge unterging.

»Na schön«, sagte Derius und raufte sich die dünnen Haare. »Und was verrät uns das?«

Keine Ahnung, antwortete Cary zu seiner Verblüffung. *Du bist hier schließlich der Experte für Nanosensorik. Sag's mir.*

»Mal sehen«, murmelte er. »Nanoquellsubstanzen sind im Prinzip nichts anderes als das jeweilige Ausgangsmaterial, aus dem Nanopartikel hergestellt werden.«

Ist die Ebene Drei von schlechterer Qualität als die der Ebene Vier?

»Hm, ja. Die Ebenen bezeichnen die Belastbarkeit und die Funktionsdauer der Basis-Assembler. Das sind winzige Molekül-Roboter, die ihrerseits die Nanocluster produzieren. Das Ausgangsmaterial der Ebene Vier ist Kohlenstoff in seiner diamantenen Form, wegen seiner überragenden Eigenschaften, vor allem, weil er chemisch inert ist.«

Was bedeutet das?

»Die Assembler reagieren nicht mit den anwesenden potenziellen Reaktionspartnern, zum Beispiel Luft oder Gase, im Inneren der Geräte. Um deine Frage davor zu beantworten: Drei ist um 25 Prozent schlechter als Vier.«

Die 25 Prozent erscheinen auch bei der Reaktionszeit der Sub-Controller, erinnerte Cary. *Was bitte sind Sub-Controller?*

»Autonome Prüfelemente. Die Dinger hängen in so gut wie jedem Schott, in jedem Durchgang, in jeder Schleuse, in jeder Kabine, in bald jedem Schiffsraum. Hauptsächlich in Sicherheitszonen, in Vitalscannern, in Zugangsautomatiken, in Identifikationsschleusen, was weiß ich, wo noch. Überall eben, wo sensible Bereiche geschützt werden sollen. Ich kenne mich da nicht so gut aus. – Dafür weiß ich, was er mit dem erwähnten Initiatorkern gemacht hat.«

Ich höre?, Carys Schnurren suggerierte Aufmerksamkeit.

»Die Rede ist von den reaktiven Gruppen im Inneren eines Initiatorkerns«, sagte er leise. »Enthält ein solcher Kern drei reaktive Gruppen, dann erhält man beim Aufbau von Nanoclustern durch eine Synthesesequenz eine Verzweigung zu zwei neuen reaktiven Gruppen. Im ersten Schritt also sechs reaktive Gruppen. In der nächsten Generation sind es bereits zwölf und so weiter.«

Das heißt, ein Kern mit fünf reaktiven Gruppen kann wesentlich schnellere Nanocluster ausbilden?

»Exakt. Das wirkt sich unter anderem direkt auf die Anpassungsfähigkeit der Dendrimere aus. Und dieses schnellere Wachstum hat er damit verhindert.«

Wenn du es sagst. Du bist der Fachmann. Wofür ist das Wachstum wichtig?

»Die Nanocluster bilden jene Dendrimere, von denen im ersten Schreiben die Rede ist. Im Grunde sind es Fühler, die sich selbständig umbilden und anpassen können. Die meisten der sich selbsttätig aus Nanopartikeln zusammensetzenden Dendrimere sind Teil von geräteinternen Selbstreparatur- oder Prüfsystemen.«

Und wie ergibt das alles zusammengenommen einen Sinn?, wollte Cary wissen.

»Jeder SubController besitzt eine Steuereinheit. Die im Inneren von Geräteblöcken frei beweglichen Nanocluster bilden Dendrimere aus, die einerseits als Prüffühler arbeiten und diese Steuereinheiten permanent checken. Andererseits nehmen sie die Selbstreparatur auf, indem sie die gefundenen Abweichungen bekämpfen. Im Grunde sind sie das technische Äquivalent der weißen Blutkörperchen im menschlichen Körper. Schränkt man die Scanbreite ein, ist das so, als reagiere das menschliche Immunsystem zu langsam. Fehlfunktionen sind die Folge.«

Mit anderen Worten, fasste es der künstliche Extrasinn zusammen, *wir haben Ganow dabei erwischt, wie er die SubController in ihrer Leistungsfähigkeit um ein Viertel eingeschränkt hat. Indem er die Schnelligkeit der Reaktion reduziert, das Wachstum der Dendrimere verlangsamt und minderwertiges Quellmaterial eingesetzt hat. Soweit richtig?*

Derius nickte und konnte es kaum fassen. »Warum hat er das gemacht? Um Kosten zu reduzieren?«

Carys Antwort kam erst nach einigen Sekunden. *Wären denn die so erzeugten SubController preiswerter als die ursprünglichen?*

»Etwa um das Viertel, um das sie auch weniger leistungsfähig sind.«

Findet sich irgendwo eine Bestätigung, dass die neuen, billigeren Controller in Kenntnis ihrer Leistungseinschränkung eingebaut worden sind?

Derius rief an seinem Terminal die ihm zugänglichen Datenblätter der ZUIM auf. Die Leistungswerte der installierten

SubController waren an verschiedenen Stellen spezifiziert. Nirgendwo war eine Reduktion um 25 Prozent vermerkt oder auch nur zugelassen. Laut Plan war keine Änderung vorgenommen worden.

Derius schlug sich vor die Stirn.

»Das heißt, er hat die preiswerteren Teile herstellen und einbauen lassen, aber ...«

... er hat offiziell die teureren Teile hingeschickt, vollendete Cary den Gedanken. *Und womöglich zum vollen Kurs abgerechnet. Wie viele SubController gibt es wohl an Bord der ZUIM?*

Derius gab die Frage in sein Terminal ein.

Die Antwort lautete: 20 Millionen Exemplare. Sämtliche Beiboote mit eingerechnet: 50 Millionen Exemplare.

Was kostet ein normales Teil?, fragte Cary.

Derius überlegte. »Keine Ahnung. Vielleicht 12 Soli?«

Dann sind das 3 Soli je SubController, die in seine Tasche fließen. 150 Millionen Soli – das sind 1,5 Millionen Solar.

Derius sank in den Sessel zurück. »Bei Ephangs Schatten. Ein hübsches Sümmchen. Und alles fein aus dem Staatssäckel der Union bezahlt.«

Vergiss nicht die 600 Millionen Soli, die er der Union für eine Nachrüstung mit einwandfreien SubControllern aufbürdet. Dabei will ich die Mehrarbeit nicht mal mit einrechnen.

»Mir reicht's auch so.«

»Jetzt weißt du, warum er nicht nur einfach Angst hat. Ihm flattern die Nerven.«

1,5 Millionen Solar. Plus einem Schaden von 6 Millionen.

»Kein Arbeiter oder Administraler in der ZGU verfügt über ein Vermögen von 1,5 Millionen Solar«, überlegte Derius laut. »Er kann es nicht ausgeben, nicht investieren, er kann nichts damit anfangen. Jeder würde sofort von seinem Betrug Bescheid wissen.«

Er kann es transferieren, korrigierte die weibliche Stimme des künstlichen Extrasinns. *In Richtung sicherer Lebensabend. Ich bin sicher, er hat ein anonymes Konto auf Olymp. Oder er hat es auf Arkon in Chronners umgetauscht oder in der Bank auf Ar-*

chetz deponiert. Ich tippe auf Olymp. So spart er sich noch obendrein die Wechselkursgebühren.

Derius fertigte Sicherheitskopien der betreffenden Dateien an. Und verschlüsselte sie mit einem privaten Kode.

Danach aktivierte er sein Multiarmband. Er schaltete eine Verbindung in das Ambar Utro.

»Nein!«, entfuhr es dem Obhut-Offizier, der ihn sofort erkannte. »Wie nett, Mr. Manitzke. Meine Schicht ist in zehn Minuten zu Ende. Konnten Sie nicht noch ein kleines bisschen warten? Außerdem haben Sie mir versprochen, nicht mehr nach dem Abendessen ...«

»Ich habe noch nicht zu Abend gegessen«, unterbrach ihn Derius ernst. »Ich hatte bis eben damit zu tun, einen Betrug von rund eins Komma fünf Millionen Solar aufzudecken. Veruntreuung von Staatsgeldern. Mit einem dadurch verursachten geschätzten Schaden von weiteren sechs Millionen Solar. Aber wenn ich Sie grad störe, kann ich auch morgen nochmal ...«

»Schießen Sie los«, seufzte der Offizier.

»Kennen Sie Ganow?«

Derius schilderte ihm detailliert seinen Verdacht und nannte ihm den Schlüssel, mit dem die Fjodir Ganow belastenden Dateien im internen Netzwerk des Kalfaktats eingesehen werden konnten.

Während Derius Manitzke erschöpft nach Hause ging, begann für den Obhuts-Offizier eine lange Nacht.

Experten bestätigten alle Verdachtsmomente.

Vier Stunden später wurde Fjodir Ganow in seiner Wohnung verhaftet.

Nach drei öffentlichen Belobigungen innerhalb nur eines Tages erhielt Derius Manitzke bereits am nächsten Morgen seine Beförderung zum Fraktaldirektor.

Eine Woche später, am 20. August, erfolgte seine Versetzung ins Ambar Temnyj. Jemand im Umfeld des Kalfaktors war auf ihn aufmerksam geworden.

Nach weiteren elf Tagen, am 01. September 3102, ernannte ihn Marco Fau zu einem seiner nunmehr vier persönlichen Referenten. Er bekam den Status eines geheimen Sonderermittlers. Ab sofort war er in allen Angelegenheiten allein dem Kalfaktor verantwortlich.

Derius war dank des Extrasinns nach nur drei Wochen längst dabei, die ausgetretenen Pfade zu verlassen.

Er bewegte sich inzwischen in der Gesellschaft Bedeutsamer.

Er befand sich auf dem besten Weg, selbst Bedeutung zu erlangen.

Im Kalfaktat jedenfalls warf man sich bedeutsame Blicke zu, wenn er vorüberging.

»Da ist der Mann«, hieß es, »der häufig Selbstgespräche führt. Der Sonderling, der verschroben ist und gern alleine arbeitet – und in Ruhe gelassen werden will.«

Nach zehn Ermittlungserfolgen galt er als kriminalistisches Naturtalent. Nach einem weiteren Dutzend als Phänomen. Allein in den letzten vierzehn Tagen hatte er über vierzig in kriminelle Machenschaften verwickelte Personen inhaftieren lassen.

Selbst in Plechtang kannten sie inzwischen seinen Namen.

Dr. Vitali Vagansk zeigte sich bei allen Zwischenprüfungen hochzufrieden. Der künstliche Extrasinn arbeitete weiterhin einwandfrei.

Am Abend des 15. September erhielt Derius Manitzke einen Anruf von Marco Fau. Er versprach, sich um den Fall Varidis zu kümmern.

Immer voran, Ihr Narren

Altan; Gegenwart

Ein würziger, mir unbekannter Duft weckte mich. Als ich die Augen öffnete, sah ich Licht durch den Rauchabzug und das Steigloch heraufdringen. Ich schlug die Felldecke zurück und streckte mich. Einige Dagor-Lockerungsübungen vertrieben die restliche Müdigkeit.

Mir wurde dabei bewusst, dass ich die ganze Nacht durchgeschlafen hatte. Trilith hatte mich nicht wie vereinbart zum Wachwechsel geweckt. Wo war sie überhaupt? Ich schaute mich im Raum um und sah, dass außer meinem Bett keines benutzt worden war. Trilith hatte definitiv nicht hier genächtigt.

Ich kletterte in das mittlere Stockwerk hinunter. Tageslicht fiel durch mehrere Fenster herein, die bisher abgehängt gewesen waren. Dennoch waren es keine einfach in die Außenwand geschnittenen Löcher; eine hauchdünne, milchige Membran verschloss die Öffnungen winddicht. Schlierenhaft konnte ich durch die Membran die Umrisse der nahe liegenden Felsen erkennen.

Ti Sun war bereits auf den Beinen. Sie rührte an der Feuerstelle in einem Kessel, aus dem der köstliche Duft hervorquoll.

Oderich schnarchte leise. Neife war wach; ihr Kopf fuhr herum, als sie meine Schritte vernahm. Ihre Augen hatte man in der Nacht neu verbunden; ihr Oberkörper steckte in einem der weichen Hemden, wie sie auch die Santuasi trugen. Am Hals lugten Bandagen hervor. Auch das Verbandsmaterial der Santuasi bestand aus jenem hellbraunen Stoff, den ich für dünnes Leder hielt.

»Guten Morgen, Koramal.« Ti Sun zeigte ihr unnachahmliches Lächeln und reinigte sich die Hände an einem Tuch.

»Neife geht es den Umständen entsprechend gut. Ich habe frische Kleidungsstücke für Sie bereitgelegt. Dort drüben finden Sie Wasser zum Waschen.«

Mittels eines Vorhangs war eine private Nische geschaffen worden, in der ich das Besagte nebst einer Schüssel mit Seifenlauge vorfand. Ich freute mich über den unerwarteten Komfort und ging dankbar hinter das Abteil, um mir den Ruß, den Schweiß und den Schmutz des Müllcontainers aus den Poren zu reiben. Wieder fand ich ein Handtuch vor, diesmal aus feinstem Leder. Wann hatte ich das letzte Mal Wasser, Seife und Handtücher anstelle von Ultraschall- und Wärmeduschen benutzt? Die Hose und das Hemd bestanden aus dünneren, eine dazugehörige Jacke aus dickeren Häuten. Wobei ich erstaunt bemerkte, dass keines der Kleidungsstükke *Nähte* aufwies; alle Säume waren sauber aneinandergefügt, doch ich erblickte nicht einen Faden oder Stich. Die Santuasi mussten über einen hervorragenden Klebstoff verfügen, der nicht nur ihre Kaibuns, sondern auch ihre Ärmel und Hosenbeine an Ort und Stelle hielt. Die Sachen passten, als wären sie für meine Körpermaße angefertigt worden.

Als ich hinter dem Vorhang hervortrat, fühlte ich mich sehr viel besser.

Ti Sun saß am Bett und half Neife beim Essen. Auch für mich stand eine Schale mit Suppe bereit; ich setzte mich auf einem fellbespannten Hocker zu den beiden. Die aromatische Suppe erinnerte an ein Gemisch aus terranischen Möhren, plophosischen Schnappmorcheln und swoofonschen Rennerbsen, mit einer Spur Curry verfeinert. Ich aß mit großem Appetit, obwohl die hiesigen Hülsenfrüchte im Gegensatz zu ihren Pendants auf Swoofon nicht versuchten, über den Rand der Schale zu klettern oder vom Löffel zu hüpfen. Die kleinen Beinchen rund um den Erbsenkörper zappelten nicht mal.

»Es geht Ihnen besser, wie ich höre«, sagte ich. »Kann ich irgendetwas für Sie tun?«

»Erzählen Sie mir, was passiert ist«, bat die Kalfaktorin. »Ich erinnere mich nur noch an das Bersten von Metall ...«

Ich berichtete ihr von unserem Zusammentreffen mit Patty, schilderte, warum und wie wir mithilfe des Schwebers das Holoi-Gebirge erreicht waren.

Der Ansatz eines Lächelns glitt über ihr Gesicht, als ich erwähnte, dass wir bei den Santuasi gelandet waren. Ihre Muskeln zuckten immer wieder unkontrolliert; oft musste Ti Sun mit dem Löffel warten, bis sie ihn behutsam an Neifes Lippen halten konnte.

»Ich habe«, sagte sie angestrengt, »gerade einen neuen Slogan für die Union entdeckt: Gute Taten zahlen sich aus. Wie finden Sie das?« Sie wollte lachen, ein Ansinnen, das in ein Verschlucken und Husten überging.

»Vorsichtig, die Suppe ist heiß«, warnte Ti Sun.

Neife keuchte und nickte. »In der Tat.«

»Was meinen Sie?«, fragte ich.

»Die Santuasi«, antwortete Neife. »Ich habe mich immer wieder im Rat der Kalfaktoren für sie verwendet. Das Zugeständnis ihrer Minderheitenrechte stand mehr als einmal in den letzten Jahren zur Disposition. Vor allem Dhium Lavaré waren sie ein Dorn im Auge.«

Die Kalfaktorin für soziale Belange, half der Extrasinn aus.

»Muss sich die Union denn vor den Santuasi fürchten?« Ich konnte den milden Spott in meiner Stimme nicht ganz unterdrücken.

»Natürlich nicht. Ich bin sogar der Ansicht, dass ihre Existenz mehr Nutzen bringt als schadet.«

»Vergessen Sie das Essen nicht«, verlangte Ti Sun, die der Kalfaktorin geduldig Löffel um Löffel reichte.

»Ich esse ja. Viele Rudyner sehen in der Lebensweise der Santuasi eine Alternative zu ihrem eigenen Leben.« Sie schluckte den letzten Rest Suppe hinunter. »Und damit erfüllt ihr – vielen Dank, Ti Sun – eine wichtige Aufgabe – ein Fakt, den Dhium nie sehen konnte. Ihr zeigt, dass es eine Alternative gibt. Und ihr zeigt, dass Rudyn, dass die Union sehr wohl mit dieser Alternative umgehen kann. Gerade weil es euch als Minderheit gibt, fühlen sich viele in der Mehrheit wohl.

Gerade weil eure völlig andere Lebensweise tatsächlich existiert, besteht für jeden jederzeit die theoretische Möglichkeit, solch ein Leben zu wählen. Dieses *ich könnte ja* erfüllt damit eine wichtige Funktion: Die des *ich brauche aber nicht*. Gäbe es euch nicht, man müsste euch erfinden. Nein danke, ich bin satt. Wirklich.«

»Kala Bhairava sprach gestern Nacht von einem Abkommen zwischen Ihnen und den Santuasi«, sagte ich.

»Abkommen ist zuviel gesagt. Ich habe ihn lediglich wissen lassen, dass wir den Santuasi ihren Frieden garantieren, wenn sie sich nicht in die Belange der Union einmischen, gleich welcher Art.«

»Daher rührt die Furcht unseres Nallathu«, warf Ti Sun ein, während sie die Schalen zusammenstellte. »Er hat diese Bedingung als Drohung aufgefasst.« Sie machte eine kreisende Handbewegung, die Neife, Oderich und mich als Gruppe umfasste. »Ihnen und Ihren Freunden Hilfe zu leisten ... erfüllt das nicht den – wie sagen Sie dazu? – den Tatbestand der Einmischung in die Belange der Union?«

Neife richtete sich ein wenig in ihrem Bett auf. »Der Nallathu ist hier? Wegen mir?«

Ich verneinte und schilderte ihr kurz die Art unseres Zusammentreffens mit Kala Bhairava.

Ti Sun räumte derweil das Geschirr fort, stapelte es in einem Korb und kehrte an das Bett zurück. »Als er erfuhr, dass Sie sich sogar als Feinde der Union betrachten und verfolgt werden, fürchtete er namentlich *Ihre* Vergeltung, Neife. Erst als Koramal ihm eröffnete, wer da in unserem Dawakaibun liegt, änderte sich die Lage. Was nicht bedeutet, dass er seitdem Fremde gern willkommen heißt.« Sie hob die leeren Hände und ließ sie wieder sinken, eine Geste der Ratlosigkeit. »Besonders Sie, Koramal, lehnt er mit einer Inbrunst ab, die mich verwirrt. Nun, ich weiß, er ist schwierig. Artur, meinen Vater, kann er als Nicht-Santuas nicht leiden. Mich sieht er als Unreine an. Beides kann ich noch irgendwie nachvollziehen. Aber in Ihrem Fall ... Sie hasst er. Fragen Sie mich bitte nicht, warum. – Wissen Sie es?« Sie sah mich an, die mandelförmigen Augen weit geöffnet, die inständig baten, ihr zu vertrauen. Sie beugte sich vor, legte beiläufig ihre Hand auf meinen Unterarm.

Wieder ein Moment der Wahrheit, flüsterte der Extrasinn. *Sahaja!*

»Es tut mir leid«, sagte ich und spürte den Zellaktivator deutlich unter meinem Hemd. »Ich habe für Kala Bhairavas Abneigung keine Erklärung.«

Sie zog die Hand zurück, atmete tief ein, stand unmittelbar auf.

»Dann«, sagte sie leichthin, »wollen wir uns der Pflicht zuwenden. Es wird wieder Zeit für ein Lied, Neife. Einverstanden? Koramal, würden Sie uns bitte allein lassen?«

Eingebildeter Narr!, schimpfte der Extrasinn. *Sie weiß jetzt, dass du lügst. Hast du es immer noch nicht begriffen? Sie* hört *mit den Händen! Kan Yu tat es gestern, sie soeben – es sind heimliche Tests. Beide prüften den Wahrheitsgehalt deiner Worte über die Muskelspannung, während du sprachst. Du kannst ihnen nichts vormachen, sobald sie dich berühren. Sie nennen es* Sahaja fragen. *Du hast Ti Sun gerade zutiefst enttäuscht. Weshalb, Tor aller Toren, habe ich dich wohl vor dem Moment der Wahrheit gewarnt? Wozu hast du mich, wenn du nicht auf mich hörst?*

Ich holte tief Luft, erhob mich, ergriff meine neue Jacke und ging.

In genau 23 Tagen, am 9. Oktober terranischer Zeitrechung, wurde ich 11.147 Standardjahre alt.

Wütend über mich selbst schlug ich die Türhäute zurück und trat ins kühlmorgendliche Freie. Während ich in die Nebelfetzen starrte, folgten mir die Laute der Melodie, die aus dem Kaibun erklangen.

Wieder erinnerten mich die eindringlichen Klänge an aufsteigenden Rauch, an den Duft harziger Hölzer, an die Behaglichkeit eines mich wärmenden Feuers, dessen golden schimmernder Schein Sicherheit verhieß und allen Schmerz vertrieb.

Wie konnte ein schwacher Lufthauch, der über die Kante eines polierten Holzes strich, nur derart intensive Gefühle hervorrufen? Ich spürte, wie meine innere Ruhe schneller zurückkehrte, als sie verschwunden war, wie sich schon nach wenigen Takten die Wut in heitere Gelassenheit wandelte. Zuversicht erfüllte mich mit einem Mal, und die tiefe, zweifelsfreie Gewissheit, auf dem richtigen Weg zu sein.

Einmal mehr wischte ich mir das salzige Sekret aus den Augenwinkeln.

Eine Stunde später suchte uns der alte Heiler auf. Kan Yu berichtete, der Nallathu und sein Gefolge hätten schon am frühen Morgen Gympmost verlassen und seien zum Berg Dokailasa aufgebrochen. Allein die Tatsache, dass es sich bei einem der beiden Verletzten um Neife Varidis handelte, hatte Kala Bhairava bewogen, auf Kan Yus Anwesenheit für einen Tag zu verzichten. Spätestens am folgenden Morgen sollte der Heiler der Gruppe folgen. Bis dahin hatte er den Auftrag, die verwundeten Rogiwnizu nach besten Kräften zu versorgen.

»Wie lange werden Neife und Oderich bettlägerig sein?«, fragte ich.

In sechs Tagen würde sich der Metabolismus von Ponter Nastase auf den Zellschwingungsaktivator einjustiert haben. Nach Ablauf dieser Frist würde er binnen zweiundsechzig Stunden an explosivem Zellverfall sterben, nähme ihm dann noch jemand das Gerät ab. Bei aller Skrupellosigkeit, mit der dieser Mann vorging, bei der Strafe, die er verdient und bei der Schuld, die er auf sich geladen haben mochte, wollte ich ihn dennoch nicht zu diesem grausamen Tod verurteilen.

Wenn überhaupt, dann musste es mir gelingen, mich vor dem achten Tag in den Besitz des Aktivators zu setzen. Wenn nicht ...

Sentimentaler Narr!, schimpfte der Logiksektor. *Er an deiner Stelle würde keinen Augenblick lang zögern, sondern ausschließlich die Gelegenheit nutzen, sobald sie sich ihm bietet – Frist hin oder her!*

Genau das eben macht den Unterschied zwischen ihm und mir aus!, versetzte ich scharf.

Wir hatten uns um die beiden Betten herum im Halbkreis versammelt. Trilith war kurz vor Kan Yus Ankunft in das Genesungshaus zurückgekehrt; sie hatte mit keinem Wort erwähnt, wo sie gewesen war; nur ein zufriedenes Lächeln lag auf ihren rosafarbenen Lippen.

»Heute – und vielleicht noch morgen«, beantwortete Kan Yu meine Frage. Er sah meinen ungläubigen Gesichtsausdruck und lächelte. »Unterschätzen Sie alle niemals die Macht der Töne. Wir heilen seit vielen Generationen mit und durch die Musik. Schon heute Abend entfernen wir die Binde von Ihren Augen, Neife. Die letzten Schmerzen werden wir Ihnen im Laufe dieses Tages nehmen. Morgen Abend spätestens können Sie aufstehen. Nach einem, allenfalls zwei weiteren Tagen dürften Sie soweit wieder hergestellt sein, dass Sie uns verlassen können.«

Oderich Musek erklärte, schon jetzt keine Schmerzen mehr zu spüren.

»Na, dann ist ja alles bestens!«, sagte Trilith und erhob sich von ihrem Hocker. »Dann lass uns endlich aufbrechen.« Ihr fester Blick forderte mich auf, ihr zu folgen.

»Wo wollen Sie hin?«, fragte Kan Yu erstaunt.

»Das geht Sie nun wirklich nichts an, alter Mann.«

»Trilith – bitte«, sagte ich. »Er will uns schließlich helfen.«

»Meinetwegen. Ich ... wir haben etwas zu erledigen. Wir müssen zurück in den Orbit, zur ZUIM. Dazu brauchen wir einen Transmitter oder ein Schiff. Beides gibt es in Genzez. Oder in Leskyt. Also, was hält uns hier? Kommst du oder nicht?«

Ehe ich antworten konnte, fragte Ti Sun: »Wie wollen Sie denn nach Genzez oder Leskyt gelangen?«

»Wie wir gekommen sind. Mit dem Schweber selbstverständlich.«

Trilith Okt trat an den Eingang.

»Das werden Sie nicht schaffen.« Die junge Heilerin schüttelte energisch den Kopf.

»Ach nein? Und wieso nicht? Ich bin eine bessere Pilotin als ...«

»Es geht nicht um Ihre Fähigkeit als Pilotin.« Ti Sun stand gleichfalls auf. »Jeder Gleiterflug, der über Land weiter als fünfzig Kilometer geht, muss bei den zuständigen Leitstellen angemeldet sein. Unberechtigte Flüge werden von den Obhutskräften ausnahmslos aufgebracht. Bis Genzez sind es achthundert, bis Leskyt rund sechshundert Kilometer – Sie kämen nicht mal in die Nähe einer der beiden Städte. Man würde Sie weit vorher verhaften. Sagten Sie nicht, Sie würden verfolgt? Wenn Sie Ihre Verfolger wieder auf Ihre Spur bringen wollen, dann gehen Sie los und starten Sie. Es gibt kaum einen schnelleren Weg.«

Trilith fuhr herum. »Soll das heißen, wir sitzen hier fest?«

»Das soll heißen: Wenn Sie heimlich nach Genzez oder Leskyt wollen, sollten Sie besser Vorsicht walten lassen.« Wie Trilith sprach auch Ti Sun zunehmend lauter.

»Meinen Sie etwa, mich schreckt eine lange Wegstrecke ab?« Triliths hellrote Augen funkelten angriffslustig. Sie lachte abfällig. »Dann laufen wir eben! Es wäre nicht der erste Gewaltmarsch meines Lebens.«

»Wie lange willst du laufen, Trilith?«, warf ich ein. »Wir kämen frühestens in fünfzehn, sechzehn Tagen an. Die Zeit haben wir nicht.«

»*Du* hast sie nicht!«, fauchte sie. »Ich schon.«

Sie ist bereit, ihm den Zellaktivator zu jedem Zeitpunkt abzunehmen!, kommentierte der Extrasinn. *Deine Acht-Tage-Skrupel sind ihr völlig fremd. Und obendrein gleichgültig.*

Ich weiß, dachte ich zurück.

Ist das so? Der Extrasinn verschärfte seinen Impuls. *Dann sei dir auch bewusst, dass sie ebenso wenig Skrupel haben wird, ihn dir abzunehmen. Falls du ihn erbeutest. Oder Lemy Danger oder sonst irgend jemandem. Vergiss alle Loyalität. Du bist für sie nur Mittel zum Zweck.*

»Ich sprach nicht davon, zu Fuß zu gehen«, sagte Ti Sun. »Ich sprach von Vorsicht und Heimlichkeit. Setzen Sie sich wieder, Trilith. Es gibt einen anderen Weg. Artur wird Sie nach Genzez bringen.«

»Ihr Vater?«, fragte ich. »Wo ist er überhaupt? Ich nahm an, ihn hier in Gympmost zu treffen. Ich wollte Sie längst fragen, ob Sie mich zu ihm bringen können.«

»Er hat das Dorf vor vier Tagen verlassen. Wir erwarten ihn erst übermorgen zurück. Mein Vater kann Sie in seinem Gleiter gefahrlos nach Genzez bringen. Er ist der einzige in den Bergen, der eine permanente Händlerlizenz für die Strecke besitzt. Artur versorgt uns mit allem, was uns die Natur nicht geben kann; dafür verkauft er unsere Kräuter und Tinkturen in der Stadt. Haben Sie Geduld. In zwei Tagen ist er wieder hier.«

Trilith schlug die Häute des Eingangs zurück. »Also haben wir zwei Tage zu warten? Zwei, nicht mehr?«

Ti Sun bejahte.

Trilith drehte sich wortlos um und verließ den Dawakaibun. Sie stieß einen schrillen Pfiff aus, während sie sich mit festen Schritten über die Bohlenbrücke entfernte.

»Ich werde Sie nach Genzez begleiten ... Koramal«, sagte Neife in die Stille hinein.

»Von wegen«, widersprach Oderich Musek. »Das kann ich auf keinen Fall gutheißen. Hier in den Bergen sind wir einigermaßen sicher. In der Stadt dauert es höchstens einen Tag, bis irgendjemand dich identifiziert. Dann ...«

»Dann habe ich eben nur einen Tag Zeit, Oderich.« Neife wendete ihr Gesicht ihrem persönlichen Berater zu, obwohl sie ihn nicht sehen konnte; noch immer lagen ihre Augen unter dem Verband.

»Und um was zu tun?«

»Alles, was wir uns vorgenommen haben, um Ponter Nastase Einhalt zu gebieten. Sie müssen wissen, Koramal, dass ich ihn schon seit langem im Verdacht hatte, einen umstürzlerischen Plan zu verfolgen.«

»Sie haben demnach vorgesorgt?«, fragte ich.

Die Geheimdienstchefin lächelte schwach.

»Hätten Sie das etwa nicht?« Ein trockenes Husten schüttelte sie. Ti Sun reichte ihr einen Becher Wasser.

»Ich wusste zwar, dass, aber nicht was Nastase plante«, fuhr sie fort. Meine Berater kamen zu dem Schluss, ein Mann wie Nastase, sollte er tatsächlich die Machtübernahme anstreben, würde den Weg über einen Sündenbock gehen. Er würde jemanden brauchen, dem er die Schuld an dem, was er selber veranlasste, zuschieben konnte. Das ist ja der eigentliche Sinn von Schuldzuweisungen: Sie sollen den, der sie ausspricht, in eine bessere Position bringen. Mir dämmerte leider zu spät, wen er sich für diese Rolle auserkoren hatte. Ich hätte es besser wissen sollen.«

»Was haben Sie vor?«, fragte ich.

»Ich möchte noch einmal betonen – ich habe keinen fertigen Plan. Nur ein dreistufiges Konzept. Zunächst werde ich an dem Bild kratzen lassen, das Nastase von mir zeichnet. Gegen Propaganda hilft bekanntlich nur Gegenpropaganda. Des Weiteren kann ich auf ein Netz mir verpflichteter Fachkräfte zählen.«

»Ihre berühmten Mitarbeiter im Außendienst?« Ich grinste und fragte mich zum wiederholten Mal, warum Neife und ich den Drang verspürten, unsere Agenten nicht als das zu bezeichnen, was sie waren, nämlich Agenten. Ich war begriffstechnisch mit meinen USO-Spezialisten um keinen Deut besser als sie mit ihren Mitarbeitern im Außendienst.

»Nein, damit würde jeder rechnen.« Neife deutete zu Musek hinüber. »Es war Oderichs Idee, bewusst auf die MIAs zu verzichten. Im Laufe der letzten Monate haben wir stattdessen subalterne Fachkräfte in der Transportwegebetreuung angeworben, besonders solche im Transmitterverkehr. Einfache Administrale, Techniker aller Klassen, Fabrikarbeiter; aber keine Militärs oder Obhutsleute. Gewisse Gefälligkeiten und Privilegien, die wir unauffällig erweisen konnten, ebneten dabei den Weg; ersparen Sie mir die Einzelheiten. Jedenfalls können wir über dieses Netz kurzfristig die meisten Verkehrswege auf und nach Rudyn blockieren.«

»Und die dritte Ebene?«

»Sah in der Theorie ein kleines Eingreifteam vor, das sich dem Usurpator beherzt entgegenwirft.«

»Sah? In der Theorie?« Ich ahnte, was das bedeutete.

Sie hob die Schultern und kniff die Lippen zusammen. »Das dafür vorgesehene Team ist noch nicht aufgestellt. Nastase schlug eher zu als wir dachten. Außer meinen Namen kann ich Ihnen daher noch keinen weiteren nennen.«

»Und ausgerechnet Sie sind verletzt – mithin haben Sie nachgerade ideale Voraussetzungen.«

Neife winkte ab. »Ich werde mich in zwei Tagen wieder einigermaßen bewegen können – Sie haben Kan Yu doch gehört.«

»Sich einigermaßen bewegen können und einen Risikoeinsatz durchzustehen sind immer noch zwei völlig verschiedene Dinge, Neife«, erneuerte Oderich seine Bedenken.

»Lieber in einen solchen Einsatz gehen als in Ponters Konverterkammer verglühen«, versetzte sie.

»Angenommen, Sie schaffen es, irgendwie bis zu Nastase durchzudringen«, sagte ich, und ich wusste nicht, ob ich von ihrem persönlichen Mut beeindruckt oder von ihrem unkalkulierbaren Leichtsinn erschüttert sein sollte. »Angenommen, Sie schaffen es wirklich, an allen Wachrobots, Soldaten, Sicherheitskräften und -systemen vorbeizukommen. Weiter angenommen, Sie schaffen es gegen jede Wahrscheinlichkeit, ihn zu stellen. Was haben Sie dann mit ihm vor?«

»Ihn vor ein ordentliches Gericht zu stellen. Was sonst?«

Ich nickte beipflichtend.

»Sie wissen, dass Ihre Chancen mehr als nur schlecht stehen?«

»Und dass die Lage hoffnungslos ist? Und kein Spaß wird? Ja.«

»Sie wollen das wirklich durchziehen, Neife?«

»Waren Sie je auf Nosmo? Standen Sie je im Woogan-Palast in Dabrifala? Haben Sie diesen völlig abgehobenen Größenwahn einmal mit eigenen Augen gesehen? Ich verspüre nicht die geringste Lust, Ähnliches auf Rudyn mitansehen zu müssen. Und Nastases Ziel ist eine Diktatur nach dem Vorbild Dabrifas – er schwärmt geradezu für diesen Mann!«

»Dann«, sagte ich, »schreiben Sie meinen Namen mit auf Ihre Liste. Verrückte müssen schließlich zusammenhalten.«

Ihr Lächeln misslang und ging in ein schmerzhaftes Zukken über.

Kan Yu stand auf und beendete damit vorläufig die Diskussion.

»Was immer Sie vorhaben, Neife, Oderich – zuerst verlangen Ihre Körper ihr Recht. Ti Sun und ich werden uns nun ihrer annehmen.«

Er holte seine Flöte hervor und sah mich an.

»Wir werden dafür in den kommenden Stunden alle Konzentration brauchen, die wir nur aufbringen können. Warum schauen Sie sich nicht inzwischen das Dorf an? Wir benachrichtigen Sie, sobald unsere Arbeit getan ist.«

Ti Sun schlug die Lederbehänge hinter mir zu. Sie war über meine Unehrlichkeit wütend und machte sich nicht die Mühe, es zu verbergen.

Nebelschleier hingen über dem Dorf, die in Wahrheit Wolken waren; immerhin befanden wir uns 3000 Meter über dem Meeresspiegel. Der nächtliche Wind hatte sich gelegt. Ephelegon war ein unscheinbarer, verwaschener Fleck im Osten. In Gympmost war zu dieser Stunde längst alles auf den Beinen; es mochte etwa zehn Uhr vormittags sein.

Die Santuasi gingen ihren diversen Alltagsverrichtungen nach und kümmerten sich nicht um uns Neuankömmlinge, gleichwohl mich mancher neugierige Blick traf. Ich sah viele Frauen und Männer entlang der schwankenden Bohlenwege von einem Kaibun zum anderen hasten; wahrscheinlich waren irgendwelche Vorbereitungen für das bevorstehende Sahaja-Fest im Gang.

Eine Kinderschar turnte lachend mehrere Holmenleitern herunter und verschwand schreiend zwischen den Felsen, ohne mich zu beachten.

Das Blöken eines Tieres wurde von einer ganzen Herde erwidert; ich hätte schwören können, das typische Gebrüll wilder Yaks des tibetischen Hochlandes zu hören, konnte die Tiere von meinem Standpunkt aus aber nicht erblicken.

Dafür zischte mich ein kugelrunder Kopf warnend an, kaum dass ich die Muldenbrücke überquert hatte und festen Boden unter meinen Stiefeln spürte. Ohne es zu bemerken, wäre ich beinahe auf den rotbraunen Schwanz eines Wabyren getreten. Die lange Zunge fuhr aus dem Maul und pendelte in der Luft – das Tier nahm meine Witterung auf. Der Wabyren umschlängelte mich einmal, ohne mich dabei aus den Augen zu lassen. Er schien sich nicht schlüssig zu sein. Ich sah zwar aus wie ein Santuas, roch aber wie ...

... ein Narr?, half der Extrasinn aus.

Langsam ging ich in die Hocke und streckte meine Hand aus. Das Zischen wiederholte sich. Die Fühler fuhren erregt ein und aus, die Zunge pendelte vor meiner Hand. Der fünf Meter lange Körper zuckte unruhig. Ich war dem Wabyren sichtlich suspekt. Er nahm seinen Kugelkopf zurück und tapste zu einem Findling hinüber. Dort drehte er sich noch einmal zu mir um, ließ vorsichtshalber ein Knurren hören – und verschwand in Windeseile in einem Erdloch unterhalb des Steins.

Ein Schnauben, das auch ein Lachen sein konnte, zeigte mir, dass ich beobachtet wurde.

»Du machst es falsch«, sagte Trilith, die unter einem Kaibun auf einem Felsen hockte, mir halb den Rücken zudrehte und mit einem Krautbüschel in ihren Händen spielte. »Pass auf!«

Sie stieß den gleichen schrillen Pfiff aus, den ich vorhin schon vernommen hatte. Ihr Kehlkopf hüpfte dabei wie ein eigenständiges Wesen auf und ab. Sie erzeugte den Laut nicht mit ihren halb geöffneten Lippen, sondern irgendwo tief in ihrer Kehle.

Der Kopf des Wabyren tauchte unter dem Findling hervor. Trilith pfiff abermals und stieß eine Folge trällernder Laute aus, worauf das Wurmwesen aus dem Schlupfloch glitt und zu ihr hin tapste.

»Brav, Pöör.« Trilith sprang von ihrem Sitzplatz herab und reichte ihm etwas von dem Kraut. Schmatzend und mit sichtlichem Vergnügen kaute der Wabyren darauf herum. Und ließ einen zufriedenen Gurrlaut hören.

»Pöör?«, fragte ich.

»Ich habe ihn so genannt; er erinnert mich an den Riesenwurm auf Fauron, von dem ich dir erzählte.« Pöör blinzelte und ließ seine Zunge vorschnellen. Ein weiterer Happen des violett schimmernden Krautes wanderte in das runde Maul des Tieres.

»Er ist noch ziemlich jung, glaube ich. Ich habe mich erkundigt – die Wabyren sind nach dem Zeug hier förmlich verrückt. Es ist Haidumkraut; es wächst scheinbar überall in den Bergen.«

Patty erwähnte diesen Begriff, erinnerte der Extrasinn.

»Ich habe zugesehen, wie einige Dorfbewohner sich mit ihren Wabyren verständigen«, erklärte Trilith. »Sie benutzen dazu übrigens ähnliche Flöten wie die Heiler. Ich habe versucht, die Laute nachzuahmen, mehr schlecht als recht, nehme ich an, aber dennoch – Pöör hier jedenfalls reagiert darauf.« Der Wabyren schlängelte sich um ihre Beine und rieb seinen Kopf an ihrem Knie.

An ihrem rechten Knie; das linke scheut er!, wisperte es in meinen Gedanken.

Trilith kraulte und tätschelte die Körperstelle, an der sich bei anderen Wesen ein Hals befunden hätte.

»Und er gehorcht dir? Ich meine, er frisst dir nicht nur aus der Hand?«

Trilith lächelte überlegen. Ein Pfeifen an der Grenze zum Ultraschall – und der Wabyren wuselte an einer senkrechten Steinwand hoch.

Die Füße verfügten offenbar über harte Krallen, die ihm selbst im nackten Fels sicheren Halt boten. Ein zweiter, tieferer, aber immer noch schmerzhaft schriller Ton drang aus

Triliths Kehle – und Pöör glitt die Wand herab und rieb sich wieder an ihrem Bein. Dem rechten.

»Ich bin erstaunt«, gab ich zu. »Wobei ich nicht weiß, was mich mehr überrascht: Pöörs Folgsamkeit oder deine neuentdeckte Zuneigung zu einem Tier.«

»Ich mag ihn, ja – na und? Immerhin vertreibt er mir die Zeit.« Sie umfasste seinen Schwanz und ließ sich von dem Wabyren in Richtung des Dorfausgangs ziehen. Wo das wilde Kraut in Mengen wuchs.

Ich suchte mir einen stillen Platz nahe des Klippenrandes, an einer Stelle, wo ein kleiner Bach einen Bogen formte und einige Meter weiter über die Felsenkante schäumte. Ich wollte die Zeit nutzen und ein wenig meditieren. Die aufgerissenen Wolken waren inzwischen höher gestiegen; weit reichte der Blick nach Süden ins Land hinein.

Hinter den dunkelgrünen Schatten, die in Wahrheit dichte Urwälder waren, in achthundert Kilometern Entfernung, lag Genzez mit seinen Raumhäfen und Transmitterstationen.

Längst war ich in meiner Fantasie dort, ent- und verwarf Pläne, suchte nach einer List, wie wir möglichst nahe an Nastase herankommen konnten. Zugleich war ich mir schmerzhaft der Tatsache bewusst, dass uns vorerst nichts übrig blieb, als auf Artur Lokwenadses Ankunft zu warten.

Dieser Spagat war nervtötend. Und damit das genaue Gegenteil von Harmonie zwischen Körper und Geist.

Ich versenkte mich in Dagor-Zhy.

Die wechselvollen Melodien verstummten erst am späten Nachmittag. Kan Yu schickte eine Santuas, um mich zu holen.

Der Heiler und Ti Sun waren beide nach der Behandlung ziemlich erschöpft. Sie entschuldigten sich und ließen uns allein.

Neife und Oderich erwarteten mich bereits.

Trilith war vermutlich mit ihrem Wabyren unterwegs.

Beiden ging es erheblich besser als am Morgen. Neife trug keine Augenbinde mehr; sie lachte mir entgegen, als sie mich sah. Oderich saß aufrecht im Bett; sein Atem ging normal, seine Schmerzen waren vollständig verschwunden.

»Ich kann es einfach nicht fassen«, sagte er. »Wie kann Musik, wie können einfache Töne eine solche Wirkung entfalten?«

»Vergessen Sie nicht: Es sind Schwingungen«, antwortete ich. »Schon die alten Griechen sagten: *Alles ist Musik*. Die alten Ägypter behaupteten sogar: *Wer das Geheimnis der Schwingung versteht, der hat größte Macht in Händen*. Eine der Erklärungen der Herkunft unseres Wortes Person führt es auf den Begriff *personare* zurück, was soviel wie *durchtönen* heißt. Nehmen Sie meinen Zellschwingungsaktivator. Seine Hyperfrequenzen haben ihre Entsprechung irgendwo auf der Tonleiter, wenn auch viele Tausende Oktaven davon entfernt. Vielleicht rufen die Flötenlaute der Santuasi bestimmte Resonanzen hervor, die die Selbstheilungskräfte der Zellen aktivieren?«

Neife strich sich vorsichtig über die von der Säure angegriffene linke Wange. Ein rötlicher Hauch lag über der verletzten Stelle.

»Da es heilt, ist es mir völlig egal, warum es heilt«, sagte sie. »Vorerst. Später wird es die Aufgabe der Genzezer Mediker sein, das Verfahren zu erforschen und der Allgemeinheit zugänglich zu machen.«

»Falls es ein Später gibt«, schränkte ich ein.

»Richtig. Und darum werde ich jetzt den ersten Schritt dafür tun. Wissen Sie, was ein Hearas ist?«

»Nein.«

»Es handelt sich um ein winziges Empfangsgerät, das einen kurzfristigen Zugriff zu einer nicht zensierten Äther-Community erlaubt. Die Software mit Einlogg-Routinen und gespeicherten Informationen wird in Form eines kleinen, transparenten Hautpflasters an beliebigen Körperstellen getragen. Hearas sind modisch und seit rund zwei Jahren der Verkaufsschlager in den Städten«, erklärte Oderich.

»Das ist soweit die offizielle Version.« Neife machte eine Geste, als bäte sie im Vorfeld um Entschuldigung. »Hergestellt werden die Hearas im Auftrag des Geheimen Kalkulationskommandos, natürlich unter Decknamen und sonstigen Tarnmaßnahmen.«

»Also sind sie nur ein Mittel, um die eigene Bevölkerung auszuspionieren!«, entfuhr es mir.

»Nein, keineswegs.« Die Chefin des GeKalKo beugte sich vor. »Ich versichere Ihnen: Wir haben das Hearas-Netz nie einer Kontrolle unterzogen. Wir hätten es gekonnt, aber dazu war es nie vorgesehen. Es sollte einem völlig anderen Zweck dienen. Im Fall einer Machtübernahme durch Ponter Nastase würden wir ein Mittel der Gegenpropaganda benötigen; wir sprachen heute morgen schon davon. Das Hearas-Netz ist dieses Mittel.«

»Fast jeder Bürger besitzt gelegentlich ein Hearas.« Oderich zählte an seinen Fingern ab. »Das ist der eine Punkt. Die geringe Lebensdauer und die damit verbundene beständige Neuanschaffung ist der zweite Punkt. So konnten wir sicherstellen, dass unser Virus nicht von Hackern entfernt und immer auf dem neuesten Stand gehalten wird. Der dritte Punkt ist die Verwendung weitestgehend organischer, vor allem lichtempfindlicher Bestandteile. Einige Hearas-Materialien verhalten sich in gewissem Sinn wie fotosynthetisierende Pflanzen – sie sind auf die Strahlung Ephelegons kalibriert. Und, darauf kam es uns an, sie sind in der Lage, angehängte Nachrichten aus dem reinen Sonnenlicht zu extrahieren.«

»Nachrichten? Aus dem Sonnenlicht?«

Neife übernahm wieder das Wort.

»Wir haben in Ephelegons Korona einen Sonnensatelliten versteckt. Forscher des GeKalKo entdeckten ein Verfahren, wie man dem Licht Informationspakete anhängen kann, ganz ähnlich, wie man das auch bei Funkbotschaften machen kann, indem man den offiziellen Nachrichten die eigentliche Information untermischt. Der Sonnensatellit übernimmt dabei die Aufgabe, das Licht mit dem gewünschten Infopaks anzureichern.«

»Hätte es dann nicht ein herkömmlicher Sender auch getan?«, fragte ich.

»Normale Sender lassen sich orten«, sagte Oderich. »Und ausschalten. Aber ganz gleich, was Nastase auch anstellt, ob er uns auf die Schliche kommt oder nicht – er wird die Sonne nicht verdunkeln können.«

»Das heißt, nachts gibt es keine Botschaften?«

»Doch, von der Tagseite. Das Hearas-Netz ist dezentral organisiert. Und planetenumspannend. Es gibt keinen Server. Ein jedes Hearas stellt ein wenig zusätzlichen Speicherplatz für die Gesamtheit der Community zur Verfügung. So kann jeder jederzeit alles mitbekommen.«

»Und was hat das alles mit Ihrem ersten Schritt zu tun?«

»Auf einen Kodeimpuls von mir hin nimmt der *Piratensender Kalfaktopia* seinen Betrieb auf«, antwortete Neife. »Der Satellit aktiviert das Virus innerhalb der Geräte und sorgt dafür, dass von diesem Moment an die Verlautbarungen von Kalfaktopia vorrangig empfangen werden. Jeder kann weiterhin mit seinem Hearas tun, was er möchte, doch er muss dabei unsere Nachrichten zur Kenntnis nehmen.«

»Die Ihre Massen-Psychologen für den Fall der Fälle längst ausgetüftelt haben?«

»Ergänzt durch aktuelle Berichte eines viele hundert *schlafende Piraten* umfassenden Kreises von Varidis-Sympathisanten.«

Sie hob Daumen und Zeigefinger an ihr rechtes Ohrläppchen und drückte zu. Sie nickte, als bekäme sie eine Bestätigung. Ein zweites Drücken schaltete das implantierte Funkgerät wieder aus.

»Kalfaktopia sendet«, sagte sie zufrieden.

Als hätte sie nur auf dieses Stichwort gewartet, stürzte Ti Sun in den Dawakaibun herein.

»Ein Schiff!«, rief sie. »Ein Schiff kommt! Man hat Ihre Spur gefunden!«

Ponter Nastase; Gegenwart
Die beiden fast gleichgroßen Männer standen in einem hallenartigen Demonstrationskubus, der zu den Räumlichkeiten Ponter Nastases gehörte. Der neue Außerordentliche Generalkalfaktor trug den wadenlangen Ehrenmantel, Aquium Namastir eine einfache weinrote Montur ohne Rang- oder Ehrabzeichen. Weinrot war die Farbe der ehrenvoll aus dem Amt geschiedenen Würdenträger.

Der Kubus war bis auf ein schwebendes Steuerpult und die beiden Männer vollständig leer; dafür befanden sich in allen sechs Seiten des Würfels Holografieprojektoren, die, gespeist von einer Positronik, jede gewünschte dreidimensionale Abbildung generieren konnten.

Nastase gab einen halblauten Befehl. Konturen bildeten sich, Texturen folgten. Schmerzhafte Helligkeit flutete den Kubus: Arkons Sonne entstand hoch am Himmel.

»Gos'Teaultokan.« Nastase zog die Stirn in Falten. »Der Kristallpalast.«

Das neue Bild zeigte den Hügel der Weisen und darauf, im gleißenden Sonnenlicht, inmitten eines gewaltigen Komplexes aus Kelchbauten mit Ministerien, Botschaften, Verwaltungszentren, Geheimdienstzentralen und einer Vielzahl anderer Gebäude, den großen Trichterbau. Alle anderen Kelche überragte der *Gos'Khasurn* mit seiner Höhe von annähernd einem Kilometer um das Doppelte. Der Innenhof des Wohnsitzes der arkonidischen Imperatoren hatte einen Durchmesser von 1500 Metern, der Kelchstiel durchmaß 500 Meter. Die gesamte Fassade war mit einer Schicht aus funkelnden Kristallen überzogen, was dem Kristallpalast seinen Namen gegeben hatte.

»Armselig, finden Sie nicht?« Nastase machte eine abfällige Handbewegung. »Eher etwas für beschränkte Geister.«

Ein weiterer Befehl.

Der Hügel der Weisen verschwand. Eine Lichtflut anderer Art erschien an einem nächtlichen Firmament: Dreißig Atomsonnen erhellten einen hundert Quadratkilometer großen

Park, in dessen Zentrum sich ein anderer, noch nicht ganz fertiggestellter Kelchbau erhob. Kleinere, auf Arkon als normal groß geltende Trichterbauten umgaben den Giganten; sie machten erst die ungeheuren Dimensionen des in der Mitte stehenden Prunkpalastes deutlich. Die Positronik blendete auch hier die äußeren Abmessungen ein.

»Woogan.« Nastases Stimme klang beifälliger. »Der Sonnenpalast von Nosmo. Höhe des Trichters: 3000 Meter. Damit dreimal so hoch wie der Gos'Teaultokan. Dabrifa zeigt schon allein dadurch, was er von dem degenerierten Arkongeschmeiß hält. Sehen Sie, Aquium – sogar eine Ringstraße verläuft in Serpentinen entlang der Außenseite hoch. Und ein See liegt tief im Innern der Trichtermitte. Ganz nett, nicht wahr?«

Der ehemalige Kalfaktor für Bauwesen hütete sich, mehr zu äußern als ein zustimmendes Brummen.

»Natürlich ist das alles immer noch – wie soll ich sagen – ein wenig provinziell.«

»Wie bitte?« Namastir glaubte sich verhört zu haben.

»Provinziell. Angestaubt, hinter dem Mond, verschnarcht – kleinstädtisch eben. Steinzeit pur, wenn Sie mich fragen. Geradezu hinterwäldlerisch. Eines wahren Sternenreichs absolut unwürdig.«

Nastase lachte leise. Spöttisch schürzte er die Lippen, mit dem Zeigefinger tippte er an seine Wange.

Aquium Namastirs Blick folgte dem Finger und blieb verwundert im Antlitz des hageren Mannes haften. Die violettroten Flecken, die früher das Gesicht des ehemaligen Wissenschaftskalfaktors verunziert hatten, waren über Nacht kleiner und matter geworden, so als wolle die seit vielen Jahren angegriffene Haut nun endlich heilen.

»Ich«, sagte Nastase betont langsam, »will das da von Ihnen.«

Er tippte etwas in das Befehlsfeld des Steuerpultes, und der Woogan-Palast verblasste.

Die Schwärze des Weltraums sprang an seine Stelle.

Das helle Leuchten des nahen galaktischen Zentrums.

Dann schwenkte eine fiktive Kamera zur Seite und nach unten. Ein Planet kam ins Bild, dessen weiße, braune und blaue Schattierungen unverkennbar waren: Rudyn. Eine kleine Kugel, etwa eine Lichtsekunde entfernt im All schwebend.

Die Kamera nahm Fahrt auf. Rudyn wurde größer. Als sein scheinbarer Durchmesser etwa auf sechzig Zentimeter angewachsen war, stoppte Nastase durch einen Zuruf die virtuelle Annäherung.

Die Kamera blieb in einer Höhe von 5000 km stehen.

Rudyn drehte sich. Largha, der Südpolkontinent, wanderte ins Zentrum.

»Ich will das da von Ihnen«, wiederholte Ponter Nastase.

Aus dem schimmernden Eis Larghas schob sich ein goldener Ring in die Höhe. Eingeblendete Daten gaben als seinen Durchmesser 100 km an; die Dicke des Rings selbst betrug 5 km.

»Etwa so«, sagte Nastase, »stelle ich mir das künftige Verwaltungszentrum vor. Der Ring wird ein einziges, in sich geschlossenes Gebäude sein. Was immer auch in der Galaxis geschehen wird, hier wird es entschieden, genehmigt, geplant und verwaltet werden.«

Eine eingeblendete schematische Seitenansicht gab als Höhe des Ringbaus 8000 Meter an, wobei das Fundament auf dem felsigen Boden des südpolaren Kontinents stand. Der Eispanzer über Largha wurde in dieser Region mit 5000 Metern angegeben. Das Ringgebäude ragte damit gut 3000 Meter über die Eisfläche hinauf.

»Das dereinst größte Gebäude der Galaxis«, murmelte Nastase. »So wie wir jetzt, Aquium, wird man es dann schon aus dem Weltraum erblicken können. Sie werden es für mich bauen.«

Ihm entging der entsetzte Blick, mit dem ihn der Hundertelfjährige anstarrte.

Ein Wink veranlasste die Positronik, weitere 3-D-Grafiken zu generieren. Eine grob angedeutete Stadt entstand auf der flachen Ringoberseite. Sechs spitzbögige Tore erschienen in der goldenen Außenseite, ein jedes fünfhundert Meter hoch. Künstliche Wasserfälle stürzten sich in unzähligen Kaskaden beiderseits der Tore herab, gespeist aus Kanälen der hochgelegenen Stadt.

Drei elliptische Formen, die einen gemeinsamen Mittelpunkt hatten, erhoben sich, um 60 Grad zueinander verschoben, aus dem Eis im Inneren des Rings. Auch diese Gebäude kamen an ihrer breitesten Stelle auf 5000 Meter. Die Wendepunkte der 90 km langen Ellipsen berührten den Ring jeweils dort, wo sich zwei der Tore gegenüberlagen – wie Speichen in einem sechsspeichigen Rad. Von oben erinnerte das Ganze an eine stilisierte, sechsblättrige Blume. Die Dächer der Ellipsen bildeten einen schmalen Grat, deren Winkel immer höher und höher anstieg, bis die sich so ergebenen »Blütenblätter« im Zentrum des Rings aufeinander zu strebten und sich zu einer gewaltigen Kegelpyramide erhoben, die an ihrer Basis einen Durchmesser von tausend Metern aufwies.

Während der Ringbau und die Blütenblätter golden glänzten, erstrahlte der Spitzkegel in türkisem Funkeln. Wie eine Nadel aus geschliffenem Eis stach sein sich schnell verjüngender Schaft bis in 5000 Metern Höhe über dem Eis in den Himmel, fixierte einen Punkt, mathematisch exakt über dem geografischen Pol.

»Das da ist angemessen, Aquium. Selbstverständlich wird alles unter einer undurchdringlichen Schutzschirmstaffel liegen. Im Ringbau unterhalb der Eisfläche sollen die benötigten Maschinensäle und Energieerzeuger und die Fabrikanlagen unterkommen, die den neuen Regierungssitz autark machen sollen. Oberhalb des Eispanzers will ich in den Außenwandungen Hangars für die Schutzflotte haben. Dazu Abwehrforts, Unterkünfte für die Bodentruppen, Kasernenlager für Kampfroboter, Arsenale und so weiter, was immer Sie für nötig erachten. Bauen Sie mir die stärkste Festung, die Menschen je errichtet haben, Aquium. Parafallen. Platz für eine mindestens tausendköpfige Leibgarde und deren Familien.

Definieren Sie das Wort Sicherheit neu, Aquium. Niemandem darf es möglich sein, hier unbemerkt einzudringen. Erst recht darf sich niemand erdreisten, auch nur im Entferntesten zu glauben, ein Angriff oder gar eine Vernichtung seien technisch machbar. Die Galaxis soll in ängstlicher Ehrfurcht erstarren, wenn von Rudyn und dem MEGOPRAL die Rede ist.«

»Dem MEGOPRAL?«

Ponter Nastase nickte. Er legte die Hand auf die Brust, als schwöre er einen heiligen Eid.

Er sah geistesabwesend auf das Abbild des polaren Kontinents hinab.

Für einen Moment glitten seine Gedanken zurück. Weit, weit über fünfzig Jahre zurück ...

... sah er sein jüngeres Ebenbild vor seinem inneren Auge, den eben dreißigjährigen Ponter. Ein Doktorand der Klimatologie, der in der larghaischen Eiswüste voller Enthusiasmus zu forschen begann und nichts als erdrückende Langeweile fand.

Tiefenbohrungen und Proben. Klimadiagramme und -modelle.

Analysen. Antezedenzen. Anthropogäische Auswirkungen. Und keine Abwechslung.

Bis Jena in sein Leben trat. Sie kam mit einem Schwung Freiwilliger, die während der Semesterferien ein Praktikum absolvierten.

Trostjay, so hieß damals die Station.

Er erinnerte sich plötzlich an jeden Raum, an die Farbe der Wände, an jede Spur, die sie mit den Snowbiles in den ewigen Schnee der Polarregion gezogen hatten. Vor allem aber natürlich an Jena, die Studentin der Suniastra. Er erinnerte sich ...

Wie sie einander angesehen – und mit einer Heftigkeit begehrt hatten, die beide zutiefst erstaunte. Wie sie einen Ort suchten, der ihnen Momente der Zweisamkeit erlaubt hätte – und ihn nicht fanden; private Räumlichkeiten kannte die Trostjay-Station nicht. Wie sie heimlich und unerlaubt einen der Eisschlitten zu einen Ausflug genommen hatten, hinaus in die einsame Wildnis.

Wie sie, zitternd vor Erregung, das Notzelt mit der Mikroheizung errichtet und sich in seinem Schutz geliebt und wieder geliebt hatten, mit einer Leidenschaft, die alles vergessen machte ... Die sogar den Fallwind und das aufkommende Unwetter überhörte.

Die katabatischen Winde.

Wie die meisten Polregionen, bildete auch die larghaische Eisdecke eine flache Kuppel, deren Mitte höher lag als das dünnere Küsteneis. Im Zentrum war es kälter als an den Rändern. Die kalte Luft strömte abwärts und beschleunigte sich. Mal stärker, mal weniger. Manchmal kam der Umschwung binnen weniger Minuten.

Ponter war seit einem halben Jahr in Trostjay und kannte das Phänomen. Aber der flehende, verheißungsvolle Glanz in Jenas Augen! Ihr Blick schmolz alle Bedenken hinweg. Er überstrahlte alles andere, und was konnte schon passieren?

An jenem Tag war es für larghaische Verhältnisse geradezu herrlich schön. Minus 30 Grad, aber Ephelegon, dicht über dem Horizont stehend, zauberte in das goldene Eisglitzern hinein den Widerschein von strahlendem Türkis und tiefem Blau. Über allem stand ein wolkenloser Himmel. Ein idealer, fast windstiller Tag. Er vergaß alle Vorsicht. Sie gaben vor, in einem Robotcamp nach dem Rechten sehen zu wollen, nahmen den Eisschlitten und entfernten sich, kaum außer Sichtweite, in die entgegengesetzte Richtung.

Im Schutz der Gymorrberge, einer Kette flacher Hügel, in Wahrheit die steinernen Gipfel eines sich unter dem Eis erstreckenden Gebirges, die etwa fünfzig Meter aus dem Eisschelf herausragten, hielten sie an.

Und hielten es vor Erregung kaum noch aus.

Im Inneren des eiligst hingepflockten Überdruckzeltes vergaßen beide die Zeit.

Sie schalteten weder den zur Notausrüstung gehörenden Prallschirm ein noch die Annäherungssensoren. Dafür keuchten und wimmerten beide wie vor Schmerzen, während sie sich mühsam aus den Klimamonturen schälten.

Das Liebesspiel endete abrupt, als ein krallenbewehrter Prankenhieb die Durplexhaut zerschnitt und alles wegriss, was sie mit Eishaken und Traktorbolzen festgezurrt glaubten.

Ponter sah nur das weißgelbe Fell des Eistölpöts, sah nur, wie die drei Hände große Pranke Jena um Haaresbreite verfehlte.

Dann verschwamm alles in einem Wirrwarr aus sich überschneidenden Eindrücken. Jena, die verzweifelt versuchte, durch Fetzen des Zeltes zum Snowbile zu gelangen und gleichzeitig die fortwehenden Teile ihrer Klimaschutzmontur anzuziehen, bis sie, um Hilfe rufend, im dichten Schneetreiben davongewirbelt wurde. Zwei Tölpötjunge jagten grollend hinterdrein.

Der Himmel war ein unwirkliches, lichtloses Dunkelgrau geworden. Heftige Sturmböen peitschten den Schnee fast waagerecht über den Boden. Die Sicht betrug höchstens drei Meter.

Ponter glaubte noch einen verwehenden Schrei zu hören. Dann sah er den weitaufgerissenen Rachen des in das Zeltinnere vordringenden Tölpöts. Von Reißzähnen, die länger als eine Handspanne waren, troff zähflüssiger Speichel.

Mit einem gewaltigen Sprung brachte er sich in Sicherheit. Er stolperte durch die Fetzen, übersah einen Traktorbolzen und stürzte kopfüber in den Schnee. Ein grässlicher Schmerz fraß sich durch seinen Rücken, als er sich herumwarf. Etwas bohrte sich nahe der Wirbelsäule in sein Fleisch. Er wusste nicht, was schlimmer war: Das Grollen hinter ihm oder die beißende Kälte. Die Qual in seinem Rücken. Oder die Ungewissheit, was mit Jena war.

Das Muttertier, stärker von der Wärme der Mikroheizung angelockt als von der Nähe des Menschen, zermalmte das Gerät mit einem einzigen Biss. Die Speicherenergie entlud sich knallend in den Kopf des Eistölpöts. Bläuliche Funken tanzten knisternd über das Fell. Die bärenähnliche Bestie brüllte auf vor Schmerzen. Blut tropfte von der verbrannten Nase.

Das Tölpötweibchen, fast so hoch wie ein Mensch und gut zwei Meter lang, schnaubte, rieb sich die Schnauze, trampelte die Reste des Zeltes nieder und rannte ihren Jungen hinterher.

Als Ponter zitternd, blutend, halbnackt und von den wehenden Eiskristallen fast blind, Sekunden später den Schlitten erreichte, war Jena fort, verschlungen vom Dunkel des Sturms, verloren im Eis.

Die per Funk herbeigerufene Hilfe traf fünf Minuten später ein. Sie retteten den halberfrorenen Ponter, dessen Rückenwunde zugefroren war; doch sie bargen nur Jenas zerschundenen Leichnam.

Nie würde Ponter jenen Tag vergessen.

Und auch nicht den folgenden, an dem sie ihn nach Genzez zurückschickten und seiner Karriere als Klimatologe ein jähes Ende setzten. Als sie ihn aus Trostjay und damit vom Südpol vertrieben.

Und erst recht nicht würde er den Schwur vergessen, den Eid, den er sich Jahre später, als er eine neue Karriere als Politiker startete, selbst geleistet hatte: *Nie wieder würde irgendjemand ihn, Ponter Nastase, von einem ihm genehmen Platz vertreiben. Niemals!*

Die violett verfärbten Wangen trug er seit jenen schrecklichen fünf Minuten im Eis als stumme Mahnmale, die ihn mit jedem Blick in den Spiegel an den Schwur erinnerten. Alle übrigen Erfrierungserscheinungen ließ er kosmetisch entfernen oder, wie im Fall der zwei verlorenen Zehen, durch körpereigene Zellnachzüchtungen ersetzen.

Die Wunden verheilten.

Nur der Schmerz in seinem Rücken blieb, zwar weniger intensiv, dafür dauerhaft. Psychologen deuteten ihn als »Schuldstachel«, der in seinem Fleisch steckte, denn medizinisch gab es keinerlei Indikation. Die Rückenwunde war sorgfältig behandelt worden und vollständig verheilt. Nichtsdestotrotz krümmte er sich fortan beim Gehen, nein, das war vorbei, er *hatte* sich gekrümmt, bis vorgestern.

Seitdem er den Zellaktivator trug, war auch dieser Stachel Vergangenheit.

Der MEGOPRAL würde zugleich ein Symbol seiner Rückkehr sein. Ein Zeichen seines Sieges über die Kleingeister der Union, aber auch über den eisigen Kontinent, den Ort seiner Niederlage, der ihm Jena entrissen hatte.

Ja, ein Ehrenmal sollte es werden, für die einzige Liebe, die er in seinem Leben erfahren hatte ...

Ponter Nastase fand in die Gegenwart zurück. Er fixierte sein Gegenüber mit seinen eisgrauen Augen.

»Gibt es einen angemesseneren Namen für den Palast eines wahren Herrschers von Rudyn?«

Namastir verneinte, schluckte und überschlug die Werte, die aus Nastases grober Planung ersichtlich waren, im Rechnertool seines Multiarmbands. Ihn schwindelte, als er die Ergebnisse sah.

»Es ist nur ... wir ... wir würden die Union an den Rand des Bankrotts führen, nähmen wir dieses ... Bauwerk in Angriff.«

»Die Union?« Nastases lautes Lachen erfüllte den Kubus. »Sie glauben immer noch an diese vollkommen lächerliche Union?«

Nastase fuhr herum.

In seinen Augen fing sich das Glitzern des Larghaeises.

»Denken Sie groß, alter Mann. Fangen Sie endlich an, Größe zu erfassen. Die Zentralgalaktische Union war ein passabler Anfang, ein Meilenstein, nicht mehr als ein notwendiger erster Schritt. Sie haben doch erlebt, was 21 miteinander streitende Köpfe anzurichten in der Lage sind. Nein! Diese Zeiten sind vorbei! Wahre Macht muss sich konzentrieren, muss sich über lange Zeit sammeln, muss sich verbinden können in einem einzigen Willen und Wort! Dabrifa weiß das. Arkons Marionettenimperator weiß das. Selbst der ach so gefällige

Rhodan weiß das, auch wenn er das hinter der dünnen Maske seiner Scheindemokratie verbirgt.«

Namastir biss sich auf die Lippen. »Ein solches Bauwerk ist nicht finanzierbar«, wagte er endlich und flüsternd zu sagen.

Nastase verzog sein Gesicht zu einem spöttischen Lächeln.

»Vielleicht. Vielleicht nicht gleich. Vielleicht nicht heute. Aber eines Tages wird es das sein ... Heute verlange ich nur den Plan von Ihnen. Den grandiosen Plan eines Visionärs. Entwerfen Sie mir das mächtigste Bauwerk, das ein Menschenhirn jemals ersonnen hat. Den MEGOPRAL. Den zukünftigen Sitz ...«

Er machte eine dramatische Pause.

... eines Größenwahnsinnigen!, spiegelten Namastirs Züge wider.

Nastase entging die entsetzte Reaktion seines Gegenübers. Er betrachtete die 3-D-Darstellung des ungeheuren Bauwerks und nickte versonnen.

»... seiner Zeitlosen Allfahrenheit, des Sternenkaisers Ponterius I.«, vollendete er seinen Satz. Leise, lächelnd, als spräche er zu sich selbst.

Mit hocherhobenen Armen schien Nastase Rudyns Abbild umarmen zu wollen.

Für einen Moment herrschte beunruhigende Stille.

Dann drehte sich der Außerordentliche Generalkalfaktor herum. Eine scharfe Handbewegung löste die Projektion auf. Normales Licht flutete den Raum. Nastase legte dem Hundertelfjährigen den Arm um die Schultern, geleitete ihn jovial zum Ausgang.

»Fangen Sie noch heute damit an. Ab sofort sind Sie mir ausschließlich für das *Projekt MEGOPRAL* verantwortlich. – Ach, und Aquium?«

»Ja?« Irgendwie brachte Namastir diesen Laut noch zustande.

»Ich will eine beeindruckende Präsentation binnen der nächsten fünf Tage! Und wenn ich beeindruckend sage, dann meine ich mega-beeindruckend!«

Das Licht im Kubus erlosch.
Das Echo der Schritte beider Männer verklang.
Das Schott fuhr zischend zu.

Da bist du also

Derius Manitzke; Gegenwart

Mit einem Seufzer schloss Derius den letzten der drei vordringlichsten Fälle ab, die auf seinem Schreibtisch lagen.

Es ging dabei um einen anchorotischen Händler, der illegal mit Twiesel-Genderivaten handelte. Twiesel waren auf Anchorot, dem zweiten Planeten der Sonne Tay-Labo, heimische Raubtiere, deren Fell ihnen eine besondere Mimikry-Fähigkeit verlieh.

Wissenschaftler der Ross-Koalition hatten das zuständige Gen, das die Mimikryfähigkeit bei den Twiesel steuerte, vor einiger Zeit isolieren und künstlich herstellen können. Die Soldaten der Ross-Koalition erhielten laut Berichten des GeKalKo seit achtzehn Monaten *Twieseldee*-Rationen zugeteilt. Pillen, die ihnen im Notfall, besonders beim Ausfall ihrer Deflektorschirme, binnen weniger Minuten ein völliges Verschmelzen mit jedem beliebigen Hintergrund ermöglichten. Selbst Wärmedetektoren, Individualspürer und Vitalscanner vermochten die derart Getarnten nicht mehr aufzufinden – für die Dauer von exakt 23 Stunden. Danach ließ die Tarnung nach. Und die Nebenwirkung setzte ein. Jedem, der die Twieseldee-Pillen nahm, fielen innerhalb eines Tages alle Haare aus – und sie wuchsen nicht mehr nach. Das Phänomen ging als YLLO-Effekt in die Medizin ein: *You look like Oxtornes.*

In der ZGU wurde Twieseldee verboten.

In der Ross-Koalition sah man das entspannter. »Besser glatt als platt!« wurde zum Slogan eines ganzen Jahrgangs kampfesmutiger Rauminfanteristen.

Als Ende August vermehrte Fälle von spontaner Glatzenbildung in der Unionsflotte auftraten, dachten die Truppenärzte noch an einen eingeschleppten Virus aus der Grünen Hölle von Tanverlondere. Der genetische Schaden in den Zellen entsprach in manchen Punkten einer von dort bekannten Infektion, die bei Überträgern auch zum Verlust aller Haare führte, die aber zudem tödlich verlief.

Zur Vorsicht wurden Quarantänemaßnahmen verhängt.

Die scheinbar Infizierten starben jedoch nicht.

Dafür entkamen einige auf völlig unbegreifliche Weise zeitweilig den Isolationsbereichen. Ohne dass die Wachrobots und die stationären Sicherheitseinrichtungen ihr Verschwinden oder ihr Wiederkommen bemerkten.

Derius ermittelte.

Er fand heraus, das ein anonymer Anchorote einen Weg gefunden hatte, ein modifiziertes Produkt namens *Twieselfree* heimlich an die Soldaten der Unionsflotte zu verkaufen. Angeblich erhöhte es die Tarndauer auf 46 Stunden und war frei vom YLLO-Effekt. Viele Angehörige der Raumflotte nutzten das Angebot, im Ernstfall einen Joker in der Tasche zu haben. Andere, um sich ein paar Solar nebenher zu verdienen.

Manche probierten Twieselfree alsbald aus, um ein wenig Spaß zu haben.

Tatsächlich blieben ihnen die Haare erhalten – in den ersten 72 Stunden. Danach wurden sie so kahl wie alle, die zuvor Twieseldee eingenommen hatten.

Vage Angaben der Twieselfree-Kunden verdichteten sich zu handfesten Hinweisen. Die Verteiler wurden identifiziert und verhaftet.

Derius sorgte dafür, dass ein scheinbarer Deal ins Tay-Labo-System gemeldet wurde. Der Anchorote wurde persönlich zur Übergabe ins Ephelegon-System gelockt. Die Falle schnappte zu.

Am Vormittag des 17. Septembers nach Standardzeit brachte ein Raumbootgeschwader des Freikorps Barya Awangard einen am Rand des Sonnensystems treibenden Klyfter auf. Das schnelle Erkundungsschiff – ein Koalitionseigenbau – war bei Schmugglern und den Ross-Soldaten gleichermaßen beliebt. Die Lagerräume waren bis zur Kante mit Twieselfree gefüllt. Der Anchorote entpuppte sich als Agent der Ross-Koalition, dessen eigentlicher Auftrag lautete, die Disziplin innerhalb der Unionstruppen zu untergraben.

Derius schloss die Akte und wandte sich der Angelegenheit Varidis zu. Alles andere konnte warten.

Er trat am 17. September 3102 um 14.00 Standardzeit aus dem Transmitter der ZUIM.

Kikomo Akubari, der Adjutant des Außerordentlichen Generalkalfaktors, erwartete ihn bereits.

»Sie werden nichts finden«, sagte er, während sie sich zu den Schubsektoren begaben.

Überall auf dem Weg waren Roboter mit Aufräumarbeiten beschäftigt. Sie wichen Nietdrohnen aus, atmeten den beißenden Geruch von Schweißbrennern ein, mussten Lastrobots ausweichen. Kamen an unverkleideten Stahlskelettwaben vorbei, zwischen denen Kabel neu verlegt wurden. Rochen in den schon wieder fertiggestellten Gangabschnitten die unverkennbare Ausdünstung, zu der sich Klebstoffe, Farbe, Schmierfette und Plastmaterialien verbanden.

Der Asiat hob resignierend die Hände.

»Wir haben buchstäblich in den noch rauchenden Trümmern gesucht. Wir haben keine Leiche gefunden. Ich habe mich vom Zustand der Kampfzonen persönlich überzeugt. Da war kein Entkommen. Nur glühendes Metall.«

»Ich suche keine Leiche«, antwortete Derius abwesend. »Wo befinden sich die Vitalscanner?«

Akubari zeigte ihm die Stellen in den Dockingbuchten.

Derius zückte ein Messinstrument und hielt es nacheinander an die jeweiligen Wandverkleidungen. »Da sind schon die korrekt kalibrierten SubController eingebaut«, murmelte er. »Wurde dieser Abschnitt während der Kämpfe beschädigt?«

»Nein«, antwortete Akubari. »Nur weiter vorn.«

»Wer wartet die Scanner?«

»Das zu veranlassen ist Sache des Lademeisters.« Er konsultierte sein Multiarmband. »Ein gewisser Fresko Balibari.«

»Dann her mit dem Mann.«

Der Asiat sprach in sein Funkgerät, dann nickte er. »Ist auf dem Weg.«

Derius sah zu der großen Beschriftung an der Wand. Sie befanden sich in Schubsektor 3-A.

Nur aus dieser Dockingbucht hatte am 15. September ein Müllfrachter zur fraglichen Zeit abgelegt. Wenn Neife Varidis den Thermobeschuss überlebt und aus dem Sphärenrad entkommen war, dann konnte sie nur diesen Weg genommen haben. Dem allerdings stand das fehlende Alarmsignal des Vitalscanners gegenüber.

Wäre Varidis durch den schmalen Gang zur Dockingbucht gekommen und hätte sie die Ladeluke passiert, dann hätte ein Alarm ertönen und eine sofortige Sperrung des Containers erfolgen müssen.

Beides war unterblieben.

Ein Schnaufen und das Schlurfen schwerer Beine veranlassten Derius, sich umzuwenden. Ein dickleibiger Kerl mit wirrem blondem Haar kam den Gang herunter. Er trug die vorgeschriebene blaue Uniform, aber auf saloppe Weise. Die Säume waren nicht korrekt geschlossen, und der Glanz unterhalb des vorstehenden Bauches beiderseits der Hüften zeigte, dass er an dieser Stelle mit Vorliebe seine Hände abzuwischen pflegte. Derius sah dort Saucenflecken im Verein mit Schokoladenschmiere, und tatsächlich wischte sich der Mann die rechte Hand trocken, ehe er sie ihnen reichte. Die Hand war trocken, aber klebrig.

Besorgt musterte der Lademeister die beiden Grauuniformierten.

»Irgendwas nich' in Ordnung?«

»Alles bestens«, sagte Derius. »Und eben das macht mich stutzig. Wann wurden die SubController in den hiesigen Vitalscannern ersetzt?«

Fresko Balibaris rötliches Gesicht wurde eine Spur röter. »Tja, also da müsste ich erst nachsehen.«

»Tun Sie das, bitte. Jetzt.«

Balibari brummte etwas und machte sich an seinem Workpad zu schaffen. »Ersetzt, sagen Sie? Hm, also, da liegt mir kein Auftrag für vor. Kann sein, dass einer der Techniker ... aber da müsste ich eigentlich ... Nein, Sir. Hier ist keine Auswechslung vermerkt.«

Clever, wisperte Carys schmeichelnde Stimme. *Das heißt nicht, dass keine Auswechslung stattfand. Im Übrigen steigt sein Stresspegel rapide an. Er weiß mehr über die Scanner, als er sagen will. Und er hat ein schlechtes Gewissen.*

»Mr. Balibari, Sie wollen mir also erklären, dass Sie keinen SubControlleraustausch veranlasst haben?«

»So weit ich mich erinnere – nein, Sir.«

Balibari nahm einen Schokoriegel aus der Tasche, zerriss die Versiegelung und biss hinein. Etwa die Hälfte des Riegels verschwand hinter seinem Gebiss. Erst, als er die versteinerten Gesichter der beiden anderen Männer bemerkte, steckte er den Riegel schnell wieder in die Tasche zurück. »Entschuldigung«, murmelte er.

»Mr. Balibari, jemand hat hier und an drei weiteren Stellen ohne jeden Zweifel einen Austausch durchgeführt.« Derius klopfte auf sein Messinstrument. »Die Frage ist, wann und warum? Sie wissen es wirklich nicht?«

Das breite Gesicht Balibaris verzog sich in dem Versuch, das abgebissene Stück des Schokoriegels möglichst unauffällig zu kauen und hinunterzuschlucken. Er schüttelte den Kopf.

»Wer, Mr. Balibari, hat vor zwei Tagen – Sie erinnern sich, das war der Tag, als die Terroristen zu entkommen versuchten – wer hat hier die Schicht geleitet?«

»Ähm – Mitty Kawolski. Aber Mitty befindet sich im Lazarett. Bei ihm vorn fielen Schüsse, er hat eine schwere Kopfwunde ...«

»Bitte bestellen Sie Mr. Kawolski meine Genesungswünsche.«

Derius gab den Namen in sein Multiarmband ein. Mittels eines von Marco Fau autorisierten Überrangkodes erhielt er Zugriff auf alle Personaldaten der ZUIM. Dazu schaltete er einen Suchalgorhythmus: Stichtag 15. September, besondere Vorkommnisse, Anweisungen an Mitarbeiter, Schriftverkehr. Er hörte einen Moment in sich hinein und hängte den Vermerk mit den privaten Nachrichten an.

Die Bestätigung kam Sekunden später.

Eine Finanztransaktion auf Kawolskis Konto. Eine gewisse Pattevkaja Ochomsova hatte ihm 400 Solar gutschreiben lassen. Als Verwendungszweck hatte sie Teigröllchen für Familienfeier und herzlichen Glückwunsch angegeben.

Ein weiter Suchlauf: Ochomsova, Pattevkaja. Das Ergebnis war eindeutig: Es gab nur eine Frau dieses Namens, und sie war Pilotin eines Müllfrachter mit der Kennung RGC-06. Derzeitiger Standort: Rudyn, Genzez, Edbarsk. Die Pilotin hatte Urlaub. Letzter Dockingvorgang an der ZUIM: am 15. September.

»Man sieht es Ihnen an, Sie essen gern«, sagte Derius leichthin. »Mögen Sie Teigröllchen?«

Der Lademeister erlitt einen Hustenanfall. Offenbar hatte er sich an dem abgebissenen Happen verschluckt. Seine Gesichtsfarbe näherte sich einem beängstigenden Puterrot.

Zwei Minuten später hatte er alles ausgespuckt: Pattys Rammmanöver, den Ausfall der SubController und damit der Vitalscanner, Mittys Meldung darüber und den Namen des Technikers, der den Austausch vorgenommen hatte.

Alles in allem waren die Vitalscanner in Schubsektor 3-A für einen Zeitraum von cirka neun Minuten inaktiv gewesen. Und demzufolge hatten sie kein Eindringen in den Segmentcontainer bemerken können. Um Unannehmlichkeiten zu vermeiden, hatten alle Beteiligten den Vorfall unbürokratisch gelöst.

Kikomo Akubari war wie vor den Kopf geschlagen. »Das bedeutet, jemand hätte in der fraglichen Zeitspanne unbemerkt die ZUIM verlassen können?«

»Jemand hat, Mr. Akubari«, sagte Derius nachdrücklich. »Jemand konnte es, weil ein gewisser Fjodir Ganow sich an der Union zu bereichern versuchte, indem er untaugliche

SubController für die ZUIM lieferte. Und, weil gewisse Besatzungsmitglieder der ZUIM meinen, ihre Angelegenheiten unorthodox regeln zu müssen. Nicht wahr, Mr. Balibari?«

Er drehte sich um und ließ den dicken Lademeister einfach stehen.

»Wollen Sie ihn nicht verhaften?«, fragte der Asiat, als sie den schmalen Gang zurück gingen.

»Die Jungs werden so eine Nummer nie wieder drehen, da bin ich sicher. Außerdem haben wir Wichtigeres zu tun.« Damit bogen die beiden Grauuniformierten in den großen Rundkorridor ein.

Hinter ihnen wischte sich Fresko Balibari den Schweiß von der Stirn. Und die Hände an der Hüfte ab. Aller Appetit war ihm vorerst vergangen.

Ermid Güc; Gegenwart

Der fußballgroße Kommunikationsrobot breitete sein Isokomfeld über dem fülligen Mann im Pneumokontursessel aus. Die Arbeitsgeräusche der Zentrale der KONTER wurden erst zu einem Wispern und verschwanden ganz, als die Leitung zum Sphärenrad stand. Die eilige Konferenz war vor wenigen Minuten von der ZUIM aus anberaumt worden.

Vor Gücs Augen entstand das Arbeitszimmer des derzeit mächtigsten Politikers der Union. Hologramme wurden dazugeblendet. Ponter Nastase saß auf seinem *Thron* und hörte konzentriert dem Bericht eines Mannes zu, den Güc noch nie zuvor gesehen hatte. Marco Faus Hologramm aus dem OPRAL baute sich neben dem Schreibtisch unmittelbar neben Kikomo Akubari auf.

»Was?« Nastases Ausruf ließ den Mann mit dem nichtssagenden Gesicht verstummen. »Die Varidis lebt?«

»Höchstwahrscheinlich. Nach allem, was wir wissen, sind sie über dem Holoi-Gebirge abgesprungen«, ergänzte der Adjutant des Generalkalfaktors.

»So. Dem Holoi, ja?« Nastase erhob sich. Die sonst um seinen Kopf wirbelnden Bestandteile des Omniports waren desaktiviert. Er heftete seinen Blick auf den Unscheinbaren in der grauen Uniform. Güc bat die Positronik des Kommunikationsrobots um eine Identifizierung.

Derius Manitzke, las er. Das also war Faus neuer Spürhund. Er hatte Bemerkenswertes über ihn gehört. Nichts gegen seinen eigenen V-Mann in Nastases Reihen, die rassige Tratjena Murga; sie war durchtrieben wie eine Kantori-Katze und besaß beinahe deren Instinkte; aber er hätte etwas für einen richtigen Ermittler gegeben, wie Manitzke einer war. Widerwillig gratulierte er im Stillen dem eitlen Fau zu seiner glücklichen Hand in der Personalauswahl.

»Richtig«, antwortete Manitzke. »Eine Nachfrage bei der Leskyt-Leitstelle ergab folgendes Bild: Der Recycling Garbage Carrier 06 hatte Anflugprobleme infolge eines sporadisch auftretenden Prallschirmdefekts. Beim Eintauchen in die dichteren Luftschichten riss ein Teil der Aufbauten ab; ein größeres Metallteil stürzte zu Boden. Der Carrier konnte ansonsten unbeschädigt in Zabirath landen und seinen Container planmäßig absetzen.«

»So, konnte er das, ja?« Nastase kam um den riesigen Schreibtisch herum. »Was ist mit dem ominösen Metallteil? Ist danach gesucht worden? Kikomo?«

»Dazu sah sich zu meinem großen Bedauern niemand veranlasst, Sir.«

»Ist der Carrier sichergestellt?«

»Er wird in diesen Minuten beschlagnahmt.«

»Ist der Pilot verhaftet worden?«

»Es ist eine Pilotin, Sir. Und sie ist derzeit unauffindbar. Macht angeblich Urlaub. Wir lassen nach ihr fahnden.«

Nastase schien sich etwas zu beruhigen. »Dieses Metallteil – war sie das? Varidis?«

»Wir denken es, Sir.«

»War sie allein?«

»Nicht zwingend. Wenn ihr die Flucht gelang, kann sie auch Begleiter haben.«

»Hausen im Holoi nicht diese Sankt Umasi?«

»Santuasi.«

»Meinetwegen. Und hat sie sich nicht ausgerechnet immer wieder für diese Weltverbesserer eingesetzt? Kapiert das hier keiner? Dort sitzen ihre Verbündeten, verdammter Gulmendreck!«

»Wir können sofort Truppen in Bewegung setzen«, warf Marco Fau von Rudyn aus ein.

»Um dann jede Erdspalte einzeln zu durchkämmen, oder was?« Er trat durch Faus Hologramm und starrte aus der Fenstersimulation.

Sekunden später drehte er sich um und lächelte spöttisch.

Er heftete seinen eisgrauen Blick auf das Hologramm in der weinroten Uniformjacke. Güc hatte den Eindruck, als sehe ihm Nastase direkt in die Augen.

»Wie ist denn derzeit das Wetter im Holoi-Gebirge, Ermid?«, fragte er.

»Keine Ah... mir liegt kein detaillierter Bericht vor.«

»Dann flieg hin und sieh nach. Du hattest in letzter Zeit ohnehin zu wenig Bewegung.«

»Aber ich kann doch einfach nachfragen ...«

»Du fliegst hin!«, sagte Nastase gefährlich leise. »Du fliegst hin und siehst nach, woher dieser Sturm so plötzlich gekommen ist.«

»Was für ein ...?« Er stutzte und lachte im nächsten Augenblick breit. »Ich verstehe. Ich bin schon auf dem Weg.«

»Gut. Und, Ermid ... flieg nicht zu langsam. Es ist ein entsetzlicher Sturmwind, den ich da kommen sehe.«

Ermid Güc grinste, und trennte die Verbindung.

Minuten später nahm die KONTER Kurs auf Rudyn.

So wenig Liebe unter den Menschen

Atlan; Gegenwart

Ich sprang auf und eilte Ti Sun hinterher. Unsere Schritte dröhnten über der Bohlenbrücke. Wir rannten unter mehreren Kaibuns hindurch.

»Was für ein Schiff ist es?«, fragte ich im Laufen.

»Ich kenne die unterschiedlichen Typen nicht – aber es ist wohl nicht besonders groß.«

Wir bogen um die letzten Felsentrümmer, drängten uns an einer Holmenleiter vorbei und hielten an der Kante des Plateaus, fast an der Stelle, an der sich der Bach über die Klippe stürzte und ich die Stille des Dagor-Zhy gesucht hatte.

»Dort!« Sie zeigte auf einen winzigen dunklen Punkt, der zwischen den Wolken scheinbar auf der Stelle schwebte, als würde er nach etwas suchen. Es war die Richtung, aus der wir gekommen waren. Ich konnte mir denken, was sie suchten.

Das angeblich abgerissene Teil des Müllfrachters, bestätigte der Logiksektor.

Um uns versammelten sich mehrere Männer und Frauen, die zusammen mit herbeilaufenden Kindern neugierig nach Süden starrten.

Eine Wolke schob sich weiter. Der Punkt blitzte auf, als die im Westen stehende Sonne ihn von der Seite traf.

»Ein Kugelraumer«, sagte ich. »Und Sie irren, wenn Sie das Schiff für klein halten. Das Ding hat wenigstens Schlachtkreuzergröße, also 400 Meter im Durchmesser. Es ist ein fliegender Berg. Lassen Sie sich durch die Entfernung nicht täuschen.«

Die Santuasi waren den Anblick von Schiffen dieser Dimension wie wohl überhaupt von Schiffen nicht gewohnt. Noch war der Punkt scheinbar so groß wie eine Erbse, die man am ausgestreckten Arm zwischen den Fingern hielt. Sie vermochten sich die wahren Abmessungen nicht vorzustellen. Doch noch während ich sprach, gab der Punkt seine wartende Position auf und stieg höher. Entweder sie hatten die Lust verloren, weil es kein Trümmerstück zu finden gab, oder ...

Oder!, bekräftigte der Extrasinn. *Sie verringern die Distanz.*

»Sie kommen näher«, sagte ich. Nach ein paar Augenblikken wurde es für alle deutlich: Der Punkt hatte inzwischen die Größe einer kleinen Münze angenommen.

»Was sollen wir tun?« Ti Sun strich sich eine Haarsträhne aus dem Gesicht.

»Die können hier nicht landen«, überlegte ich laut. »Wenn sie noch näherkommen, werden sie Gleiter, Raumlandesoldaten und Kampfrobots ausschleusen. Und eine Erklärung für die Anwesenheit des Schwebers verlangen. Danach werden sie das Dorf durchkämmen.«

»Dann müssen wir Sie schnellstens in den Höhlen oberhalb des Dorfes verstecken. Wir können in zehn Minuten dort sein. Kommen Sie! Wir dürfen keine Zeit verlieren!«

Ich nickte und wollte ihr folgen, doch der scharfe Impuls des Extrasinns hielt mich zurück.

Narr! Die Wolken! Achte auf die Formationen!

Mit zusammengekniffenen Augen sah ich, was der Logiksektor meinte. Das Schiff beschleunigte. Blasse Wirbelschleppen bildeten sich rund um den kugelförmigen Rumpf. Es sah aus, als stoße der Schlachtkreuzer durch ein dünnes Tuch und risse dabei Fetzen des Stoffes mit sich fort. Ich war jetzt sicher, dass es sich um ein Schiff der EPHANG-Klasse handelte. Der Kurs des Raumers wich plötzlich nach Westen ab und zielte etwa dorthin, wo das Gebirge an der Küste endete.

Deutlich konnten wir die Wirbelschleppe erkennen.

Vor dem Schiff schien die Atmosphäre undurchsichtig zu werden. Eine Art Linse bildete sich, aus der wild wabernde Luftmassen strömten, die um die Kugelfläche glitten. Und die sich zu einem chaotischen Gemenge aus ineinander verdrehenden Wolkenschlieren hinter dem Schiff verdichteten.

Das Ganze sah aus wie eine lange Nadel, die jemand in den Himmel zeichnete; das Schiff bildete dabei den Nadelkopf.

»Sie drehen ab.« Ti Sun klang erleichtert. Sie war stehen geblieben, als sie sah, dass ich ihr nicht folgte. Sie runzelte die Stirn. »Was ist denn?«

»Das ist kein gutes Zeichen«, antwortete ich. »Ich fürchte, sie holen zu einer weiten Kurve aus, um den Holoi der Länge nach abzufliegen.«

Mir schwante, was der Kommandant vorhatte.

Der Schlachtkreuzer, im Grunde ein 400 Meter durchmessender Berg aus Metall, schob eine riesige Luftmasse vor sich her. Durch die Wölbung wurde die abgleitende Luft extrem beschleunigt. Sicher, seine 400 Meter waren kein Vergleich mit der Luftverdrängung der 2500-Meter-Giganten des Solaren Imperiums. Doch selbst ein Schiff dieser Größenordnung stellte schon bei einem senkrechten Start und bei jeder Landung eine Gefährdung der umliegenden Landschaft dar. Eben aus diesem Grund – um die Verwirbelung zu kontrollieren – erzeugten Raumhäfen energetische Start- und Landegitter, im Grunde Schächte, die das seitliche Abwallen der Luftmassen bändigten.

Ein dicht über der und waagerecht zur Oberfläche fliegendes Schiff erzeugte ohne schützendes Energiegitter schon mit rund 350 Stundenkilometern einen schweren Sturm.

Vergiss den Sturm! Ich schätze die beobachtete Geschwindigkeit auf rund 550 Kilometer je Stunde!

Ich hatte gelernt, den Schätzungen meines Logiksektors blind zu vertrauen.

Wenn die Leute in dem Schlachtkreuzer wahrmachten, was sich andeutete, drohte uns ein verheerender Orkan.

Das Schiff ging tiefer und tauchte in den Sichtschatten der entfernteren Berge ein.

Ich drehte mich um und ergriff Ti Sun beim Arm.

»Wie groß sind die Höhlen oberhalb des Dorfes?«

»Sie sind mehrere hundert Meter tief, allerdings wird es im hinteren Teil sehr eng. Warum?«

Ich schilderte ihr mit knappen Worten meinen Verdacht.

Die umstehenden Dorfbewohner sahen mich ungläubig an. Ich wandte mich an die Menge.

»Rufen Sie alle Gympmoster zusammen. Sie sollen sich in Sicherheit bringen. Wir haben höchstens zwanzig Minuten – dann müssen alle in den Höhlen sein.«

Ti Sun sah vorwurfsvoll auf meine Hand; ich ließ ihren Arm los.

Die Frauen und Männer rührten sich nicht. Sie tuschelten miteinander, aber es war offensichtlich, dass sie mir kein Wort glaubten.

»Koramal, Sie wissen doch gar nicht, ob ...«

»Nein, aber wenn wir es erst wissen, ist es zu spät. Hören Sie bitte alle: Bestenfalls passiert nichts, ich irre mich, und sie drehen wirklich ab. Dann machen wir alle einen harmlosen Ausflug. Behalte ich Recht, wird es Tote geben, wenn wir uns nicht beeilen. Ich kümmere mich um Neife und Oderich. Wo liegen die Höhlen?«

»Rechts den Bergpfad entlang. Nach fünfhundert Schritten kommt ein Einschnitt. Der Pfad windet sich drum herum. An der schmalsten Stelle des Einschnitts befindet sich ein Wasserfall. Dahinter liegt der Höhleneingang.«

»Dann schlagen Sie Alarm. Wer kann, soll Decken und Essbares mitnehmen. Also los! Jetzt!«

Ich begann in Richtung des Dawakaibuns zu rennen.

Ein Blick über die Schulter zeigte mir, dass Bewegung in die Menge kam. Die ersten liefen zu ihren Kaibuns. Väter und Mütter riefen nach ihren Kindern. Mit einem Mal erfüllte bebende Unruhe das Dorf.

Vielleicht schafften wir es rechtzeitig.

Sie werden nicht schneller fliegen als bisher, wisperte der Extrasinn. *Die entstehenden Stürme würden sonst bis Leskyt und Genzez ziehen. Noch habt ihr achtzehn Minuten!*

Ich spurtete und erreichte wenig später die Bohlenbrücke.

Neife Varidis und Oderich Musek begriffen sofort, in welcher Gefahr wir schwebten. Sie erhoben sich, kleideten sich in aller Hast an. Währenddessen holte ich unsere Waffen.

»Wo ist Trilith?«

»Noch nicht zurück«, antwortete Oderich.

»Wir haben keine Zeit, sie zu suchen. Kommen Sie.«

Kaum eine Minute nach meinem Eintreffen hasteten wir über die Bohlenbrücke. Der Dorfausgang lag leicht erhöht zu unserer rechten Hand. Erste Gympmoster strebten zum Bergpfad hinauf, ängstliche Kinder mit sich zerrend. Unruhige Wabyren schlängelten sich unter den Kaibuns hervor ins Freie. Rufe ertönten, jemand schrie ärgerlich. Yaks oder rinderähnliche Tiere blökten nervös. Ich sah Ti Sun und Kan Yu am Dorfausgang stehen.

Beide redeten auf Kettat Pahal ein. Der schwarzbärtige Kaibunthu versperrte mit dreien seiner Männer den Weg zum Pfad. Alle vier trugen ihre Strahlenkarabiner.

»Niemand verlässt das Dorf!«, hörte ich ihn schreien. »Das ist ein Trick des Arkon-Mannes. Er ist einer der Rogiwnizu. Er wird von dem Schiff gewusst haben. Begreift ihr nicht? Er will uns in die Höhlen pferchen. Dann haben sie uns sicher und ...«

Als er mich sah, unterbrach er sich und hob den Karabiner. Das Abstrahlfeld flimmerte.

»Aus dem Weg, Kettat!«, verlangte ich, als wir die Gruppe erreicht hatten. »Und lassen Sie die Leute durch. Jede Minute zählt, Mann.«

»Ich falle nicht auf deinen Trick herein, Arkonide.«

»Du irrst dich, Kettat. Ohne ihn wüssten wir gar nicht, was die Rogiwnizu vorhaben.« Kan Yu sprach ruhig, doch er wirkte abgelenkt. Er warf einen besorgten Blick zum Berghang hinüber. Eine Schar Vögel stieg flatternd und schrill krakeelend aus den Haidumsträuchern auf.

»Eben das sage ich ja!« Kettat nickte seinen Männern auffordernd zu. Die Wächter entsicherten die Waffen. Summend stabilisierten sich die Abstrahlfelder.

Orientierungslos und am Rande einer Panik flogen die Vögel erregt im Kreis, ehe sie in höchster Eile nach Osten schwirrten. Entlang der Bergflanke glitten sie zu Tal.

»Siehst du die Samandril?«, rief Kan Yu. »Sie spüren das nahende Unheil.« Er beugte sich nieder und legte die Hand auf den Boden. Bestürzt blickte er sich um. »Und ich höre es auch. Geht zur Seite. Oder willst du uns alle auf dem Gewissen haben, Kettat?«

»Ihr bleibt alle hier.« Der Schwarzbärtige trat trotzig einen Schritt vor. Inzwischen waren mehr als die Hälfte aller Gympmoster hinter uns zum Halten gekommen. Die anderen strömten nach. Kinder weinten. Murrende Gesichter starrten auf die drohend erhobenen Waffen, dazwischen Mütter, die beruhigend auf die Weinenden einredeten.

Noch höchstens vierzehn Minuten!, drängte der Extrasinn.

»Sie sind ein Narr, Kettat!«, rief ich. Eine schnelle Seitwärtsbewegung mit meiner linken Hand lenkte seinen Blick ab. Der Strahlenkarabiner ruckte unwillkürlich ebenfalls zur Seite. Mit der anderen Hand ergriff ich den Lauf und zog daran. Er stolperte vorwärts und stürzte über meinen angehobenen Oberschenkel. Mit der Drehung entwendete ich ihm das Gewehr und sicherte es. »Seien Sie vernünftig.«

Doch stattdessen sprang Kettat auf die Füße und stürzte sich mit einem Wutschrei auf mich. Ein breites Messer blitzte plötzlich in seiner Hand. Der Mann war definitiv kein Kämpfer; mit dem ausgestreckten Arm versuchte er, mir die Klinge in den Leib zu rammen, ein Fehler, wie ihn nur Unerfahrene begingen. Ich umfasste sein Handgelenk und riss fest daran wie zuvor an dem Karabiner, zog ihn verstärkt in die Richtung, in die er selber drängte. Der unerwartete Schwung brachte ihn erneut ins Straucheln; er taumelte an mir vorbei. Ich ließ den Kolben des Gewehrs in seinen Nacken krachen. Mit einem dumpfen Laut sackte er bewusstlos zu Boden. Ich hob das Messer auf und setzte es Kettat an die Kehle.

Das war so schnell gegangen, dass seine Männer sich erst jetzt regten. Die Läufe ihrer altertümlichen Waffen richteten sich auf mich, doch die Klinge an Kettats Halsschlagader hielt sie zurück.

»Genug!«, donnerte Kan Yu. »Ihr drei! Runter mit den Waffen. Nehmt den Narren auf und schleppt ihn zum Wasserfall. Oder bleibt hier, wenn ihr wollt. Alle anderen – lauft, so schnell ihr könnt!«

Damit setzte er die Menge in Marsch, und in höchster Eile drängten sich alle über den schmalen Bergpfad in Richtung des nahen Wasserfalls. Viele hatten ihre Wabyren bei sich, und so wuselte und schlängelte es obendrein zwischen den Beinen. Immer wieder stolperte jemand. Ein weinendes, vielleicht siebenjähriges Mädchen rief verloren nach seiner Mutter. Ich hob es auf den Arm und hastete mit den anderen den Weg entlang. So gut es ging, hielten sich Neife und Oderich an meiner Seite. Doch der eilige Marsch erschöpfte rasch ihre Kräfte; sie wurden langsamer, die Dorfbewohner drängten sich an uns vorbei, und bald schon befanden wir uns am Ende des Zuges. Mit zusammengebissenen Lippen schleppten sich Neife und Oderich vorwärts.

Zur Linken stieg der Berg steil an, zur Rechten fiel er nur wenig flacher in unergründliche, bewaldete Tiefen ab. Der Weg war kurvig, stellenweise fünf, meist aber nur zwei Meter breit und an den Rändern mit jetzt niedergedrücktem Haidumkraut bewachsen. Wir hatten den Einschnitt in der Bergwand und damit die Kehre des Weges noch nicht ganz erreicht, als wir ein tiefes Brummen hörten. Es kam von der Dorfseite her, doch ich konnte seine Ursache nicht erkennen. Zuviel Staub, von zu vielen Füßen aufgewirbelt, lag in der Luft.

Als wir um die Kehre bogen, lag der Einschnitt unmittelbar rechts neben uns. Senkrecht fielen die Felswände ab. Der ansteigende Weg verschmälerte sich auf nur noch einen Meter Breite. Die Gympmoster liefen jetzt hintereinander. In etwa hundertfünfzig Meter Entfernung rauschte der breite Wasserfall. Feine Gischt hing wie Nebel in der Tiefe. Das Wasser traf von oben donnernd auf eine Felsplatte auf, die den Weg überdeckte. Schäumend stürzten sich die Wassermassen von dort herab, wölbten sich wie ein Dach über dem schmalen Pfad.

Ich sah die Gympmoster einen nach dem anderen unter dem Fall verschwinden.

Wir vier, Neife, Oderich, das Mädchen und ich, waren die letzten. Wir wurden durch die Beschaffenheit des Weges gezwungen, von jetzt an vorsichtiger und langsamer zu gehen. Der Pfad wurde stetig schmaler, war bald nicht mehr als ein nur noch schulterbreiter Saum. Mit jedem Schritt wurde das Tosen des Falles lauter, jeder Atemzug wurde feuchter und kälter.

Als wir noch etwa fünfzig Meter vor uns hatten, spürten wir einen starken Luftzug, der an unseren Kleidern zu zerren begann. Ein Heulen lag plötzlich in der Luft, das sich binnen weniger Augenblicke zu einem infernalischen Toben steigerte. Von der Kaskade wurden dichte Schlieren fortgetrieben, armdicke Schnüre aus fliegendem Wasser; sie klatschten gegen die Felswände, rissen kleinere Felsbrocken und Haidumkrautstrünke los, die auf den Weg prasselten und jeden Schritt erschwerten. Im Nu waren wir bis auf die Haut durchnässt. Gebückt drängten wir uns an der Felswand entlang. Das Mädchen in meinen Armen begann zu zittern und wieder zu weinen. Ich versuchte es mit meinem gebeugten Körper zu schützen und zugleich zu beruhigen, doch vergeblich. Schmerzhaft prallten mir fliegende Steine, Erdklumpen und Wurzelreste gegen Kopf und Schultern.

Neife krümmte sich, nur noch als undeutliche Gestalt wahrnehmbar, zuvorderst gegen den Wind. Oderich beugte sich hinter ihr, auf Armeslänge, die Zähne zusammengebissen. Ich folgte dichtauf.

Der schmale Weg war mit einem Mal knöcheltief mit Wasser überspült. Zu dem zerrenden Sturmwind kam das Fließen des Wassers, das wie eine Strömung über den Saumpfad schoss und mir jeden Augenblick die Beine fortzureißen drohte. Ein Fehltritt, und es war um mich geschehen. Ein Moment der Unaufmerksamkeit, und ich würde zu einem Spielball der Elemente werden.

Der Luftdruck des näherkommenden Schiffes und des durch ihn verursachten seitlichen Sogs peitschte immer mehr sprühende Gischtmassen gegen den Fels, an dem entlang wir uns hangelten. Ich hatte nur eine Hand frei, um nach haltgebenden Vorsprüngen und Schründen zu tasten und mich mühsam daran längs zu ziehen; der andere Arm umklammerte das Kind. Seine nassen Haare schlugen mir ins Gesicht. Staub, in der Gischt zu feinstem Schlamm geworden, warf sich mir mit immer heftigerer Wucht entgegen. Die letzten Meter tastete ich mich blind und auf den Knien rutschend an der Wand entlang.

Ob Oderich noch vor mir war? Ich wusste es nicht. Schmutziges Wasser wurde mir ins Gesicht und bis durch die zusammengepressten Lippen getrieben, so stark, dass ich mich ebenso gut inmitten eines Taifuns auf offener See hätte befinden können.

Ich lag auf den Knien, rutschte, hielt mich irgendwo verbissen fest. Das Mädchen umklammerte mich mit aller Kraft seiner kleinen Hände. Rechts neben mir befand sich der Wasserfall oder vielmehr das, was von ihm übrig war: Verwehende Fetzen, die mit schlagender Wucht zur Seite gerissen wurden.

Ich schob mich millimeterweise vorwärts, erblickte in einem momentanen Umschlagen des Windes den Höhleneingang höchstens anderthalb Meter links vor mir im Fels: Eine doppelt mannshohe, kreisförmige Öffnung, aus der verzweifelte Gesichter lugten. Offene Münder schrien; ich verstand kein Wort.

Arme streckten sich mir entgegen; jemand erfasste das Mädchen. Sie war gerettet.

Eine neuerliche Umlenkung des Sturms nahm mir im nächsten Moment wieder jede Sicht. Ein Schwall eiskalten Wassers ergoss sich über mich. Die abfließende Flut ließ mich mehrere Meter auf dem Bauch zurückgleiten. Noch berührte ich den Boden. Aber ich drohte, gänzlich vom Wasser angehoben und fortgespült zu werden. Ich griff, tastete, krallte die

Finger blind an den felsigen Untergrund, spreizte die Beine, während ich unaufhörlich auf dem Wasserfilm rutschte. Für einen Moment kam ich dem Abgrund gefährlich nahe. Mein rechter Fuß ragte über den Rand ins Leere hinaus. Diesmal, schoss es mir durch den Sinn, würde mir kein Schweber und kein noch so altersschwacher Antigrav mehr helfen. Endlich fühlte ich einen Schrund, dann einen Riss, in dem die Finger Halt fanden.

Ich kam auf die Knie, drückte mich eng an die Wand, stemmte mich mit aller Kraft dem Sturmwind entgegen, robbte erneut zur Höhlenöffnung. Noch drei Meter, noch zwei. Der letzte war der schwerste. Unmittelbar vor dem Eingang klatschten heftige Wasserschlieren gegen den Stein, schufen mal eine tanzende, sprühende Barriere, dann einen Strahl, als hielte ein antiker Feuerwehrmann sein voll aufgedrehtes C-Rohr auf diesen Punkt gerichtet. Ich wartete, hoffte einen geeigneten Moment abzupassen, eine Lücke in den Gischtfontänen zu nutzen.

Da steigerte sich das Brüllen der Elemente zu einem qualvollen Laut. Die Vibrationen durchliefen meinen ganzen Körper und fanden ihre höchste Resonanz in meiner knöchernen Brustplatte. Ob es diese Schmerzen waren oder die bevorstehende Erschöpfung – jäh wurde mir das hämmernde Pochen meines Zellaktivators bewusst.

Ein Schatten fiel Sekunden später über das Gebirge. In nur knapp drei Sekunden orgelte der Schlachtkreuzer eine unüberschaubar große Fläche aus violett schimmerndem Rudynit in wenigen hundert Metern Höhe über mich hinweg. Die Luft um mich herum flatterte, kam plötzlich aus mehreren Richtungen gleichzeitig.

Ich raffte mich auf und warf mich in den Grotteneingang, noch während der Schatten über den Einschnitt hinweg raste.

»Weiter nach hinten!«, rief ich. »Tiefer in die Höhle. Tiefer!«

Ich schob die Vordersten vom Eingang fort, schubste und drängte.

Ich wusste, das eigentliche Chaos würde erst noch kommen, würde ein Stück weit hinter dem Schiff toben, dort, wo die Wirbelschleppen wieder ineinanderstürzten.

Neife kauerte neben Oderich auf dem Boden, zitternd, frierend, am Ende ihrer Kraft.

Ich lehnte mich an die nackte Felswand. Horchte. In wenigen Augenblicken würde uns die Zone der Verwirbelung erreicht haben.

Mit einem alles gewaltigen Donnerschlag brach das Inferno über unseren Köpfen herein.

Der felsige Höhlenboden, die ganze Höhle schien zu schwanken.

Steinmehl rieselte von der Decke. Größere Brocken tanzten zwischen unseren Füßen. Etliche, die standen, taumelten oder fielen hin.

Wie die anderen hielt ich mir die Ohren zu; jede Verständigung war unmöglich.

Wer dort draußen war, hat es nicht überlebt!, drang die mentale Stimme durch. *Er hat das Volk der Santuasi mit einen Schlag vernichtet. Bis auf wenige Ausnahmen, die ebensolches Glück hatten wie ihr. Ponter Nastase kennt keine Skrupel mehr. Du musst ihn aufhalten! Acht Tage hin oder her. Trilith hatte völlig Recht.*

Hatte?, fragte ich beklommen zurück.

Narr! Glaubst du im Ernst, du siehst sie lebend wieder?

Ich wusste darauf keine Antwort. Müde lauschte ich dem unablässig tobenden Orkan.

Irgendwann brach die Nacht herein.

Warte nicht auf mich heut' Nacht

Trilith Okt; Gegenwart
Der Wabyren zog die Psi-Kämpferin heraus auf den Pfad und dann nach links, in die Richtung, in der Atlan den U-Schweber unweit des Dorfes geparkt hatte.

Pöör schnüffelte und grunzte, verschmähte aber die am Wegesrand wachsenden Haidumkrautstauden. Er verhielt kurz an der Stelle, an der sie in der Nacht zuvor von den Santuasi aufgegriffen worden waren. Er züngelte, schnaufte zufrieden und zog Trilith weiter mit sich fort.

Gemeinsam gingen sie an Pattys gelbschwarzem Schweber vorüber, für den der Wabyren weder Augen noch Zunge hatte.

Er ignoriert ihn, weil er nicht Teil seiner Welt ist, dachte Trilith. Sie hatte während ihrer Ausbildung in der GAHENTEPE Berichte von primitiven Völkern vernommen, die technisches Gerät von notgelandeten Raumfahrern nicht sehen konnten, weil sie dafür keinen Namen hatten. Obwohl es direkt vor ihnen stand, nahmen sie es nicht wahr.

Der Pfad umrundete die Bergflanke und mündete dann in ein sattelartiges Hochtal, das mit spärlichem Gras und Unmengen von Haidumsträuchern bewachsen war. Trilith hörte irgendwo unter den Wurzeln Wasser fließen, sah aber in dem dichten Gestrüpp keinen Bach, obwohl sie plötzlich Durst verspürte.

Pöör zog weiter. Trilith hielt immer noch den langen Schwanz des Wurmwesens in der Hand.

»Wo willst du hin, Junge? Falls du ein Junge bist, meine ich.«

Pöör gab ein Quieken von sich und schlängelte sich einmal um Triliths Beine. Dann hob er den Kugelkopf und witterte in den Wind.

Trilith kraulte seinen Nacken und schaute ins Tal hinauf. Der Weg wand sich in Schlangenlinien zwischen moosigen Steinen und Sträuchern bis zur Sattellehne hinauf, wo er zwischen zwei senkrechten, gewiss dreißig Meter hohen Felsblöcken verschwand, die wie ein Tor die Landschaft diesseits und jenseits des Sattelkamms trennten. Der Pfad führte allem Anschein nach drüben wieder hinab.

Es war der Weg, den der Nallathu und seine Gruppe am frühen Morgen genommen haben mussten. Trilith stieß auf Kothaufen und paarige Hufspuren, die höchstwahrscheinlich von den rinderähnlichen Reittieren stammten, die sie am Morgen beobachtet hatte.

Pöör gab einen hohen Laut von sich, den sie nur mit ihren besonderen Sinnen wahrnehmen konnte.

»Du bist unruhig, nicht wahr?« Sein trällerndes Pfeifen klang wie eine Bestätigung. Sie ließ den Schwanz los, und Pöör setzte seine Krallen ein, um sich geschickt auf einen mannshohen Findling zu ziehen. Seine Zunge fuhr blitzschnell heraus und wischte Trilith über das Gesicht.

»Du Schlingel«, sagte sie lachend. Pöör grunzte zufrieden und glitt auf den Weg zurück. Er tapste voraus und setzte sein Schnüffeln fort.

Zwei Tage, dachte Trilith.

Im Grunde war ihr die Wartezeit gleich. Sie wusste Lalia Bir relativ sicher in der Obhut der GAHENTEPE, und solange Trilith fortblieb, würde die Schiffspositronik Lalias künstlichen Komazustand aufrechterhalten.

Um das Druckmittel zu wahren.

Sobald sie allerdings den Zellaktivator in Besitz genommen hatte, würde sie in der Lage sein, die allumfassende Kontrolle des Schiffes zu brechen. Sie würde Lalia den Aktivator anlegen und die Schwester aus der GAHENTEPE schaffen. Irgendwie. Auf irgendeinen Planeten. Es war egal. Wichtig war nur, dass sie beide damit dem Joch des geheimnisvollen Wesens entkamen, das sich als ihr »Herr« aufspielte und sie seit ihrer Geburt aus der Ferne nach Belieben manipulierte.

Sobald Lalia nicht mehr im künstlichen Koma gefangen lag und genesen konnte – und eine Gefangene, eine Geisel war sie ohne jeden Zweifel! –, sobald Trilith dieses Druckmittel des Unbekannten im Hintergrund unterlaufen hatte, würden sie beide endlich frei sein.

Mithin gab es keine Alternative.

Sie würde Ponter Nastase stellen. Ob nun heute, morgen oder in acht Tagen. Es war einerlei. Er hatte den Aktivator weder verdient noch ihn sich rechtmäßig angeeignet. Ob er nun dabei starb, wenn er ihn wieder verlor, war unerheblich. Es war ein Risiko, das Zellaktivatorträger eingingen.

Sie würde das Gerät niemals einem anderen überlassen.

Schon gar nicht diesem sentimentalen Narren, der sich Lordadmiral der USO nannte. Auch wenn Trilith seine Beweggründe nachvollziehen konnte. Auch er wollte einem Freund helfen. Aber ging sie dieser Freund etwas an? Nein.

Lalia war ihre Gefährtin, eine Schicksalsgenossin, deren namenloses Leid ihr eigenes spiegelte. Die wie Trilith zeitlebens den Manipulationen des Unbekannten ausgeliefert war. Die gezwungen wurde, Dinge zu tun, die ebenso unerklärlich wie grausam und jenseits aller Moral waren. Trilith schauderte noch jetzt, wenn sie an den Zweikampf zurückdachte, zu dem der Unbekannte die beiden Frauen verurteilt hatte. Wie sie mit ihren Vibromessern gezwungenermaßen aufeinander losgegangen waren, beste Freundinnen, Schwestern im Geiste, die einander verletzen, die einander töten sollten. Die einander töten mussten.

Trilith hatte gesiegt, und Lalia lag seitdem in der Krankenstation des Schiffes im Koma. Gestorben durch Triliths Klinge, wiedererweckt durch die Medokunst der GAHENTEPE.

Nein, nichts im Universum konnte sie dazu bewegen, Atlan den Zellaktivator zu überlassen. Auch er hatte kein Recht. Glaubte er wirklich, sie würde freiwillig darauf verzichten? Wenn ja, dann war er ein noch größerer Narr als der er sich bisher schon erwiesen hatte.

Trilith fragte sich ohnehin, wie der Arkonide elftausend Jahre überlebt hatte. Die Geschichten, die über ihn im Umlauf waren, hielt sie inzwischen für maßlos übertrieben. Er schonte und schützte selbst da, wo es sinnlos war. Das hatte sich am deutlichsten in der ZUIM gezeigt. Dieser Oberst, Melvin Alachaim, war zuerst ein unkooperativer Kriegsgefangener, danach ein untragbares Sicherheitsrisiko gewesen. Sein Tod war zu einer logischen Konsequenz ihres Vordringens geworden.

Ob Atlan es nun passte oder nicht. Seine Verbitterung über den »Mord«, wie er es nannte, stempelte ihn in ihren Augen zu einem Schwächling.

Oder wurde man nach elftausend Jahren nachgiebig, mitleidig, jämmerlich? Vergaß man mit den Jahren, dass der Zweck die Mittel heiligte? Wenn das der Preis der Unsterblichkeit war, konnte sie darauf verzichten.

Ein tief aus ihrer Kehle aufsteigender Pfiff bedeutete Pöör, auf sie zu warten. Sie wurde mit aufgeregtem Pfeifen und Japsen begrüßt, als wären sie beide Wochen voneinander getrennt gewesen.

Sie stiegen den Pfad hoch und erreichten nach einer Stunde das Felsentor. Als Trilith zwischen den hochaufragenden Felsentürmen stand, eröffnete sich ihr der Blick auf ein langgestrecktes Tal. Die Sattellehne fiel hinter dem Tor steiler ab, als es der Aufstieg gewesen war. Weit unten sah sie einen blaugrünen See, der von einem Bach gespeist wurde. Der kristallklare Fluss kam von einem jenseits des Tales aufragenden Berg herab, dessen schneebedeckte Doppelgipfel leuchteten. Der Weg wand sich in Serpentinen bis zum See hinab und folgte dann dem rechten Ufer talaufwärts, dem Berg Dokailasa entgegen.

Neben dem linken Felsen entsprang ein Rinnsal. Trilith trank ein gutes Stück unterhalb der Quelle, setzte sich dann ins Gras und beobachtete minutenlang den Weg, bis sie mit ihren scharfen Augen weit voraus die sich langsam bewegende Reitergruppe ausmachte. Sie zählte die Punkte in der Ferne. Es waren dreizehn.

»Merkwürdig«, sagte sie. »Kala Bhairava und sein Leibwächter, dazu die fünf Grüngewandeten. Sieben Personen auf sieben Reittieren. Dazu je ein Lasttier für jeden. Macht vierzehn.«

Pöör sah zu ihr hinüber und trällerte. Er wuselte zwischen den Steinen herum, schlüpfte in Vertiefungen und fraß sich am Haidumkraut satt.

Sie zählte abermals. Es blieben dreizehn Punkte. Jemand oder ein Tier hatte sich von der Reisegruppe entfernt.

»Wozu? Was meinst du?«

Pöör sah sie an, als wüsste er die Antwort, aber er behielt sie für sich.

Trilith lag im Gras, den Arm aufgestützt, und kaute wie Pöör an einem Haidumblatt. Sie probierte den Nachmittag über eine Reihe von Tonfolgen aus, die sie im Dorf der Santuasi gehört hatte. Pöör zeigte sich gleichermaßen verspielt wie gehorsam. Es schien ihm Spaß zu machen, wie gut sich ihm Trilith mitzuteilen verstand. Er jagte Felsen hinauf und hinunter, grub Löcher, versteckte sich in Erdspalten, kam herbeigeschlängelt, sobald Trilith pfiff. Er wurde des Spiels nicht müde.

Bei einer komplizierten Melodie geriet sie ins Staunen: Pöör begann schon bei den ersten Tönen ein dicksämiges Substrat hervorzuwürgen. Das Würgen dauerte, solange sie die Laute produzierte.

Mit seinen Saugpfoten verteilte er anschließend den Batzen zu einer dünnen Lage, die gut einen Quadratmeter abdeckte und die binnen weniger Minuten trocknete und sich verfestigte. Danach sah er Trilith auffordernd an, als erwarte er ein Lob.

»Das ist für mich?« Pöör trällerte bestätigend.

Trilith nahm den ledrig aussehenden Fladen in die Hand. Er war etwa einen halben Zentimeter dick und dabei so nachgiebig wie eine gegerbte Tierhaut. Sie schürzte die Lippen, als sie erkannte, was sie da in Händen hielt. Woraus das Baumaterial und überhaupt der Verarbeitungsstoff der Santuasi bestand.

»Aus ausgekotztem Haidumbrei. Es ist nicht zu fassen.«

Sie schüttelte den Kopf und lachte schallend, als sie an Atlans neue Kleider dachte. Sie trug immer noch die verdreckte und versengte graue Uniform der ZGU.

»Na, Missgeburt, immer zur Heiterkeit bereit, was?«

Trilith schnellte sich in einer einzigen, fließenden Bewegung zur Seite, rollte über der Schulter ab und kam, die Arme wie ein Ringer ausgebreitet, auf die Füße. Das Vibromesser blitzte in ihrer Hand.

Der kahlköpfige Santuas lehnte mit vor der Brust verschränkten Armen hinter ihr am Tor, sechs oder sieben Meter entfernt. Neben ihm plätscherte die Quelle aus dem Gestein hervor. Er stand im Schatten, während Trilith durch die längst nach Westen gewanderte Sonne geblendet wurde.

»Du! Ich hätte es mir denken können.«

Er musste sie in einem weiten Bogen umgangen und sich dann ans Tor geschlichen haben. Entweder war sie durch Pöör so abgelenkt gewesen, und sie hatte ihn leichtfertig überhört, oder sie hatte seine Schritte tatsächlich nicht wahrnehmen können. Dann war er ein ernstzunehmender Gegner. Ob im Auftrag des Nallathu oder ohne Kala Bhairavas Wissen – der Leibwächter hatte sich von der Gruppe entfernt, um ins Dorf zurückzukehren.

Wo war sein Reittier? In sicherer Entfernung versteckt. Auch Trilith wäre an seiner Stelle nicht leichtsinnig den Hang heraufgeritten. Zudem dürfte er sie schon von weitem gesehen haben.

Der breitschultrige Santuas grinste.

Er stieß sich vom dem Felsen ab. Für einen Moment schaute er an Trilith vorbei zu einem Vogelschwarm hinunter, der nahe des Sees aufflatterte. Die Vögel bildeten eine einzige rötlich schimmernde Wolke, die schnell näherkam. Trilith verfolgte ihren Flug mit den Hinteraugen.

»Warum seid ihr wirklich hier?« Beinahe beiläufig zog er das große Messer aus dem Gürtel und wog es in der Hand, als sei er unschlüssig, ob er es überhaupt benötigte.

»Warum bist *du* wirklich hier?«, fauchte Trilith zurück.

»Ach? Dann kennst du also mein kleines Geheimnis? Na, das ist ärgerlich, aber kein Beinbruch. Du wirst es mit ins Grab nehmen. Ebenso wie deine Freunde.«

Ich habe keine Ahnung, wovon er spricht, dachte Trilith. *Was für ein Geheimnis?*

»Es war nicht schwer herauszfinden«, behauptete sie.

Das Schwirren der vielen hundert kleinen Flügel über ihren Köpfen war ganz plötzlich zugegen – für jemanden, der keine Hinteraugen und keine ultraschallfähigen Ohren hatte. Trilith tat, als führe sie erschrocken zusammen. Sie riss den Kopf herum, wendete ihr Gesicht von ihm ab, behielt ihn dafür im verborgenen Blick der zusätzlichen Augen.

Der Kahlköpfige fiel auf ihre Finte herein. Sein Angriff erfolgte einen Sekundenbruchteil später.

Er stand etwa einen Meter erhöhter als sie. Mit zwei gewaltigen Sätzen nahm er Anlauf und sprang sie an wie ein Beute schlagendes Raubtier.

Trilith schnellte sich unter dem fliegenden Körper hangaufwärts – und bemerkte zu spät, dass sie selbst auf eine Finte herein gefallen war.

Der Kahlköpfige hatte offenbar genau diese Bewegung erwartet. Ein schmerzhafter Stich traf ihren Handrücken. Die Vibroklinge surrte davon.

Beide rollten sich ab, kamen gleichzeitig wieder zum Stehen.

Der Santuas hatte ihr die Waffe genommen. Dafür stand er nun im fast waagerechten Licht Ephelegons und hangabwärts.

Gleichstand, dachte Trilith grimmig.

Der Vogelschwarm drängte sich erregt zwitschernd zwischen den Felsentürmen hindurch und verschwand. Aus ihren linken beiden Augenwinkeln nahm Trilith eine auffällige

Zunahme der Wolkengeschwindigkeit war. Als drücke sie etwas Gewaltiges, Unsichtbares auseinander.

Der Santuas lächelte sie auffordernd an. Er spielte mit seinem Messer, warf es provozierend von der einen Hand in die andere.

Trilith streckte die offenen Handflächen vor und antwortete mit einem selbstsicheren Winken beider Hände. *Komm selbst!*

Aus dem Schnitt tropfte Blut. Immerhin konnte sie die Finger bewegen. Keine Sehnen verletzt.

Sie hörte ein tiefes Brummen. Es kam von jenseits des Felsentores. Der Santuas achtete so wenig darauf wie sie. Er trat einen Schritt näher. Und höher. Trilith hielt den Abstand ein und wich zurück.

Wo ist mein Vibromesser?

Nur zwei Meter links von seiner Position. Er folgte ihrem Blick und schüttelte bedauernd den Kopf.

»Zu weit, Missgeburt.«

Etwas raschelte im Gebüsch. Zuerst dachte sie, es sei Pöör, doch dann sah sie eine Rotte unterschiedlichster Kleintiere durch die Sträucher huschen, ein paar Dutzend Tiere, die in höchster Eile dem Tor zustrebten: Eine Art Springmäuse mit überlangen Beinen; sie schnellten sich in meterlangen Sätzen hangaufwärts und piepsten in heller Panik. Andere, namenlose Tiere rannten, krabbelten, sprangen hinterdrein; manche von der Größe der Flughunde ihrer Heimat, manche kaum so lang wie ein menschlicher Fuß.

Sie fliehen, dachte Trilith. *Wovor?*

Hinter dem Kahlköpfigen entstand am Himmel eine merkwürdige Formation, die sie erst für eine Wolke hielt. Dann sah sie die sich immer stärker ausprägende, kreisrunde Form. Binnen Sekunden bildete sich im Rücken des Santuas ein mittelgrauer Fleck, von dessen Rändern Wolken abzureißen schienen, als brodelte am Himmel ein Topf, und an seinem Rand entwich Dampf nach allen Seiten. Es sah aus wie ein altertümlicher Rundschild, den jemand aus grauem

Eis gefertigt hatte und der nun in den Strahlen Ephelegons zerschmolz.

Trilith deutete auf das Phänomen, und während sie noch zeigte, nahm die Scheibe an Größe zu. Und wuchs.

»Das da gefällt mir nicht.«

Der Kahlköpfige verzog spöttisch das Gesicht.

»Glaubst du, ich falle auf den ältesten Trick des Universums herein?«

Mit einem blökenden Laut brach hinter einem Felsvorsprung das Reittier des Santuas hervor. Das Rinderähnliche galoppierte, wie von Dämonen gehetzt, den Hang hinauf. Seine Hufe trommelten auf dem Gras, ein zerrissenes Seil baumelte an seinem Maul. Der Sattel hing schief auf seinem fleischigen Rücken. Mit einem Wutschrei versuchte der Leibwächter das Tier zu packen und aufzuhalten, doch es war in blinder Panik und schoss an ihm vorbei.

»Was ist ...?« Für einen Sekundenbruchteil starrte er die näherkommende Erscheinung am Himmel an. Er rang mit sich, fasste blitzschnell einen Entschluss. Dann sprang er seinem Reittier mit Riesensätzen hinterher. Beide rannten an Trilith vorbei, die sich vornüber warf und über den Boden zu ihrem Messer rollte. Der Santuas schnellte sich hinter dem Yak her, schaffte es, einen Sattelgurt zu erfassen, schwang sich im Rennen auf den Rücken des Tieres und verschwand mit ihm im Durchlass des Felsentores.

Trilith pfiff so laut sie konnte nach Pöör, während sie selbst vor dem immer größer werdenden Ball am Himmel flüchtete. Heftiger Wind wirbelte Staub auf, Strünke mitsamt ihrer Wurzeln wurden aus dem harten Boden gerissen.

»Pöör!« Der Wind, der binnen weniger Atemzüge zu einem Sturm anwuchs, verwehte ihren Schrei. Sie stieß mit der ganzen Kraft ihres Kehlkopfes den pfeifenden Lockruf aus, auf den Pöör stets herbei eilte, bis sie meinte, eine schrille Antwort zu vernehmen.

Sie erreichte das Tor. Rannte weiter. Der Sturm drückte sie nach vorn.

Da entdeckte sie ihn, rechter Hand, in der Nähe des Felsenturms, an der Berglehne, die den Sattel an dieser Seite begrenzte. Der aufgewirbelte Staub war inzwischen so dicht, dass sie kaum noch die Hand vor den Augen sah.

»Pöör!«

Sie hörte ein ängstliches Jaulen, sah den Wabyren, der seine diamantharten Krallen ins Erdreich unter den Stein bohrte. Er grub wie wild unter einem mannshohen Klotz. Das Tier versuchte sich zu retten. Pöör warf die Erde mit den rückwärtigen Pfoten hinter sich. Schon war das Wurmwesen fast einen Meter tief unter dem Felsbrocken verschwunden.

Trilith blickte sich hektisch um. Auch sie brauchte Deckung. Sie drückte sich flach in den Winkel zwischen dem Klotz und der dahinter liegenden Wand und versuchte, mit ihren scharfen Augen den Staub und die davonwirbelnden Haidumblätter zu durchdringen. Der Fels neben ihr ruckte.

Eine Sinnestäuschung? Oder war der Sog inzwischen so stark, dass er sogar den tonnenschweren Stein bewegen konnte?

Trilith hielt sich an einer aus einer Felsspalte wachsenden Wurzel fest. Der Staub nahm ihr den Atem; sie hielt sich den Arm schützend vor das Gesicht und schmeckte doch den bitteren Geschmack der sich zwischen ihre Lippen drängenden Krumen.

Hustend suchte sie nach Pöör. Sein Schwanz war nicht mehr zu sehen.

Da ruckte der Fels abermals. Mit einem spürbaren Plumps rutschte er in das Loch hinein, das der in Panik geratene Wabyren gegraben hatte.

»Bei allen Bestien Faurons! Pöör?« Der Fels musste den nachgiebigen Wurmkörper zerquetscht haben. Trilith stemmte sich gegen den wütenden Sturmwind und tastete nach dem Tier. Vergeblich.

Ein Brausen erfüllte mittlerweile das Tal, dass Trilith nur noch die höchsten Töne unterscheiden konnte; alles Übrige ging in einem bebenden Rumoren unter, das sich bis in die

Knochen fortsetzte. Da hörte sie Pöörs quiekende Ruflaute, aber nicht unter dem Fels, sondern über sich.

Sie hangelte sich am Felsen hoch und bemerkte erst jetzt die Öffnung, die der nach unten gesackte Klotz freigegeben hatte. Die Öffnung war gerade noch groß genug, damit Trilith sich hindurchzwängen konnte. Pöörs Kugelgesicht streckte sich ihr entgegen. Sein seildünnner Schwanz schoss am Kopf vorbei. Sie griff danach; sein Kopf verschwand; gemeinsam hoben und zogen sie, bis sie ins Innere der Höhle rutschte.

Deutlich sah sie den Schatten, der vor der Öffnung über das Tal fiel. Drei Sekunden dauerte es nur, die eine rötliche Fläche von irgendwas brauchte, um über dem Tal dahinzurasen. Doch Trilith erschien es wie eine Ewigkeit.

Instinktiv zog der Wabyren sie tiefer in die Höhle.

Schreiend brach sie zusammen, als der Lärm einsetzte. Sie hielt sich die Ohren zu, fühlte das Blut, das ihr über die Hände floss. Die Grotte bebte; Steinstaub rieselte ihr in den Nacken.

Pöör schlang seinen Körper schützend um sie herum und schmiegte sich so sich an sie, wie es nur irgend möglich war. So hockte sie da, die empfindlichen Ohren in den Armen verborgen. Tränen der Dankbarkeit benetzten seine Haut, als ihr bewusst wurde, dass sie ihr Leben allein ihrem neuen Gefährten verdankte. Es war keine Panik gewesen, die Pöör zum Graben unter dem Stein veranlasst hatte.

Entweder hatte er von der Höhle gewusst oder sie mit seinen Instinkten erspürt. Es war gleich. Gegraben hatte er, um den Stein zu bewegen. Und um ihr den Zugang zur Höhle zu ermöglichen. Um sie zu retten.

Sie streichelte den Wabyren in ihren Armen. Pöör drückte sich fest an sie und schlief über dem Streicheln irgendwann ein.

Stunden vergingen. Die Nacht brach herein.

In der Dunkelheit dachte Trilith wieder an Atlan. Hatte der Arkonide das Inferno überlebt?

Keinesfalls, wenn er töricht genug und in Gympmost geblieben war. Trilith kannte sich von ihrer Heimatwelt und ihrer Zeit auf der PIRATENBRAUT mit Stürmen aus. Was immer vor kurzem über das Holoi-Gebirge hereingebrochen war, nichts und niemand vermochte in dem armseligen Dorf solchen Gewalten zu trotzen.

Wenn Atlan seinerseits das Dorf zu einem Ausflug verlassen hatte, bestand zumindest eine geringe Wahrscheinlichkeit, dass er wie sie selbst in einer Höhle Schutz gefunden hatte. Atlans Extrasinn hatte ihn möglicherweise gewarnt. Und vielleicht in eine sichere Deckung geführt. Wenn es eine weitere Höhle gab. Und er sie vielleicht rechtzeitig erreicht hatte.

Zu viele Wenns, zu viele Vielleichts, dachte Trilith. *Ich werde nach ihm suchen müssen.*

Nüchtern prüfte sie ihre Beweggründe. Ja, sie würde nach ihm suchen. Aber nicht, weil sie ihn mochte. Er war ein Verbündeter, ein Weggefährte auf Zeit. Mehr nicht. Definitiv kein Freund. Obendrein war er ein potenzieller Konkurrent. Nein, es ging ihr nicht darum, ihn zu retten. Entweder hatte er das selbst geschafft, oder ihm war ohnehin nicht mehr zu helfen. Es ging ihr vordringlich um seinen Zellaktivator. Falls Atlan tot war, so sprach alles dafür, dass der Aktivator irgendwo herrenlos in der Wildnis lag.

Natürlich wusste sie von der speziellen Eichung des Gerätes auf die Zellschwingungen des Arkoniden.

Sie kannte die Berichte über die Zellwucherungen, die andere Träger erleiden würden, sobald sie sich seines speziellen Aktivators oder den des Terraners Rhodan bemächtigten. Rhodan und Atlan – beide Männer waren, bezogen auf die Form der ihnen verliehenen Unsterblichkeit, Sonderfälle, Begünstigte eines Überwesens, dessen Motive unklar blieben. Trilith hatte während ihrer Ausbildung die Bilder gesehen, die Thomas Cardiff zeigten, den ersten Sohn Perry Rhodans, der sich das Gerät seines Vaters unrechtmäßig angeeignet hatte – und qualvoll daran zugrundegegangen war.

Nein, sie wollte Atlans Aktivator nicht für sich. Aber sie hatte verfolgt, wie Atlan ihn Neife Varidis aufgelegt hatte. Sie hatte erfahren, dass sein Lebensspender sehr wohl in der Lage war, andere Wesen zu heilen. Schon deswegen war Trilith es Lalia Bir schuldig, nach Atlans Aktivator zu suchen. Immerhin: Der Versuch, an Ponter Nastases Gerät heranzukommen, konnte misslingen.

Sie machte sich zudem keine Illusionen – sobald sie Nastase »beerbt« hatte, würde die Galaxis, allen voran die USO und das Solare Imperium, sie jagen. Zugleich aber war sie sich sicher: Atlans Aktivator war für Rhodan ein unschätzbarer Nachlass. Jedenfalls wertvoll genug, um ihr im Tausch dafür den von Nastase Erbeuteten zu überlassen.

Bei Tagesanbruch würde sie mit der Suche beginnen. Sie rechnete nicht mit Störungen seitens der Santuasi. Tote leisteten keinen Widerstand.

Steht auf, wenn ihr für Neife seid

Marco Fau; Gegenwart
»Mr. Puskasz!«

Der Ordonanzleutnant stürzte in Faus Arbeitszimmer. »Sir?«

Er salutierte und schlug knallend die Hacken seiner blitzblanken Stiefel zusammen.

»Wissen Sie inzwischen, wie wir diesen verdammten Piratensender abschalten können?«

Fau trug immer noch seine golddurchwirkte Amtsrobe, obwohl er nominell kein Kalfaktor mehr war, nachdem Nastase als Außerordentlicher Generalkalfaktor den Rat der 21 Regierungsmitglieder aufgehoben hatte.

Andererseits: Der von Nastase bestallte Konkordant für Kriegswesen übte dieselbe Funktion wie zuvor aus, nur unter einer anderen Bezeichnung. Als Generalkalfaktor konnte Nastase nach eigenem Gutdünken sogenannte Konkordanten einsetzen, Vertrauenspersonen, die mit dem von ihm festgelegten Willen übereinstimmten.

»Der Sender ist einfach nicht zu orten, Sir.«

Fau riss sich das Hearas vom Ohr und warf es wütend von sich. Das fingergliedgroße Gerät zerschellte an der Wand.

»Und wie lange sollen wir uns diese Unverschämtheit noch bieten lassen?« Er sprang auf und stapfte im Zimmer hin und her.

»Kalfaktopia! Die senden rund um die Uhr, und Sie wissen nicht, wo der Sender ist? Wollen Sie mir das sagen, ja?«

Fau wischte mit einer Handbewegung eine handgeschliffene Kristallvase vom Tisch, die in tausend Stücke zerbrach. Der fußgroße, aus einer Wandnische geschlüpfte Reinigungsrobot, der gerade mit der Beseitigung der Hearasbruchstücke fertig war, summte um den Schreibtisch herum und begann, die weithin verstreuten Blumen und Glassplitter aufzulesen.

Saul Puskasz nickte betrübt. Dunkle Ringe zeichneten sich unter seinen Augen ab. Man sah ihm an: Er wäre am liebsten in den Stiefeln stehend eingeschlafen. Wie alle Administrale im Ambar Temnyj war er übernächtigt und ratloser als ein Tölken, der versuchte, ein zufällig gefundenes Stück Zucker zu waschen.

Seit gestern Nachmittag sendete der Piratensender Kalfaktopia.

Erst einen Tag, doch mit welcher Wirkung!

Wer ein Hearas besaß – mithin jede Bürgerin und jeder Bürger Rudyns – empfing zwangsläufig die Botschaften, sobald die kleinen Wegwerfgeräte eingeschaltet wurden. Es war unmöglich, die Sendungen auszublenden, es war unmöglich, sie stumm zu schalten. Alle Hearas blieben voll funktionsfähig. Zusätzlich liefen, als halbtransparenter Vordergrund aller Arbeitsprogramme, unweigerlich die Sendedaten Kalfaktopias auf.

Fau hatte zuerst erwogen, den Verkauf der Hearas sofort zu verbieten und das Tragen unter Strafe zu stellen. Aber die Dinger waren milliardenfach auf Rudyn vorhanden, und niemand, auch nicht ein Heer von Spiondrohnen, konnte jeden Einwohner rund um die Uhr überwachen. Obendrein rieten die Taktikpsychologen von einem Verbot dringend ab. Gerade durch eine solche Maßnahme würde die Aufmerksamkeit erst recht auf die Sendungen Kalfaktopias gerichtet werden.

Also kein Verbot. Verdammte Inzucht! Es war zum aus der Haut Fahren.

Nicht nur, dass die Spots Ponter Nastase in jeder nur denkbaren Hinsicht verunglimpften, seine Politik madig machten und ihn selbst als Verbrecher darstellten.

Nicht nur, dass sie behaupteten, Neife Varidis sei allen gegenteiligen Verlautbarungen zum Trotz noch am Leben und organisiere in einem Versteck den Freiheitskampf der von Nastase Unterdrückten.

Nicht nur, dass auf einmal Fragen nach dem tatsächlichen Verlauf der angeblichen Verschwörung und den vielen Getöteten im OPRAL laut wurden.

Inzwischen bildeten sich regelrechte Kalfaktopia-Fangemeinden, die in eigenen Hearas-Spots den Tenor der Piratensendungen guthießen und »Beweise« für die in ihnen vermittelte Wahrheit lieferten.

Nicht Varidis war die Verräterin, sondern sie war die Verratene.

Nicht Ponter Nastase war der Gute, sondern er war der wahre Putschist.

Ein Spruch machte die Runde:

Nicht alles, was Gold ist, funkelt; nicht alles, was glänzte, verlorn.

Er fand sich als Graffito in tausendfacher Ausführung wieder.

Als wäre das noch nicht genug: Vor drei Stunden hatte Puskasz von ersten Unruhen in der Suniastra berichtet, dem Genzezer Universitätszentrum. Angeblich war es zu einer Kundgebung von Studenten gekommen, die mit »Neife lebt!«-Sprechchören über den Campus gezogen waren. Entsprechende Holobanner entstanden über Nacht an allen Ecken der Stadt. Selbstgebastelte fliegende Drohnen sausten mit einem lächelnden Holoporträt von Neife Varidis durch die Straßen.

Vor zwei Stunden hatte es in Edbarsk einen spontanen Aufstand von Verladearbeitern gegeben, die, mit Eisenstangen bewaffnet, örtliche Obhutspatrouillen angegriffen hatten.

Die jüngste Nachricht, vor einer Stunde eingetroffen, ließ befürchten, dass die Dinge eine verhängnisvolle Eigendynamik anzunehmen begannen.

In Orokanu, einem Arbeiterwohnviertel, hatten Jugendliche die Versorgungsleitungen mehrerer Wohntürme gekappt. Es gab zahlreiche Unfälle beim panikartigen Verlassen der Gebäude. Ein regelrechter Mob aus tausenden Bürgern aller Altersgruppen war von Sicherheitskräften eingekesselt und kurzerhand paralysiert worden. Leider war es zu Missverständnissen und Kompetenzgerangel innerhalb der Obhutsbrigaden gekommen. Angeblich hatte Arbin Kobmeyer, der frühere Kalfaktor und jetzige Konkordant für Innere Sicherheit, persönlich den Einsatz tödlicher Waffen genehmigt, was von den aufgebrachten Bürgern angrenzender Stadtteile mit wütenden Protesten beantwortet wurde. Zahlreiche Verletzte blockierten inzwischen die Betten sämtlicher Kliniken; Ärzte und Pflegekräfte wurden aus ihren Freistunden zurückbeordert.

Gesandte ausländischer Botschaften verlangten Erklärungen.

Ross-Koalitionäre prangerten die Einschränkungen der Handelsbeziehungen an.

Der Botschafter des Imperiums Dabrifa forderte zum verstärkten Durchgreifen der »zunehmend schwächelnden« inneren Sicherheitsorgane auf.

Die Chan-Kitsune der Tarey-Bruderschaft distanzierten sich noch am Abend des 17. September öffentlich von Unterstellungen, die von einer angeblichen Mittäterschaft von Botschaftsangehörigen an einem Anschlag auf Akadie Holeste sprachen. »Das Verhalten der Interimsregierung Nastase sei«, so ein Chan-Sprecher, »mit vermehrtem Argwohn zu betrachten.«

Neuen Wind auf die Mühlen der Chan-Kitsune brachte am Morgen des 18. Septembers die Meldung eines verheerenden Sturms im Gebirgsmassiv des Holoi, bei dem zahlreiche Angehörige der rechts- und rechtefrei lebenden Santuasi-Bevölkerung in den Tod gerissen worden seien. Die Chan-Kitsune der Tarey-Bruderschaft bezeichnete die Santuasi als »Brüder und Schwestern im Geiste einer umgreifenden Ehrfurcht vor den universellen Wahrheiten«. Sie nannten die Unfähigkeit der Regierung Nastase, die Santuasi vor einem einfachen Sturm zu bewahren, »eine politische Bankrotterklärung, ein groteskes Versagen staatstragender Kräfte und eine dahinterstehende freiheitsferne Geisteshaltung«, die nicht nur die Santuasi der Vernichtung preisgegeben, sondern auch die Werte der Tarey-Bruderschaft »tief in ihrem Empfinden« schwer getroffen habe. Man erwäge, die Beziehungen zur ZGU neu zu überdenken.

Als Ephelegon über der Genzezer Bucht aufging, lief im Hearas-Netz ein neuer Spot an.

»Fragt nicht«, sagte eine computeranimierte Neife Varidis lächelnd, »was ihr für die Union tun könnt. Fragt vielmehr, was euch die Union bisher angetan hat. Und was sie euch all die Jahre vorenthalten hat. Fragt euch, was man mir antat, als ich diesen Zustand ändern wollte. Für euch, meine Freunde. Für euch – das Volk, dem ich meine ganze Kraft, ja mein Leben widme. Das Volk, dem auch ich angehöre und dem ich mit Leidenschaft sage: Ja, wir sind eins. Fragt euch, ob nicht manchmal der Schein trügt, besonders, wenn der Schein von ganz oben kommt. Nicht alles, was golden ist, funkelt; aber nicht alles, was glänzte, ist verloren. Fragt euch, wer ihr seid. Und wofür ihr bereit seid – ihr, das Volk.«

Marco Fau kam die Galle hoch, wenn er nur daran dachte.

Er baute seinen kleinen Körper vor Puskasz auf und funkelte seinen Ordonanzleutnant böse an. »Also? Ich höre!«

Saul Puskasz schluckte mehrfach, ehe er sagte: »Ja, Sir. Wir können den Sender weder lokalisieren noch überlagern noch auch nur abschirmen. Das ist es, was ich Ihnen sagen kann. Alles andere wäre gelogen.«

Mit einem Wutschrei ließ sich der Konkordant in seinen Sessel fallen.

Ungerührt summte der Reinigungsrobot in seine Nische zurück.

Auch das ist die Wahrheit

Atlan; Gegenwart

Am frühen Morgen erschöpften sich die Gewalten, die der Schlachtkreuzer entfesselt hatte. Noch immer wehte ein kräftiger Wind, der um die Felsengrate heulte.

Wir waren froh, die Höhle verlassen zu können.

Der Wasserfall hatte seine beeindruckende Gestalt verloren; wo vorher ein mächtiger Vorhang den Saumpfad verdeckte, schossen jetzt vier einzelne, kleinere Fälle zu Tal.

Als wir nacheinander aus dem Eingang kamen und in einer langen Kette den Weg zum Dorf antraten, fanden wir ein Bild der Zerstörung vor. Die Bäume am Grund des tiefen Einschnitts lagen, so weit wir blicken konnten, entwurzelt da, die Stämme umgeknickt wie Streichhölzer. Die den Weg säumenden Sträucher waren alle verschwunden. Das Wasser war abgeflossen und hatte den Weg von allem Geröll und Schlamm befreit.

Neife und Oderich ging es den Umständen entsprechend gut; nachdem ich wieder zu Kräften gekommen war, hatte ich ihnen in der Nacht meinen Aktivator abwechselnd für einige Stunden überlassen. Das und die vorangegangenen Heilkünste der Santuasi hatten Schlimmeres verhindert.

Kan Yu hatte den Befehl über die Santuasi übernommen. Er sorgte dafür, dass jedes Kind einen Erwachsenen an seiner Seite hatte und die Wabyren ganz am Ende der Menschenschlange geführt wurden.

Kettat und seine Männer hielten sich abseits; ihnen stand der Schock über das Schicksal, das sie ihren Leuten beinahe zugemutet hätten, ins Gesicht geschrieben.

Ti Sun blieb bei uns, als wir uns an der Spitze des Zuges auf den Weg machten.

Glücklicherweise hatte der Bergpfad den Gewalten standgehalten. Hinter der Kehre allerdings stießen wir auf etliche herabgestürzte Steine und den Weg bedeckendes schlammiges Geröll. Von da ging es nur noch langsam voran, bis wir endlich Gympmost erreichten.

Das dreieckige Plateau war kaum noch wiederzuerkennen. Ein paar der hohen Felsensäulen waren umgestürzt und zerbrochen. Alle Kaibuns waren fort, weggerissen, irgendwohin verweht; Fetzen flatterten im Wind, Spinnennetze aus verhedderten Seilen bedeckten die Steine. Dunkle Flecken zeigten, wo die Häute der Häuser am Sediment geklebt hatten. Zerbrochene Stangen und Reste von Bettgestellen bildeten mit zerschmetterten Haushaltsgegenständen ein heilloses Durcheinander.

Frauen starrten wortlos auf ihre zerstörten Heime. Männer blickten finster drein. Einige der Kinder weinten. Neife war wütend. Oderich wirkte fassungslos.

Kan Yu kletterte auf einen Gesteinsblock.

»Wir werden hart geprüft!«, verkündete er mit lauter Stimme. »Aber führen wir nicht ein Leben, das uns der Wahrheit verpflichtet? Es nützt nichts, über die verlorenen Dinge zu jammern. Es ist, wie es ist. Das ist die Wahrheit. Euer Dorf ist nicht mehr. Aber es hat ein erstes Gympmost gegeben, warum soll kein zweites entstehen? Noch ist nicht alles verloren. Noch gibt es uns. Wir leben! Auch das ist die Wahrheit. Sahaja.«

»Sahaja«, murmelte die Menge.

Kan Yu wandte sich an die Frauen. »Tragt alles Holz zusammen. Sucht nach Essbarem. Nach Kochgeschirr. Entzündet Feuer. Versorgt die Kinder. Und schickt alle Verletzten zu mir oder Ti Sun.« Er nickte, als die Angesprochenen seinen Worten zögernd folgten.

»Ihr«, rief er einigen Männern zu, »holt alles an Haidumkraut herbei, was ihr in den umliegenden Tälern nur finden könnt. Nehmt Seile zum Bündeln mit. Ihr anderen sucht nach den Rindern.«

Der alte Heiler kletterte von seinem Block herunter und trat zu uns.

Ehe er etwas sagen konnte, ertönten aufgeregte Rufe nahe des Bergpfades. Gerade aufbrechende Santuasi begrüßten einen Neuankömmling. Wir drehten uns um und sahen den Kahlköpfigen das Dorf betreten.

Er durchquerte die langen Schatten der Felsen und kam direkt auf uns zu.

»Nayati Mahekara«, murmelte Kan Yu. »Er hat das Unwetter überlebt. Vielleicht besteht auch noch Hoffnung für den Nallathu und seine Begleiter.«

»Ich fürchte nein«, sagte Mahekara, der die letzten Worte gehört hatte. »Sie alle waren auf dem Mingtang den Winden schutzlos ausgeliefert.«

Mit Mingtang *bezeichneten die alten Chinesen einen hellen, kraftvollen Platz unter freiem Himmel,* informierte der Extrasinn.

»Wie kommt es, dass Sie nicht bei Kala Bhairava sind?«, fragte ich.

Der Breitschultrige richtete seinen Blick auf mich.

»Der Nallathu hat es so bestimmt. Er schickte mich zurück, um seinen Empfang hier vorzubereiten. Etwas, das sich jetzt wohl erübrigt hat. Stattdessen werden wir um ihn trauern müssen.«

»Wie haben Sie den Sturm überlebt?«

»Als Teil der Wahrheit, die auch Sie überleben ließ, Arkon-Mann. Ich fand eine Spalte unter einem Stein. Und wo wir gerade davon reden: Sie sollten sich schleunigst um Ihren Schweber kümmern. Er droht in eine neue Spalte zu stürzen. Die Klammern haben schlecht gehalten.«

Ich bedankte mich und lief zum Dorf hinaus.

Der U-Schweber stand noch dort, wo ich ihn geparkt und mit den Traktorklammern gesichert hatte. Der Orkan hatte ihn leicht verdreht, um etwa zwanzig Zentimeter versetzt, was bedeutete, dass die Klammern sehr wohl gehalten hatten. Der Sturmwind hatte zwar heftig an Pattys Paragleiter geruckelt, ihn aber nicht beschädigt. Was Nayati Mahekara darüber hinaus gesagt hatte, entsprach ebenfalls nicht der Wahrheit: Im weiten Umkreis gab es keine Spalte, die dem Schweber gefährlich werden und in die er stürzen konnte.

Ich runzelte die Stirn, während ich mich zu den Aufsetzkufen nieder beugte und an einem winzigen Außenborddisplay die Ankerstärke der Feldemitter überprüfte. Sie arbeiteten einwandfrei.

Woher kennt ein Santuas den Unterschied zwischen einem Schweber und einem Gleiter?, fragte der Extrasinn. *Woher weiß er, was Traktorklammern sind?*

Und warum bricht er das Gebot der Wahrheit?, gab ich zurück.

Weil er kein Santuas ist!, wisperte der Logiksektor. *Daraus folgt, du bist in eine Fa...*

Dann traf mich ein brutaler Schlag auf den Hinterkopf.

Trilith Okt; Gegenwart

Pöör spürte das Nachlassen des Windes und weckte Trilith. Das Wurmwesen schlängelte sich voraus und krallte sich in den Stein. Mit der Hilfe des Wabyren kletterte sie durch das Loch über dem Felsen und sprang ins Freie.

Gebeugt lief sie in dem immer noch starken Wind bergab, in die Richtung zurück, in der Gympmost lag. Pöör folgte.

Es war schon hell, als sie das Ende des Tales erreichte und auf den Weg einbog, der sich um den Bergvorsprung herumzog und am Dorf vorbeiführte.

Schon von Weitem sah sie den Schweber stehen, ein schwarzgelber Fleck im Graubraun der Berge. Er wirkte unbeschädigt, was sie ebenso erstaunte wie die Tatsache, dass er dort überhaupt noch stand. Dann gewahrte sie die Bewegung und verbarg sich hinter einem Felsvorsprung. Ein Mann näherte sich dem Schweber. An den weithin leuchtenden Haaren erkannte sie Atlan.

Also hatte er es doch geschafft. Das ersparte ihr die mühselige Suche nach seinem Zellaktivator. Sie wollte sich eben aufrichten, da entdeckte sie einen zweiten Mann aus Richtung des Dorfes heran rennen.

Es war die unverkennbare Silhouette des Kahlköpfigen.

Während Atlan um den Schweber herum ging und sich unter ihn beugte, lief der Santuas geduckt herbei. Trilith wollte eine Warnung rufen, doch sie war zu weit entfernt. Der Leibwächter verlangsamte sein Tempo, schlich die letzten Schritte. Atlan stand auf. Er wähnte sich immer noch allein.

Der Breitschultrige trat aus dem Schatten der Felswand hervor.

Er hielt etwas Längliches in der Hand. Er trat hinter den Arkoniden und schlug zu.

Atlan stürzte neben dem Santuas zu Boden und rührte sich nicht mehr.

Trilith gab ihre Deckung auf und rannte los.

Der heulende Wind übertönte ihre Schritte.

Sie sah den Santuas neben Atlan knien, sah, wie er den Arkoniden abtastete. Als er sich wieder aufrichtete, war sie nur noch fünf oder sechs Manneslängen von ihm entfernt. Er hielt den Kodegeber in seiner Hand.

Trilith setzte zu einem gewaltigen Hechtsprung an. Der Santuas drehte sich zu ihr um. Es war zu spät. Ihr Schwung katapultierte sie beide zu Boden. Der Kodegeber flog aus seiner Hand.

Trilith rollte sich ab und stand um einen Sekundenbruchteil eher als der Kahlköpfige. Sie sprang abermals in die Luft, setzte eine Beinschere an und kickte gegen das Kinn ihres Gegners, während sie ihn niederriss. Der Santuas fluchte. Trilith warf sich zur Seite. Eine blitzschnelle Drehung brachte sie außer Reichweite einer säbelartig niederzuckenden Handkante. Sie griff nach der anderen Hand, wollte das Gelenk packen, überdrehen und brechen. Doch der Santuas rammte ihr ein Knie in den Magen, und sie klappte zusammen wie ein gut geöltes Scharnier einer Backskiste auf der PIRATEN-

BRAUT. Zwei Fäuste, fester als Eisen, hämmerten in ihren Nacken, und obwohl sie die Schläge kommen sah, vermochte sie ihnen nicht auszuweichen. Alle Luft wich ihr aus den Lungen. Ein neuerlich emporgerissenes Knie krachte gegen ihren Kiefer und warf sie rücklings zu Boden. Atlan lag zwei Meter neben ihr und stöhnte leise. Sein Haar war seltsam dunkel. Dann roch sie das Blut und wusste nicht, ob es das des Arkoniden war oder ihr eigenes, das ihr von der aufgeplatzten Lippe strömte.

Sie schüttelte sich benommen.

Der Santuas grinste und bückte sich. Er hob den Kodegeber und aktivierte den Impuls. Langsam ging er rückwärts. Er öffnete eine Tür.

Trilith tastete nach dem Vibromesser. Sie zog es aus der Scheide, schüttelte die Benommenheit ab und sprang auf die Füße.

Der Santuas richtete seine Strahlwaffe auf Trilith und gab Dauerfeuer.

Trotz des blauleuchtenden Gewitters der auf sie zuzuckenden Paralysestrahlen bewegte sich Trilith noch drei Meter auf ihn zu. Dann brach sie zusammen.

Sie sah, wie die Tür zuschwang. Sie hörte, wie der Antigrav zu summen begann und die Traktorklammern zischten, als er sie löste. Sie bemerkte den Schatten des Schwebers, als er an Höhe gewann und den felsigen Hang verließ. Nur bewegen konnte sie sich nicht mehr.

Das Dröhnen der Booster verebbte. Das Heulen des Windes blieb.

Das und das Fiepen Pöörs, der sich neben ihr wand und ihre Hände und das Gesicht abschleckte.

Irgendwann sah sie Atlans Gesicht über sich. Er blutete am Hinterkopf. Das Blut war ihm über die Schläfen ins Gesicht gelaufen. Seine Hand schloss die Lider ihrer vier Augen, die auszutrocknen drohten, da auch ihr Blinzelreflex unterbrochen war. Dann fühlte sie sich emporgehoben.

Atlan trug sie ins Dorf zurück. Pöör wuselte hinterdrein.

Atlan; Gegenwart

Es war ein merkwürdiges Gefühl, die sonst so unnahbare Trilith auf meinen Armen zu tragen.

Sie war schwerer als erwartet. Ich spürte harte Muskeln überall dort, wo unsere Körper sich berührten, kaum Fettgewebe, nicht einmal an den breiten Hüften. Ihr Körperdunst war intensiv und fremdartig: ihr Schweiß drang bitter und nicht säuerlich an meine Nase; selbst ihr Blut, das aus den grün verfärbten, aufgeplatzten Lippen perlte, hatte einen strengen Eisengeruch.

Sie trug alle Anzeichen eines Paralysatortreffers. Ihr Herz schlug ruhig und gleichmäßig, ihr Atem kam langsam, wie in einem tiefen Schlaf, doch jede willentliche Bewegungsmöglichkeit war ihr vorerst genommen. Ich wusste, dass sie mich verstehen, wenn auch nicht antworten konnte, und so nutzte ich die Gelegenheit, sie über das Schicksal der Dorfgemeinschaft zu informieren, während ich vorsichtig einen Schritt vor den anderen setzte.

Pöör verfolgte argwöhnisch jede meiner Bewegungen. Als er sah, dass wir uns in Richtung Gympmost bewegten, folgte er schnaufend und quiekend.

Nachdem ich wieder zu mir gekommen war, brummte mir der Schädel. Der U-Schweber war verschwunden. Ich suchte und fand den Kodegeber nicht mehr in meiner Tasche. Trilith lag mit Gesichtsverletzungen bewegungslos neben mir. Das und meine Mutmaßungen gegen den Kahlköpfigen genügten, mir in etwa zusammenzureimen, was geschehen war. Nayati Mahekara hatte mich niedergeschlagen, den Kodegeber an sich genommen und den Schweber gestohlen. Dabei musste er von Trilith überrascht worden sein. Und allem Anschein nach hatte er sie mit einem Paralysator niedergestreckt. Über seine Motive konnte ich nur spekulieren.

Mein Extrasinn verriet mir, dass ich 62 Minuten lang bewusstlos gewesen war.

Als ich mit meiner Last die kümmerlichen Überreste des Dorfes erreichte, schickte ich nach Ti Sun. Sie brachte eine

Felldecke mit. Wir betteten Trilith darauf. Danach kümmerte sie sich um Triliths Lippen und säuberte anschließend meine Hinterkopfverletzung. Ich fragte sie beiläufig, wie lange Nayati Mahekara schon zu den engeren Vertrauten des Nallathu gehörte.

»Zwei Jahre«, antwortete Ti Sun. »Er ist kein geborener Santuas. Er hat den Städten den Rücken gekehrt.«

»Dann ist er auch ein Rogiwniz?«

Sie lachte. »Nein. Er hat öffentlich der Union abgeschworen. Alle seines Dorfes haben seine Sahaja geprüft. Er sagte die Wahrheit. Nayati durfte bei uns bleiben. Kala Bhairava hätte ihn sonst niemals bei sich geduldet. – Halten Sie still.«

Ich zuckte zusammen. Die Platzwunde schmerzte. Die Sternengötter mochten wissen, was sie hineinträufelte. Es brannte höllisch.

»Und wann kam er in den Holoi?«, ächzte ich.

»Kurz bevor ihn der Nallathu zu sich rief.«

»Dann hat er eine Schlange an seinem Busen genährt.«

»Was ist eine Schlange? Ich verstehe nicht ...«

»Ich zitierte ein terranisches Sprichwort. Es bezeichnet einen falschen Freund.«

Sie zögerte. »Einen, der lügt?«

»Ja.«

»Die Männer aus den Städten lügen leicht«, sagte sie mit unmissverständlichem Unterton. Sie meinte mich.

»Ti Sun, manchmal ist eine kleine Lüge ein geringeres Übel als die Wahrheit.«

»Sie bleibt ein Übel. Auch eine kleine Lüge zerstört das Vertrauen.«

»Die Wahrheit kann das Leben kosten.«

»Ist das so bei dir?« Sie bemerkte nicht, dass sie in die vertrauliche Anrede verfallen war. »Kostet es dich dein Leben, wenn du denen, die es gut mit dir meinen, deinen wahren Namen nennst?«

Das Brennen ließ etwas nach.

»Nicht überall«, antwortete ich tapfer lächelnd. »Auf Rudyn schon.«

»Nicht überall auf Rudyn«, sagte sie und zeigte wieder ihr unnachahmliches Eurasierinnenlächeln.

Sie ergriff meine Hand und führte meine Fingerspitzen an ihre Stirn. »Hier nicht«, sagte sie. Dann nahm sie meine Hand und zog sie an ihr Herz. »Und nicht hier.« Sie legte beide Hände über die meine und drückte sie für einen Moment fest an ihre Brust. Ihre mandelförmigen Augen schwebten dicht vor meinem Gesicht. Ich erblickte mein Spiegelbild in ihren Pupillen.

»Mein Name ist ...«, setzte ich an.

»Nein«, flüsterte sie. »Nicht jetzt.« Sie verschloss mir die Lippen mit dem Zeigefinger. »Es sind zu viele Leute hier. Später. Wenn es ein Später gibt. Wenn du ... Koramal nicht mehr brauchst. Und wenn du – endlich vertraust.«

Sie drehte sich um und lief mit wehenden Haaren davon.

Keine drei Minuten später landete der Gleiter.

Es handelte sich um einen kleinen, altersschwachen, zivilen Lastentransporter. Er ging mitten auf dem Dorfplatz nieder.

Der Pilot stieg langsam aus und sah sich erschüttert um.

Der Mann war um die siebzig. Kurze dunkelbraune Strubbelhaare über einem breiten, fast kantigen Gesicht, in dem ein dichter Vollbart und winzige, zu Schlitzen gekniffene Augen dominierten. Er war größer als ich und doppelt so breit. Mit seinen mächtigen Schultern, den an Schaufeln erinnernden Händen und dem beinahe quadratischen Rumpf passte er nach Gympmost wie einer der vielen Felsklötze.

Ti Sun lief ihm entgegen und umarmte ihn. Er schüttelte Hände, nahm nacheinander ein paar Kinder auf den Arm, herzte sie; aber immer wieder glitt sein Blick über das zerstörte Dorf.

Dann sah er mich und die regungslose Trilith neben mir. Seine Brauen zogen sich noch mehr zusammen. Er fragte. Ti Sun antwortete. Dann kamen beide auf uns zu. Ich stand auf.

Der Pilot streckte mir seine Hand entgegen. Meine verschwand fast vollständig darin. »Sie sind also Koramal«, sagte er anstelle einer Begrüßung.

»Und Sie müssen Artur Lokwenadse sein.«

Er brummte zustimmend in seinen Bart. »Ich hörte von dem Sturm und flog sofort los. Ich war in großer Sorge, aber ... Aber ich hätte nicht gedacht ...« Er machte eine hilflose Geste.

»Es war kein natürlicher Sturm.« Ich schilderte ihm unsere Beobachtungen des Schlachtkreuzers.

Er drehte sich zu seinem Gleiter um, den einige Frauen zu entladen begannen. Die Frachtzelle war bis zum Anschlag mit Lebensmitteln, Decken und Medoboxen beladen. »Mehr habe ich in der Eile nicht besorgen können«, sagte er fast entschuldigend.

»Es ist mehr, als wir hoffen konnten, Vater.« Ti Sun lehnte sich an seinen mächtigen Oberarm.

»Nach dem, was ich in Genzez hörte, hatte ich kaum Hoffnung, auch nur einen von euch lebend wieder zu sehen. Dass meine Tochter noch lebt, habe ich allein Ihnen zu verdanken, erzählte sie mir.«

Lokwenadse legte mir die Pranke auf die Schulter. Seine Hand war schwer wie ein Stein.

»Wir hatten immenses Glück«, sagte ich.

»Sie sind sich sicher, es war ein Schiff der EPHANG-Klasse?«

Ich bejahte.

»Dann hat er es veranlasst. Die Flotte steht leider hinter ihm.«

In kurzen Worten berichtete Lokwenadse von der Auflösung des Rates der 21 Kalfaktoren und von Nastases Ernennung zum Außerordentlichen Generalkalfaktor, was faktisch der Stellung und der Machtkonzentration eines Diktators gleichkam.

»Die Auflösung war ein schlechter Witz«, schimpfte Lokwenadse. »Zu diesem Zeitpunkt lebten schon acht Regierungsmitglieder nicht mehr; der Rest flüchtete oder befand sich in Haft. Erst war angeblich Neife Varidis an allem Schuld, und er brüstete sich, sie gestellt und ausgeschaltet zu haben. Dann jedoch ...«

Lokwenadse lachte bitter. »Seit gestern steht die Stadt völlig Kopf. Plötzlich heißt es, die Varidis sei doch noch am Leben. Und organisiere den Widerstand. Na, es würde mich freuen, wenn's so wäre. Einen Beweis dafür gibt's leider nicht.«

»Würden Sie ersatzweise mich als Beweis akzeptieren?«, fragte Neife lächelnd, die mit Oderich zu uns ans Feuer getreten war und die die letzten Worte gehört hatte. »Ich versichere Ihnen, Mr. Lokwenadse, ich lebe. Und ich habe vor, mich Nastase in den Weg zu stellen. Allerdings benötige ich dafür Ihre Hilfe.«

Lokwenadses erst verständnisloses Antlitz verzog sich zu einem breiten Grinsen.

Nach einer Stunde hatte Trilith die Paralyse überwunden. Pöör war in dieser Zeit nicht eine Minute von ihrer Seite gewichen. Als sie sich wieder bewegte, trällerte und fiepte er voller Freude. Die Santuasi in unserer Nähe nickten beifällig. Sie betrachteten Pöör längst als zu Trilith gehörig.

Wir nahmen Abschied von den Berg-Rudynern.

Wir, das waren Trilith, Neife, Pöör und ich. Der Wabyren schlüpfte sogar noch vor Trilith in Lokwenadses Gleiter; er dachte überhaupt nicht daran, sich von der Psi-Kämpferin zu trennen.

Oderich drückte mir fest die Hand. Er, der niemals eine Waffe berührte, sah seine dringliche Aufgabe zunächst darin, den Santuasi beim Aufbau ihres Dorfes zu helfen. Er würde vorerst im Holoi bleiben.

Ti Sun bestand darauf, ihren Vater nach Genzez zu begleiten. Sie setzte sich auf einen der Notsitze im Frachtabteil.

Kan Yu verbeugte sich, ehe er sagte: »Kommen Sie eines Tages wieder, Koramal. Sie werden im Holoi und ganz bestimmt in diesem Dorf immer willkommen sein.«

Ich versprach es. »Lassen Sie nach Kala Bhairava und seinen Leuten suchen?«

Der Heiler nickte. »Schon geschehen. Ich habe Kettat losgeschickt. Er hat einiges gutzumachen. Leben Sie wohl.«

Trilith, Pöör, Neife und Ti Sun pferchten sich in die Frachtzelle. Ich nahm auf dem Kopilotensitz Platz. Dann startete Lokwenadse die Maschine. Summend hob der Gleiter ab. Kan Yu beschattete die Augen und sah uns nach.

Ich winkte dem weisen alten Mann zu, bis das Plateau hinter der nächsten Bergkrümmung verschwand.

Ponter Nastase; Gegenwart

Die virtuellen und maschinellen Komponenten des Omniports umschwirrten seinen Kopf in kaum noch voneinander trennbaren Schemen.

Ponter Nastase hatte die Dichte und die Informationsfließgeschwindigkeit bis zur Grenze des Systems hochgefahren. Dennoch hatte er keine Schwierigkeit, die wesentlichen Punkte jederzeit herauszufiltern. Dank des Zellaktivators war seine Konzentrationsfähigkeit auf ein nie zuvor gekanntes Niveau angestiegen. Er erfasste ganze Tabellen mit nur einem Blick, entdeckte in Tausenden von Datenzeilen jene eine, auf die es ankam, bemerkte Abweichungen, stieß auf verborgene Widersprüche, fand untrüglich denjenigen, der sie zu verantworten hatte, erließ entsprechende Korrekturen – und verordnete Strafmaßnahmen.

Die Berichte über die neu entfachten Unruhen waren wie parfümiertes Öl in seinem Feuer. Die Ausschreitungen, teilweise mit Plünderungen verbunden, verbreiteten sich stadtteilübergreifend, wie ein Flächenbrand, ob nun in Genzez, in Leskyt oder anderswo. Selbst so kleine Orte wie Brihan und Simbalain blieben nicht verschont.

Alles verlief nach Plan. Allerdings ...

Nach einem *invertierten* Plan.

Als hätte jemand ein Negativ seiner ursprünglichen Absichten an die Stelle des Originals gelegt.

Dennoch war Nastase frohen Mutes. Er würde in wenigen Tagen alle Kämpfe, allen Hader, alle Ausschreitungen und Plünderungen mit einem Machtwort beenden. Längst hatte er die entsprechenden Befehle an die Schiffsführung der ZUIM und an alle Beibootkommandanten erteilt.

Ärgerlich war, dass sich der Unmut nicht gegen Neife Varidis, sondern gegen ihn selbst richtete. Aber das war unerheblich, ein zwar unerwarteter, aber trotzdem vernachlässigbarer Begleiteffekt, Staub, den ein Sturm nun mal mit sich führte. Der eigentliche Triumph würde dadurch nicht aufzuhalten sein. Das hehre Ziel, das er der rudynischen Bevölkerung in seiner großen Rede aufzuzeigen gedachte, würde alle Menschen, würde Rudyn, würde jeden zur Union gehörenden Planeten hinter ihm vereinen.

Er würde ihnen eine Aufgabe schenken, wie es sie noch nie zuvor gegeben hatte.

Ein Volk. Ein Gedanke. Ein Sternenkaiserreich.

Er würde sie ihre wahre Größe in all ihrer Erhabenheit sehen lassen.

Er konnte nicht verlieren. Zumal es die Varidis in der vergangenen Nacht im Holoi-Gebirge mit Sicherheit in Fetzen gerissen hatte. Er hatte die beeindruckenden Bilder der Verwüstung gesehen, die von der KONTER aufgezeichnet worden waren. Alle Dörfer der arroganten Weltverbesserer waren von den entfesselten Sturmwinden förmlich plattgewalzt worden.

Ein Gespräch kam vom OPRAL herauf.

»Sie hat es überlebt!« rief Marco Fau mit überkippender Stimme.

Ponter Nastase starrte seinen Konkordanten an.

»Unmöglich!«, stieß er hervor.

»Wir fingen vor wenigen Stunden einen Agenten ab, der zu Dhium Lavaré vordringen wollte. Sie hatte ihn bei den Santuasi eingeschleust. Es hat Überlebende gegeben, und Varidis gehört zu ihnen. Der Mann hat sie persönlich gesehen! Sie hat überlebt.«

»Findet sie! Habt ihr schon eine Spur?«

Marco Fau nickte heftig. »Mahekara, dem Agenten zufolge, existiert nur eine Möglichkeit, den Holoi schnell zu verlassen. Es gibt da einen Händler mit gültiger Lizenz, einen gewissen Lokwenadse. Er ist zur Zeit der Einzige, der sie mit seinem Lastentransporter schnell fortschaffen kann. Laut den Overland-Flugprotokollen befindet sich sein Gleiter derzeit auf dem Weg nach Genzez. Fracht: unbekannt.«

»Das sind sie«, sagte Nastase überzeugt. »Holt sie vom Himmel. In Stücken, die nicht größer sind als flimmernder Staub.«

»Vier FBA-Jäger sind bereits in der Luft«, sagte Fau.

Ponter Nastase schaltete ab. Er ging hinüber zu der großen Bar und aktivierte im Gehen einen Kanal, der ihn mit dem Interkomnetz des Sphärenrades verband.

»Was macht Ihre Präsentation, Aquium?«

»Wir ... wir werden rechtzeitig fertig sein.«

Nastase schaute durch das dicke Kristallglas zu, wie sich die aufgewühlten Wellen der Ephelegon's Tears beruhigten.

»Fein«, sagte er. »Sie wissen ja, wie viel davon abhängt.«

Er las es an den entgleisenden Gesichtszügen des Hundertelfjährigen ab, dass dieser es sehr wohl wusste.

Nastase beendete die Verbindung und genoss den samtigen Whiskey mit langsamen, bedächtigen Schlucken.

Seitdem er den Zellaktivator trug, war er auch von den negativen Begleiterscheinungen des Alkoholkonsums befreit. Davon und von vielem anderem mehr.

Vor allem von rührseliger Rücksichtsnahme.

Das ist es, dachte er, *das ist das wahre Geheimnis der Unsterblichkeit.* Sämtliche Ketten, denen Normalsterbliche nicht zu entkommen vermochten, fielen nach und nach von einem ab. Zurück blieb die Freiheit zu tun, was immer man wollte.

Er lachte auf. Macht war etwas Herrliches.

Zu viele Leute – zu viele Probleme

Atlan; Gegenwart

Achthundert Kilometer bis Genzez: Eine Flugdistanz, die wir mit dem langsamen Lastengleiter in zweieinhalb Stunden überwinden konnten.

Zeit genug, die Behörden auf unseren Flug aufmerksam werden zu lassen. Obwohl sich Lokwenadse ordnungsgemäß angemeldet hatte, wollte ich allen Eventualitäten vorbeugen.

Mahekara, der uns vorausgeflogen war, würde irgendjemandem Bericht erstatten, denn irgendwer hatte ihn zu den Santuasi entsandt. Gehörte dieser Jemand zum Kreis der ehemaligen Kalfaktoren, würde Mahekaras Bericht trotz der Wirren bei Subalternen Beachtung finden. Ungünstigstenfalls landete er bei Nastase selbst. Mahekara hatte uns gesehen. Er brauchte nur den Namen Neife Varidis zu nennen, und schon würde man uns ein Empfangskommando schicken.

Diese Annahme war für mich so sicher wie eine bewiesene Tatsache.

Es galt, dem drohenden Verhängnis vorzubeugen.

Selbstverständlich war der Lastengleiter unbewaffnet. Außerdem war er zu schwerfällig, um sich flugtechnisch gegen Jagdmaschinen auch nur ansatzweise zu behaupten. Und unsere Handfeuerwaffen nützten uns in einem Luftkampf überhaupt nichts.

Anders ausgedrückt: Wir brauchten Hilfe.

Während unter uns die endlosen Urwälder dahinglitten, aktivierte ich das Funkgerät des Gleiters. Es war, wie die meisten Geräte dieser Art, mit der Bordpositronik gekoppelt. Ich ließ mich mit dem öffentlichen Datennetz verbinden.

Für alle USO-Spezialisten gab es im Einsatz ein Problem.

Meine Agenten wussten nie, wohin ein Auftrag sie letzten

Endes führen würde. Verfolgungen waren prinzipiell unkalkulierbar. Nicht selten kam es vor, dass ein Spezialist unerwartet auf einem Planeten landen musste, wo ihm alle Mittel fehlten und er dringend die Unterstützung seitens der USO benötigte. Deshalb unterhielten wir ein dichtes Netz von geheimen Niederlassungen auf jedem bekannten, der Raumfahrt zugänglichen Planeten. Das Gleiche galt für die größeren Raumstationen.

Die Spezialisten traten selten als offizielle Vertreter der USO auf, sondern lebten meistens unerkannt: Unverdächtige Bürger mit einer wasserdichten Legende versehen, inmitten der jeweiligen Gesellschaft.

Das Problem der auf Hilfe angewiesenen Agenten bestand darin, die ortsansässigen Statthalter auf sich aufmerksam zu machen oder sie heimlich zu kontaktieren. Verstecke wechselten häufig, und niemand kannte alle Namen und erst recht nicht alle Aufenthaltsorte.

Rudyn bildete da keine Ausnahme. Ich wusste, es gab eine heimliche USO-Niederlassung mitten im Herzen der Union, aber ich kannte weder die Namen der hiesigen Agenten noch ahnte ich auch nur, wo sie sich befanden. Zu Hause in Quinto-Center hätte ich Decaree fragen können; sie war die einzige, die alle Tarnexistenzen zuzuordnen wusste. Hier half mir das wenig.

Folglich griff ich auf das Verfahren zurück, das wir eigens zu diesem Zweck entwickelt hatten.

Ich gab eine Kontaktanzeige auf.

Ich ersuchte um eine Verbindung zu *Starmeet Inc.*, einer international tätigen Vermittlungsagentur, die auf allen Zentralwelten ihre Dependenzen unterhielt, ob es sich nun um Arkon, Terra, Ferrol, Olymp, Rudyn, Nosmo, Achorot oder gar Gatas in der Eastside handelte.

Starmeet vermittelte nicht nur lustwillige Partner, sondern bahnte auch Geschäftskontakte jeglicher Art an.

»Sie wünschen?« Eine computergenerierte Arkonidin erschien auf dem Monitor. Wäre ich ein Haluter gewesen, hätten mich drei rote Augen und ein meterbreites Gebiss angestrahlt. Die Starmeet-Kontaktportale reagierten überall in der Galaxis auf das Erscheinungsbild des Anrufers und passten sich der jeweiligen Spezies in Sekundenschnelle an.

»Ich suche kein Date«, schickte ich voraus. »Aber ich suche *für* ein Date einen Händler in Genzez, der rolofonische Schmeichelzwiebeln im Angebot hat.«

»Rolofonische Schmeichelzwiebeln?«

»Exakt. Sie wachsen binnen eines Tages zu einer angenehm duftenden Blume mit einer wunderschönen Blüte aus.«

Die genannte Blumenart gab es wirklich. Es handelte sich dabei um ein Experiment des USO-Wissenschaftlers Rolof Wonder, dem es gelungen war, die eigentliche Pflanze mit Transgenen soweit zu verändern, dass die ausgewachsene Blüte nicht nur betörender duftete als jede terranische Rose, sondern dass der Blütenkelch zugleich auch einschmeichelnde Worte flüsterte, wann immer die beschenkte Dame an der Blume vorüberging: *Liebste. Schönste. Beste. Ich begehre dich. Ich lege dir mein Herz zu Füssen. Du Glut meines Glücks.* Und so weiter. Eine andere Sorte sonderte Obszönitäten ab. In gewissen Situationen nebelten die Dinger den Verstand ein. Ziel von Wonders Experimenten war es gewesen, den Blumen hypnotisch wirkende Komponenten beizugeben. Mit Erfolg. Einige Einsätze waren allein aufgrund der so gewonnenen Beeinflussung einflussreicher Frauen möglich geworden. Mein Versuch hingegen, Tipa Riordan einen ganzen Strauß rolofonischer Blumen zu schenken, war schmählich gescheitert. Sie schützte eine schwere Blütenstaub-Allergie vor. Als Zellaktivatorträgerin. Aber sicher, Tante Tipa. Irgendwie musste die Piratin von den transgenen Pflanzen Wind bekommen haben.

Natürlich waren die Schmeichelzwiebeln nie in den Handel gelangt. Deshalb suchten mit Ausnahme der eingeweihten USO-Spezialisten nur *sehr* wenige nach diesem Begriff.

»Sie haben Glück«, sagte die künstlich auf arrogant getrimmte Animation nach einer kaum merkbaren Suchdauer.

»Es gibt tatsächlich einen Genzezer Händler, der das Gewünschte liefern kann. *Baum & Blume*, der Inhaber ist ein gewisser Shaef'al ben Rudir. Soll ich Ihr Gesuch an diese Adresse weiterleiten?«

»Ich bitte darum.« Ich nannte der Animation noch die Kom-Daten des Gleiters. Dann schaltete ich ab und lehnte mich zurück.

Kurz darauf erhielten wir einen positronischen Funkrückruf der Firma Baum & Blume. Ich bestellte eine Schmeichelzwiebel. Sofort zu liefern. An die angegebenen Koordinaten. Ich wies darauf hin, dass höchste Eile geboten sei. Und absolute Diskretion. Es ginge um eine Party mit fünf Personen und einem Tier.

Die Positronik bestätigte.

Artur Lokwenadse sah mich an, als habe ich den Verstand verloren.

Neun Minuten später sah ich unter uns den Lichtpunkt aufblitzen. Ich bat Lokwenadse, den Gleiter mit Null Fahrt über Grund zum Schweben zu bringen. Wir selbst hielten eine Höhe von 2900 Metern ein.

Der Lichtpunkt näherte sich und schaltete dann den Deflektorschirm ab. Zum Vorschein kam eine kaum armdikke, automatische Lenkdrohne, die dicht über dem Gelände mit extrem hoher Geschwindigkeit flog. Ausgestattet war sie mit Antiortungs- und Stealthtechnik vom Neuesten, was die USO-Werkstätten zu bieten hatten. Die Drohne entfaltete zwei waagerechte Arme, zwischen denen ein schwarzwallendes Transmitterfeld parallel zum Erdboden entstand.

Inzwischen hatte ich meine Gefährten davon unterrichtet, was ich vorhatte.

Ti Sun öffnete die Frachtzellentür. Die Drohne schwebte einen Meter unter und neben dem Gleiter, die Arme ausgebreitet, zwischen denen sich ein fünf Meter durchmessendes, pechschwarzes Tuch zu spannen schien. Wolken trieben träge unter uns vorbei.

»Keine Angst, Ti Sun«, rief ich nach hinten, um das Windrauschen zu übertönen. »Schau's dir erst an. Trilith, du zuerst.«

Die Psi-Kämpferin nickte, nahm Pöör auf den Arm und ließ sich in das schwarze Feld hinein fallen. Sie verschwand, als ob sie in einen Teich mit Morast gesprungen wäre. Pöörs protestierendes Quieken brach abrupt ab.

»Neife?«

Die ehemalige Geheimdienstchefin sah mich einen Moment mit einem seltsamen Gesichtsausdruck an, dann sprang auch sie. Ich wusste, wir würden in der Gegenstation von oben aus dem Empfängerfeld fallen und von einem Antigravkissen aufgefangen werden.

»Jetzt du, Ti Sun.« Arturs Tochter war in ihrem ganzen Leben noch nie durch einen Transmitter gegangen. Dennoch schloss sie die Augen und sprang mutig und ohne Zögern in das wallende Nichts.

Artur programmierte einen Kurs, der den Gleiter auf einem öffentlichen Parkplatz in Edbarsk absetzen würde. Er stellte den Countdown auf 60 Sekunden ein. Gemeinsam gingen wir nach hinten in die Frachtzelle. Der massige Mann brummte unwirsch, als er nach draußen blickte.

»Warum sollte ich Ihnen derart vertrauen, Koramal?«, fragte er, als wir unmittelbar vor der Öffnung standen. Unter den Wolken mäanderte ein breiter Fluss, vermutlich die Dwadunaj.

Ich zog die Plakette hervor, die mir Patty mitgegeben hatte, das Verdienstabzeichen 1. Klasse für besondere Einsätze der Unionsflotte. Lokwenadse erkannte sie sogleich wieder. Ungläubig nahm er sie in die Hand.

»Woher haben Sie die?«

»Sie sagte, ich soll Sie an Perendez IV erinnern. Patty hat mir vertraut.«

Artur kniff die Augen zu Schlitzen zusammen. Ich hielt seinem Blick stand. Er fuhr sich mit der Hand durch den Bart. Dann sprang er ohne ein weiteres Wort.

Ich bestätigte den Schließmechanismus der Frachttür, wartete, bis die Motoren summend griffen, zwängte mich durch den enger werdenden Spalt und ließ mich in das Transportfeld fallen.

Das Versteck der USO-Spezialisten lag im untersten Verlies einer zu einem Hotel umgebauten ehemaligen Wohnburg mitten in Genzez.

Der bekannte Ugorh-Kanal verlief ganz in der Nähe. Manche der Einrichtungen waren in den rohen Fels gehauen. Das Ganze wirkte ein wenig wie die Fledermaushöhle einer altterranischen Comic-Figur.

Der Leiter der USO-Niederlassung hieß tatsächlich Shaef'al ben Rudir und arbeitete offiziell als Revisor der Finanzadministration im Ambar Pozdno.

Die angebliche Firma Baum & Blume existierte nur als Datennetz-Adresse.

Shaef'al ben Rudir war ebenso charmant wie groß und übergewichtig – zumindest in seiner Charaktermaske. Ich kannte ihn flüchtig. In Wahrheit war er ein schmaler, kleiner Mann mit einem Hang zum Asketen.

Er hieß uns willkommen und wies uns »in seinem Kerker«, wie er es nannte, Notquartiere an. In aller Eile setzten wir ihn über unser Anliegen, in Ponter Nastases Nähe zu gelangen, in Kenntnis. Im Gegenzug vermittelte er uns ein Bild über die Lage in der Stadt. Die Unruhen weiteten sich aus.

»Es hat den Anschein«, schloss Shaef'al ben Rudir, »als ob Nastase-Parteigänger und Varidis-Befürworter zu gleichen Teilen die Stimmung aufheizen. Beiden Lagern ist die Situation offenbar nicht unlieb. Militär und Obhutskräfte schüren die Aggressionen zusätzlich, als hätten sie entsprechende Weisungen erhalten. Wenn das so weitergeht, steuert alles auf einen Ausnahmezustand hin.«

»Das ist es, was er will«, vermutete ich. »Auf dem Höhepunkt wird er mit Pauken und Trompeten erscheinen, um Rudyn den Frieden zurückzugeben.«

»Und um Rudyn endgültig die verbliebenen Reste an Freiheit zu nehmen«, murmelte Neife dumpf. »Das ist das Gegenteil dessen, was ich will.«

»Hat er öffentliche Auftritte angekündigt?«, fragte ich ben Rudir.

»Nur einen. Er will eine Regierungserklärung abgeben. Persönlich. Am 22. September. Auf dem Platz der Großen Einheit.«

Das ist der letzte Tag deiner Acht-Tage-Frist!, erinnerte der Extrasinn.

»Und bis dahin bleibt er an Bord der ZUIM?«

Shaef'al ben Rudir nickte. »Zumindest nach den offiziellen Verlautbarungen.«

»Nirgendwo ist er sicherer«, warf Neife ein. »Er wird sich hüten, das Sphärenrad vorher zu verlassen.«

»Dann ist der Zweiundzwanzigste unser Zieltag«, sagte ich. »Bis dahin müssen wir herausfinden, wie wir am leichtesten an ihn herankommen. Er wird sich nach besten Kräften abschirmen.«

»Auf die Planungs-Daten des Sicherheitsstabes erhalte ich als Revisor Zugriff«, erklärte der beleibte USO-Spezialist. »Vielleicht finden wir eine verwertbare Lücke.«

Wir entdeckten keine Lücke, weil es keine gab. Der 19. und der 20. September vergingen, ohne dass wir auch nur eine brauchbare Idee entwickelten. Wir simulierten sämtliche Wege, die uns einfielen, mit Hilfe der Stützpunktpositronik. Wir hinterfragten. Verwarfen. Extrapolierten neu. Vergeblich.

Der geplante Kordon aus Kampfrobotern, Kampfpanzern, Überwachungsdrohnen, Obhutskräften und Soldaten war, ganz abgesehen von den Schutzschirmstaffeln, den automatischen Feldgeschützen und den über dem Platz der Großen Einheit patrouillierenden Sphärendrehern, absolut undurchdringlich.

Seine Rede würde Ponter Nastase unter dem Scheitelpunkt einer Schirmglocke halten, allein stehend, mit einem freien Sichtfeld von 30 Metern im Radius. Die wenigen ihm nahe sitzenden Zuhörer würden geladene Gäste sein: Amtsinhaber, persönliche Freunde des Generalkalfaktors, die neuen Konkordanten, Botschafter.

Bekannte Gesichter, bekannte Individualmuster.

Seine Gäste würden ebenfalls von der gleichen Schirmglokke geschützt sein, aber an ihrem äußersten Rand sitzend, 30 Meter von Nastase entfernt.

Zwei schwerbewaffnete Angehörige des sogenannten Freikorps Barya Awangard würden den Innenraum der Schirmglocke überwachen. Keine Robots in Nastases unmittelbarer Nähe. Roboter konnten umprogrammiert werden.

Ein Fluchttransmitter befand sich im Sockel des Rednerpultes. Shaef'al ben Rudir gelang es sogar, die Strukturlücken-Frequenz zu erfahren.

Aber was nützte uns das. Wir wollten hinein, nicht hinaus.

Es war wie vor sieben Tagen, als Trilith und ich darüber grübelten, wie wir ins Innere der ZUIM gelangen könnten. Wie wir die fremden Schiffe im System nachgezählt und dabei die KAPIUR entdeckt hatten.

In diesem Moment machte es bei mir klick.

»Ich glaube, ich hab's!«, verkündete ich. »Vorausgesetzt, er macht mit.«

Tingguely; Gegenwart

Warum ich?, dachte Tingguely verzweifelt. *Warum ausgerechnet ich?*

Er hatte sich wieder einmal breitschlagen lassen.

Weil er nicht nein sagen konnte, wenn er um Hilfe gebeten wurde. Jedenfalls nicht, wenn die Bitte noch dazu von einem der bekanntesten und ältesten Wesen der Galaxis kam. Dem besten Freund Perry Rhodans. Das war so, als hätte Rhodan ihn persönlich um Hilfe ersucht. Etwas, das kein Matten-Willy jemals abschlagen würde. Der hagere Terraner war seit dem Jahr 2112 der treueste Bundesgenosse des Zentralplasmas der Hundertsonnenwelt. An seiner wie auch an Atlans Integrität bestanden keinerlei Zweifel. Also hatte er eingewilligt.

Ich habe ein viel zu weiches Herz, dachte Tingguely nervös, ohne zu merken, dass er sich Unsinnigkeiten hingab. Er besaß überhaupt kein Herz.

Er stülpte mehrere Pseudofüße und ein halbes Dutzend Augen aus, glitt aus dem Posbigleiter und folgte den beiden Chan-Kitsunen in ihren weißen Roben, die vor ihm zu der gebogenen Ehrentribüne gingen, die auf dem Platz der Großen Einheit errichtet worden war. Hinter ihm trafen weitere Botschafter ein; Tingguely erkannte den Vize-Wesir von Kolunth, den Konsul von Tau Ceti und den Ross-Koalitionär von Anchorot in seinem weiten Fellmantel.

Tingguely seufzte. Auf dem Platz herrschten gerade einmal 43 Grad Celsius, und er fror demzufolge entsetzlich. Die Sonne Ephelegon stand zwar hoch am Himmel, aber für jemand, der sich erst bei 70 Grad rundum wohlfühlte, wirkte sie kalt und unfreundlich. Was hätte er in diesem Augenblick nicht alles für einen Fellmantel gegeben. Die beiden Heizelemente, die er innerhalb seines Körper trug, wärmten ihn nur unzureichend. Er fuhr ein Stielauge an der Spitze eines dünnen, zwei Meter langen Tentakels aus und verschaffte sich einen raschen Überblick.

Ein breiter roter Teppich lief über 30 Meter von der ersten Reihe der Ehrenplätze über den Marmorbelag bis zu einem kreisrunden Podium, auf der ein im Moment noch verwaistes, mit vergoldeten Caluthblättern verziertes Pult den einzigen Redner des Tages erwartete. Tingguely vernahm das leise Geraune, mit dem sich die Politiker, Würdenträger und sonstigen Ehrengäste unterhielten. Aber er war zu aufgeregt, um den Gesprächsfetzen eine mehr als flüchtige Beachtung zu schenken.

Er verformte einen Plasma-Klumpen zu einem dicken Hautlappen, um die Heizelemente sicher darin einzuschließen. Niemand durfte sie zu sehen bekommen, das hatte ihm Atlan mehrfach eingeschärft. Ja, vor einem Tag hatte das alles höchst einfach und durchführbar geklungen. Doch jetzt?

Kampfroboter, überall. Scheibenförmige Beiboote schwebten über den Gebäuden. Zehntausende von waffenstarrenden Soldaten formten einen Sicherheitskordon in weitem Abstand rund um die Rednerplattform. Dahinter warteten Kampfpanzer in einer weiteren Zone. Erst dann kamen die Menschenmassen, die Ponter Nastases Rede live erleben wollten.

Mitten in der Menge stand eine Pressetribüne, auf der allein fast fünfhundert Journalisten aus allen Teilen der Galaxis saßen. Einer von ihnen lieferte den Livekommentar zum heutigen Staatsereignis.

»Bürgerinnen und Bürger«, schallte es über den weiten Platz. »Hier spricht Gero Gurebeler vom Sender GenSky. Bleiben Sie aufmerksam. Die heutige Rede wird allen friedliebenden Rudynern aus tiefster Seele sprechen. Mit der Politik ist es wie mit der Diplomatie ...«

Tingguely verschloss seine Höröffnungen.

Die meisten geladenen Gäste hatten ihre Sitzplätze längst aufgesucht.

Tingguely nahm eine halbwegs humanoide Form an, als er sich der Tribüne näherte. Wie immer geriet ihm der Hals zu lang und der Kopf zu klein. Obwohl er oft heimlich übte, gelang es ihm nur selten, seinen weichen, formbaren Plasmakörper in den richtigen Proportionen zu stabilisieren.

Er hielt sicherheitshalber den Translator deutlich sichtbar an einem Pseudogliedmaß hoch, begrüßte einige der ihm bekannten Diplomaten, fand endlich sein Namensschild ganz links außen in der ersten Reihe und schmiegte sich schlotternd in dem ihm zugewiesenen Sessel. Er hoffte inständig, dass niemand sein Zittern bemerkte, das nur zum Teil von der Kälte herrührte. Und das einem Diplomaten nicht gut zu Gesicht stand. Wenn man denn ein Gesicht besaß. Tingguely verhärtete den Kopfteil seines Plasmakörpers, verhinderte so, dass er völlig seine Form verlor.

Wenn es doch nur wärmer wäre! Oder schon vorbei! Am besten beides!

Tingguely als Botschafter zu bezeichnen war fraglos irreführend. Er war an und für sich für die Pflege des Zellplasmablocks an Bord der BOX-3113 zuständig und daher alles andere als ein Diplomat.

Doch da der Posbiraumer nun einmal als offizielles Botschafterschiff der Hundertsonnenwelt deklariert und zu diesem Zweck nach Rudyn entsandt worden war ...

Und da niemand in der ZGU mit einem Posbi – einem Robot! – diplomatische Beziehungen aufnehmen würde, war dem Matten-Willy die Rolle des Botschafters als einzigem eigenständigen Intelligenzwesen zwangsläufig zugefallen.

Und nun war er auch noch so etwas wie ein Geheimagent. Er war drauf und dran, in die Pseudoteleskop-Fußstapfen eines der berühmtesten Angehörigen seines Volkes zu treten. Eines Matten-Willys namens Willy, der vor rund siebenhundert Jahren fast ganz auf sich allein gestellt Terra vor der sicheren Vernichtung bewahrt hatte.

Tingguely wollte Stolz empfinden, aber er hätte stattdessen am liebsten ein Gebiss geformt, um sich auf die zitternden Pseudolippen zu beißen.

Als zwei schwerbewaffnete, schwarzuniformierte Soldaten beiderseits des Podiums ihre Positionen bezogen, wäre er beinahe kollabiert.

Keine Frage, er war nicht wie Willy gebaut. Er war ganz und gar kein Held. Er überlegte kurz, ob er Unwohlsein vorschützen und die Tribüne schnellstmöglich verlassen sollte. Atlan würde bestimmt dafür Verständnis haben. Ganz sicher. Oder nicht? Doch. Ja. Nein.

Bei allen hundert Sonnen! Warum nur ausgerechnet ich?

Er begann zu hyperventilieren. Schnell legte er einen dünnen Plasmalappen über seine Atemöffnung. Schnaufte hektisch in die Hautfalte.

Ah, das tat gut. Doch was war das?

Winzige Kameradrohnen, fliegenden Bällen gleich, verteilten sich surrend über dem Platz. Eine schwebte für einen Moment ganz dicht an Tingguely heran. Er glotzte mit einem Stielauge zurück, bis sie verschwand.

Ein Signal ertönte.

Tingguely kroch förmlich in seinen Sessel hinein. Es ging los.

Ein normalenergetischer Schutzschirm baute sich über der Ehrentribüne und dem Rednerpodium auf. Ein hellgrün schimmernder Hochenergie-Überladungsschirm wölbte sich darüber, eine Paratronglocke entstand als letzte, äußere Schale. Alle Schirme wurden auf bestmögliche Transparenz justiert.

Plötzliche Nervosität unter den geladenen Gästen veranlasste Tingguely, gleich mehrere Augen in den Himmel zu richten.

Da sah er es.

Ein gewaltiger Schatten näherte sich senkrecht von oben dem Platz der Großen Einheit. Vier konzentrisch angeordnete Räder, die sich gegenläufig drehten.

»Dort! Das Sphärenrad kommt!«, riefen Stimmen durcheinander.

Exakt über der 1000 Meter hoch aufragenden Spitze der Kegelpyramide kam der Mittelpunkt des ehrfurchtgebietenden Raumschiffs zum Stehen. Die Diplomaten und die über hunderttausend Bürger, die sich außerhalb der Schirmkuppel versammelt hatten, verbogen und verrenkten sich die Hälse, um die 800 Meter durchmessende ZUIM in ihrer vollen Größe zu erfassen.

Lautsprecher übertrugen die Ahs und Ohs der staunenden Bevölkerung.

Noch nie zuvor war der Stolz der Unionsflotte über Genzez erschienen.

Atemlos verfolgten die Anwesenden das Schauspiel.

Langsam drehten sich die Räder.

Majestätisch. Machtvoll. Positionslichter blinkten. Mit Prismenfiltern versehene Landescheinwerfer zauberten Regenbogenfarben auf die von der Bucht hereintreibenden Wolken. Applaus kam auf, wuchs sich binnen Sekunden zu einem ohrenbetäubenden, begeisterten Donnern aus, das von allen Gebäuden des OPRAL widerhallte.

Ein flirrendes Lichterspiel legte sich um den Tanz der Ringe. Ein vielfach gestaffelter Schutzschirm wirkte wie eine vergrößernde Linse: Das beeindruckende Flaggschiff der Unionsflotte sprang scheinbar auf die Zuschauer zu. Schreien, dem erleichtertes Gelächter und neuerlicher Applaus folgten.

Ein weiteres Signal ertönte.

Holoprojektoren des Sphärenrades erschufen eine kilometerweit sichtbare Projektion von Ponter Nastases Kopf. Der Kopf schwebte langsam längs der Wandung der Kegelpyramide tiefer. Fanfarenmusik begleitete den Abstieg der Projektion. Als sie die Schutzschirmkuppel in ihrem Zenith berührte, löste sie sich auf. Im selben Moment aktivierte sich der im Podium verborgene Transmitter, und der Außerordentliche Generalkalfaktor Ponter Nastase trat aus dem Torbogen an das Rednerpult. Kameras erfassten sein Gesicht, projizierten es in monumentale 3-D-Kuben, die beiderseits des Spitzkegels schwebten.

Ein drittes Signal erklang.

Erwartungsvolle Stille senkte sich über den Platz. Hunderttausend Menschen starrten auf die Kuben, die vorderen erhaschten einen Blick auf den leibhaftigen Generalkalfaktor, der allein im Zentrum der Energiekuppel stand, die Augen der Ehrentribüne zugewandt.

»Ponter Nastase, der Außerordentliche Generalfaktor der Zentralgalaktischen Union, spricht zu den Bürgern aller assoziierten Planeten!« verkündete die Stimme Gero Gurebelers.

Die Diplomaten beugten sich vor. Der hagere Mann im Purpurmantel trank einen Schluck Wasser. Setzte zum Sprechen an. Brach noch vor der ersten Silbe ab. Trank einen weiteren Schluck. Entfernte einen Fussel auf seinem Ehrenmantel. Sah in den Himmel zum Sphärenrad hinauf.

Die Spannung stieg ins Unermessliche.

Tingguely musste alle Konzentration aufbringen, um nicht vor lauter Zittern von seinem Sessel zu gleiten.

Gerade noch rechtzeitig verhinderte er ein Herausrutschen der beiden »Taschenwärmer«, wie er den Sicherheitskräften gegenüber die Heizelemente bezeichnet hatte. Als Botschafter der Hundertsonnenwelt genoss er diplomatischen Status; man hatte ihm den Translator wie auch die beiden Heizkörper gelassen. Die Kälteempfindlichkeit der Matten-Willys war allgemein bekannt. Auf Befehl des Generalkalfaktors sollten alle Diplomaten zuvorkommend behandelt werden.

Nur noch mit äußerster Mühe bekam er das Zucken seiner Teleskopfüße unter Kontrolle, deren diamantharte Spitzen sich in den Boden drillen wollten.

Dann begann Ponter Nastase zu sprechen.

»Bürger der Union!«, schallte es aus den überall verteilten Akustikfeldern. »Hört mir zu. Die Zeiten der Furcht sind vorüber.«

Das geht nicht gut!, dachte Tingguely voller Entsetzen.

Auch wenn Atlan ihm tags zuvor alles in allen Einzelheiten erklärt hatte. In diesem Moment glaubte er nicht mehr an ein Gelingen.

Er wusste, in drei Minuten war es soweit.

Tingguely wünschte sich weit, weit weg.

Ich träumte tausend Träume

Ponter Nastase; Gegenwart

»Bürger der Union«, sagte Ponter Nastase langsam, den Blick direkt in eine der Kameras gerichtet. Er stand kerzengerade hinter dem Rednerpult, die leeren Hände fest und sicher aufgelegt. »Hört mir zu. Die Zeiten der Furcht sind mit dem heutigen Tag vorüber. Das zu verkünden bin ich gekommen!«

Er machte eine weit ausholende Geste, die in einen angedeuteten Gruß überging. Leicht neigte er den Kopf. Die 3-D-Kuben zeigten sein Gesicht in Großaufnahme. Das feine Metallgepinst des Omniports umgab wie gewohnt seinen Schädel, doch das Hefien war in diesen bedeutenden Minuten desaktiviert. Niemand sollte ihm später den Vorwurf machen, er habe seine entscheidende Rede heimlich von einem Holo abgelesen. Selbstverständlich hatte er auch keinerlei Unterlagen dabei. Was er zu sagen hatte, wusste er auswendig. Nastase verzichtete auf jedes anbiedernde Lächeln.

Ernst blickte er in die Kamera. Kritisch, aber keinesfalls besorgt. Streng, aber gerecht. Er gab das Bild eines Mannes ab, der sich seiner eigenen Stärke vollauf bewusst war. Und der bereit und willens war, diese Stärke in den Dienst einer höheren Sache zu stellen.

»Wer etwas besser machen will«, setzte er an, »der muss es vor allem anders machen als vorher. Aber das heißt nicht, dass es jeder oder jede, die es anders machen will, damit auch tatsächlich besser macht! Oder auch nur besser meint! Das haben Ihnen allen die kriminellen Machenschaften der abtrünnigen Neife Varidis bewiesen. Ich darf Sie auf einen außerordentlichen Erfolg unserer Sicherheitskräfte hinweisen: Schon vor vier Tagen ist es dem Freikorps Barya Awangard in einem Sondereinsatz gelungen, einen von Neife Varidis persönlich geleiteten Terroranschlag auf die Hauptstadt unseres Planeten zu verhindern!« Er deutete hinauf auf die 3-D-Kuben.

Ein eingespielter Film zeigte einen Lastengleiter, der von FBA-Jagdmaschinen gestellt wurde. Strahlwaffen blitzten auf. Der Gleiter explodierte. Die Glutwolke verblasste vor dem Hintergrund der Skyline von Genzez. Die FBA-Rotte drehte ab.

»Damit«, rief Nastase in das aufkommende Gemurmel der Menge hinein, »konnte die Gefahr ein für allemal gebannt werden. Neife Varidis hat endlich den verdienten Tod gefunden. Ich danke dem Freikorps. Ich danke allen treuen Freunden. Ohne ihren Einsatz wäre die Union nicht das, was sie schon immer ausgezeichnet hat. Und die Union, meine Freunde ... seid ihr!« Beifall brandete auf.

Er machte eine Pause. Nach einem weiteren Schluck Wasser sagte er:

»Ich habe einen Traum. Einen Traum, der größer ist als alles, was je an Großartigem in dieser Galaxis gewagt wurde zu träumen. Und ihr seid es, ihr, die Menschen der Union, denen ich diesen Traum widmen, denen ich diesen Traum schenken möchte! Weil ihr die einzigen seid, die ihn verdienen. Denn eure Stärke ist unser Miteinander! Seht das Sphärenrad über euren Köpfen – es ist erst der Anfang. Wir stehen vielmehr vor dem Beginn von etwas noch niemals Dagewesenem!«

In den 3-D-Kuben wurde es übergangslos schwarz: Ein Bild des Weltraums. Das nahe Zentrum der Galaxis. Rudyn, näherkommend. Die Südpolregion wanderte ins Bild. Fanfarenmusik setzte ein. Die Musik wurde dramatischer.

Der MEGOPRAL erschien.

Auch Ponter Nastase sah zu den Kuben hinauf.

Seine Hand tastete nach seiner Brust.

Er gönnte sich ein verhaltenes Lächeln.

Ihm entging die Bewegung ganz links außen in der ersten Reihe.

Atlan; Gegenwart

Die mehrfach gegengeprüfte Taktikauswertung ergab einen maximalen Aktionsslot von 60 Sekunden. In dieser knappen Zeitspanne musste unser Vorhaben gelingen.

Neife und ich trugen leichte USO-Kampfanzüge. Noch lagen die Helme gefaltet im Kragenwulst.

Shaef'al ben Rudir saß an der Funkanlage, bereit, den Kode für die Strukturlücken zu senden. Der Transmitter lief im Warte-Modus, das Transportfeld war aufgebaut; die Gegenstation zeigte rot.

Wir sahen die offiziellen Bilder von GenSky, verfolgten das Ereignis dazu auf Bildern, die von einer geheimen Spionsonde gesendet wurden. Ponter Nastase sprach von kommenden goldenen Zeiten. Der Matten-Willy stand im Zentrum unserer Übertragung. Neife griff an ihr Ohrläppchen. Sie sendete über ihr Implantat das Kodewort, auf das hin alle Verkehrsknotenpunkte des Planeten lahmgelegt werden sollten. Alle öffentlichen Transmitter und alle übrigen Verkehrswege auf und nach Rudyn wurden von diesem Moment an von den angeworbenen Administralen und Technikern blockiert. Davon waren die meisten militärischen und speziellen Transmitter wie der des Rednerpultes allerdings nicht betroffen.

»Es beginnt«, sagte ich und gab dem USO-Spezialisten ein Zeichen. Shaef'al ben Rudir aktivierte den Sender. Ti Sun stand nervös neben ihrem Vater, der den Transportvorgang überwachte.

Etwas schob sich seitlich aus dem Plasmakörper des Botschafters. Es sah so aus, als bekäme Tingguely an seiner rechten Körperseite zwei zusätzliche Arme. Die als Heizelemente getarnten Transmitter-Komponenten schwebten zu Boden und fügten sich dabei zu einem U-förmigen Gebilde zusammen, dessen offene Seite nach oben wies.

Shaef'al ben Rudir formte mit den Fingern einen Kreis.

Die Strukturlücke stand. Das Grünsignal kam.

Wir aktivierten die Schutzmechanismen der Anzüge und liefen eine halbe Sekunde später durch den Torbogen.

Maximal eine Minute. Zwanzig Atemzüge.

Das Überraschungsmoment war auf unserer Seite.

Die programmierten Mikropositroniken der Anzüge katapultierten uns mit Hilfe der Gravopaks an zwei vordefinierte Punkte innerhalb der 60-Meter-Schirmglocke, in deren Zentrum Nastase an seinem Rednerpult stand.

Die beiden Freikorps-Wachen, zweifellos reaktionsschnelle Überlebensspezialisten, nahmen unsere Anwesenheit für den Bruchteil einer Sekunde zu spät wahr.

Die Zielautomatiken unserer Paralysatoren behielten die beiden Schwerbewaffneten im Fadenkreuz, während uns die Gravopaks seitlich in die Höhe rissen.

Die lähmenden Strahlen kamen fast in voller Stärke durch, ehe die Anzugschirmfelder der FBA-Männer vollständig hochfuhren. Der Freikorps-Mann, auf den ich die Waffe gerichtet hielt, drehte eine Pirouette und brach dort, wo er stand, zusammen.

Neife hatte weniger Glück; ihr Zielobjekt schaffte es, erst einen und dann noch einen Volltreffer zu landen, die beide von ihrem wild auflodernden Schirm absorbiert wurden, ehe sein Körper auf die empfangenen Paralysestrahlen reagierte. Er kippte vornüber. Seine Waffe polterte zu Boden. Der rote Teppich fing sofort Feuer, als er mit dem aktivierten Hochenergie-Feld in Berührung kam.

Die geladenen Gäste der Ehrentribüne realisierten erst jetzt, was geschah. Schreiend sprangen die meisten Diplomaten auf, nicht sicher, wem der Angriff eigentlich galt. Tingguely war längst in dem inzwischen umgepolten Transmitter verschwunden. Niemand schien es zu bemerken. Schwarze Rauchschwaden stiegen von den um sich greifenden Flammen auf.

Ich flog die ebenfalls vorprogrammierte, steile Parabelkurve und tat damit so, als wolle ich Neife zu Hilfe kommen. Dabei schoss ich in hohem Bogen über Nastases Kopf hinweg. Die Mikropositronik übernahm die Steuerung der staubgroßen Markierungssonde und meldete ihre erfolgreiche Platzierung an Nastases Metallgespinst mit einem akustischen Signal.

Sofort warf ich mich herum. Ich wechselte den Modus des Kombistrahlers, sah die Zielbestätigung und die Energie-Barrierenanzeige im Display der Helminnenseite und eröffnete das Feuer auf das Rednerpult.

Wie erwartet hatte Nastase inzwischen einen Individualschirm aktiviert. Die Energiestrahlen flossen wirkungslos an der blauleuchtenden Sphäre ab. Ich feuerte mit reduzierter Leistung. Die Schüsse konnten und sollten Nastases IV-Schirm nicht durchschlagen.

Noch dreißig Sekunden!, mahnte der Extrasinn.

Würde sich Nastase eigenhändig zur Wehr setzen? Oder würde er den Fluchttransmitter benutzen? Die Taktikauswertung, in die alle seine uns bekannten psychologischen Verhaltensmuster mit eingeflossen waren, hatte für die zweite Alternative eine Wahrscheinlichkeit von 93 Prozent errechnet.

Schließlich wusste er nicht, welche Möglichkeiten uns zur Verfügung standen. Und was unser eigentlicher Missionszweck war.

Neife griff von der anderen Seite an. Auch sie gab Dauerfeuer. Das Plastmaterial des Pultes zerfloss zu rußenden Fladen. Nastase war nun in den auf ihn hereinbrechenden Energiefluten nicht mehr zu erkennen, er bildete das Zentrum einer wabernden, knallenden Entladungsblase, deren lautes Knistern das Schreien der Ehrengäste übertönte.

Als die äußeren Schirmglocken fielen, sah ich unsere Chancen schwinden. Alarmsignale gellten über den Platz der Großen Einheit. Kampfpanzer stiegen auf. Robots näherten sich rasend schnell. Allein die von ihren Sitzen drängenden und nach allen Seiten rennenden Diplomaten verhinderten, dass die Kampfmaschinen aus der Ferne das Feuer eröffneten.

Fünfzehn Sekunden!

Da entstand der ersehnte Torbogen hinter den qualmenden Schlacken des Rednerpults. Nastase trat einen Schritt zurück und wurde von der wallenden Schwärze verschluckt.

Ich hämmerte mit der freien Linken auf den handtellergroßen Missions-Abbruchbutton, der sich auf der Brustseite meines Anzugs befand.

Beide Anzugpositroniken reagierten simultan und beschleunigten uns weisungsgemäß mit Werten, die eine vorherige Überbrückung der Sicherheitsschaltungen der Andruckabsorber erforderlich gemacht hatten. Neife und ich wurden bis an den Rand der Bewusstlosigkeit getrieben und nahmen nur noch wirbelnde Schemen wahr. Die Gravopaks schleuderten uns wie lebende Kanonenkugeln mit positronischer Präzision in den Torbogen unseres Transmitters.

Noch während wir abgestrahlt wurden, glaubte ich die hereinbrechende Lichtflut einer armdicken Feuergarbe und das Gleißen der Explosion zu sehen, mit der das von Tingguely eingeschmuggelte Gerät verging.

Abstieg ist wie ein bisschen sterben

Derius Manitzke, Gegenwart

Derius saß allein in dem schweren Ledersessel hinter dem seit Langem verwaisten Schreibtisch. Er verfolgte konzentriert das Geschehen auf den sechs Monitoren, die zur luxuriösen Ausstattung des Arbeitszimmers gehörten. Es war das persönliche Büro des Wissenschaftlichen Kalfaktors, Ponter Nastases eigentlicher Arbeitsplatz im OPRAL.

Noch vor wenigen Wochen war die Zimmerflucht ein Ort hektischer Betriebsamkeit gewesen. Aber seitdem Nastase mitsamt seinem Stab auf die ZUIM gewechselt war, lagen die Räumlichkeiten im Ambar Temnyj brach. Dunkle Höhlen, in denen außer dem gelegentlichen Summen der Reinigungsrobots kein Geräusch erklang.

Derius befand sich auf den ausdrücklichen Wunsch des Generalkalfaktors hier.

Seit dem frühen Morgen gehörte er offiziell nicht mehr dem Referentenkreis um Marco Fau an, sondern war auf eine Anordnung Nastases hin zum *Konkordanten für Besondere Zwecke* befördert worden. Derius hatte die Ernennungsurkunde auf seinem Schreibtisch vorgefunden. Wenig später hatte Nastase ihm per Hologramm eine Grußbotschaft zukommen lassen. Dies und die Anweisung, die Grundsatzrede auf dem Platz der Großen Einheit unbedingt von seinen Amtsgemächern aus zu verfolgen. Eine neue ID-Karte mitsamt einer Hochrangbevollmächtigung lag der Ernennung bei.

Derius hatte sich von einem ziemlich kurzangebundenen Marco Fau verabschiedet und die laufenden Fälle einem Stellvertreter übergeben. Danach hatte er das Wissenschaftliche Kalfaktat aufgesucht, die verlassenen Flure durchquert und sich dabei gefragt, was für »besondere Zwecke« ihn wohl fortan erwarteten.

Seine ID-Karte gewährte ihm den Zugang zu Nastases Arbeitszimmer.

Konkordant also!, dachte er und lehnte sich in dem grauen Echtledersessel zurück. Faktisch die Position eines Kalfaktors. Es war unglaublich. Seit dem 11. August waren nicht mehr als 42 Standardtage vergangen. Und doch war alles so leicht, so selbstverständlich und folgerichtig geschehen.

Ihm wurde in der Stille der verlassenen Umgebung bewusst, dass er dabei war, Geschichte zu schreiben. Bedeutende Geschichte!

In gleich mehrfacher Hinsicht.

Da war die Geschichte des unbekannten Nanosensorikers, der es in nur 42 Tagen geschafft hatte, das zweitmächtigste Amt eines der großen Sternenreiche der Milchstraße zu erringen. Er war der lebende Beweis dafür, dass der künstliche Extrasinn nicht nur rein technisch machbar war und funktionierte, sondern auch dafür, dass diese Innovation es jedem Bürger der Union ermöglichen würde, weit, weit über sich hinauszuwachsen.

Was vor zehn Jahren nur eine versponnene Idee gewesen war, hatte sich in der Praxis als durchschlagender Erfolg erwiesen.

Da war ferner die Geschichte eines Ausnahmeermittlers, des Mannes mit dem überragenden kriminalistischen Instinkt. Der im Alleingang in wenigen Wochen mehr Schaden von der Union genommen hatte als der mächtige Apparat der Inneren Sicherheit, den der Konkordant Arbin Kobmeyer leitete. Jemand, der etwas Bedeutendes geleistet hatte.

Und da war die Geschichte, die er – *als bedeutender Mann!* – fortan zu schreiben gedachte.

Für einen Moment verirrten sich seine Gedanken zu Zemla und Estonia, seiner Tochter, die inzwischen an der Suniastra studierte. Was eigentlich? Er schüttelte den Kopf. Und wann hatte er beide zum letzten Mal gesehen?

Am 19. August, säuselte Carys gutturale Stimme. *Und Estonia studiert Kinderpsychologie.*

Er schrak zusammen. Das passierte ihm in letzter Zeit häufiger. Er hatte sich inzwischen so sehr daran gewöhnt, seine Gedanken vor sich hin zu flüstern, dass er es kaum noch bewusst mitbekam.

Um sein schlechtes Gewissen zu verdrängen, konzentrierte er sich auf die Bilder, die von den fliegenden Kameras gesendet wurden.

Aufmerksam verfolgte er die letzten Absperrmaßnahmen der Obhutskräfte. Die Sphärendreher nahmen ihre Positionen ein, sorgten für eine lückenlose Luftraumüberwachung. Panzer fuhren auf. Truppentransporter setzten Raumlandesoldaten ab. Fliegende Arsenale entluden COMBAT-III-Brigaden.

Derius sah, wie die Ehrengäste ihre Plätze einnahmen. Er verfolgte den Aufbau der konzentrischen Schirmglocken, bewunderte den Anflug des Sphärenrades, beobachtete den Generalkalfaktor, wie er das Podium betrat.

Und er erschrak bis ins Mark, als die ersten Schüsse fielen. Seine Hände flogen über die Bedienelemente der Monitorgalerie.

Ein Wandpaneel fuhr zur Seite, ohne dass Derius einen Schalter berührt hatte. Ein Energieaggregat sprang brummend an. Der Torbogen eines Transmitters wölbte sich in der Nische, die das Paneel freigegeben hatte.

Die ionisierte Luft knisterte.

Dann trat Ponter Nastase rückwärts aus dem Transportfeld, in einen flimmernden IV-Schirm gehüllt. Er fuhr herum, erkannte Derius, schaltete mit einem Griff an seinen Gürtel den Schutzschirm aus. Der Torbogen hinter ihm fiel im selben Augenblick in sich zusammen.

»Kommen Sie!«, drängte Nastase aufgebracht. »Haben Sie diese Schweinerei gesehen? Wir müssen zurück auf die ZUIM.«

Er gab einen Kode in das Bedienfeld des Transmitters ein. Wartete. Fluchte, als nichts geschah. »Was soll das? Haben Sie an dem Ding hier rumgefummelt?«

Derius verneinte.

»Verdammt! Warum bekomme ich kein Grünsignal?« Die Wangen des Generalkalfaktors zeigten eine hektische, dunkle Röte. Als ob die beinahe abgeheilten alten Erfrierungen zurückkämen. Nastase trat beiseite. »Versuchen Sie es, Manitzke! Nehmen Sie Ihren Kode.«

Der Generalkalfaktor trat an einen Wandschrank und holte einen Kampfanzug hervor. Er riss sich den Ehrenmantel von den Schultern und stopfte ihn in einen Durplast-Handkoffer. »Haben Sie's?«

Während Derius vor dem Transmitter stand, schlüpfte Nastase in die raumflugfähige Montur. Ein Kombistrahler baumelte am Gürtel. Derius hörte das Ratschen der Handschuh-Verbindungsstücke, mit dem die Kontakte einrasteten.

»Die Verbindung wird durch irgendetwas verhindert, Sir«, stellte Derius fest. »Das Gerät kann zwar empfangen, aber nicht senden. Auch die Hochrangbevollmächtigung setzt das Sendeverbot nicht außer Kraft. Ich bekomme weder zur ZUIM noch zu einer anderen Gegenstation einen Kontakt. Aber nicht nur diese Verbindung hier, sondern das ganze Netz ist unterbrochen. Es tut mir leid, Sir! Ich finde keine Erklärung. Das heißt – warten Sie!«

Er flankte um den Schreibtisch herum und schaltete einen der Monitore auf extreme Vergrößerung. Der eingefrorene Bildausschnitt zeigte einen Raumhelm. Das Gesicht eines wahrscheinlich blonden Mannes war nur teilweise frei von Reflexen.

Nastase trat zu ihm. »Wer ist das?«

Derius zuckte mit den Achseln.

Er holte ein neues Bild heran. Im zweiten Raumhelm steckte ein Frauenkopf. Dunkelbraune Haare, leicht rundlicher Gesichtsschnitt. Derius erkannte das Antlitz trotz der Verätzung der linken Wange. Jeder in der Union kannte es. Nastase fuhr zurück.

»Das gibt es nicht!«, keuchte er. »Wie viele Leben hat diese Frau?«

Derius schüttelte den Kopf.

»Das meinte ich nicht. Mit Verlaub, Sir – da sie dort war, und gleichzeitig die Transmitterverbindungen unterbrochen sind, erscheint mir das als zufällige Konstellation höchst unwahrscheinlich.«

»Natürlich hat sie das veranlasst!«, fauchte Nastase. »Aber es wird ihr nichts nützen. Folgen Sie mir!«

Er rief einen Befehl. Eine weitere Wandpaneele schob sich zur Seite. In dem Schacht des dahinter verborgenen Antigravs flammten Lichter auf. »Nehmen Sie den Koffer. Ich brauche beide Hände frei.«

Nastase zog den Kombistrahler, prüfte die Ladekapazität und schob die Waffe zurück in das Gürtelholster. Mit einem Schritt trat er in das abwärts gepolte Feld und sank nach unten.

Derius nahm den Koffer auf und schwang sich hinter ihm in den Schacht.

Die Gesichtszüge des Mannes auf dem Bild sind künstlich verändert worden, wisperte Carys Stimme in seinem Ohr, während die beiden Männer nacheinander Stockwerk um Stockwerk niedersanken. *Wahrscheinlich erhielt er eine Exotoxinbehandlung, um Falten zu glätten. Die Nase zeigt im Falschfarbenmodus betrachtet typische Korrektornahtstellen. Die Haare sind aller Wahrscheinlichkeit nach chemisch eingedunkelt; die Ursprungsfarbe dürfte weiß gewesen sein. Die Augen weisen einen Reflex auf, der auf Haftschalen schließen lässt.*

Kannst du ihn identifizieren? Inzwischen kommunizierte Derius lautlos mit Cary.

Ich vergleiche meine Extrapolation des wahren Gesichts mit den mir vorliegenden Bilddateien. Die Auswertung kann aufgrund der Datenfülle ein wenig dauern.

Längst waren sie in den subplanetaren Etagen des Ambar Temnyj angekommen und sanken immer noch tiefer.

Nach weiteren zwei Minuten endete der Schacht in einer kleinen Kammer. Eine metallene Führungsschiene verlief geradeaus in einen dunklen Tunnel hinein. Eine Pneumobahn. Nastase betrat die wartende Kabine, deren Inneres hell wurde. Er winkte ungeduldig. Derius nahm neben ihm Platz und drückte den Koffer auf seine Knie.

Die Pneumobahn ruckte singend an und beschleunigte. Lichtreflexe jagten mit ihnen durch den gewölbten Tunnel.

Derius fragte sich im Stillen, wie viele Menschen wohl von diesem geheimen Fluchtweg wussten. Und ob alle Kalfaktoren ihr jeweils eigenes Schlupfloch hatten. Und falls ja, weshalb sie dergleichen Dinge brauchten.

Er fühlte sich unwohl. Die Luft in der Kabine wurde mit jedem Atemzug schwerer. Er wagte nicht, zu sprechen. Die Präsenz des hageren Mannes neben ihm war trotz des wenige Minuten zuvor erfolgten Anschlags von einer beinahe schmerzhaften Intensität. Er konnte die Aura ehrfurchtgebietender Autorität förmlich greifen – und den dunklen Zorn, der die Gestalt in dem grauen Kampfanzug umwölkte.

Sein Blick flog immer wieder nach links hinüber. Der Generalkalfaktor sah stur nach vorn. Nastase schwieg verbissen. Seine Kiefer mahlten. Seine rechte Hand hielt er wie zum Schwur auf seine Brust gepresst.

Zehn endlose Minuten später waren sie am Ziel.

Aus einer kleinen Baracke traten sie ans Tageslicht.

Vor ihnen erstreckte sich das kilometerweite Landefeld des Moltov Ports.

Plötzlich geht alles schief

Atlan; Gegenwart

»Peilung?«, fragte ich, kaum dass wir im USO-Stützpunkt unter dem Hotel rematerialisiert waren.

»Steht«, antwortete Shaef'al ben Rudir. »Er befindet sich im OPRAL, im Ambar Temnyj, um genau zu sein.«

Neife Varidis schaltete gleichfalls ihren Helm auf Faltmodus. »Dort wird er nicht bleiben. Da alle Transmitter des OPRAL sendeunfähig sind, kann er nur einen der Ausgänge benutzen. Oder er nimmt die geheime Pneumobahn, die er sich schon vor Jahren hat bauen lassen.«

»Geheim?«, fragte ich spöttisch. »Sie zumindest scheinen sie zu kennen.«

»Was ist eine Geheimdienstchefin wert, die nicht die Heimlichkeiten ihrer Regierungsmitglieder kennt?«

»Ich werde Galbraith Deighton danach fragen«, antwortete ich grimmig.

Sie hob unschuldig die Hände. »Von wem, glauben Sie, habe ich das gelernt?«

»Perry wird sich zweifellos darüber freuen.«

»Rhodan hat Geheimnisse?«, fragte sie gespielt erstaunt.

»Und was für welche. Allmächtige. Sie würden sich wundern.«

Sie winkte gelangweilt ab. »Nichts, was ich nicht schon wüsste.«

Die Plänkelei half uns, den Einsatzstress, das pochende Adrenalin in unseren Adern zu verarbeiten. Für einen kurzen Moment gab es keine Machtblöcke, keine unterschiedlichen Gesellschaftsformen, keine politischen Meinungsdifferenzen, keine USO und kein GeKalKo mehr. Nur zwei verschwitzte Gestalten in blauschimmernden Kampfmonturen, die sich angrinsten. Der Augenblick war allzu schnell vorüber.

»Achtung!« Shaef'al ben Rudirs Meldung holte uns in die Wirklichkeit zurück. »Objekt bewegt sich vertikal. Jetzt subplanetar. Weiter fallend.«

»Zum Gleiter!«, drängte Neife. »Er nimmt die Bahn. Ich kenne den Punkt, wo der Pneumotunnel endet.«

Wir rannten in die Garage nebenan.

Trilith, Artur und Ti Sun warteten schon in dem Fahrzeug, das startbereit auf seinem Prallkissen schwebte. Shaef'al ben Rudir warf sich in den Pilotensitz. Ich trat Pöör auf den Schwanz, als ich mich zu den drei anderen auf die Rücksitze quetschte. Neife sass noch nicht richtig, da schoss der Gleiter auch schon durch einen schrägen Schacht ins Freie.

Das Peilsignal kam klar und regelmäßig. Vor uns lag das riesige Areal des Moltov Ports. Die Anzahl der gelandeten Schiffe war unübersehbar. Geschäftige Betriebsamkeit herrschte zwischen und unter den Raumern.

Neife tippte an ihr Ohrläppchen. »Fall Laurin«, sagte sie. »Autorisation Efine Diivars, theta-leda-epsilon.«

»Damit erhalten wir die vollständige Bewegungsfreiheit auf dem gesamten Gelände«, erklärte sie, nach hinten gewandt.

»Ich dachte, Ihre Privilegien wären längst annulliert«, sagte ich.

»Ich kenne nicht nur etliche Geheimnisse, ich habe selbst auch ein paar«, erwiderte sie mit einem angespannten Lächeln.

»Wer ist Efine Diivars?«

»Sagen wir: eine gute Freundin? Bei Ihnen nennt man das soweit ich weiß eine *Charaktermaske*.« Sie drehte sich wieder nach vorn.

Das Peilsignal, optisch auf einem Monitor blinkend, hatte seine rasende Fahrt inzwischen beendet; es bewegte sich kaum noch. Nastase hatte offenbar die Gegenstation der Pneumobahnverbindung erreicht.

Die positronische Kontrolle am Portal erzeugte mit schwebenden Pfeil-Hologrammen eine separate, grünmarkierte Einflugschneise und gab den Einflug für unseren Gleiter frei. Wir wurden damit bevorzugt behandelt und zogen an etlichen anderen wartenden Maschinen vorbei.

Shaef'al ben Rudir steuerte den Gleiter durch ein riesenhaftes Spitzbogenportal. Er bog scharf nach rechts, passierte mehrere Verwaltungsgebäude und nahm Kurs auf die robotische Frachtabfertigung. Vier etwa einen Kilometer entfernt gelandete Springerwalzenraumer lagen links im Dunst des Nachmittags. Ein steter Strom von Lastgleitern und Verladerobots pendelte zwischen den Schiffen und den Abfertigungsgebäuden hin und her. Ben Rudir wich einem schweren Cargoschlepper aus und raste an einer Ansammlung von gedrungenen Lagersilos vorbei. Nach einer breiten Schneise, in der ebenfalls grellgelbe Cargoschlepper verkehrten, erreichten wir das Freifeldlager. Hexagonale Raumfrachtcontainer stapelten sich hier, zu grotesken Mauern geschichtet, in Hunderten von Reihen. Hinter den Containerwällen ging der USO-Spezialist tiefer. Ein freier Platz öffnete sich, hinter dem sich ein Dutzend oder mehr gewaltige Hangartore erhoben, jedes groß genug, um einen leichten Kreuzer oder ein mittelschweres Impulstriebwerk passieren zu lassen.

Eine dagegen kleine, unscheinbare Baracke stand ganz am diesseitigen Ende der Hangarphalanx.

Eine Frachttür schwang nach oben.

Zwei Gestalten traten ins Freie. Sie orientierten sich kurz. Dann liefen sie auf einen in einiger Entfernung abgestellten Cargoschlepper zu, dessen vier mehrfach geknickte Traktorarme aussahen wie die Beine eines tot auf dem Rücken liegenden Riesenkäfers.

Shaef'al ben Rudir schnitt ihnen den Weg ab. Er brachte unseren Gleiter mit einer Gewaltlandung zwischen den beiden Männern und dem monströsen Schlepper zum Stehen. Sein gewagtes Manöver hätte ihm mit Sicherheit einen anerkennenden Schulterschlag von Reginald Bull eingetragen.

Wir flankten aus den Türen, die Waffen im Anschlag. Nur die kampfunerfahrene Ti Sun blieb im Schutz des Gleiters zurück. Der Wabyren schlängelte sich an Triliths Seite.

»Bleiben Sie stehen!«, rief ich. »Geben Sie auf, Nastase. Ihr Höhenflug ist vorbei!«

Die beiden Männer verharrten etwa 20 Meter von uns entfernt. Nastase trug nicht mehr seine festliche Kleidung, sondern inzwischen einen Kampfanzug. Der unscheinbare Mann neben ihm wirkte unsicher. Er war unbewaffnet, soweit ich es zu erkennen vermochte. Es sei denn, in dem Koffer, den er bei sich führte, war eine Waffe verborgen.

»Verschwinden Sie!«, forderte Ponter Nastase.

»Sonst was?« Neife Varidis ging langsam auf den hageren Mann zu.

Trilith setzte sich sofort in Bewegung und schloss zu ihr auf.

Seite an Seite verringerten sie die Distanz bis etwa zur Hälfte der Strecke. Beide Frauen hielten ihre Kombistrahler auf die Männer gerichtet. Ihre Drohgebärde war unmissverständlich.

»Ms. Varidis«, sagte Nastase lächelnd. Sein Kombistrahler steckte im Gürtel. Er hielt beide Hände offen sichtbar. Er deutete eine Verbeugung an. »Wie nett. Ich habe Sie unlängst auf der Ehrentribüne vermisst. Sie haben den besten Teil meiner Rede versäumt. Sie hatten sicher zu tun, nehme ich an?«

Hier stimmt etwas nicht! Er ist zu ruhig!

»Nehmen Sie ihm bitte die Waffe ab, Trilith«, sagte Neife.

Trilith nickte. Sie trat einen Schritt vor. Noch einen. Langsam setzte sie einen Fuß vor den anderen. Drei Meter vor ihm blieb sie plötzlich stehen. Ich kannte ihre Körpersprache inzwischen gut genug, um sofort alarmiert zu sein. Sie hörte etwas, was uns anderen verborgen blieb. Ein unangenehmes Prickeln breitete sich in meinen Rücken aus.

Die Psi-Kämpferin wirbelte herum und schickte eine blendende Garbe an Impulsstrahlen in den Himmel über unseren Köpfen. Ein ohrenbetäubender Knall donnerte über das Landefeld hinweg.

Ein Strahlenbündel schoss von oben herab und verfehlte Trilith um Haaresbreite. Ein zweites zuckte auf Neife hernieder, deren automatisch hochfahrender IV-Schirm die Hauptlast des Energiestoßes bereits abfing; dennoch wurde Neife allein durch die kinetische Wucht mehrere Meter davongeschleudert. Auch meine Anzugpositronik reagierte zeitgleich. Das schützende Schirmfeld hüllte mich ein.

Ich handelte rein aus dem Instinkt heraus. Für Überlegungen oder gar einen Dialog mit dem Extrasinn blieb keine Zeit. Ich ließ mich nach hinten fallen, aktivierte das Gravopak und beschleunigte. Auf dem Rücken liegend feuerte ich senkrecht nach oben. Mein IV-Schirm summte getroffen auf.

Vier mehrarmige Kampfroboter schwebten herab. Sie bildeten eine halbkreisförmige Bogenlinie, die uns von unserem Gleiter trennen würde, sobald sie den Boden erreicht hatten.

Wahrscheinlich hatte Nastase sie herbeigerufen. Oder sie waren ständig in der Nähe des Fluchttunnels stationiert, um jederzeit für einen eventuellen Rückzug bereit zu stehen. Es war einerlei.

Die vier Maschinen vom Typ COMBAT-III schwebten im Schleichmodus herab, um uns zu überraschen. Keine Schutzschirme, deren ionisierendes Knistern wir hätten hören können. Kein Waffeneinsatz bis zu ihrer Entdeckung. Keine schnellen Flugbewegungen, deren Luftrauschen uns hätte warnen können. Keine Deflektorschirme, die sie unsichtbar gemacht hätten. Sie begingen damit den Kardinalfehler aller Roboteinheiten: Sie folgten stur ihren Programmen. Menschen hatten am Hinterkopf keine Augen.

Jedenfalls normalerweise nicht.

Die erste Maschine zerplatzte unter Triliths Feuerstößen in einer Glutwolke. Glimmende Metallbrocken schwirrten durch die Luft und prasselten auf den Plastbeton. Der zweite Robot wurde durch die Explosion des ersten in Mitleidenschaft gezogen und fuhr seine Defensiveinrichtungen nicht mehr schnell genug hoch. Auch er verging in einer blendenden Detonation.

Als ich zu feuern begann, stabilisierten sich die Schutzschirme der beiden übrig gebliebenen Kampfrobots. Ich erhielt sofort massives Gegenfeuer. Mehr Treffer hagelten in Sekundenschnelle in meinen IV-Schirm. Ich wurde auf den Bodenbelag geschleudert und prallte davon ab wie ein Stein, den jemand flach in einen See warf. Für einen Moment verlor ich die Kontrolle über meinen Flug; dann zog ich steil nach oben.

Aus den Augenwinkeln sah ich Lokwenadse und ben Rudir nahe beim Gleiter knien. Sie schafften es, einen der Schutzschirme mit mehreren glücklichen Punktbeschüssen zu durchdringen. Der Robot kreiselte davon und explodierte an den Aufbauten des Cargoschleppers.

Der letzte COMBAT-III beschoss aus mehreren Waffenöffnungen den ungeschützten Gleiter. Die Luft beulte sich förmlich aus, als es das Gefährt zerriss. Eine mächtige Druckwelle schleuderte ben Rudir und Lokwenadse davon. Dichter, grauer Qualm breitete sich nach allen Seiten aus.

»Ti Sun!« schrie ich.

Zu spät!, tobte der Extrasinn über mein Entsetzen hinweg. Der verbliebene Robot stieg unter mir auf und ahmte mein früheres Manöver nach. Ich floh senkrecht an einem Wall aus Raumfrachtcontainern hoch. Ein Stakkato an Strahlenblitzen schoss mir von unten entgegen. Der IV-Schirm wurde weiß wie schäumende Gischt. Ich verlor allen Sichtkontakt mit der Welt außerhalb der Schirmblase. Die Anzugpositronik meldete quäkend eine irreparable Grenzüberlastung. Das Gravopak begann zu stottern. Ich sackte mehrere Meter tief durch und entging nur damit einer weiteren Salve.

Der Schirm oder das Flugaggregat! Entscheide dich!

Das Schutzfeld wurde wieder transparent. Der COMBAT nahm die Verfolgung auf. Seine Waffenarme ruckten hin und her, um sich meinem Flug anzupassen. In meinem Anzug stank es beißend nach Ozon.

Ich legte die Hand an die Gürtelkontrollen und traf die Entscheidung.

Trilith Okt; Gegenwart
Während Trilith herumfuhr und den ersten Robot unter Feuer nahm, ließ sie Nastase nicht aus den Augen. Fast gemächlich zog er seinen Strahler und legte ihn auf sie an.

Als der zweite Robot explodierte, schlug sie nach hinten aus. Ihr linker Fuß traf die Hand, und die Waffe polterte zu Boden. Sie drehte sich, den eigenen Kombistrahler als Hebelarm nutzend, in den Schwung hinein, zog das andere Bein nach, lag für einen Sekundenbruchteil flach auf dem Rücken in der Luft und landete einen Absatzvolltreffer an Nastases Kinn. Es knackte vernehmlich. Mit einem Schmerzensschrei stürzte er rücklings zu Boden. Trilith vollendete die Drehung und kam auf allen Vieren auf wie eine Katze.

Sie federte hoch, stieß den zweiten Mann beiseite und hechtete sich auf den am Boden liegenden Kalfaktor. Ihre Hände rissen an den Brustverschlüssen seiner Raummontur.

Derius Manitzke; Gegenwart
Sein Gehirn arbeitete wie zäher Sirup. Er hörte weder die Schüsse noch die Explosionen, vernahm weder das Kreischen des überlasteten Anzugaggregats noch das Fauchen, mit dem die Luft in den umherzuckenden Glutbahnen der Strahlenblitze zu kochen begann.

Er nahm alles wie in Zeitlupe wahr.

Neife Varidis stand auf einmal vor ihm. Auch sie fuhr herum, als habe sie alle Zeit der Welt, während sich Staunen und jähes Entsetzen in ihrem Gesicht mischten. Gleißendes Licht, das zäh auf dem Plastbetonboden aufschlug und nach allen Seiten wegsprühte wie ein auf ein Hindernis auftreffender Strahl rosafarbenen Wassers. Eine Sphäre, schillernd wie eine Seifenblase, hüllte die Frauengestalt ein. Sie wogte und dellte sich, als wolle ein Wind sie zerreißen. Ein fauchendes Brausen trug den sich überschlagenden Körper davon.

Derius drehte mühsam seinen Kopf, verfolgte, wie die Gestalt mit dem schwarzen Mal im Gesicht sich doppelt so schnell bewegte wie alles sonst um ihn herum. Er sah Ponter Nastase nach hinten fallen, langsam und torkelnd, wie ein nur widerwillig auf den Grund eines unsichtbaren Sees sinkender Stein.

Er starrte auf den Durplast-Koffer in seiner Hand, in dem sich der schwere Ehrenmantel des Generalkalfaktors befand. Er sah eine Hand, die ihn beiseite stieß, achtlos, als wäre er ein Gegenstand, ein Niemand, ein Nichts.

Etwas brach sich in ihm Bahn, das seinen Körper lenkte, das keine Gedanken brauchte, keinen Antrieb und kein Wollen.

Er hob den Koffer.

Das Durplast-Material des Koffers war für interstellare Reisen gedacht. Es war hart, hitzebeständig und formstabil.

Wenn es nicht so albern gewesen wäre, hätte Derius geschworen, im letzten Moment zwei Augen zu erblicken, die ihn fassungslos aus einem Netz wirrer Haare heraus anglotzten.

Der Koffer traf ihren Hinterkopf mit einem dumpfen Laut. Ein mörderischer Ruck pflanzte sich durch den ganzen Körper der Frau fort. Selbst ihre Füße zitterten. Die Wucht des Schlages warf sie von Nastases Brust herab.

Ungläubig starrte Derius auf den eiförmigen Gegenstand, der an einer dünnen Kette aus dem aufgerissenen Anzug hervorlugte.

Er streckte eine Hand aus, wie um zu begreifen, was er sah.

Jeder in der Milchstraße kannte den Anblick, hatte Dinge dieser Art in Tausenden von Berichten und TriVid-Sendungen immer wieder gesehen.

Er nestelte die Kette von Nastases Hals.

Er hielt die Kette hoch und sah das etwa sieben Zentimeter lange Ei daran baumeln.

Dann umschloss er das Ding und drückte es an seine Brust. Wärmende Impulse erzeugten ein unbeschreibliches Gefühl.

Mochte die Welt um ihn herum auch im nächsten Moment einstürzen – es interessierte ihn nicht.

Er, Derius Manitzke, wurde in diesem Moment zu einem Zellaktivatorträger. Er hielt die Unsterblichkeit in seinen Händen.

Er *war* etwas Bedeutendes.

Es war sein letzter Gedanke.

Trilith Okt; Gegenwart

Der Schatten flog heran. Sie sah ihn, aber zu spät. Zu sehr hatte sie sich auf das Öffnen des Kampfanzuges konzentriert. Der Schlag war so hart wie damals, als ihr die Rahe der PIRATENBRAUT an die Schläfe geflogen war.

Auf explodierende Helle folgte nachtschwarze Dunkelheit.

Als sie wieder zu sich kam, sah sie den Begleiter Nastases. Er beugte sich über dessen immer noch bewusstlosen Körper.

Er presste den Aktivator an sich. Auf seinen Zügen malte sich ein entrücktes Lächeln.

Trilith fühlte den Zorn, zückte das Vibromesser und hieb mit der aktivierten Klinge zu wie mit einem Schwert.

Der Kopf des Diebes flog von seinen Schultern. Er rollte über den Boden und stieß dumpf gegen den Koffer.

Blut war plötzlich überall. Es floss aus dem Kopf, es strömte in pumpenden Schwällen aus dem glatt durchschnittenen Hals, es bildete einen rasch größer werdenden See, in dem Trilith kniete.

Sie entwand den Fingern des Toten den Aktivator.

Sie steckte das Messer in die Scheide. Mit beiden Händen streifte sie sich die Kette über.

Sie achtete nicht auf Nastase noch auf irgendetwas sonst. Sie hatte selbst Pöör vergessen, der unruhig neben ihr hockte. Sie dachte nur an Lalia.

Sie sah nicht seine Hand, die den entfallenen Strahler packte. Die den Lauf auf ihre Brust richtete. Die den Auslöser drückte.

Ponter Nastas; Gegenwart

Leere.

Er hatte nicht gewusst, dass es kein schlimmeres Gefühl gab als diese Leere. Das stete pulsierende Pochen war gewichen. Und mit ihm hatte ihn alle Kraft verlassen. Ein höllischer Schmerz tobte in seiner Wirbelsäule. *Ich liege wieder im Eis,* dachte er. Der Tölpöt kommt. Wo ist Jena?

Ihm war kalt.

Er fühlte etwas an seiner Hand. Kühles Metall. Der Traktorbolzen. Nein, kein Traktorbolzen. Das Zelt war fort. Es war etwas anderes. Eine Waffe.

Er hob den Kopf an. Der Schmerz im Rücken verlagerte sich, zog sich wie eine stechende Nadel bis in sein Herz. Ein Fratzengesicht schwebte über ihm. Schwefelgelbe Lippen. Ein schwarzes Feuermal, aus dem ein Blutauge blitzte.

Er erinnerte sich. Neife Varidis war hier irgendwo. Zwei Frauen, die sich gemeinsam anmaßten, ihn zu verhöhnen, ihn zu bedrohen.

Ihn zu *schlagen*. Ihn, den Sternenkaiser. Ihm schwindelte.

Die Schlampe und die Fratze.

Da sah er es, an ihrer Brust.

Nein!, dachte er. *Es gehört mir!*

Die Waffe. Seine Finger. Sie fassten zu. Entsicherten. Hoben den Lauf.

Gib es mir! Gib es mir zurück!

Fratze hörte nicht.

Dann stirb.

Atlan; Gegenwart

Ich schaltete den Schirm ab. Das Gravopak erhielt sofort wieder volle Energie. Ich jagte auf die Aufbauten des Cargoschleppers zu. Tauchte unter dem ersten der vier mächtigen Traktorarme durch. Konzentrierte mein Feuer auf das vergleichsweise dünne Auslegegelenk über mir. Das Metall zerschmolz wie Butter. Der tonnenschwere Arm sackte herab. Der mir nachjagende COMBAT reagierte zu spät und wurde von den fallenden Trümmern in die Tiefe gerissen. Ich lenkte ebenfalls nach unten und gab Dauerfeuer. Die Volltreffer fraßen sich durch den Schutzschirm und schickten ihn in den Roboterhimmel. Die Hitze der Explosion verfärbte das Gelb des Schleppers schwarz.

Wo war Nastase? Dicht über dem Boden raste ich in Richtung der Baracke zurück.

Zwischen den Qualmwolken sah ich Trilith am Boden kauern. Zwei leblose Gestalten lagen neben ihr. Per Blickschaltung stellte ich die Helmoptik auf volle Vergrößerung.

Sie zeigte mir den Strahler in seiner Hand. Und den Aktivator an Triliths Brust. Er zielte so, dass er ihn treffen musste.

Ich riss meine eigene Waffe hoch. Die Zielautomatik, mit der die Strahler- und Anzugsysteme miteinander vernetzt waren, visierte Nastases leicht erhobenen Kopf an. Die Positronik glich die sich rasend schnell verändernden Winkel aus. Mikroservos im Waffenarm des Anzugs korrigierten selbsttätig meine Handhaltung. Ich brauchte nur noch abzudrücken.

Entscheide dich!, hämmerte der Extrasinn. *Er wird den Aktivator treffen! Du weißt, was dann passiert!*

Ich wusste es. Lemy Danger hatte im Jahr 2326 versehentlich den Zellaktivator der Mutantin Anne Sloane zerstrahlt. Eine verheerende, Lichtjahre weit messbare Explosion war die Folge gewesen.

Ich drückte ab.

Nastases Schuss löste sich einen Sekundenbruchteil später. Der feine Strahl verfehlte den Zellaktivator und traf Trilith stattdessen in die linke Schulter. Sie fiel hintenüber.

Zu diesem Zeitpunkt war Ponter Nastase bereits tot.

Ich landete neben zwei kopflosen Leichen.

Ich faltete den Helm ein.

Trilith versuchte sich aufzurichten. Ihr linker Arm hing kraftlos herab. Aus einem handtellerbreiten Brandfleck an der Schulter schimmerte es rot. Sie rappelte sich auf. Ihre Hosenbeine klebten. Pöör züngelte nervös neben ihr. Der starke Blutgeruch irritierte den Wabyren.

Trilith pfiff Pöör von den beiden Toten zurück und humpelte zur Baracke hinüber. Neben der Frachttür stand eine geschlossene Metallkiste, von der der Rost blätterte. In zwei offenen ramponierten Behältern lagerte vergessener Schrott. Ekonit- und Eisenteile ragten aus den ausgemusterten Containern heraus wie die Stacheln eines Igels.

Sie setzte sich auf die Kiste, rieb an ihrem linken Bein.

Ich strecke die Hand aus. »Gib ihn mir.«

Trilith schaute mich aus ihren unergründlichen Augen an. »Weshalb sollte ich?«

Ich seufzte. »Was verlangst du? Geld? Howalgonium? Einen eigenen Planeten? Ein Denkmal in Siga-Town?«

Sie warf den Strahler wütend in den nächsten Schrotthaufen.

»Was ich verlange? Das Leben und die Genesung von Lalia Bir, Atlan. Kannst du mir beides geben? Fordere ich zuviel?«

»Du weißt genau, dass ich vieles geben kann. Nur das nicht.«

»Aber ich kann es. Dank des Aktivators kann ich es. Also geh mir aus dem Weg.«

»Wenn ich es tue, stirbt einer meiner Freunde.«

»Lemy Danger, der immerhin 868 Jahre leben durfte? Wer bist du, dass du ihm jetzt den Tod nehmen willst? Mach dich nicht lächerlich! Du hast nicht das mindeste Anrecht auf den Aktivator.«

»Trilith! Ich beschwöre dich ...« Die Diskussion war sinnlos.

Ich spürte Zorn in mir hochwallen und wusste doch, dass sie recht hatte.

Aber ich durfte ihr den Aktivator nicht überlassen. Vielleicht würde sie Lalia Bir damit heilen. Vielleicht hatte sie damit Erfolg. Vielleicht. Aber am Ende würde sie ihn selbst behalten. Und sobald sie das tat, würde der Unbekannte, der sie Zeit ihres Lebens manipulierte, ihn ihr eines nicht allzu fernen Tages abverlangen.

Wer immer es auch war, der Trilith zu dem gemacht hatte, was sie heute war ... Wer immer dort die Fäden in Hintergrund zog – er besaß weitaus weniger Skrupel als Ponter Nastase. Er war ein moralisches Monstrum, das unkalkulierbare Ziele verfolgte. Sollte ich diesem Wesen den Zellaktivator überlassen? Ihn zum Unsterblichen erheben? Nein.

Hatte Trilith parallel gedacht? Oder konnte sie meine Gedanken so deutlich spüren? Ihr Schrei trieb spitze Pfeile in meine Trommelfelle. Ich sah das Vibromesser in ihrer Hand. Die 30 Zentimeter lange Klinge verfehlte mich nur, weil ich mich schon in der Bewegung befand. Da erblickte ich meinen Kombistrahler mitsamt dem Holster auf dem Boden. Ihr Hieb war nicht fehlgegangen, sondern hatte mir gezielt die Waffe vom Gürtel geschnitten. Sie kickte den Strahler weit fort. Die Klinge summte leise.

Ich zog willkürlich eine der Ekonitstangen aus dem Schrotthaufen. Das astdünne Ding war zwar so lang wie ein Schwert, aber stumpf wie ein Knüppel.

Sie öffnete den Mund. Aus ihrem Kehlkopf lösten sich kaum hörbare Töne. Pöör trällerte und schlang mit einem heftigen Schlag seinen Schwanz eng um meine Beine. Ich verlor das Gleichgewicht und stürzte zu Boden.

Ihre Klinge schwirrte durch die Luft und kappte das obere Drittel meiner Stange. Trilith trat neben mich. Pöör knurrte drohend.

»Lass mich gehen, und du bleibst am Leben, Arkonide.«

Ein verirrter Vogel zwitscherte. Pöörs Kopf fuhr suchend herum. Im nächsten Moment kamen meine Beine frei.

Kämpfe stets so, als habest du nur Gelegenheit für einen einzigen Hieb. Ich hörte Musashis mahnende Worte so deutlich, als stünde er neben mir im Dojo in Edo.

Versuche immer, mit der Klinge auf das Gesicht deines Gegners zu zielen. Er wird Körper und Gesicht abwenden. Tut er das, hast du ihn bereits so gut wie besiegt.

Ich rollte mich zur Seite, kam auf die Füße und stieß mit der Spitze der Ekonitstange in Triliths Gesicht.

Sie wendete sich im letzten Moment ab. Mein Tritt traf ihr rechtes Knie. Meine waagerecht vorschnellende Hand hämmerte gegen ihren Kehlkopf. Aufstöhnend ging sie zu Boden. Sie würgte und keuchte.

Ich trat ihr Messer beiseite. Ihre Hand krampfte sich um den Aktivator.

»Lass es gut sein, Trilith. Gib ihn mir!«

Sie legte den Kopf schräg und lauschte. Dann lächelte sie erleichtert.

Im nächsten Moment vermochte ich mich nicht mehr zu bewegen. Ein Fesselfeld bannte mich an den Ort. Etwas schob sich vor die Sonne. Ein ovaler Schatten bedeckte die Baracke. Traktorstrahlen griffen nach Trilith und ihrem Messer und hoben beide in die Luft. Trilith rief etwas in einer unbekannten Sprache. Sekunden später schwebte Pöör ihr nach.

Das Fesselfeld gab mich frei. Ich sah nach oben und erkannte die GAHENTEPE. Der ähnlich wie ein Blues-Raumer geformte Diskus schwebte in ungefähr hundert Metern Höhe über uns. Kaum war der Wabyren als letzter in der Schleuse angelangt, schlossen sich die Außenschotts.

Das eigentümliche Schiff neigte sich, nahm Fahrt auf und beschleunigte schräg nach oben. Fünfzehn Sekunden später war es in den Wolken verschwunden.

Mit ihm gingen der Aktivator dahin und jede Hoffnung darauf, Lemys Leben retten zu können.

Sahaja, wisperte der Extrasinn. *Wie gewonnen, so zerronnen.*

Ich nickte und biss mir auf die Unterlippe. So viele geopferte Leben. So wenig Hoffnung. War es das alles wert?

Irgendwo lagen die Körper von Neife, ben Rudir, Artur. Ich musste mich um sie kümmern.

Ich drehte mich um und ging dorthin zurück, wo die Toten lagen.

Ich halt dich fest – für immer

Trilith Okt; Gegenwart
Die GAHENTEPE trat in den Linearraum ein. Trilith nahm das akustische Signal dafür nur am Rande wahr.

Sie saß am Bett und betrachtete Lalias bleiches Gesicht mit gerunzelter Stirn. Gedankenverloren streichelte sie mit einer Hand Pöör, der misstrauisch die sterile Umgebung der Krankenstation erschnüffelte. Mit der anderen strich sie Lalia eine verschwitzte Haarsträhne aus der Stirn.

Etwas stimmte nicht.

Sie hatte Lalia Bir so vorgefunden, wie sie sie zuletzt gesehen hatte. Ohne Bewusstsein. Der Atemspender zischte, hob Lalias Brust in stetem Gleichmaß an. Die emsigen Mikrobots umschwirrten sie. Der Medorobot verharrte stur in seiner Nische.

Seit fünf Minuten erlitt Lalia Schweißausbrüche, die mit heftigen Krämpfen einhergingen.

Exakt seitdem Trilith ihr den Zellaktivator angelegt hatte.

Sie berührte das unbegreifliche Gerät. Es pulsierte, sandte warme Wellen aus. Trilith spürte das angenehme Gefühl, und Lalia musste es auch verspüren. Es war gewiss nur eine Frage der Zeit.

Ein neuerlicher Krampf schüttelte den schlanken, aufgedeckten Leib. Lalias Haare waren inzwischen klitschnass.

Die Mikrobots begannen ihr Verhalten zu verändern.

Sie *mieden* Lalias Brüste, zwischen denen das metallene Ei ruhte. In einem deutlich sichtbaren Kreis von etwa zwanzig Zentimetern um den Aktivator herum hielt sich auf einmal keine einzige der winzigen Maschinen mehr auf.

»Was geschieht hier? GAHENTEPE?«

»Ja?« Die Stimme der Schiffspositronik klang, als habe man sie bei etwas weitaus Wichtigerem gestört.

»Lalia geht es schlechter. Unternimm etwas.«

»Was soll ich denn noch tun? Du hast doch schon das Beste für sie getan, was überhaupt nur möglich ist. Du hast ihr einen Zellaktivator gegeben. Dagegen verblassen meine Möglichkeiten.«

»Aber es geht ihr schlechter. Ich kann es doch sehen.«

»Alle Werte liegen im Bereich gültiger Parameter. Du täuschst dich gewiss.«

Die Augäpfel unter Lalias geschlossenen Lidern begannen wild hin und her zu rollen.

»GAHENTEPE!«

Das Schiff antwortete nicht.

Lalia reagiert aus irgendeinem Grund allergisch!, dachte Trilith fassungslos. *Ihr Körper stößt den Aktivator ab!*

Sie griff nach dem Ei, wollte es von der Brust der Gefährtin nehmen. Erschrocken fühlte sie, dass aus dem Pulsieren ein hämmerndes Pochen geworden war. Die aufsteigende Hitze verbrannte beinahe ihre Fingerspitzen. Lalias Haut zwischen den Brüsten verfärbte sich rot.

Trilith hob die Kette an. Doch der Aktivator ließ sich nicht bewegen. Sie umschloss das Ei trotz der Hitze. Aber ihre Hand vermochte das Gerät auch dann nicht zu entfernen. Es gelang ihr nicht einmal, es auch nur um einen winzigen Millimeter zu verschieben. Als wäre es festgeschweißt.

Die Haut wurde dunkelrot.

»Du musst etwas unternehmen!«, brüllte Trilith. Sie sprang auf und gab dem Medorobot einen Stoss. »Komm da raus! Und mach was!« Er rührte sich nicht.

»GAHENTEPE! – Lalia verbrennt! Hörst du?«

»Du musst dich irren. Alle Werte liegen im Bereich gültiger Parameter.«

Ein mächtiger Krampf erfasste Lalias Leib. Inzwischen hatten alle Mikrobots ihre Arbeit eingestellt. Kein Schwirren mehr. Die winzigen Maschinen hatten sich zu einer dichten Wolke oberhalb des Kopfes versammelt. Man hätte meinen können, sie starrten auf die unkontrolliert bebende Gestalt herab. Lalias Haut warf erste Blasen. Der Gestank verbrannter Härchen verbreitete sich in der Krankenstation. Pöör tapste unruhig hin und her.

Trilith wusste nicht mehr, was sie tun sollte.

»Lalia! Kannst du mich hören?« Sie versuchte die auf und nieder zuckenden Arme und Beine ruhig zu halten, bis sie ihr sinnloses Tun erkannte.

Ein langanhaltendes Stöhnen entrang sich der Kehle der Kranken. Es klang wie ein fernes Nebelhorn, schwach und schon zu weit entfernt.

»GAHENTEPE!«, schrie Trilith. »Ich flehe dich an! Mach etwas, damit der Zustand aufhört!«

»Wie du willst.« Der Medorobot schwebte aus seiner Nische. An einem seiner Greifarme blitzte ein winziges keramisches Skalpell. Mit vier anderen Armen hielt er den bebenden Oberkörper fest. Dann schnitt er entlang des eingesunkenen Aktivators in die fast schwarz verfärbte Haut. Ein weiterer Greifarm riss das Gerät mit einem hässlichen, schmatzenden Geräusch aus dem rohen Fleisch. Eine ovale Mulde blieb zurück, die sich binnen Sekunden mit Blut füllte. Der Robot schwebte zurück und warf den tropfenden Zellaktivator in eine Metallschale. Lalias sich aufbäumender Leib verspritzte das Blut in alle Richtungen.

Mit einem heiseren Schrei fuhr Lalia auf. Sie starrte Trilith verständnislos an. Sie hob eine zitternde Hand. Trilith ergriff sie zärtlich, wollte irgendetwas sagen, ihr begreiflich machen, was geschehen war. Sie brachte keinen Ton heraus. Aber das alles hatte Zeit bis später. Bei allem Schrecken war Lalia erst einmal aus dem Koma erwacht und würde ...

Lalias Lippen zitterten. Ihr Kopf kippte jäh nach hinten. Die Augen fixierten einen Punkt an der Decke.

»Ganz langsam, Liebes!« Sie nahm die Freundin in die Arme und legte sie vorsichtig auf das Kissen zurück.

Doch da war Lalia Bir schon tot.

Pöör stupste seine neue Herrin immer wieder an. Er fühlte ihr Leid und wollte es ihr leichter machen. Er schmiegte sich an sie. Er ließ leise klagende Töne hören. Er leckte ihre Hände. Er stupste erneut.

Trilith reagierte nicht.

Schließlich ringelte er sich ratlos zu ihren Füssen zusammen.

Atlan; Gegenwart

Neife erwachte aus ihrer Bewusstlosigkeit. Ein Teil der durchschlagenden Energie hatte den Andruckneutralisator ihres Kampfanzugs beschädigt. Sie war unsanft mit der Plastbetonfläche kollidiert und hatte sich dabei den linken Arm gebrochen sowie zahlreiche Prellungen zugezogen. Eine blutende Schramme an der rechten Schläfe verlangte dringend nach Biomolplast. Sie kniff die Lippen zusammen, als sie vor Nastases Leichnam stand.

Auch Artur Lokwenadse und Shaef'al ben Rudir hatten die Explosion des Gleiters überlebt; sie wankten, einander stützend, zu uns heran.

Neife war es, die es als erste hörte. Flötenlaute, die von der Containerwand herüberwehten. Es klang wie Vogelgezwitscher. Ich konnte es kaum glauben, lief ihr entgegen und schloss Ti Sun in die Arme.

Sie war schon beim ersten Schuss aus dem Gleiter geflohen, war an dem Containerwall entlanggelaufen und hatte sich in einem Spalt zwischen den Hexagonalbehältern versteckt. Als sie gesehen hatte, wie Trilith und ich zur Baracke gingen, wollte sie uns nach. Triliths Angriff ließ sie erschrocken in ihrem Spalt verharren. Glücklicherweise hörte Pöör auf ihren Zwitscherlaut; er war ein klarer Befehl im Umgang mit den Wabyren, die geflötete Santuas-Version von »Aus!«

Neife benachrichtigte einen vertrauenswürdigen Mann im Ambar Utro. GeKalKo-Gleiter holten uns ab. Weitere brachten ein Sondereinsatzkommando: Die Männer und Frauen nahmen sich der Spurensicherung an. Nastases Leiche und die seines Begleiters wurden geborgen. Uns flog man in ein abgelegenes Sanatorium des Geheimdienstes.

Drei Stunden später ging Neife Varidis an die Öffentlichkeit. Sie rief die Bevölkerung zu Ruhe und Besonnenheit auf und erklärte die Umstände von Nastases Tod. Ihre Rede wurde jubelnd begrüßt.

Aquium Namastir, der frühere Generalkalfaktor, übernahm kommissarisch die Regierungsgeschäfte.

Marco Fau und Ermid Güc blieben unauffindbar. Die KONTER hatte das System mit unbekanntem Ziel verlassen. Den Hyperkombefehl, nach Rudyn zurückzukehren, ignorierten sie.

Arbin Kobmeyer, der Konkordant für Innere Sicherheit, stellte sich und seine Behörde vorbehaltlos in den Dienst der neuen Regierung. Er wurde in Sicherheitsverwahrung genommen und seines Amtes enthoben.

Neife organisierte noch am selben Abend eine Hilfsaktion für die Santuasi im gesamten Holoi-Gebirge. Lazarett-Schiffe starteten von Moltov und nahmen sich der Überlebenden an. Ti Sun und ihr Vater flogen mit einem davon mit. Ich erneuerte mein Versprechen, sie wieder zu besuchen.

Ich erkundigte mich nach dem Verbleib von Patty Ochomsova und erfuhr, dass man sie verhaftet hatte. Sie wurde auf Neifes Befehl hin unverzüglich freigelassen. Ich wies Shaef'al ben Rudir an, der Müllfrachterpilotin den Verlust des U-Schwebers zu ersetzen und ihr ein großzügiges USO-Konto einzurichten. Von dem Betrag konnte sie sich ein eigenes Schiff kaufen, wenn sie wollte. Plus Werftgebühren und Heuer für die Mannschaft für wenigstens zehn Jahre. Mir war es völlig egal, was Shéklan dazu sagen würde. Oder Homer G. Adams.

Natürlich konnten wir die enttarnte USO-Niederlassung im Verlies unter dem Hotel nicht länger halten. Shaef'al ben Rudir löschte alle brisanten Datensätze und machte sich dann bereit, mich zu begleiten.

Der Abschied von Neife Varidis verlief kurz, aber herzlich; dennoch blieb es offen, ob sich in Zukunft aus der rein menschlichen auch eine politische Annäherung ergeben würde.

Sie versprach, mein Inkognito zu wahren. Soweit es sie betraf, war ich nie offiziell im Ephelegon-System gewesen.

Die GINGKO, ein Kurierschiff des Geheimen Kalkulationskommandos, flog ben Rudir und mich am nächsten Tag zu einem Rendezvous-Punkt, den ich nach einem kurzen Hyperkomkontakt mit Ken Jinkers abstimmte. Wir stiegen auf die STABILO um. Ich nannte ihm den nächsten Bestimmungsort: Quinto-Center.

Am 26. September näherte ich mich dem USO-Hauptquartier mit gemischten Gefühlen: In die Erleichterung darüber, den konfusen Planeten glücklich wieder verlassen zu haben, drängte sich die Sorge um Lemy.

Während des Rückflugs erreichte mich ein Funkspruch der KAPIUR. Sie war zwischenzeitlich nach Olymp heimgekehrt. Balton Wyt nannte mir den Wunsch, den er bei mir freihatte – ein eigenes Schiff. Ich fragte ihn, ob er schon ein bestimmtes im Auge habe. Er nickte begeistert. Völlig unbescheiden hatte er an einem 60-Meter-Kugelraumer einen Narren gefressen. Ich atmete tief ein und erfüllte mein Versprechen. Ich gratulierte ihm als frischgebackenem Eigner, wünschte ihm alles Gute und überwies kopfschüttelnd den Betrag von meinem privaten Konto. Unter *Verwendungszweck* gab ich den Namen des von ihm erwählten Schiffes an: *DOLDA*.

Wohin führt uns das Leben?

Atlan; elf Tage später

Wir hatten Lemy Dangers Leichnam seinem Wunsch entsprechend dem All übergeben. Sein winziger Sarkophag trieb fortan einem einsamen Stern im Leerraum entgegen. Er war gestern, am 2. Oktober, friedlich gestorben. Mir wurde die hohe Ehre zuteil, in seinen letzten Stunden bei ihm sein zu dürfen.

Als ich am 26. September wieder in Quinto-Center eintraf, hatte mich mein erster Weg zu ihm geführt. Sein Zustand hatte sich weiter verschlechtert. Die Ärzte gaben ihm nur noch wenige Tage.

Er hatte meinen Erzählungen gelauscht und am Ende leise gesagt: »Ich danke Ihnen für die Mühen, denen Sie sich meinetwegen unterzogen haben. Grämen Sie sich bitte nicht, Sir. Es war uns beiden nicht bestimmt. Welchen Sinn hätte denn ein unsterblicher siganesischer Greis in einem Universum wie diesem gehabt? Außer dem einen, dass wir ES einen weiteren Anlass für ein homerisches Gelächter geboten hätten?«

Darauf wusste ich keine Antwort.

Und es geht weiter:
ATLAN
Das Relikt der Macht
Hans Kneifel
Erster Teil der Illochim-Trilogie
Das Relikt der Macht
ISBN 978-3-89064-174-4
Fantasy Productions GmbH
Postfach 1517, 40675 Erkrath
www.fanpro.com
FANPRO

Glossar

Ambarin – dt. »Speicher«, Sammelbegriff der sechs muschelförmigen Gebäude des OPRAL. Noch während des Baus bürgerte es sich ein, die Gebäude der Reihe nach dem Sonnenlauf folgend zu bezeichnen

Brihan – Kleine Küstenstadt am *Südmeer* Rudyns

Caluth-Bäume – Hartblättrige Bäume mit grossen. formschönen Blattwedeln, die im heissen Klima von Genzez gut gedeihen

Dawakaibun – Genesungshaus der Santuasi

Dokailasa – Höchster Berg im Holoi-Gebirge mit Zwillingsspitze

Dwadunaj – aus dem Russischen entlehnt, dt. etwa: »zweite Donau«; mächtiger Strom, der im Holoi entspringt und bei Genzez in das Meer mündet

Edbarsk – Stadtteil von Genzez mit kleinem Frachtraumhafen

Ephang – Planet im Ehelegon-System; »bei Ephangs Schatten« ist ein im Umfeld Rudyns gebräuchlicher Ausruf

EPHANG-Klasse – Schlachtkreuzerreihe; 400-Meter-Kugelraumer mit einer Hülle aus Rudynit

Ephangs Shadow – Bar/Kneipe in Genzez

Ephelegon's Tears – Bekannter (und ziemlich teurer) Whiskey auf Rudyn

Freikorps Barya Awangard – Eliteeinheit der Unionsflotte, untersteht direkt dem Kalfaktor für Kriegswesen; Das FBA übernimmt hochkritische Aufgaben, ebenso den Personenschutz des Kalfaktors

Flugkatzen – Bewohner der sandigen Sinton-Einöde

Genzez Port – Vormals einziger und lange Zeit größter Raumhafen Rudyns, inzwischen von Moltov Port als größtem Raumhafen abgelöst

GulmenExtrem – widerstandfähige Fluginsekten in Schnakengröße, die auf fast allen Raumschiffen heimisch sind und sich von so gut wie allem ernähren, was sie finden (von Nahrungsresten bis zum Isoliermaterial). Sie sind praktisch lebende Verdauungsmaschinen und hinterlassen überall einen farblosen, übel riechenden Kot, der in zahlreiche Raumfahrerflüche Eingang gefunden hat

Gympmost – 500-Seelen-Siedlung der Santuasi im Holoi-Gebirge

Haidumkraut – Strunkartiges Gewächs von braungrüner Farbe mit violetten Blüten, im gesamten Holoi-Gebirge verbreitet; dient den Wabyren als Hauptfuttermittel

Hinteraugen – So nennt Trilith Okt selbst ihr zweites Augenpaar am Hinterkopf

Holoi-Gebirge – Hochgebirge auf der Landbrücke zwischen Snavala und Babovka, Zufluchtsregion der Santuasi; höchster Berg ist der Dokailasa mit 6870 m.

Kaibun – Ballonförmige Gebäudeart der Santuasi; erinnert an ein überdimensionales Wespennest

Kaibunthu – Titel; bezeichnet einen Dorfvorsteher der Santuasi

KONTER – Flaggschiff des Kalfaktors Ermid Güc

Kontinente auf Rudyn – 1. Snavala (Genzez), 2. Partik, 3. Epik, 4. Dorolem, 5. Sinton, 6. Babovka (Leskyt), 7. Enmelen (Nordpolar), 8. Largha (Südpolar)

Koramal – Atlans Tarnname, unter dem er ins Sphärenrad eindringt

Leskyt – Zweitgrößte Stadt Rudyns (Babovka) und Sitz der gleichnamigen Wissenschaftlichen Akademie

Margellisfrucht – Wohlschmeckende rudynische Frucht mit orangefarbenem Fruchtfleisch und geriffelter, grüner Schale

Mingtang – Ein geweihter Platz im Holoi-Gebirge, von dem aus der Heilige Berg Dokailasa zu sehen ist; wird einmal jährlich zu Meditationszwecken aufgesucht; die Pilgerreise des Nallathu dorthin ist vorbereitender Bestandteil des kurz darauf erfolgenden Sahaja-Festes

Moltov Port – Größter Raumhafen Rudyns in der Nähe der rudynschen Hauptstadt Genzez

Müllschute – Raumfahrerjargon für die Recycling Garbage Carrier

Nallathu – Titel; bezeichnet das Oberhaupt der Santuasi

Namaste – (Hindi), Grußwort, von (Skrt.) Namas, wörtl »Verbeugung, Verehrung.«

Opral Catacombe – Untergrundbereich unter dem Platz der Grossen Einheit; Vorzeigeeinrichtung für Besucher von anderen Welten

Orientierungsdepots – Öffentliche Informationsbüros der Kalfaktoren in Genzez. Jeder Kalfaktor unterhält eine Reihe solcher Einrichtungen, in der sich die Bürger über Ziele und politische Ausrichtung informieren können

Orokanu – Stadtteil von Genzez

Plechtang – Berüchtigtes Gefängnis für Staatsfeindliche Umtriebe auf Enmelen, dem Nordpolarkontinent

Raga – (Skrt.), wörtl.: »Leidenschaft, Grundmelodie.« Bezeichnet bei den Santuasi eine heilende Melodie. Die unterschiedlichen Melodien tragen Eigennamen, z. B. *Raga Pranayama*

Rogiwnizu – Ez. Rogiwniz, Schimpfwort; wörtl.: »kranker Unterer«, abfällige Bezeichnung der Santuasi für die übrigen Rudyner

Rudynit – Spezial-Metalllegierung auf Rudyn, eine Modifikation des Terkonit

Sahaja – Jährliches Fest der Santuasi zum Sommerbeginn; sanskrit., wörtl.: »natürlich«, gleichbedeutend mit »Wahrheit«; Wahrheit ist nach Auffassung der Santuasi das Natürliche an sich, das Ursprüngliche, das verborgen, aber nicht verändert werden kann

Samandril – Vogelart im Holoi-Gebirge,von sanskrit. *saman*, »Gesang«

Sambacha – Vergnügungsviertel in Genzez, der Hauptstadt Rudyns

Santuasi – Volksgruppe auf Rudyn; die Santuasi leben im Holoi-Gebirge

Sarentgnu – Dorolemische Tierart; gilt als Delikatesse

Simbalain – Kleiner Ort, 500 km von Genzez entfernt

Suniastra – Universitätskomplex in Genzez

Tölken – Waschbärartige Waldbewohner auf Rudyn; die Tölken-Jagd ist Ponter Nastases bevorzugte Freizeitbeschäftigung

Tölpöt – Lebensform auf Rudyn; mit den Tölken verwandt, aber von der Größe und Gefährlichkeit terranischer Grizzlys

Torrbyren – Riesenwürmer der sandigen Sinton-Einöde

Turniz – Winziger Ort an Rudyns *Grüner Küste*

Ugorh – russisch für »Aal«; Eigenname des Kanals in Genzez

Urdhana – Großklinikum in Genzez

Wabyren – Wurmähnliches, bis zu 5 m lange Wesen mit Stummelbeinen; beliebte Haustiere der Santuasi

Wissenschaftliches Überwachungskorps – Sondereinheit des Kalfaktors für Wissenschaften Ponter Nastase

Zabirath – Recycling Center nördlich von Leskyt

Zal – Die Große Versammlungshalle aller planetarischen Delegierten in der Kegelpyramide des OPRAL

Zentral-G – Bekannter Nachtclub in Genzez

Die Gebäude des OPRAL:

Ambar Utro – *Speicher der Frühe.* Sitz der Kalfaktate für Aufklärung (GeKalKo), Auswärtige Beziehungen; Innere Sicherheit.

Ambar Zawtra – *Speicher des Morgens.* Sitz der Kafaktate für Wirtschaft und Verkehr; Fremdwesenverfügung.

Ambar Popoludi – *Speicher des Nachmittags.* Sitz der Kalfaktate für Siedlungsexpansion und –verwaltung (Zentral, Ost, Süd, West, Nord).

Ambar Wöwörom – *Speicher des Abends.* Sitz der Kafaktate für soziale Belange; Unionsjustiz; Volksgesundheit.

Ambar Pozdno – *Speicher der Späte.* Sitz der Kalfaktate für Finanzadministration; Bauwesen.

Ambar Temnyj – *Speicher der Nacht.* Sitz der Kalfaktate für Kriegswesen; Flottenaufbau; Wissenschaften; Technologie.

Zentraler Kegel – Residenzen der Kalfaktoren und die *Zal*, die Grosse Halle der Einheit.

Bei Fanpro erschienen bzw. erscheinen folgende Titel:
ISBN 978-3-89064-

Das Schwarze Auge

Magische Zeiten	Hrsg. Momo Evers	Reader	516-2
Dämmerung	Ulrich Kiesow	55. Roman	459-2
Das Greifenopfer	Thomas Finn	62. Roman	544-5
Das Dämonenschiff	Harald Evers	74. Roman	568-1
Kompanie der Verdammten	Manuel Krainer	75. Roman	562-9
Der Tag des Zorns	Daniela Knor	76. Roman	573-5
Der Schandfleck	Andre Helfers	77. Roman	582-7
Den Göttern versprochen	Charlotte Engmann	78. Roman	579-7
Unsterblicher Traum	Patricia Renau	79. Roman	588-9
Blaues Licht	Daniela Knor	80. Roman	589-6
Spielsteine der Götter	Heike Wolf	81. Roman	591-9
Rabengeflüster	Wichert/Jäcke/Wolf	82. Roman	515-5
Thronräuber	Alexander Lohmann	83. Roman	512-4
Todeswanderer	Yvonne Gees	84. Roman	518-6
Roter Fluss	Daniela Knor	85. Roman	514-8
Todgeweiht	Markus Tillmanns	86. Roman	523-0
Dunkle Tiefen	Daniela Knor	87. Roman	538-4
Maraskengift	Markus Tillmanns	88. Roman	457-8
Unter Aves' Schwingen	Hrsg. Momo Evers	89. Band	460-8
Goldener Wolf	Linda Budinger	90. Roman	542-1
Sieben Winde	Matthias A.W. Ott	91. Roman	461-5
Der Zugvogel	André Fomferek	92. Roman	468-4
Haldinger-Saga I: Glut	Daniela Knor	93. Roman	472-1
Der Hofmagier	Ludwig / Wachholz	94. Roman	476-9
Der Feuertänzer	Ludwig / Wachholz	95. Roman	489-9
Hohenhag	Dietmar Preuß	96. Roman	494-3
Satinavs Auge	Tobias Radloff	97. Roman	495-0
In den Nebeln Havenas	Daniel Jödemann	98. Roman	496-7

Shadowrun

Chromscherben	M. A. Stackpole	Anth.	550-6
Shadowrun - Die 6. Welt	Hrsg. T. Hamelmann	Reader	540-7
Wiener Blei	Leo Lukas	41. Roman	555-1
Nachtstreife	Björn Lippold	46. Roman	558-2
Auf dem Sprung	Harri Aßmann	49. Roman	567-4
Töne der Unendlichkeit	Harri Aßmann	50. Roman	569-8
Elementares Wissen	Harri Aßmann	52. Roman	570-4
Die Anfänger	Ivan Nedic	54. Roman	572-8
ASH	Lara Möller	57. Roman	574-2

Pesadillas	Maike Hallmann	58. Roman	575-9
Vertigo	Maike Hallmann	59. Roman	581-0
Hand am Hort	Sebastian Schaefer	60. Roman	583-4
Flynns Weg	Lara Möller	61. Roman	585-8
Shelley	André Wiesler	62. Roman	580-3
Matrixfeuer	Hrsg. Beck / Hallmann	63. Anth.	587-2
Born to Run	Stephen Kenson	64. Roman	564-3
Im Namen des Herrn	André Wiesler	65. Roman	594-0
Quickshot	Lara Möller	66. Roman	595-7
Giftmischer	Stephen Kenson	67. Roman	565-0
Wiedergänger	Maike Hallmann	68. Roman	593-3
Feuerzauber	André Wiesler	69. Roman	519-3
Im Fadenkreuz	Petra Prinz	70. Roman	543-8
Kettenhund	Alexander Wichert	71. Roman	548-3
Fallen Angels	Stephen Kenson	72. Roman	549-0
GmbH	Christian Riesslegger	73. Roman	463-9
Machtgelüste	Jason M. Hardy	74. Roman	484-4
Cash Flow	Christian Riesslegger	75. Roman	483-7
Böses Erwachen	André Wiesler	76. Roman	473-8
Der Schattenlehrling	Boris Koch	77. Roman	482-0
Aftershocks	J. Raabe / J. Helfers	78. Roman	485-1
Fatimas Tränen	Alex Wichert	79. Roman	513-1
Für eine handvoll Daten	Stephen Dedman	80. Roman	571-1

Classic BattleTech

Schrapnell	Hrsg. M. Immig	Anth.	551-3
Wahnsinn & Methode	Michael Diel	1. Roman	592-6
Clangründer: Abkehr	Randall N. Bills	2. Roman	596-4
Schwert und der Dolch	Ardath Mayhar	3. Roman	425-7
Über dem Gesetz	Michael Diel	4. Roman	517-9
Clangründer: Traum	Randall N. Bills	5. Roman	597-1
Die Albatros-Akte	Reinhold H. Mai	6. Roman	526-1
Warrior: En Garde	Michael A. Stackpole	7. Roman	545-2
Warrior: Riposte	Michael A. Stackpole	8. Roman	546-9
Warrior: Coupé	Michael A. Stackpole	9. Roman	547-6
Früchte voll Bitterkeit	Ritter &Schreiber	10. Roman	458-5
Katze unter Bären	Arous Brocken	11. Roman	490-5
Clanwächter	Arous Brocken	12. Roman	491-2
In Ungnade	Chris Hartford	13. Roman	475-2
Mission Kiamba	Arous Brocken	14. Roman	493-6
En Passant	Michael Diel	15. Roman	479-0

Atlan

Totentaucher	Wim Vandemaan	1. Roman	486-8
Die acht Namenlosen	Christian Montillon	2. Roman	487-5
Befreiung in Camouflage	Michael M. Thurner	3. Roman	488-2
Die Psi-Kämpferin	Achim Mehnert	4. Roman	171-3
Das Sphärenrad	Rüdiger Schäfer	5. Roman	172-0
Acht Tage Ewigkeit	Michael H. Buchholz	6. Roman	173-7

Hardcover

Sturm über Windhaven	Martin & Tuttle	Roman	531-5
Die Flamme erlischt	George R. R. Martin	Roman	530-8
Dead Man River	George R. R. Martin	Roman	529-2
Die »Eis und Feuer«-Saga:			
Eisenthron	George R. R. Martin	1. Roman	532-2
Königsfehde	George R. R. Martin	2. Roman	533-9
Schwertgewitter	George R. R. Martin	3. Roman	534-6

Weitere Titel

Cugels Irrfahrten	Jack Vance	Roman	462-2
Das Voynich-Rätsel	Florian F. Marzin	Roman	541-4
Vor Adam	Jack London	Roman	524-7
Am Anfang war das Feuer	J. H. Rosny	Roman	525-4
Der große Heliumkrieg	M.A. Stackpole u.A.	Anth.	563-6
Lexikon der Fantasy-Literatur	Hrsg. Alpers u. A.		566-7

Dies ist eine Bibliographie und kein Verzeichnis lieferbarer Titel.
Es ist leider nicht möglich, alle Titel vorrätig zu halten.
Sollten Sie Fragen haben, kontaktieren Sie uns bitte unter

Fantasy Productions GmbH
Postfach 1517
40675 Erkrath
www.fanpro.com